HISTOIRES SANS ISSUE

DU MÊME AUTEUR

WATER MUSIC, 1988, *roman*, traduit par Robert Pépin, Phébus.

LA BELLE AFFAIRE, 1991, *roman*, traduit par Gérard Piloquet, Phébus. Seuil, 1993.

AU BOUT DU MONDE, 1991, *roman*, traduit par Jef Tombeur, Grasset.

SI LE FLEUVE ÉTAIT WHISKY, 1992, *nouvelles*, traduit par Robert Pépin, Grasset.

L'ORIENT, C'EST L'ORIENT, 1993, *roman*, traduit par Robert Pépin, Grasset.

AUX BONS SOINS DU DOCTEUR KELLOGG, 1994, *roman*, traduit par Robert Pépin, Grasset.

HISTOIRES SANS HÉROS, 1996, *nouvelles*, traduit par Robert Pépin, Grasset.

AMÉRICA, 1997, *roman*, traduit par Robert Pépin, Grasset.

RIVEN ROCK, 1998, *roman*, traduit par Robert Pépin, Grasset.

25 HISTOIRES D'AMOUR, 2000, *nouvelles*, traduit par Robert Pépin et Jef Tombeur, Grasset.

25 HISTOIRES DE MORT, 2002, *nouvelles*, traduit par Robert Pépin et Bernard Leprêtre, Grasset.

UN AMI DE LA TERRE, 2002, *roman*, traduit par Robert Pépin, Grasset.

D'AMOUR ET D'EAU FRAÎCHE, 2003, *roman*, traduit par Bernard Turle, Grasset.

LE CERCLE DES INITIÉS, 2005, *roman*, traduit par Bernard Turle, Grasset.

25 HISTOIRES BIZARRES, 2006, *nouvelles*, traduit par Robert Pépin, Jef Tombeur, André Zavriew, Grasset.

TALK TALK, 2007, *roman*, traduit par Bernard Turle, Grasset.

HISTOIRES CRUELLES, 2008, *nouvelles*, traduit par André Zavriew, Grasset.

LES FEMMES, 2010, *roman*, traduit par Bernard Turle, Grasset.

L'ENFANT SAUVAGE, 2011, *nouvelle*, traduit par Pierre Demarty, Grasset.

T. CORAGHESSAN BOYLE

HISTOIRES SANS ISSUE

nouvelles

traduites de l'anglais (États-Unis)
par
BERNARD TURLE

BERNARD GRASSET
PARIS

L'édition originale de cet ouvrage a été publiée en 2010
par Viking Penguin, a member of Penguin Group (USA) Inc.,
sous le titre Wild Child.
La nouvelle éponyme de ce recueil,
traduite par Pierre Demarty, a été publiée chez Grasset en 2011,
sous le titre L'Enfant sauvage.

Photo de jaquette :
© Rainer Elstermann / Getty Images

ISBN : 978-2-246-76451-9

Pour Gordon et Cheryl Baptiste

« Dans la nature sauvage réside le salut du monde. »

Henry David THOREAU,
De la marche

Balto

Il existe deux sortes de vérités, les bonnes et celles qui font mal. Voilà ce que disait l'avocat de son père. Elle l'écoutait, du moins faisait-elle de son mieux, le visage comme un petit croissant vernissé de lumière, illuminé par le soleil qui rebondissait sur le mur jaune de la cuisine. Mais c'était dur. Parce que c'était un jour de semaine, après l'école, un moment pris sur son temps libre, la seule occasion qu'elle avait d'aller à la supérette ou d'envoyer des textos à ses copines avant que le dîner et ses devoirs de classe ne concluent sa journée. Dur aussi parce que son père était assis là, sur un tabouret au comptoir de la cuisine, sirotant Dieu sait quoi dans son mug : pas du café, en tout cas, non, elle était sûre que ce n'était pas du café. Il avait un visage doux, les ridules au coin des yeux presque gommées par le délicat flot de lumière. *Ses pattes-d'oie* : elle adorait cette expression, comme si les pattes écailleuses d'un de ces volatiles avaient été appliquées sur cette partie du visage. L'image semblait sortir d'un conte horrifique d'Edgar Allan Poe, ou de son poème *Le Corbeau.* D'ailleurs, pourquoi ne disait-on pas : « pattes-de-corbeau » ? ou d'aigle ? On parlait de « nez en bec d'aigle », c'est ce qu'on écrivait dans la littérature, du moins, mais pour le contour des yeux, on disait « pattes-d'oie ». Franchement, ça n'avait ni queue ni tête.

« Angelle, demanda l'avocat, *Mr. Apodaca*, tu m'écoutes ? » Elle sursauta en entendant prononcer son nom.

Elle fit oui de la tête. Mais comme cela ne semblait pas suffire, elle répondit : « Oui. » D'une voix qui lui parut étrange, comme si on avait parlé à sa place.

« Bien, bien. » Il se pencha sur la table et la fixa de ses gros yeux mouillés de chien battu. « C'est très important, vois-tu, je n'ai pas à te rappeler l'importance de... »

Avant de poursuivre, il attendit qu'elle hoche encore la tête. « Les vérités, c'est comme les mensonges, il y en a de deux sortes : les mauvais mensonges, nous savons tous ça, ceux qui servent à tricher et à tromper, et puis les bons mensonges, les "pieux mensonges", comme on dit, c'est-à-dire les petits bobards qui ne font de mal à personne. » L'avocat inspira en émettant un petit sifflement comme s'il entrait dans un bain chaud. « Ces mensonges-là peuvent même faire du bien. Tu comprends ce que je te dis ? »

Elle resta parfaitement immobile. Bien sûr qu'elle comprenait : il croyait qu'elle avait neuf ans ou quoi ? Il la prenait pour sa sœur ? Elle avait douze ans, tout de même, bientôt treize. Et elle l'affirma par un petit acte de rébellion : sa façon de se tenir là ainsi, sans piper mot, sans hocher la tête, sans même cligner les yeux.

« Comme dans le cas présent, poursuivit-il. Le cas de ton père… Tu as vu ça à la télévision, dans les films. Le juge te demandera de dire la vérité, toute la vérité, rien que la vérité, et tu jureras de le faire, comme tout le monde : ton père, moi-même, tous les témoins qui passeront à la barre. » Lui aussi avait un mug à la main, l'un de ceux de sa mère quand elle était étudiante : les initiales B.U., *Boston University*, y étaient inscrites en grosses lettres rouges. Dans son mug à lui, il y avait du café ou, du moins, il y en avait eu. Il n'arrêtait pas de le pousser sur la table, une fois par-ci, une fois par-là, comme un joueur d'échecs triture une pièce dont il ne sait trop que faire. « Je veux simplement que tu retiennes ça… et ton père aussi le veut, ou plutôt non, il en a *besoin*, il a besoin que tu écoutes bien : il y a les bonnes vérités et les mauvaises. Voilà, rien de plus simple. La mémoire, c'est une chose, mais qui peut dire ce qui s'est vraiment passé, hein ? Chacun a sa propre version : cette femme qui faisait son jogging, le garçon sur sa bicyclette… et le procureur, le représentant du ministère public… c'est lui qui, sans doute, te demandera ce qui est arrivé, ce jour-là… lui et moi, personne d'autre. Ne t'inquiète pas. »

Hélas, elle était inquiète. En premier lieu parce que Mr. Apodaca était venu chez eux, tiré à quatre épingles, avec son costume trois-pièces, la cravate bien droite, et ses yeux de chien battu. Et puis parce que, sur le bas-côté de la chaussée, on avait passé les menottes à son père, et puis on l'avait emmené en prison et sa voiture avait été saisie, ce qui signifiait que personne ne pourrait la conduire, ni lui ni sa mère quand elle rentrerait de France, ni Dolores, la bonne, ni Allie, la fille au pair. Il y avait tout ça, et encore autre chose, un je-ne-sais-quoi dans le regard de son père et les intonations mielleuses de l'avocat, qui la braquait : leur air condescendant. Ils la prenaient de haut comme si elle n'avait pas plus de jugeote que sa petite sœur. Alors qu'elle en avait. Elle en avait même beaucoup.

*

Ce jour-là, le jour de l'incident (ou *accident* ? Oui, c'était le terme approprié), il avait déjeuné avec Marcy dans un restaurant de la marina, où l'on pouvait s'installer à une table sur la terrasse pour contempler la mitraille du soleil dans les mâts des bateaux qui se balançaient sur la marée, et la lumière explosée, réagrégée puis explosée de nouveau. C'était l'un de ses endroits préférés en ville – l'un de ses endroits préférés tout court. Il avait beau se sentir accablé, la vie avait beau le terrasser, la moindre tâche, le moindre délai avaient beau prendre des proportions indues, au point que vingt personnes – toute une équipe, une armée – n'auraient pas suffi à tout gérer, cet endroit, cette table à l'extrémité de la terrasse qui surplombait la jungle des mâts, les passerelles en bois blanchi par la réverbération, l'arc radieux du port dans son écrin de montagnes, oui, cet endroit ne manquait jamais de le rasséréner. Ça et le chardonnay blanc du cru, servi au verre, presque trop froid. Il venait d'entamer son second lorsque Marcy avait grimpé l'escalier, tanguant sur ses hauts talons comme un mannequin sur le podium ; elle avait parcouru, de sa marche aérienne, toute la longueur de la terrasse pour le rejoindre. Elle lui avait adressé un sourire sans fard, qui avait illuminé son regard et englobé la scène : cette journée resplendissante, ce lieu, le soleil, la brise, l'odeur rafraîchissante et sans cesse renouvelée de l'océan, et lui, perché là au milieu. Elle se pencha pour l'embrasser, avant de se laisser tomber avec nonchalance sur la chaise voisine. « Il a l'air bon », dit-elle, parlant du vin, dense comme de l'or dans son verre ; et elle leva l'index à l'intention du serveur.

De quoi parlèrent-ils ? De tout et de rien. De son boulot à lui ; de la paire de souliers qu'elle s'était achetée, qu'elle avait retournée au magasin puis, finalement, rachetée ; du film qu'ils avaient vu ensemble l'avant-veille – leur précédent rendez-vous. Elle ne comprenait toujours pas comment il pouvait aimer la fin : « Ce n'est pas tant qu'elle était nunuche mais... » Et voilà que le serveur lui apportait son vin. Ne devaient-ils pas commander plutôt une bouteille ? Oui, sûr, une bouteille, pourquoi pas ? « Et pour être nunuche, elle l'était, vraiment, mais... c'est surtout que je ne la trouve pas crédible.

— Qu'est-ce que tu ne trouves pas crédible... ? Que le mari accepte de la reprendre ?

— Non. Ou plutôt si. C'est idiot. Mais qu'attendre d'autre d'un film français ? Avec leurs sempiternelles héroïnes de trente ans...

— Voire quarante.

— … leurs longues jambes et leur maquillage sorti tout droit de… je ne sais pas, moi… on dirait le retour de Kiss. Ces femmes qui épousent la perle des hommes et ne sont pourtant pas satisfaites, elles baisent avec tous les gars à la ronde, en commençant par le boucher…

— Juliette Binoche. » Le vin commençait à faire son effet. Un effet délicieux.

« Exactement. Même si ce n'était pas elle, ça aurait pu l'être. Ça aurait dû l'être. Ça fait combien… vingt ans qu'elle est dans tous les nouveaux films français, sauf celui-là… ? » Posant son verre, elle émit un rire bref, à deux notes, comme un chant d'oiseau : un rire qui le ravit. Il ne se tracassa plus pour le boulot et le reste : il n'y eut plus que la bouteille dans le seau à champagne, le vin aussi frais que la cave d'où il sortait, rien de plus. « Et puis tout le village qui sort l'applaudir dans la rue parce qu'elle reste fidèle à ses idéaux romantiques. Et son mari, au secours ! »

Rien n'aurait pu l'irriter. Rien ne pouvait l'atteindre. Il était amoureux, les pélicans au regard torve glissaient sur le ventre de la baie, beaux et fats, mais il devait mettre le holà, ne fût-ce qu'un instant : « Martine n'est pas comme ça, affirma-t-il. Et moi non plus. »

Elle regarda autour d'elle avant de piocher une cigarette dans son sac (on était en Californie, après tout !). Quand elle s'inclina pour l'allumer, ses cheveux tombèrent sur son visage. Elle refit surface en souriant, fumée arrachée à ses lèvres, neutralisée par la brise à chaque expiration. Fin de la discussion.

Marcy, vingt-huit ans, avait fait ses études à Berkeley. Avec sa sœur, elle avait ouvert une boutique de matériel pour peintres dans une petite rue du centre-ville. Elle était diplômée en arts plastiques et cinéma. Elle allait au travail à vélo. Elle était asiatique, chinoise, avait-elle rectifié. D'origine chinoise, plus exactement. Ainsi qu'elle l'en avait informé lors de leur premier rendez-vous, avec assez d'ironie dans la voix pour souligner et enterrer le sujet en même temps, sa famille était installée aux Etats-Unis depuis quatre générations : son honorable arrière-grand-père avait traversé le Pacifique, comme passager clandestin, dans un tonneau de farine (quoi de plus cliché !), caché dans la cale (on ne peut plus cliché) d'un navire marchand (non moins cliché que le reste). Elle avait passé son enfance dans un lotissement de la banlieue de Syracuse, et son accent (les *a* aplatis à l'américaine, *Alan* devenant ainsi *Ilan*) le ravissait : il était si incongru chez une fille aussi… comment dire… le mot surgit malgré lui : aussi *exotique*. Sur quoi, incapable de décrypter son expression (avait-il dépassé les bornes ?), il lui avoua être très impressionné, car sa propre famille n'était installée aux Etats-Unis que depuis trois générations : son grand-père avait débarqué de Cork, et si ça avait été dans un tonneau, il aurait été plein de whisky ! « Et Martine est originaire de Paris, précisa-t-il. Mais ça, tu le savais, n'est-ce pas ? »

Au moment de passer commande, ils avaient déjà sifflé la moitié de la bouteille : pas besoin de se presser, aucun besoin, puisqu'ils avaient tous les deux pris leur après-midi, et pas la peine de revenir là-dessus ; quand leurs plats arrivèrent, ils échangèrent un regard complice avant d'en commander une autre. Ils mangèrent et tout ralentit, au point que les contours de la création entière lui apparurent avec une acuité renouvelée. Il sirota son vin, mastiqua, plongea le regard dans les yeux incomparables de sa partenaire et sentit la caresse du soleil sur son épaule ; dans une brusque flambée de conscience, il leva les yeux vers la mouette qui se posa sur la rambarde derrière elle ; il vit la façon dont la brise toucha ses plumes et dont le soleil blanchit son poitrail – au point que rien n'avait jamais été plus brillant et plus parfait ici-bas : cette créature, cette créature amie, qu'il avait le privilège de contempler. Il aurait voulu partager tout ça avec Marcy : le miracle de l'instant, les différentes couches de réalité retirées une à une, révélatoires, joyeuses – mais il préféra avancer la main, remplir son verre et demander : « Alors, tu disais… ces nouvelles chaussures… ? »

*

Plus tard, après que Mr. Apodaca eut reculé dans l'allée, avec sa petite décapotable blanche au logo Mercedes plastronnant sur le capot, lorsque l'après-midi se fut fondu dans un festival d'appels téléphoniques et de messages *(Chilty aime Alex Turtieff, tu imagines ?)*, Dolores leur avait préparé des piments farcis avec des carottes et des ignames, et une glace en dessert. Ensuite, Allie les avait interrogées, elle et Lisette, sur leurs devoirs, puis le silence avait envahi la maison ; elle n'avait plus entendu que les discrètes pulsations de la musique de son père dans la salle de séjour. Après avoir terminé ses exercices de maths, elle était passée à un exposé sur Aaron Burr pour son prof d'histoire, Mr. Compson ; à un moment donné, elle s'était levée pour aller chercher un jus de fruits ou peut-être se préparer un chocolat chaud au micro-ondes – elle ne déciderait qu'une fois dans la cuisine, où la lumière des lampes encastrées faisait reluire le comptoir en pierre et où la porte du frigo était grande ouverte. Elle ne pensait à rien en particulier – Aaron Burr était de l'histoire ancienne, à l'étage, sur son bureau. Quand elle avait franchi l'arche de la salle de séjour, la luminosité de l'écran de télévision avait attiré son attention et elle s'était arrêtée un instant. Son père était encore là, allongé sur le canapé, un livre à la main, télé sans le son, un match quelconque, football, base-ball, le grognement guttural de sa musique en fond… Il arborait l'expression lointaine et absorbée qu'il avait lorsqu'il lisait et, parfois, quand il restait assis à ne rien faire, à regarder la pièce ou par la fenêtre, dans le vide, son mug à la main, en équilibre sur la poitrine à côté de son livre.

Il avait pris place à table avec elles mais n'avait rien mangé. Il avait prétexté devoir sortir. Il avait un dîner. Un souper. Il n'avait pas précisé avec qui, mais elle savait bien que c'était avec cette femme asiatique. Marcy. Elle l'avait vue deux fois, à travers la vitre de sa voiture : les deux fois, Marcy lui avait adressé un signe de la main, doigts délicatement repliés, paume visible un instant. Dans sa classe, il y avait une Asiatique – une Chinoise – qui s'appelait Xuan. Ça semblait être un nom normal pour une Asiatique, Xuan. Un nom différent. Un nom qui indiquait bien qui elle était et d'où elle venait, de loin, de l'autre côté du Pacifique. Mais… Marcy ? Non, vraiment…

« Hé », fit son père, levant la tête pour regarder par-dessus le dossier du canapé ; c'est alors qu'elle se rendit compte qu'elle l'observait depuis un certain temps. « Alors ? Tu as fait tes devoirs ? Tu as besoin d'aide ? Et ton exposé, tu veux que je le corrige ? Sur qui est-ce, cette fois ? Madison ? Ou Burr. Burr, c'est ça ?

— Non, ça va.

— Sûre ? » Son débit était lent et lourd, pas comme des vibrations de cordes vocales, quand l'air passait à travers le larynx ainsi qu'on le montrait dans son manuel de sciences : non, sa voix était plus pesante que ça, plus dense. Il prendrait un taxi ce soir, elle le savait bien, et puis peut-être que l'autre – *Marcy* – le ramènerait. « Parce que j'ai le temps de t'aider, sans problème. J'ai – il leva et tourna le poignet pour vérifier l'heure à sa montre – une demi-heure, à peu près, trois quarts d'heure, même…

— Non, ça va. »

Elle sirotait son chocolat chaud et lisait une nouvelle de William Faulkner pour son cours de littérature. Le portrait de l'auteur dans son manuel était un instantané d'yeux furibonds, de cheveux maîtrisés. C'est alors qu'elle entendit la voix de son père dans le vestibule : tantôt réduite à un murmure, tantôt pincée et électrique, puis à nouveau chargée et léthargique. Il lui fallut un instant pour comprendre. Il lisait une histoire à Lisette. Hormis quoi, la maison était plongée dans un profond silence ; elle retint son souffle, écouta, et puis, brusquement, elle distingua les mots.

Il lisait *Balto*, une histoire qu'elle adorait quand elle était petite, à l'âge de Lisette ; suivant la voix de son père qui lui parvenait du fond du couloir, elle revit les illustrations. Balto, le premier chien de l'attelage, rayonnant, une source de lumière sur son poitrail ; la tempête de neige comme une main monstrueuse qui se refermait sur lui ; l'attelage affrontant la bise, la glace de l'Alaska, des températures de moins quarante, pour aller livrer des sérums aux enfants malades de Nome – ces enfants mourraient si Balto échouait dans sa mission. La diphtérie. Il y avait une épidémie de diphtérie, or le seul avion disponible était hors d'usage – ou plutôt non, il avait été démantelé pour l'hiver. *C'est quoi la diphtérie ?* avait-elle demandé à son père ; il était allé jusqu'à l'étagère, avait pris l'encyclopédie et lui avait répondu, acte héroïque en soi, car, lorsqu'il était revenu s'asseoir sur son lit, Lisette pelotonnée contre elle, la pluie fouettait les vitres, seule la lampe de chevet les séparait des ténèbres absolues et il avait répondu : *Tu vois, on trouve tout dans les livres, tout ce qu'on veut savoir.*

Les pattes de Balto saignaient. La glace s'accumulait entre ses griffes. Les autres chiens renâclaient mais, en sa qualité de premier chien du traîneau, il se retournait vers eux et grognait, il s'acharnait : ils devaient bien rester dans les traces, ils devaient continuer coûte que coûte. *Balto*. Harnaché, hirsute, mû par son imbattable et furieuse volonté qui le faisait persévérer tout au long de cette journée, jusque tard dans la nuit, la nuit si noire qu'il était impossible de savoir s'ils suivaient bien la piste.

Assise au bord de son lit, écoutant le silence de

Lisette et la voix traînante de son père, elle attendit que sa sœur se manifeste, avec son couinement essoufflé de bébé, et pose les inévitables questions : *Papa, papa, c'est froid comment, moins quarante ?* Et : *Papa, c'est quoi, la diphtérie ?*

*

Les rayons du soleil, qui avaient glissé jusqu'à la terrasse, léchaient les craquelures des planches vernies et remontaient la rambarde basse en cuivre à laquelle Marcy s'était adossée. Elle se fondait presque dedans, se balançait sur sa chaise, coudes en arrière, jambes allongées pour les faire bronzer, ses jambes galbées, extraordinaires, longues, fermes et hâlées, des jambes qui rappelèrent à son partenaire le reste de son corps et son comportement au lit. Il vit une cicatrice juste en dessous du renflement de sa rotule gauche, peau annelée en un ovale irrégulier comme si elle avait été brûlée ou scarifiée : il ne l'avait pas remarquée avant. Bref, il était ailleurs. Il leur restait à peine un demi-verre chacun de leur seconde bouteille de vin, et le monde se révélait dans la plénitude de ses détails, les contours étaient plus définis, plus nets – comme s'il avait eu besoin de lunettes depuis des lustres et venait à peine d'en chausser une paire. La mouette était partie, cette mouette spéciale, très spéciale ; des moineaux avaient pris sa place, où étaient-ce des roitelets, qui avançaient cahin-caha sur les planches, infimes taches de couleur, picorant une miette par-ci par-là, avant de fuser tout à coup comme s'ils avaient été propulsés sur une rampe de lancement. Il était en train de se dire qu'il n'avait plus envie de vin – deux bouteilles, ça suffisait amplement – mais qu'il ne serait pas contre une touche finale, pour ainsi dire, un cognac, peut-être ? Un seul.

Elle parlait de l'une de ses collègues, une fille qu'il avait rencontrée deux ou trois fois, dix-neuf ans, joli visage aux traits doux, Bettina : elle n'arrêtait pas de faire la fête, tous les soirs en boîte. Elle n'avait que la peau sur les os.

« La coke ? » s'interrogea-t-il tout fort, et elle haussa les épaules. « Ça nuit à son travail ?

— Non, pas encore, en tout cas. » Avant de préciser : innombrables retards le matin, surexcitée après la pause-déjeuner et ses rendez-vous chez le médecin… beaucoup trop de rendez-vous chez le médecin. Attendant un instant, il observa la bouche et la langue de sa compagne, le beau dévidement des mots qui chutaient de ses lèvres, puis il avança la main et suivit avec l'index la marque sous la rotule. « Tu as une cicatrice », dit-il.

Elle regarda son genou comme si elle n'avait pas réalisé qu'il était attaché au reste de son corps, avant de retirer sa jambe un instant pour l'observer, puis de la rendre au soleil, à la terrasse et au contact vigilant de la main de son compagnon. « Ah, ça ? fit-elle. Ça remonte à mon enfance.

— Brûlure ?

— Chute de vélo. » Elle titilla les syllabes, lentement, sûrement.

Il posa la main sur son genou : chaleur du contact… Il frotta l'endroit pendant un instant, puis se redressa sur sa chaise et vida son verre. « Pourtant, on dirait une brûlure.

— Non. Je suis tombée dans la rue, rien de plus. » Elle rit encore et il absorba son rire. « Tu aurais dû voir les petites roues arrière… du moins l'une des deux. Elle était aplatie – *éplétie* –, on aurait dit que j'avais été renversée par un camion ! »

Ses yeux papillotèrent au persistant souvenir de la chute et tous deux s'accordèrent un moment pour se représenter la scène : la petite fille, roue voilée, genou écorché – non, sans doute plus grave : coupures, lambeaux de chair ? Lui ne pensa pas à Lisette ou à Angelle, pas encore, car il était trop profondément ancré dans l'instant, si profondément qu'il n'existait plus rien que cette terrasse et ce soleil, leur lenteur, leur suavité, sans oublier la mouette, qui s'était envolée. « Tu veux autre chose ? demanda-t-il. Peut-être un cognac, pour finir en beauté ? D'accord, j'ai bu trop de vin, mais bon… je ne sais pas… une goutte de cognac, ça te dit ?

— Pourquoi pas ? » Elle ne vérifia même pas l'heure à sa montre et lui non plus.

Le garçon leur apporta donc bientôt deux verres à dégustation et un carré de chocolat noir chacun, offert par la maison. Un *verre à dégustation*, songea-t-il, faisant pivoter le verre entre ses doigts, comme il est adapté à sa fonction ! Il le dit d'ailleurs tout haut : « C'est formidable, non, qu'il existe des verres spécifiquement réservés à la dégustation du cognac, dans lesquels on plonge le nez pour renifler le bouquet et s'envoler ailleurs ? Et puis le nom veut bien dire ce qu'il veut dire, pas comme les verres à moutarde, par exemple, on boit pas de la moutarde dans des verres à moutarde, que je sache, pas vrai ?

— C'est sûr. » Le soleil, arrimé à ses cheveux, soulignait les mèches, éclairait le lobe d'une oreille. « Oui, j'imagine. Mais, pour en revenir à Bettina, tu te rappelles… ? Tu te souviens de ce gars qu'elle avait ramassé je ne sais où… ? Je t'avais parlé de lui… pas le petit ami, seulement le coup d'un soir… Tiens-toi bien : elle est tombée enceinte. »

A ce moment-là, le serveur s'approcha, un étudiant, mèches dans les yeux : il leur demanda s'ils désiraient autre chose. Alors seulement il songea à vérifier l'heure et un infime signal d'alarme préliminaire retentit au plus profond du lagon paisible de son cerveau : *Angelle ! Lisette !* Le mercredi, il devait aller les chercher à l'école après leur entraînement de foot parce que c'était le jour de congé d'Allie et Martine n'était plus là pour s'en charger. Martine était rentrée à Paris, où elle en faisait à sa guise. Ça, au moins, c'était sûr. Et aujourd'hui… Aujourd'hui, on était mercredi.

*

Angelle se rappelait que, ce jour-là, elle avait dû l'attendre plus longtemps que d'habitude. Il avait déjà été en retard d'autres mercredis (il était presque toujours en retard, à cause de son travail, à cause de son emploi du temps de dingue) mais, cette fois-là, elle avait carrément pu faire la moitié de ses devoirs, assise sur le trottoir, sac à dos bleu à ses pieds, carnet ouvert sur les genoux, et jamais il n'arrivait. Le soleil avait plongé sous les cimes des arbres de l'autre côté de la rue et elle sentit un frisson là où la transpiration avait traversé l'étoffe de son short et de son T-shirt pendant l'entraînement. L'équipe de Lisette avait terminé avant la sienne et, pendant un moment, sa sœur était restée assise près d'elle, elle avait dessiné des x et des o géants de deux couleurs différentes sur une feuille de papier volante, mais elle avait fini par s'en lasser et était partie faire de la balançoire avec deux autres filles dont les parents étaient aussi en retard.

Quand une voiture débouchait au sommet de la rue, son regard se précipitait vers elle, mais ce n'était jamais la leur. Elle vit un 4 × 4 noir s'immobiliser devant l'école puis Dani Mead et Sarah Schuster débouler par les portes, riant aux éclats, sac à dos rebondissant sur les épaules, cheveux se balançant lorsqu'elles plongèrent sur le siège arrière caverneux, avant que l'une des deux ne referme la portière. Les feux de stop du 4 × 4 clignotèrent, le véhicule sortit lentement du parking, obliqua dans la rue : elle le suivit du regard jusqu'à ce qu'il ait disparu à l'angle. Son père travaillait toujours, elle le savait bien, il essayait de « se dégager de ses montagnes de boulot ». Oui, c'était sa formule. Elle l'imaginait dans son bureau, au milieu de piles phénoménales de documents, penchées comme la tour de Pise, une pelle à la main comme les hommes en veste orange penchés sur des trous et des décombres quand il y avait des travaux sur la chaussée. N'empêche, elle bouillait d'impatience. Elle avait froid. Elle avait faim. Où était-il donc ?

Finalement, après le départ des deux dernières

élèves, emmenées par leurs mères sous le soleil réduit à un filet de lumière sur la toiture de l'école et le long des cimes des palmiers derrière, après que Lisette fut revenue s'asseoir sur le trottoir et se fut mise à geindre, à bouder et à se plaindre comme le bébé qu'elle était *(Il doit être soûl, voilà tout, tout simplement soûl, c'est ce que dit toujours maman)*, après qu'elle eut été contrainte de la gronder (elle disait vraiment n'importe quoi !), voilà qu'il arriva ! C'est Lisette qui vit la voiture la première. Elle apparut au sommet de la rue, tel un mirage, tournant si lentement au carrefour qu'on aurait dit qu'elle avançait de son propre chef, sans conducteur à l'intérieur, et Angelle se rappela que son père lui avait dit qu'à l'arrêt, il fallait toujours mettre le frein à main, toujours, en toute circonstance. Elle n'avait pas envie qu'il lui donne une leçon de conduite (il lui faudrait attendre d'avoir seize ans pour ça) mais ils étaient là-haut dans la montagne, au chalet d'été, juste après le départ de sa mère pour la France, et il n'y avait personne dans les parages. « Tu es une grande fille », lui avait-il dit, et c'était un fait, grande pour son âge (les gens croyaient toujours qu'elle était en troisième, voire en seconde). « Lance-toi, c'est facile… C'est comme les autos tamponneuses. Sauf que tu ne dois taper dans rien. » Elle avait ri. Lui aussi. Elle s'était installée au volant et il l'avait guidée, et son cœur s'était mis à battre si fort qu'elle avait cru qu'il allait l'éjecter du siège. Tout avait l'air différent à travers le pare-brise, points d'impacts caca d'oie et saletés de toute sorte. Le monde était comme enveloppé dans une bulle. Le soleil dans les yeux. La route un fleuve noir, suintant à travers les herbes sèches, les arbres au-dessus, refluant comme s'ils avaient été repoussés par une vague. La voiture avait descendu la route lentement, exactement comme maintenant. Beaucoup plus lentement. Trop lentement.

Lorsque son père se gara le long du trottoir, elle comprit tout de suite que quelque chose ne tournait pas rond. Il leur sourit ou, du moins, tenta de le faire, mais son visage était trop lourd, son visage pesait mille tonnes, sculpté dans le roc comme les visages des présidents au mont Rushmore. Son supposé sourire en était déformé au point de devenir grimace. La colère monta en elle (Lisette avait raison) mais retomba comme un soufflé et elle eut, tout simplement, peur. Peur.

« Désolé, dit-il tout bas, désolé pour mon retard, je… » Sans aller jusqu'au bout de sa pensée, de son excuse ou de quoi que ce fût, il ouvrit sa portière, mit pied à terre. Il lui fallut un certain temps pour ôter ses lunettes de soleil et les nettoyer avec un pan de sa chemise. Puis il s'appuya, d'un geste gauche, sur la voiture. Il esquissa un autre sourire, un sourire indigent, une moitié de sourire… non… même pas une moitié. Et il chaussa de nouveau ses lunettes, d'un geste méticuleux, alors qu'il faisait déjà si sombre ! N'importe qui aurait pu le lui dire ! Sans compter que c'était sa vieille paire, deux disques bleus réfléchissants, cerclés dans une monture en fer, derrière lesquels ses yeux disparaissaient entièrement : il devait donc avoir perdu sa bonne paire, celle qui lui avait coûté deux cent cinquante dollars en solde à Sunglass Hut. « Ecoute, dit-il tandis que Lisette ouvrait la porte arrière et jetait son sac à dos sur la banquette, j'ai oublié l'heure, rien de plus. Je suis désolé. Crois-moi. »

Elle lui décocha un regard censé le terrasser, lui faire ressentir ce qu'elle éprouvait, mais comment savoir s'il la regardait ou pas ? « On t'attend ici depuis quatre heures », dit-elle d'une voix lourde de douleur et d'opprobre. Elle tirait déjà sur la poignée de la portière, décidée à s'asseoir derrière lui, et non à côté, pour lui montrer sa désapprobation – toutes deux s'installeraient à l'arrière, Lisette et elle, personne devant –, lorsqu'il l'interrompit d'un geste, avançant la main pour lui ôter une mèche du front.

« Tu dois m'aider, dit-il, et elle entendit une supplique dans sa voix. Parce que… (les mots patinaient, se figeaient, restaient bloqués dans sa gorge)… parce que, hein, pourquoi mentir, hein ? Je ne te mentirai pas. »

Le soleil s'estompa. Une voiture remonta la rue. Un garçon faisait du vélo, un garçon qu'elle connaissait, qui lui adressa un regard lorsqu'il passa à côté d'elle, dans un flou de roues.

« J'étais… j'ai déjeuné avec Marcy, parce que, tu sais… combien ça a été dur pour moi… j'avais besoin de me remettre en selle, tu comprends ? Tout le monde fait ça. Ce n'est pas un péché. » Une pause, et la main de son père alla encore à ses cheveux. « Nous avons bu du vin. Du vin pour accompagner notre déjeuner. » Il scruta la rue, en quête, eût-on dit, des bouteilles vertes et effilées dans lesquelles s'était trouvé le vin, comme s'il avait voulu les lui montrer, comme preuves.

Elle lui jeta un regard noir, mâchoire serrée, mais accepta qu'il lui pose la main – une main pesante – sur l'épaule. Il exerça une pression, le genre de pression qu'il appliquait quand il était fier d'elle, quand elle obtenait un A à un test ou faisait la vaisselle sans qu'on ait eu besoin de le lui demander.

« Je sais que c'est indigne, dit-il, tu sais… je déteste faire ça, vraiment, je déteste… mais Angelle, je te demande, juste pour cette fois, parce que ce qu'il y a, c'est que… » Il fit glisser en avant les petits disques bleus de ses lunettes pour qu'elle voie l'éclat éteint de ses yeux braqués sur elle : « Je ne crois pas être en mesure de conduire. »

*

Lorsque le voiturier avança sa voiture, il se passa une chose bizarre, un infime moment d'absence, tout bonnement parce qu'il ne faisait pas attention. Il fut distrait par Marcy dans son Miata rouge, capote rabattue, un roadster vraiment classe, bas de plancher, genre « rabattez les oreilles et foncez ». En sortant du parking, Marcy lui fit un signe, déposa un baiser sur majeur et index, et, cheveux déjà soulevés par la brise, le lui adressa. Le voiturier arriva, un autre étudiant, plus petit, la peau plus mate que le serveur, qui avait fait la moue en voyant le pourboire, mais une coupe de cheveux identique, comme s'ils étaient allés chez le même coiffeur, visagiste ou je ne sais quoi ; bref, il lui avait dit : *Votre voiture, monsieur, voici votre voiture, monsieur*. Ce qu'il y eut de bizarre, c'est que, l'espace d'un éclair, il ne la reconnut pas. Il crut que le gamin essayait de l'arnaquer. Etait-ce bien sa voiture ? Etait-ce le genre d'engin qu'il conduisait ? Ce 4 × 4 gris anthracite, maculé de boue, les roues dégonflées ? Et ce gnon sur le pare-chocs avant ? Et la rayure à hauteur de genou sur toute la longueur de la carrosserie, faite, eût-on dit, par une griffe métallique ? Etait-ce une sorte de mirage ?

« Monsieur ?

— Oui. » Il contemplait le ciel : où avait-il donc mis ses lunettes ? « Oui, quoi ? Qu'est-ce que tu veux ? »

Un infime moment d'arrêt. « Votre voiture. Monsieur. »

Sur quoi, sa perception du monde s'affina tout à coup, comme cela arrive parfois. Il ouvrit son portefeuille et le voiturier accepta les deux billets de un dollar qu'il lui tendit (coupures assouplies par l'usage, molles et malléables comme de la feutrine). Il se retrouva sur le siège du conducteur, tenta de faire entrer l'extrémité mâle de la ceinture de sécurité dans la femelle – mais où était-elle donc ? Un mince éclat de soleil frangeait encore l'océan. Il plongea la main dans la boîte à gants, chercha ses anciennes lunettes de soleil, sa paire de secours – ses nouvelles étaient ailleurs, apparemment, pas dans sa poche, pas au bout de la cordelette autour de son cou ; quand il les eut dénichées, il les chaussa. Il aimait le rythme de l'air que dispensait la radio. Il sortit du parking et voulut se mêler à la circulation du boulevard.

C'est alors que tous les contours devinrent tellement nets qu'il s'aperçut qu'il était ivre. Il attendit trop longtemps pour se mêler au flot de voitures (il hésita trop, prit des précautions inutiles) et le conducteur derrière lui dans la file klaxonna ; il n'eut d'autre choix que de lui adresser un signe obscène – il aurait pu se pencher par la fenêtre et aboyer une insulte, mais, à ce moment-là, le 4 × 4 se mit à vibrer, une voiture fit une embardée et il se retrouva sans le savoir au milieu de la mêlée. Si son cerveau fonctionnait, il dut penser à son dernier accident survenu quand il était sous l'emprise de l'alcool, un truc surgi de nulle part alors qu'il n'était même pas aussi soûl que ce soir ou peut-être pas soûl du tout. Il était passé au Johnny's Rib Shack du coin après avoir travaillé tard, une côtelette entre les dents, une bière ouverte entre les cuisses, il avait viré à gauche pour aller prendre la voie inférieure qui menait à la voie d'accès de l'autoroute. Comme il avait le regard braqué sur le feu, il n'avait pas vu la Volvo teinte moutarde arrêtée devant lui. Il avait été emporté par la colère, pas seulement contre lui-même mais contre le monde entier, la façon dont il était assailli par les problèmes, les obstacles, l'imprévisible, l'inattendu étalé là devant lui comme une conspiration. Sortant de la voiture comme un fou, radiateur enfoncé et sifflant, pantalon trempé de bière, il avait hurlé « Allez-y donc, traînez-moi en justice ! » à la conductrice de l'autre véhicule, qui, de son côté, était sonnée. Rien de ce genre n'arriverait aujourd'hui. Non.

Les arbres défilaient, les piétons traversaient aux passages protégés, les feux passaient à l'orange, puis au rouge et enfin au vert, tout se passait bien, une vraie balade, il songeait à emmener les filles chez un vendeur de burritos ou dans un fast-food type hamburgers sur le chemin du retour, lorsqu'un flic le croisa : son cœur se glaça, un véritable pain de glace, puis fondit sur-le-champ, tapant si fort qu'il crut qu'il allait lui défoncer le torse. *Le clignotant, le clignotant*, se dit-il, le regard rivé sur le rétroviseur, et c'est ce qu'il fit, il mit son clignotant et obliqua dans la première à droite, une route qu'il ne connaissait absolument pas, avant de prendre encore la première à droite, et puis encore à droite, de sorte que, quand il leva les yeux à nouveau, il ne savait plus où il était.

C'était d'ailleurs là l'autre raison de son retard, et voilà qu'Angelle lui lançait son regard dur et froid, un regard réprobateur (comme sa mère !), parce qu'elle était parfaite, elle, dévouée et exploitée, la meilleure gamine du monde, de toute l'histoire de l'univers, alors que lui-même était un raté, purement et simplement. Ce n'était pas correct, ce qu'il lui demandait de faire, mais il l'exigea tout de même ; il la guiderait pour chaque manœuvre, d'une seule traite jusqu'à la maison, environ cinq kilomètres ; ils ne s'arrêteraient pas pour prendre des hamburgers, ils rentreraient directement et commanderaient une pizza. Il se rappelait avoir poursuivi dans cette veine : « Les filles, ça vous dirait une pizza, ce soir ? Hein, Lisette ? Oignons et poivrons ? Et des petits artichauts rôtis ? Ou alors des petits vers de terre, une purée de vers de terre ? » Il se retourna vers sa cadette pour la cajoler, réparer sa faute, la dérider. Et c'est alors qu'il ne vit pas le garçon sur sa bicyclette, il ne s'aperçut de rien jusqu'à ce qu'Angelle lâche un petit cri étouffé et qu'il entende le choc pétrifiant d'une masse rebondissant sur le pare-brise.

*

Le tribunal sentait la cire, le genre de cire qu'on appliquait sur les planchers de l'école, à l'odeur agréable mais âcre à la fois, presque réconfortante tellement elle était familière. Mais Angelle n'était pas à l'école – elle avait un mot d'excuse pour la matinée – et elle n'était pas là non plus pour être réconfortée ou passer un moment agréable. Elle était là pour écouter Mr. Apodaca, le juge, le représentant du ministère public et les membres du jury statuer sur l'affaire qui concernait son père, et témoigner en sa faveur, raconter ce qu'elle savait, dire une sorte de vérité qui n'était peut-être pas totale et sans faille mais nécessaire, oui, c'est ça, nécessaire. Voilà comment Mr. Apodaca l'appelait, désormais : une vérité nécessaire. Elle était intallée avec lui et son père dans l'une des pièces vides qui donnaient sur le couloir principal, une autre salle d'audience, pour revoir toute la procédure une fois encore, et s'assurer qu'elle avait bien compris.

Son père lui avait tenu la main lorsqu'ils étaient entrés et s'était assis à côté d'elle sur un banc en bois. L'avocat, une fois de plus, passa en revue les détails de cette journée après l'école, parce qu'il voulait être certain qu'ils étaient bien tous d'accord. Oui, tels avaient été ses mots : « Je veux m'assurer que nous sommes tous d'accord », dit-il debout au-dessus d'eux, agrippant la rambarde en bois luisante, le cuir de ses souliers brillant autant que le sol : elle ne put s'empêcher de se représenter un garçon mexicain qui, ayant abandonné ses études, aurait astiqué ces souliers pendant que Mr. Apodaca serait resté assis sur un fauteuil au dossier en cuir, pieds posés sur les supports en aluminium. Elle se le représenta, lui, retranché derrière son journal, l'air sévère, ou répétant les éléments d'une affaire, cette affaire précisément. Quand il eut terminé, quand il eut tout revu, la moindre réponse, le moindre geste, quand il eut fait le tour de la question, il l'interrogea : « Qu'a-t-il dit ? Qu'as-tu dit ? » Et il demanda à son père s'il pouvait le laisser seul avec elle juste un instant.

Son père, une dernière fois, lui serra fort la main avant de la relâcher et de se lever. Il portait un nouveau costume, d'un bleu marine si foncé et si sévère qu'il conférait à sa peau la couleur de la pâte à pain, et il s'était fait couper les cheveux si courts autour des oreilles qu'on aurait cru que ça avait été fait avec une machine, un coupe-haie ou une tondeuse autoportée comme celle qu'on utilisait sur le terrain de foot à l'école, mais miniature, et, l'espace d'un instant, elle imagina des gens minuscules comme dans *Les Voyages de Gulliver*, s'affairant autour des oreilles de son père montés sur ces machines. La cravate qu'il portait était la plus banale de sa garde-robe, bleu virant au noir, dépourvue de motifs, pas même une rayure. Ses traits étaient comme affaissés, les ridules autour des yeux étaient visibles pour tous (sillons, accrocs, entailles, une véritable boucherie, cette peau taraudée et maltraitée) ; pour la première fois, elle remarqua la chair flasque et grise sous son menton.

Ça le vieillissait, ça lui donnait un air las, comme si, tout à coup, il n'était plus le héros mais le meilleur ami du héros, celui qui ne remporte jamais le gros lot, la fille ou le boulot. Mais, au fait, son rôle, à elle, quel était-il ? La star. Ici, elle était la star et plus l'avocat palabrait, plus les traits de son père s'affaissaient, plus elle goûtait cet aspect de la situation.

Pendant un moment, Mr. Apodaca ne dit rien, il laissa le silence baigner la salle jusqu'à ce que le souvenir des pas de son père se soit estompé. Sur quoi, il se pencha sur le dossier du banc devant elle. L'énorme blason de l'Etat de Californie dominait la plate-forme dans son dos. Il plissa les yeux très fort pendant un long moment, de sorte que, lorsqu'il les rouvrit et riva son regard sur elle, on aurait dit qu'il pleurait. Ou peut-être ses larmes n'avaient-elles que l'apparence de larmes. Ses cils étaient humides et l'humidité isolait chacun d'entre eux, au point qu'elle pensa aux hampes des cannes contre la barrière au fond du jardin : elle ne pensa plus qu'à ça et à rien d'autre. « Je veux que tu écoutes très attentivement ce que je vais dire, Angelle », lui souffla l'avocat à l'oreille, la voix si faible et maîtrisée qu'on aurait dit le son de l'air qui s'échappe d'un pneu percé. « Ça vous concerne, ta sœur et toi. Ça pourrait affecter toute votre vie. »

Une nouvelle pause. Angelle sentit son estomac se serrer. Elle aurait préféré ne rien dire mais il fit tellement durer le silence qu'elle se sentit forcée de pencher la tête pour répondre : « Oui. Oui, je sais. »

Et puis soudain, sans crier gare, il s'en prit à elle : « Non, tu ne sais pas ! As-tu conscience de ce qui se joue ici ? En as-tu vraiment conscience ?

— Non, répondit-elle dans un murmure.

— Ton père va plaider coupable à l'accusation de conduite en état d'ébriété. Il avait tort, il le reconnaît. On va lui retirer son permis de conduire, il devra voir un conseiller et trouver quelqu'un pour vous conduire à l'école, toi et ta sœur. Tout ça, je ne le minimise pas, c'est très grave. Mais il y a pire, quelque chose que tu ignores sans doute. » Il la regarda droit dans les yeux, l'obligeant à le regarder même si elle avait envie de détourner les siens. « La seconde accusation porte sur la mise en danger d'un enfant, en l'occurrence pas du garçon à vélo, qui a à peine eu une égratignure au genou, heureusement, heureusement… Ses parents ont déjà accepté un compromis. Mais de toi, parce qu'il t'a autorisée à faire… ce que tu as fait. Et sais-tu ce qui se passera si le jury le déclare coupable de ce fait-là ? »

Elle ignorait ce qui allait suivre, mais le ton sur lequel l'avocat l'annonçait, sombre, menaçant, furibond, la menace sur le point d'être révélée dans l'instant suivant, la fit se sentir toute petite. Elle eut peur. Oui, peur. Absolument. Elle fit non de la tête.

« On vous séparera de lui, ta sœur Lisette et toi. » Repoussant la barre, il joignit les mains et se retourna comme s'il avait eu l'intention d'arpenter l'allée entre les bancs, comme si toute cette affaire le dégoûtait, comme s'il s'en lavait les mains. Or, soudain, il se retourna vers Angelle avec un violent mouvement des épaules et brandit son bras droit accusateur, quatre doigts roulés en poing et l'index tendu. « Non, dit-il, se contenant à peine, tout juste capable de maîtriser sa voix, pour répondre à la question que tu ne poses pas, ou à l'objection… quel que soit le nom que tu veuilles lui donner… ta maman ne viendra pas vous chercher, plus maintenant, et probablement jamais. »

*

Avait-il honte ? Connaissait-il l'humiliation ? Devait-il cesser de boire et mettre de l'ordre dans sa vie ? Oui, oui et oui. Cela dit, assis là, dans la salle d'audience à côté de Jerry Apodaca à onze heures et demie du matin, hautes fenêtres cintrées chargées de lumière, son aînée, Marcy, Dolores et la jeune fille au pair à l'air grave, toutes assises côte à côte sur le banc en bois luisant derrière lui, il n'en avait pas moins une flasque dans sa poche intérieure de veston et les légères et chaudes palpitations du single-malt parcouraient ses veines. Il en avait avalé une gorgée, aux toilettes, quelques instants auparavant, juste pour se calmer, après quoi il s'était rincé la bouche et avait craqué entre les dents une demi-douzaine de Tic-Tac pour éliminer toute trace d'alcool de son haleine. Jerry aurait été furieux s'il avait seulement soupçonné… Oui, il avait été faible et lâche, il n'avait aucune excuse, aucune excuse, mais il se sentait partir à la dérive, il avait peur, et il avait besoin d'une ancre à laquelle s'arrimer. Juste un instant. Juste aujourd'hui. Ensuite, il jetterait sa flasque, parce que, à quoi servait-elle, après tout, si ce n'est de tétine, aux poivrots vêtus d'un costume trois-pièces et qui se lavent les dents pour effacer l'odeur de l'alcool ?

Il se mit à agiter un pied et à se taper les genoux l'un contre l'autre sous la table, un tic nerveux dont aucune quantité de scotch n'aurait pu le guérir. Le juge prenait son temps, et l'assistante du représentant du ministère public, à sa table sur la droite, arborait un sourire en coin, une main sur une liasse de documents. Elle avait en permanence cet air satisfait, cette femme, comme si elle avait été la reine du tribunal et du comté aussi, pourquoi pas ; elle l'avait attaqué de front avant la pause, ce qui était cruel, vraiment cruel. Elle était le bouledogue de l'accusation, voilà comment Jerry l'appelait : dans sa voix perçaient le sarcasme, l'incrédulité et la pétulance. Mais il s'en était tenu à sa version des faits sans jamais en varier. Cela dit, il était content qu'Angelle n'ait pas dû assister à cette passe d'armes.

Mais son aînée était bien là, maintenant, assise dans son dos. Elle manquait l'école… *à cause* de lui. D'ailleurs, c'était sans doute encore un mauvais point pour lui : quel genre de père ferait ça… ? Il repoussa vite cette pensée trop déprimante. Il résista à l'envie de se retourner et d'adresser à sa fille un regard, un sourire, un clin d'œil, un geste infime, n'importe quoi. Il était trop douloureux de la voir assise là, sous la contrainte, sa fille arrachée à l'école à cause de lui. Il ne voulait pas que les gens pensent qu'il l'influençait ou exerçait une quelconque pression sur elle. Jerry, lui, n'avait aucun scrupule. Il l'avait entraînée sans relâche, allant même jusqu'à lui demander – ou plutôt non, il lui avait ordonné – de porter une tenue qui pourrait conforter l'idée que se faisait la cour de ce à quoi devait ressembler une enfant gentille, honnête et directe, une tenue qui la ferait paraître plus jeune qu'elle ne l'était, trop jeune pour déformer la vérité et bien trop jeune pour ne fût-ce qu'imaginer prendre le volant.

Trois fois Jerry l'avait renvoyée dans sa chambre pour qu'elle se change jusqu'à ce que, enfin, avec un peu de persuasion de la fille au pair (*Allie* – il devrait d'ailleurs se rappeler de lui glisser un billet de vingt dollars, au moins vingt, car cette fille valait de l'or, de l'or pur), jusqu'à ce qu'elle enfile, donc, une robe en dentelle blanche, à col haut, qu'elle avait portée pour un défilé à l'école, avec bas assortis et souliers en cuir vernis. Il s'était aperçu, là-bas, dans le salon, qu'elle avait un problème, il l'avait vu à ses épaules, à la façon dont elle avait grimpé l'escalier en tapant des pieds, visage fermé et regard assassin ; il aurait dû faire plus attention à elle, mais Marcy était là, et elle avait ses idées à elle, et Jerry se comportait en autocrate et lui-même avait tellement de pain sur la planche... : il n'avait rien pu faire, ni manger, ni penser, ni quoi que ce soit d'autre, hormis peut-être se rendre dans le garde-manger pour verser plusieurs doigts de Macallan dans la flasque. Quand il songea enfin à s'occuper de sa fille, ils étaient déjà dans la voiture ; il avait bien essayé... (parfaitement !). Se penchant par-dessus le siège, il avait essayé de l'amadouer avec de petites plaisanteries sur le fait qu'elle avait une journée libre : qu'en penseraient ses professeurs ? Et qu'est-ce qu'Aaron Burr aurait fait – il aurait simplement tiré sur quelqu'un, hein ? Mais Jerry la faisait répéter une dernière fois et elle était calée dans le siège à côté de Marcy, fermée comme une huître.

*

La salle de tribunal, celle-là, celle dans laquelle elle se trouvait désormais, était la copie conforme de celle dans laquelle l'avocat de son père l'avait interrogée une bonne heure plus tôt, sauf que cette salle était pleine à craquer. Tout le monde était vieux, ou pas très jeune, en tout cas, à l'exception d'une femme qui portait une veste cintrée à carreaux qu'Angelle avait déjà vue dans la vitrine de Nordstrom – cette femme devait avoir dans les vingt ans. Elle faisait partie des jurés et avait l'air de s'ennuyer. Pour la plupart, les autres jurés étaient des hommes, sans doute des hommes d'affaires, chauves, yeux enfoncés dans les orbites et grosses mains posées sur les genoux ou agrippant la rambarde devant eux. L'un d'eux ressemblait au principal de son école, le Dr Damon, mais ce n'était pas lui.

Perché derrière son bureau qui surplombait l'assemblée, le juge se redressa ; en parlant de lui et des autres, on parlait de « la cour » mais il n'était pas du tout dans une cour, il était là-haut sur une estrade, entre le drapeau de l'Etat de Californie et le drapeau américain. Elle-même était installée au premier rang, entre Dolores et Allie ; son père et Mr. Apodaca étaient assis à une table devant elle, les épaules de leurs costumes rembourrées comme des tenues de joueurs de base-ball. Le costume de son père était si sombre que ses pellicules ressortaient sur l'étoffe du col de la veste, un saupoudrage de poussière : elle fut gênée pour lui. Elle éprouva aussi de la pitié pour lui.

Et pour elle-même. Et pour Lisette. Elle observa le juge sur son perchoir, puis le représentant du ministère public, son visage sévère, gris, rasé de près, et la femme à l'air renfrogné à côté de lui ; elle ne put s'empêcher de penser à ce que Mr. Apodaca lui avait dit, et cela la fit se retirer tout au fond d'elle-même lorsqu'il l'appela et que le juge, décryptant son expression, esquissa un sourire d'encouragement.

Elle n'eut pas conscience qu'elle se levait et avançait, elle n'eut pas conscience d'entendre le silence qui se fit dans la salle d'audience ou l'huissier qui lui demanda de lever la main droite et de jurer de dire la vérité – tout cela, comme si elle s'était remémoré les bribes d'un rêve, ne lui reviendrait que plus tard. Elle ne s'en retrouva pas moins assise sur la chaise réservée aux témoins et, soudain, la scène lui apparut parfaitement nette, son et image, comme si elle avait changé de chaîne avec la télécommande. Mr. Apodaca se planta devant elle et éleva légèrement la voix, comme s'il allait chanter ; il reprit une à une les questions qu'ils avaient maintes fois répétées ensemble. Oui, répondit-elle, son père était en retard, oui, la nuit commençait à tomber, non, elle n'avait rien remarqué de particulier à son propos. C'était son père et il venait toujours les chercher, sa sœur et elle, le mercredi, ajouta-t-elle de son propre chef, car le mercredi, Allie et Dolores prenaient toutes deux leur jour de congé et il n'y avait personne pour le faire parce que leur mère était partie en France.

Tout le monde la regarda dans un silence tel qu'on aurait cru que la salle s'était vidée, alors qu'ils étaient tous là, pendus à ses lèvres. Elle aurait voulu parler davantage de sa mère, préciser qu'elle allait bientôt rentrer : elle l'avait promis, la dernière fois qu'elle avait téléphoné de son appartement de Saint-Germain-des-Prés, mais Mr. Apodaca l'en empêchait. Il la tenait en laisse, de sa voix brusquement sirupeuse, avec son air condescendant : elle aurait voulu prendre la parole pour lui dire qu'il n'avait pas à la traiter de cette manière, et raconter toute l'histoire : sa mère, Lisette, l'école, la pelouse, les arbres, l'odeur de l'habitacle de la voiture, la chaleur de l'alcool sur l'haleine de son père – n'importe quoi pour retarder l'inévitable, la question cachée juste derrière la précédente, le point névralgique autour duquel tout tournait, et voilà qu'elle l'entendit, murmurée, douce, sortie des lèvres de l'avocat de son père : « Qui conduisait ?

— Je voudrais dire une chose… », répondit-elle, levant les yeux vers Mr. Apodaca seulement lui, et son regard de chien battu, son expression suppliante, son babil. « Simplement que… voilà, je voudrais dire que vous vous trompez sur ma mère, parce que c'est sûr qu'elle va rentrer… elle me l'a dit au téléphone… » Elle n'avait pu se retenir. Sa voix se fêla.

« Certes, répondit-il avec trop d'empressement, dans un souffle mué en sifflement. Oui, je le comprends bien, Angelle, mais nous devons établir… tu dois répondre à ma question. »

Oh, et voilà que le silence s'approfondit encore, le silence de la haute mer, de l'espace intersidéral, de la nuit arctique quand on n'entend pas les patins du traîneau ou les pattes des chiens qui saignent sur la neige, et son regard alla agripper le regard de son père, son regard plein d'espoir, de crainte et de trouble, et, à cet instant-là, elle l'aima plus qu'elle ne l'avait jamais fait.

« Angelle…, demanda Mr. Apodaca tout bas. Angelle ? »

Elle se retourna vers l'avocat, oblitérant le juge, le représentant du ministère public, la femme avec la veste à carreaux qui était sans doute une étudiante, sans doute *cool* en fin de compte, et elle attendit d'entendre la question.

« Qui, répéta Mr. Apodaca au ralenti, con… dui… sait ? »

Elle leva le menton, regarda le juge et entendit les mots sortir de la bouche de l'avocat de son père comme s'ils avaient été plantés là, et elle avoua la vérité, la vérité qui fait mal, la vérité que personne n'aurait devinée parce qu'elle allait sur ses treize ans, qu'elle n'était même pas tout à fait encore une adolescente, et elle lâcha donc : *« Moi. »* La salle revint si brusquement à la vie, dans un brouhaha infernal, les gens se mettant à parler tous à la fois, qu'elle crut d'abord qu'ils ne l'avaient pas entendue. Elle répéta donc sa réponse, plus fort, beaucoup plus fort, si fort qu'on eût cru qu'elle le faisait pour l'homme à la caméra au fond de la longue salle qui ressemblait à une église, avec ses bancs brunis par la sueur, les drapeaux, les emblèmes et tout le reste. Ensuite, elle balaya la salle du regard, le juge, le public, l'homme à la caméra, le rapporteur, la rangée de fenêtres si étincelantes de lumière qu'on aurait cru qu'une bombe avait explosé là, puis elle regarda fixement son père.

La Conchita

Dans mon métier, qui impose qu'on fasse dix à onze mille kilomètres par an avec son véhicule, la douce succion du moteur qui tourne à trois mille cinq cents tours par minute devenant une seconde respiration, les distractions ne sont guères tolérées. On ne peut pas se permettre d'être fatigué, paresseux, ou de lever les yeux de l'asphalte pour goûter l'art consommé avec lequel le brouillard transforme les palmiers d'Ocean Avenue ou la lumière dévale le flanc de la montagne sur la superbe portion de l'autoroute n° 1 entre Malibu et Oxnard. Un moment d'inattention et on peut terminer en tournedos Rossini. Je le sais. Les routiers le savent. Mais tous les autres – désolé pour eux, mais ce qui suit vaut surtout pour les conducteurs de Honda –, tous les autres ne savent même pas qu'ils sont au volant ou à peine conscients de l'être seulement la moitié du temps. J'ai essayé d'analyser ça, ouais. Ils en veulent pour leur argent, les conducteurs de Honda, valeur sûre et fiabilité, mais sans y mettre le prix (et là, je parle de mécanique allemande) ; ils semblent encore penser qu'ils font partie d'une société secrète qui leur permet de faire des queues de poisson à loisir, de conduire n'importe comment parce qu'ils sont tellement dernier cri. Tellement branchés. Tellement Honda. Et, oui, j'ai toujours une arme avec moi, un Glock 9 caché dans un compartiment spécial que j'ai fait installer à cet usage dans le panneau en cuir de ma portière – ce qui ne signifie pas forcément que je tiens à m'en servir. A m'en resservir. Hormis en cas d'urgence.

En fait, je ne m'en suis servi qu'une seule fois, pendant la vague de fusillades autoroutières, il y a quelques mois – une simple « bulle statistique », a dit la police ; les gens se faisaient buter au rythme de deux par semaine dans le grand Los Angeles. Je ne comprends pas ça, moi. On voit un con qui slalome entre les files, qui vous colle au cul, peut-être qu'on lui fait un bras d'honneur, peut-être qu'il insiste, mais on n'est pas une larve, non ? On a un accélérateur et une pédale de frein, pas vrai ? Mais j'imagine que la plupart des gens ne savent même pas qu'ils sont vivants ou qu'ils viennent de transformer en criminel le conducteur qui fonce à côté d'eux, que leur moteur est en feu ou que la chaussée est en train de plonger dans un cratère de la taille de la mer de la Tranquillité, tout ça parce qu'ils ont leur mobile collé à l'oreille, se font les ongles ou lisent le journal. Ne riez pas. J'en ai vu qui regardaient la télé, gobaient du *kung pao* dans un carton de fast-food asiatique, faisaient des mots croisés ou parlaient sur deux mobiles à la fois – tout ça à cent vingt kilomètres à l'heure.

Bref, j'ai tiré deux pruneaux, *blip blip*. Je ne savais même pas que j'avais le doigt sur la détente. Bien sûr, j'ai visé bas – j'essayais seulement de perforer ses bas de caisse ou ses crétins de pneus grosse bite tout terrain Super Avenger qui l'exhaussaient à trois mètres au-dessus de l'asphalte. Je n'en suis pas fier. Je n'aurais sans doute pas dû aller aussi loin. Même s'il m'avait fait deux queues de poisson et s'il m'avait adressé un signe obscène ; ça, ça aurait été une chose, mais ce que je n'ai pas supporté, vraiment pas, c'est qu'il ne s'en soit même pas aperçu : il ne savait même pas qu'il avait failli m'envoyer valdinguer sur le terre-plein central deux fois en l'espace de soixante secondes.

Cela dit, ce jour-là, tout le monde respectait les distances réglementaires. Il était un peu plus de midi, il pleuvait. À ma gauche, l'océan prenait des airs de gros chaudron bouillant, la chaussée était glissante, si glissante, lisse et incertaine que je dus ralentir, ne pas dépasser cent pour éviter l'hydroplanage. Ce n'était pas une simple averse. Plutôt l'un d'une série d'orages qui déferlaient sur la côte depuis une semaine, aspirant d'énormes quantités d'humidité dans l'océan pour les reverser sur les collines dont la végétation avait toute brûlé l'hiver précédent. J'étais en retard, ralenti par un glissement de terrain dans Topanga Canyon : des rochers de la taille de 4 × 4 au beau milieu de la chaussée, les flics en cirés agitant leurs torches, autoroute réduite à deux files, puis une seule et, finalement (je l'ai entendu dire à la radio après avoir réussi à passer, en retard mais, je suppose, chanceux tout de même), plus aucune. Route fermée. Fin de l'histoire.

Je n'aimais pas conduire sous la pluie : c'était courtiser le danger. Les autres automobilistes, le pied sur le frein, accrochés au volant comme à une espèce de fétiche vaudou qui les aurait protégés des ivrognes, des tournants, des nids-de-poule, des coyotes en vadrouille et des plaques de métal déchiquetées, perdaient la boule dès l'instant où la première goutte giclait sur le pare-brise. Comme on pouvait s'y attendre, le taux d'accidents triplait quasiment à chaque orage ; or, je le répète, il ne s'agissait pas d'un simple orage isolé. Je devais faire une livraison à Santa Barbara, un job urgent, et si je ne pouvais garantir un porte-à-porte plus rapide que Federal Express ou Freddie Altamirano (mon principal concurrent, qui, sur sa ProStreet FXR, se déplaçait à la vitesse d'un bienheureux fusant vers le paradis), autant mettre la clef sous le paillasson. Sans compter que ce n'était pas un banal paquet d'obligations, d'actions ou le scénario d'une quelconque superproduction passant d'un scénariste à un réalisateur et retour, c'était le genre de chose dont je ne m'étais occupé que deux ou trois fois, au plus – et chaque fois ça me faisait des frissons dans le dos. Dans mon coffre, fermement maintenu en place par deux gros blocs de mousse de polystyrène, se trouvait un foie humain enveloppé dans un sac de glace pilée, lui-même placé dans une glacière promo de bière Bud Light pour la plage. Dit comme ça, ça peut paraître ridicule, j'en suis conscient. Mais c'est de cette manière qu'on les transporte. Ce sont les faits. Quatre-vingt-dix minutes plus tôt, j'avais récupéré le foie à l'aéroport international de Los Angeles parce que celui de Santa Barbara était fermé suite aux inondations. L'expression « date de péremption », vous connaissez ? Eh bien, en voilà un exemple parfait. La bénéficiaire, une mère de trois enfants, vingt-sept ans, était sous assistance respiratoire à l'hôpital, j'étais en retard et je ne pouvais rien y faire.

Bref, j'arrivais à la hauteur de La Conchita, une bourgade pas plus grande qu'un parking à gros culs, creusée dans la colline là où l'autoroute plonge vers l'océan. J'abordais la grande courbe de Mussel Shoals. Je rétrogadais en quatrième (j'avais mis la gomme pour dépasser un camion de déménagement, le pire, le pire qui soit, mais ça, c'est une autre histoire…), lorsque le flanc de la colline céda. J'entendis une série de craquements tonitruants que je pris d'abord pour des éclairs qui auraient frappé la colline, puis un grondement suivi par des échos lointains, comme si tout l'air ambiant avait été aspiré d'un seul coup. A ce moment-là, j'étais donc en train de rétrograder, hyperconscient de la file de feux de stop alignée devant moi ; le camion de déménagement, piloté, à ce que je vis, par un zombie qui, sa copine zombie à côté de lui, chihuahua blanc sur les genoux, fonçait maintenant derrière moi, sans doute vers Goleta ou Lompoc. Je réussis à immobiliser ma voiture. Pas lui. Il eut à peine le temps de faire clignoter ses feux de stop avant de déraper en m'évitant de justesse et d'aller percuter l'arrière d'un camion Mercedes feux de détresse allumés, qui, blanc et orange et tout chatoyant, partit sur deux roues et versa sur le côté.

J'avoue ne pas vraiment savoir quoi faire en situation d'urgence ; or, quand on se trouve au volant aussi souvent que moi, veuillez me croire, on en voit à la pelle, des urgences. Je n'y connais rien en réanimation cardio-pulmonaire, je ne sais pas garder mon calme ou calmer autrui et j'ai eu de la chance jusqu'ici parce que je ne me suis jamais retrouvé enveloppé autour d'un poteau téléphonique ou branlant la tête sur mon pare-brise éclaté, et personne de ma connaissance ne s'est jamais étouffé à ma table, n'a jamais porté la main au cœur, ne s'est jamais mis à saigner de la bouche et des oreilles devant moi. J'ai vu le clebs là, sur l'asphalte, comme un tas de chiffons, j'ai vu le conducteur du camion de déménagement sortir par la fenêtre comme un pêcheur de perles revenant à la surface pour reprendre son souffle, et j'ai vu les trombes d'eau l'estomper. La première chose que j'ai faite, autant pour moi que pour quiconque arriverait derrière, ça a été de dégager ma voiture, le plus loin sur le bas-côté que j'ai pu sans m'embourber. Mobile en main, je composais le 911, route bloquée, journée perdue, méninges en folie, organe du donneur toujours pas livré, toujours pas réincorporé et virant de plus en plus au rassis à chaque minute qui s'écoulait, lorsque tout s'aggrava, s'aggrava considérablement.

J'ignore si le citoyen lambda s'imagine ce qu'est une véritable coulée de boue. Moi, en tout cas, je n'en avais aucune idée avant d'appuyer sur le champignon pour sauver ma peau, ce jour-là. On voit des reportages dans les journaux télévisés, poteaux de téléphone penchés, arbres renversés, une voiture ou deux aplaties et un garage défoncé, mais ça ne paraît jamais si terrible que ça sur le petit écran. Ce n'est pas de la lave en fusion, ce n'est pas un tremblement de terre ou une tempête de feu qui s'abat sur tel ou tel district et réduit en cendres dans les deux cents maisons chaque automne. Peut être est-ce la faute du terme : *coulée de boue*. Ça paraît inoffensif, presque douillet, genre nouvelle attraction à Magic Mountain, voire plutôt sexy, comme ces matchs de boue entre femmes, tellement en vogue quand j'étais au lycée et trop jeune pour pouvoir y assister. Carence d'une imagination limitée. Une coulée de boue, ai-je appris depuis, c'est quasiment une avalanche mais, au lieu de neige, c'est quatre cent mille tonnes de terre liquéfiée charriant des rochers et des troncs d'arbres qui se déversent sur vous avec la force d'un ouragan. C'est-à-dire que ça arrive à toute allure, beaucoup plus vite qu'on ne l'imagine.

Le bruit que j'avais entendu, toutes fenêtres remontées et bercé par le débit alerte du lecteur du roman enregistré que j'avais emprunté à la bibliothèque car je ne me déplace jamais sans une bonne histoire à écouter, question d'oublier les crétins déchaînés qui m'entourent pendant mes trajets, c'était en fait le cri furibond des contreforts de la montagne au-dessus de La Conchita quand ils avaient cédé. Des poutres métalliques se brisaient comme des os de poulets, des traverses de chemin de fer volaient. A quelque distance devant moi, au-delà du camion de déménagement renversé, plusieurs voitures avaient réussi à passer mais un peloton de rochers vint se déverser sur l'autoroute, suivi de près par un torrent de boue. Une pierre de la taille d'un boulet vint s'encastrer dans le ventre exposé du camion ; une rafale (de gravier, j'imagine) raya ma portière – voilà que je devrais la faire repeindre et peut-être même toute la carrosserie de ce côté-là. La pluie redoubla d'intensité. La boue se répandit sur la chaussée, bouillonna autour des roues, sous la voiture et plus loin ; bientôt, de sombres langues de boue traversèrent également les voies en direction du sud.

Qu'ai-je fait ? Je suis descendu de la voiture (réaction logique), mais je n'avais pas plus tôt posé le pied par terre que mes souliers s'emplirent de gadoue. Il y en avait une épaisseur d'environ trente centimètres et, à l'extrémité de la coulée, elle avait la consistance de la pâte à crêpes, en plus sombre, et elle avait l'odeur de quelque chose qui serait resté longtemps enfoui avant d'être déterré, froid et humide comme une tombe ouverte ; me revint soudain à l'esprit l'enterrement de mon père, les bords rectilignes de la fosse avec sa frange de racines, ma mère s'évertuant à rester stoïque, mon oncle lui passant le bras autour des épaules comme si ça avait pu l'aider. Disons que ce n'était pas une odeur agréable et n'en parlons plus.

Des bruits de portières. Un cri retentit : me retournant, je vis le chauffeur du camion de déménagement qui extirpait de la cabine sa femme ou sa petite amie qui réagissait ainsi au spectacle du chien étendu sur une portion encore intacte de bitume, épargnée par la boue qui, suivant sa logique propre, déferlait autour. Derrière moi : une bonne centaine de véhicules pris dans l'embouteillage, moteur au ralenti, phares éclairant faiblement la scène, essuie-glace applaudissant comme un public très las. Des gens remontaient la chaussée en courant. Un pick-up à côté du camion renversé, soulevé par la coulée, se mit à flotter et à dériver comme un dinghy emporté par la marée. Ma veste était trempée, mes cheveux me tombaient sur les yeux. Le foie approchait de son heure de péremption.

Soudain, Dieu sait comment et pourquoi, je me retrouvai devant le coffre de la voiture, j'insérai la clef, je l'ouvris – pour me rassurer, j'imagine. Je retirai le couvercle de la glacière. Il était bien là, le foie, lisse, plus rose que rouge, des reflets bruns : il n'avait pas l'aspect de la viande, pas le moins du monde, non, plutôt d'un objet sculpté dans une pierre malléable. Il se portait bien, il n'était pas endommagé, je me dis que je devais garder mon calme. Je calculai que nous avions une heure, plus ou moins, avant d'atteindre le point critique. C'est alors que la femme au chien – pliée en deux à cause de la pluie, gémissant, l'eau dégouttant de l'extrémité de son nez, rosie par le filet de sang qui coulait de son cuir chevelu, leva les yeux et m'appela. Peut-être me demandait-elle si je m'y connaissais en clebs ou si elle pouvait utiliser mon mobile pour appeler un véto. Ou bien si j'avais un couteau, un masque à oxygène, un GPS, une couverture. J'ignore ce qu'elle criait. Elle voulait quelque chose, mais je ne l'entendis pas, à cause du raffut de tous les moteurs, du sifflement de la pluie, des cris et des jurons. L'instant d'après, quelqu'un apparut et s'occupa d'elle. Je remontai dans ma voiture pour m'abriter de la pluie. Il y avait de la boue partout, sur les carpettes, le cadre de la porte, la console. Je composai le numéro de mobile de l'assistant du chirurgien à l'hôpital.

« J'ai un problème », annonçai-je.

La voix de mon interlocuteur me revint en un aboiement légèrement amplifié : « Que voulez-vous dire ? Où êtes-vous ?

— A environ une vingtaine de kilomètres au sud, à La Conchita. La route est bloquée par une sorte de glissement de terrain… ça vient juste de se passer et la route est bloquée. Entièrement bloquée. » Pour la première fois, je scrutai la montagne à travers la fenêtre et vis la cicatrice en surplomb, la coulée de terre et les maisons écrasées. Sous le voile gris du déluge.

« Combien de temps mettront-ils pour la dégager ?

— Sans mentir ? Ça pourrait durer un certain temps. »

Mon interlocuteur garda le silence. Je tentai de me le représenter. Je ne le connaissais pas : sans doute un interne, binoclard, cheveux courts parce que c'était plus pratique quand on n'était pas maître de sa vie ; il mordillait ses lèvres et regardait par la fenêtre le suaire de pluie. « Y a-t-il un moyen pour vous rejoindre ? Voyons… si je prenais la voiture immédiatement et…

— Qui sait… » J'aurais tant voulu que ça marche – parce que ma réputation était en jeu et cette femme avait désespérément besoin de ce foie qu'elle attendait depuis Dieu sait quand : quelqu'un était mort à Phoenix et c'était la meilleure compatibilité à ce jour. J'aurais continué à pied si j'avais pu, aucun doute là-dessus, j'aurais marché jusqu'à ce que mes pieds se transforment en moignons, mais il me fallait être honnête avec lui. « Vous devez savoir que la circulation est bloquée dans les deux sens », dis-je. J'étais loin d'être calme. « Rien ne passe, il y a eu un accident juste devant moi et la chaussée est jonchée de boue et de rochers. Sur les deux files. Et, même si vous partez maintenant, vous ne vous approcherez pas à moins de six ou sept kilomètres d'ici. Alors, dites-moi. Dites-moi ce que vous voulez que je fasse. Dites-moi. »

Nouveau silence. « D'accord, finit-il par répondre, d'une voix tremblante. Vous savez combien c'est urgent. Et crucial. Nous allons réussir. Oui, nous allons réussir. Gardez votre mobile allumé, d'accord ? Ne faites rien jusqu'à ce que je vous rappelle. »

J'ai dû attendre cinq bonnes minutes, mobile à la main, à contempler la pluie. Comme j'étais trempé et commençais à être parcouru de frissons, j'ai mis le contact et le chauffage. La boue continuait de couler, cela ne pouvait guère m'échapper, et le chien blanc avait disparu, ainsi que le couple du camion de déménagement. De toute évidence, ils avaient trouvé à s'abriter, dans la modeste station-service-épicerie, le seul magasin de La Conchita, ou bien dans une voiture bloquée derrière moi. Des gens du cru étaient sortis sur le trottoir, formes pataugeant dans la boue et s'appelant de loin. Puis je crus entendre le hurlement d'une sirène – police, pompiers, ambulance – et je me demandai comment les secours pouvaient s'imaginer pouvoir passer. Vous aurez peut-être du mal à le croire mais je ne pensais pas vraiment au danger, alors que, si un autre pan de la colline avait cédé, nous aurions tous été enterrés vivants, aucun doute là-dessus. Non, j'étais obnubilé par mon paquet dans le coffre. Pourquoi le médecin ne me rappelait-il pas ? Qu'attendait-il donc ? J'aurais pu déjà être en train de courir le long de l'autoroute, glacière hissée sur l'épaule, et quelqu'un – une ambulance envoyée par l'hôpital ? – aurait pu venir à ma rencontre quelques kilomètres plus bas. A moins que… non : les ambulances seraient toutes réquisitionnées par les dégâts en aval : gens bloqués dans leurs voitures, avec des blessures à la tête, des organes rompus, des os cassés. Ou même chez eux, dans ces maisons, là. Je me retournai pour regarder par la fenêtre du passager le fantôme de La Conchita, un quadrilatère de maisons sur deux niveaux et des caravanes privées d'électricité et accablées de pluie, plus d'autres à flanc de colline, celles qui étaient là dix minutes avant et qui avaient disparu depuis. C'est alors, au moment même où je me retournais, qu'une silhouette sombre et fumante surgit tout contre ma voiture et qu'un visage féminin apparut à la fenêtre. « Ouvrez ! cria la femme. Ouvrez ! »

Pris au dépourvu, désarçonné, en fait, par la façon qu'elle avait eue de débouler ainsi, il me fallut un instant pour réagir, mais elle n'avait pas une minute à perdre, elle frappait à la vitre, désespérément, des deux mains, regard pénétrant au plus profond de moi à travers la vitre maculée. J'appuyai sur le bouton de la fenêtre et l'odeur me prit à la gorge, la puanteur de cimetière, et puis cette femme, d'une vingtaine d'années, avec son maquillage qui coulait, de la boue dans les cheveux, ses cheveux mouillés et pendant comme les extrémités effrangées d'une corde. Avant que la fenêtre soit complètement descendue, elle avança la tête à l'intérieur et passa la main pour saisir mon poignet, comme pour me forcer à sortir de la voiture, tout en hurlant quelque chose à propos de son mari, de son mari et de sa petite fille, son bébé, sa petite fille, sa petite fille, la voix tellement tendue, la gorge tellement comprimée que j'eus du mal à comprendre ce qu'elle disait. « Vous devez m'aider, cria-t-elle en secouant mon bras. Aidez-moi. *Je vous en supplie.* »

C'est alors que, à peine conscient de ce que je faisais, je sortis de la voiture et me retrouvai les pieds dans la boue ; je ne songeai même pas à remonter la fenêtre. L'impatience de l'inconnue m'avait pénétré comme une décharge électrique. Pourquoi ai-je pris mon pistolet, pourquoi l'ai-je glissé dans ma ceinture ? Je ne le saurai jamais. Peut-être parce que la panique est infectieuse et que la violence seule peut la calmer. Je ne sais pas... Peut-être pensais-je aux pillards – ou bien je voulais m'isoler de ce qui se trouvait là-bas, dehors, que ça soit bon, mauvais ou indifférent. De la boue jusqu'aux genoux, j'allai vers l'avant de la voiture ; sans un mot, la femme me saisit la main et me tira le bras. « Où allons-nous ? » criai-je sous les trombes d'eau, mais elle continua simplement de me tirer vers l'avant et se fraya un chemin à travers les décombres jusqu'à ce que nous ayons traversé, courant tous les deux, la voie de chemin de fer inondée. Nous entrâmes dans La Conchita, où la boue coulait à flots et enterrait les maisons.

Alors que j'avais dû passer devant la bourgade plus de cent fois, à cent vingt, cent trente kilomètres-heure, un œil sur la patrouille des autoroutes de Californie, l'autre sur l'inévitable crétin qui bloquait la file rapide, je ne pense pas que je m'y étais arrêté plus d'une ou deux fois et seulement pour faire le plein *in extremis* quand j'avais été tellement concentré sur une livraison que j'avais oublié de vérifier le niveau d'essence. Je ne connaissais de La Conchita que ce qu'on m'en avait raconté : les terrains y étaient bon marché, ou relativement bon marché, parce que les contreforts de la montagne avaient déjà cédé en 1995, ensevelissant plusieurs maisons et effrayant acheteurs potentiels et agents immobiliers. Mais les gens recommençaient à s'y installer parce qu'ils ont la mémoire courte et la modeste communauté, d'environ cent cinquante foyers sans compter le magasin susmentionné, exerçait un attrait certain sur l'imaginaire des gens de la région. En effet, c'était la dernière des communes côtières de Californie du Sud à portée de toutes les bourses, vestige de temps anciens et plus heureux, avant la construction des autoroutes et l'extension de la mégalopole tous azimuts. J'avais toujours voulu m'arrêter pour y jeter un coup d'œil mais je n'avais jamais trouvé le temps. La bourgade ne pouvait dépasser les trois cents, quatre cents mètres d'une extrémité à l'autre, ce qui, à cent trente, passe à la vitesse de l'éclair.

Or je m'y trouvais enfin, jusqu'aux oreilles, à esquiver les tentacules de boue, dépassant des bâtisses impassibles, sombres et indemnes, remontant tant bien que mal la rue principale jusqu'à l'endroit où la coulée avait tout emporté sur son passage, et, de tout ce temps, cette femme, jambes nues maculées de boue, épaules resserrées par l'urgence, n'avait jamais lâché mon poignet. C'était étrange, une sensation étrange, comme de se retrouver à l'école élémentaire, attaché à l'un des autres gamins dans une bizarre variante de la course à trois jambes. Sauf que la femme était une totale inconnue et que ce n'était pas un jeu. J'avançais sans réfléchir, sans poser de questions, les jambes alourdies par la fange. Quand nous atteignîmes le haut de la rue, toute en longueur et toute en montée, j'étais hors d'haleine (pour tout dire, je soufflais comme un bœuf), mais rien n'avait d'importance, ni mes poumons qui me brûlaient ni mes souliers qui seraient foutus ni la peinture de la carrosserie de ma voiture qui était endommagée et dont la réparation coûterait la bagatelle de cinq cents dollars ou plus, non, ça n'avait aucune importance, car, soudain, j'eus une révélation. Cette situation, c'était la vraie vie. L'affliction, la perte, l'horreur se produisant sous mes yeux, maisons enfoncées comme des coquilles d'œufs, voitures englouties, pans de toitures balancés dans la rue et tout le reste englouti sous des tonnes de boue et des poutres brisées. J'étais stupéfait. Saisi. Je perçus soudain les aboiements d'un chien, un son étouffé, comme s'il avait aboyé, un bâillon dans la gueule. « Au secours ! cria encore la femme, s'étouffant presque. Bon Dieu, faites quelque chose, *creusez* ! » Alors, seulement, elle lâcha mon poignet. Elle me lança à nouveau un regard désespéré et s'agenouilla dans la boue, creusant la terre à mains nues.

Comme je l'ai déjà dit, je ne suis pas un héros – je suis tout juste capable de m'occuper de moi, si vous voulez la vérité –, mais je me suis mis à genoux, moi aussi, à côté d'elle, sans piper mot. Elle pleurnichait, son expression relâchée témoignait du choc qu'elle avait subi et de la futilité de sa tentative : il nous aurait fallu une pelle, une pioche, une pelleteuse, or les outils étaient enterrés, tout avait disparu sous la coulée de boue. « J'étais au magasin », dit-elle, et les mots sortirent comme une psalmodie, tandis que ses mains creusaient. Ses doigts se mirent à saigner : elle s'arrachait les ongles et son chemisier mouillé collait aux muscles durs et frénétiques de son effort physique. « Au magasin, au magasin. » Mon esprit quitta mon corps. Je saisis une longueur de tasseau et m'attaquai à la terre comme si j'avais fait ça toute ma vie. La terre vola. J'oubliai tout le reste. J'étais enfoncé dans une tranchée jusqu'aux genoux, jusqu'à la taille. La boue coulait à l'intérieur presque aussi vite que je l'en délogeais, et la femme restait à mes côtés, avec ses mains martyrisées. On aurait dit Alice, Alice quand je l'ai rencontrée, la première fois, avec sa chevelure crantée et son sourire qui vous accrochait depuis l'autre côté de la salle, Alice avant que les choses ne tournent au vinaigre. Et je me demandai : est-ce qu'Alice creuserait pour me retrouver ? Se sentirait-elle même concernée ?

Activité du dos, des épaules, penché, creuser la terre, rejeter la terre. Me trouvera-t-on ridicule si j'avoue que, au milieu de toute cette activité forcenée, creuser, creuser, la sueur, la panique, la brusque et brûlante montée d'adrénaline, j'ai retrouvé mon épouse ? J'ai compris quelque chose, là-bas, quelque chose qui avait trait à la férocité de son désir, dans la souillure des membres maculés de cette femme, que j'ai trouvée incroyablement attirante ? Je ne connaissais pas son mari. Je ne connaissais pas sa petite fille. Tout simplement, je creusais, je creusais, c'est ça. Tout le monde aurait fait pareil. Je n'étais pas un héros. Je ne creusais pas pour sauver quelqu'un. Je creusais pour elle. Il vint un moment, au bout de dix, quinze minutes, où je compris ce qui allait se passer, aussi clairement que si j'avais été devin. Son mari et sa fille étaient morts, depuis longtemps, étouffés, asphyxiés, et cette femme devrait faire son deuil, cette jeune femme sexy, cette fille avec son short plein de boue et son chemisier trempé, cette fille dont je ne connaissais même pas le nom, qui n'arrêtait pas de répéter qu'elle était allée au magasin chercher une boîte de coulis de tomate pour l'ajouter à sa sauce, la sauce qui cuisait à petit feu sur la cuisinière, pendant que son mari mettait la table et que sa petite fille coloriait son cahier de coloriages. Je vis tout ça. Le deuil. Forcément, le deuil. Mais je compris aussi que, en temps voulu, six mois, un an peut-être, elle s'en remettrait, très progressivement, tendre et fragile convalescence. Et je serais là pour elle, oui, là, à son côté, et elle pourrait s'accrocher à moi comme Alice était incapable de le faire et n'aurait même pas voulu envisager de le faire. C'était biblique, cette histoire. J'étais un devin, un cartomancien, je le fus, du moins, pendant un bon quart d'heure. Mais laissez-moi vous dire une chose : creuser pour sauver quelqu'un, c'est un acte désespéré, on ne sait pas ce qu'on pense pendant qu'on le fait, on ne sait rien.

A un moment donné, un voisin est arrivé avec une pelle ; je ne saurais vous dire s'il avait trente ans ou quatre-vingts ans, si c'était un géant de trois mètres ou un nain bossu, mais ce que je sais, c'est qu'en un seul mouvement fluide, je posai d'un coup le tasseau, lui arrachai la pelle des mains, et me remis à dégager la terre, éprouvant le genre d'extase que seuls les saints doivent ressentir. J'étais enfoncé dans mon trou jusqu'aux épaules, je venais de heurter un obstacle, un encadrement de fenêtre, meneaux explosés et vitre éclatée, lorsque mon mobile, dans ma poche de chemise, se mit à sonner. Il sonna, il sonna, il sonna, cinq, six fois, mais je ne pouvais pas m'arrêter, seul mon geste comptait, pelle allant chercher la terre en avant, pelle rejetant la terre vers l'arrière, la terre qui était désormais plus meuble. Au fond du trou apparurent des fragments de bardeaux, tel un trésor enfoui. La sonnerie s'arrêta. Après les bardeaux, je tombai sur du bois fendu, une ossature en alu et des fragments de stuc, un mur intérieur… Etait-ce une cloison ? Or voilà que le mobile sonnait de nouveau. Je lâchai la pelle, juste un instant, pour le sortir de ma poche et hurler dans le récepteur. « Ouais ? » beuglai-je et, pendant tout ce temps, j'observai la femme, son regard désespéré, ses mains ensanglantées, et puis les contreforts de la montagne en hauteur, tel le visage de la mort.

« Joe Liebowitz à l'appareil. Où êtes-vous ?

— Qui ?

— Le Dr Liebowitz. De l'hôpital. »

Il me fallut un instant pour changer de vitesse. « Ouais. Je suis ici.

— Bon. Très bien. Ecoutez-moi : nous avons trouvé quelqu'un. Il est déjà parti, à moto, pour vous rejoindre. Nous pensons… il pense qu'il peut passer à travers. Tout ce que vous avez à faire, c'est lui remettre le paquet. Ça va, vous ? Vous pensez pouvoir faire ça ? »

Oui, allais-je dire, *bien sûr*, mais je n'en eus pas l'occasion. En effet, à ce moment-là, un gars, un gars en coupe-vent bleu et casquette Dodgers noire de pluie, s'est emparé de la pelle. Des témoins ont raconté que j'ai brandi mon pistolet, mais moi je ne sais pas : juré, je ne sais pas. Ce dont je me souviens, c'est que j'ai laissé tomber le mobile et lui ai repris la pelle des mains. Et que je me suis remis à creuser de toutes mes forces : on aurait cru que j'étais fait de métal et de rivets, une excavatrice, un robot. Toute sensation quitta mes membres, mes mains, mon dos. Je creusais. Et la femme, l'épouse, la jeune mère, s'effondra dans la boue, laissant libre cours à sa douleur dans une succession de longs sanglots hoquetants qui me nourrirent comme une perfusion ; des badauds se réunirent pour la réconforter et un gars avec une pioche commença à s'activer à mon côté. La sonnerie du mobile retentit à nouveau. Il était là, devant moi, à mes pieds, et je ne marquai une pause que pour le ramasser et le fourrer dans mon pantalon, boue et tout.

J'ignore combien de temps s'écoula, cinq minutes, peut-être, pas plus… et puis j'ai gagné le gros lot. J'estoquais le fond du trou comme un escrimeur combattant un adversaire invisible, flamberge au vent, lorsque, tout à coup, la pelle s'enfonça jusqu'à la garde et le temps s'arrêta. Miracle ! Il était là : le mari, et la petite fille aussi, tous deux préservés dans une poche d'air là où le réfrigérateur et la cuisinère étaient tombés sous une portion du mur et l'avaient empêché d'aller plus loin. Dès que j'eus retiré la pelle, le bras du mari sortit du trou, d'un coup : j'eus un choc en voyant cette poigne et le bras si infime, si blanc, si inattendu dans la mer de boue. Je l'entendis : il criait le nom de sa femme, *Julie ! Julie !* Le bras disparut pour laisser place à un coin de visage, un œil si intensément vert qu'on aurait cru que toute la végétation de la colline avait été distillée et concentrée là, sous terre. Puis sa main ressortit et la femme l'agrippa.

Je reculai et laissai le gars à la pioche agrandir le trou ; entre-temps, la pluie s'était mise à tomber en bruine d'un haut entonnoir nuageux accroché à la montagne âpre, qui semblait s'être mise à respirer. Soudain, des badauds s'étaient rassemblés autour de nous, il devait y en avoir une douzaine ou plus, mouillés comme des rats, manifestement sous le choc, cheveux collés au crâne. Leurs voix étaient emportées dans les airs comme des cerfs-volants. Quelqu'un filmait avec une caméra amateur. Et mon mobile sonnait, il sonnait depuis une éternité. Je mis du temps à le débarrasser de sa gaine de boue, puis j'appuyai sur le bouton et collai l'engin contre mon oreille.

« Gordon ? Je parle bien à Gordon ?

— Oui, je suis là.

— Où ça ? Où êtes-vous, j'aimerais bien le savoir ! Ça fait dix minutes que notre homme est sur place, il vous cherche. Ne vous rendez-vous pas compte de ce qui est en jeu ? La vie d'une femme, bon Dieu…

— Si, bien sûr. » Et je dévalai la pente. Ma voiture avait de la boue et des décombres jusqu'au châssis.

La police était là, gyrophares en action ; à l'aide d'une charrue, quelqu'un essayait de dégager son pick-up de la coulée de boue qui s'étendait à perte de vue. « Je vous écoute. » La voix du médecin me revint, rude comme un poignard : « Vous le savez, non ! Vous savez combien de temps cet organe sera encore transplantable... ! Jusqu'à ce qu'il devienne inutilisable ? Vous savez ce que cela signifie ? »

Il n'attendait pas de réponse. Il se déchargeait de sa frustration, rien de plus, shooté à la caféine, à l'affût de quelqu'un sur qui se défouler. Je répondis « Oui ! » tout doucement, plus comme une interjection qu'autre chose, puis je lui demandai à qui j'étais censé remettre le paquet.

Je l'entendis souffler dans le téléphone, près de remonter sur ses grands chevaux, mais il réussit à se contrôler assez longtemps pour répondre : « Altamirano. Freddie Altamirano. Il est à moto et il dit qu'il porte un casque argenté. »

Avant même d'avoir eu le temps de répondre, j'avisai Freddie, fendant la boue. Sa Harley avait plus l'air d'une bécane de motocross que d'une citadine. Il m'adressa un signe, pouce levé, et, d'un autre, désigna le coffre de ma voiture, tandis que je pataugeais dans la gadoue et cherchais la clef dans ma poche. J'étais trempé jusqu'aux os. Mon dos se mit à me signaler son déplaisir. J'avais l'impression qu'on m'avait arraché les os et les tendons des bras. Ai-je déjà dit que je ne respectais guère Freddie Altamirano ? que je ne l'aime pas ? que son seul but dans la vie est de me faucher mes clients ?

« Salut, frère, lança-t-il, arborant son sourire à

pleines dents de faux jeton. Ça va, toi ? Il y a au moins un quart d'heure que je poireaute. Ils sont *furax* à l'hosto. Grouille-toi ! » Et son sourire s'évanouit tandis que je tripotais mes clefs boueuses.

Il fallut moins de trois minutes pour que Freddie récupère la glacière (mais, à chaque minute qui passait, l'organe du donneur se rapprochait davantage d'un morceau de barbaque étalé sur le comptoir en aluminium d'un rayon de boucherie). Ensuite, Freddie s'éclipsa dans des gerbes d'éclaboussures, et la pétarade de son pot d'échappement évoqua les premières salves d'une guerre d'attrition. Mais je m'en moquais. Ce qui me préoccupait, c'était le foie et ce à quoi il était destiné. Je me souciais de la femme qui avait saisi mon poignet et de son mari et de sa petite fille que je n'ai jamais eu l'occasion de voir. J'avais beau être trempé jusqu'aux os, j'avais beau être pris de frissons, ma voiture avait beau être en carafe, mes souliers avaient beau être foutus et mes mains tellement cloquées que je ne pouvais plus replier les doigts ni de l'une ni de l'autre, je me mis à remonter vers la colline, pas, comme on pourrait le croire, pour voir l'heureux homme émerger de son trou, pour prendre la pose ou quoi que ce soit de ce genre, mais simplement pour vérifier qu'il n'y avait pas quelqu'un d'autre à déterrer.

Le point 62

Elle était au milieu de son parterre de fleurs, elle écrasait des escargots (je reviendrai sur eux plus tard), lorsqu'elle leva le regard vers les deux yeux ardents d'une illusion optique. Sans ses lunettes et compte tenu de l'obstruction menaçante du rebord de son chapeau de paille, qui glissait sur son front chaque fois qu'elle se penchait en avant, d'abord, elle n'en fut pas certaine. Si elle portait un chapeau alors que le temps était brouillé, c'était que, six mois avant, son médecin avait retiré du lobe de son oreille gauche un carcinome basocellulaire, et elle ne voulait prendre aucun risque, pas avec le trou dans la couche d'ozone et l'amincissement (ou était-ce l'épaississement ?) de l'atmosphère. Elle mettait aussi de la crème solaire, même s'il avait fait froid et gris toute la semaine, plus gris qu'elle ne l'aurait imaginé l'hiver précédent quand elle vivait encore à Waunakee, dans le Wisconsin, avec sa sœur Anita, et qu'elle rêvait de palmiers et d'un gros soleil radieux de carte postale à tout faire fondre sous ses rayons. Il était censé ne jamais pleuvoir en Californie du Sud, sauf qu'il pleuvait depuis une semaine, non, depuis un mois, en fait, et les escargots, glissant sur leurs autoroutes gluantes, adoraient ça. Il y en avait partout, ils trouaient ses capucines, faisaient jaunir les extrémités de ses lis Kaffir, suçaient leurs fleurs orange vif, dont ils faisaient brunir les pétales délicats, qui tombaient bientôt.

Raison pour laquelle elle jardinait ce matin-là, tôt, avant que Doug se réveille, les pieds dans la brume accrochée au sol comme de la gaze. Le *Los Angeles Times* atterrit sur l'allée avec un bruit mat et retentissant. A quatre pattes, elle écrasait les escargots avec son déplantoir. Elle était végétarienne, comme sa sœur (une décision qu'elles avaient prise au lycée), et elle n'aimait pas tuer les organismes vivants, pas même les mouches qui se rassemblaient en flottilles fouineuses sur les rebords des fenêtres, mais là, c'était différent, on était en guerre : les escargots étaient des envahisseurs, ces escargots pour lesquels les gens payaient quinze dollars la douzaine au restaurant, une mode importée au tournant du siècle précédent par un cuisinier français peu regardant quant à la propreté de leurs parcs, de leurs enclos, de leurs cages – comment disait-on ? Les escargots détruisaient ses plantes, donc elle les détruisait. La pointe du déplantoir ciblée sur la spirale de la coquille, elle appuyait fort et était récompensée par un bruit de craquement lorsque la coquille cédait. Détournant les yeux, car peu désireuse de voir le tortillon de viande nue tentant de suivre ses antennes fureteuses qui s'évertuaient à fuir le saccage de la coquille, elle forçait jusqu'à ce que la chose soit enterrée, chaque escargot suivant le précédent sous terre.

Ensuite, elle releva les yeux. Et ce qu'elle vit n'eut pas de sens, pas au premier abord. Tout juste là, derrière la barrière métallique que Doug avait installée pour empêcher les biches de venir piétiner son jardin, il lui sembla qu'un gros chat l'observait, un gros chat rayé, de la taille d'un poney : un tigre, voilà ce que c'était, un tigre du Bengale, la tête large comme le plateau en étain qu'elle sortait à Thanksgiving pour composer la traditionnelle corne d'abondance de légumes. Elle en resta bouche bée – qui n'eût pas été surpris ! Elle avait vu des tigres au zoo, sur la chaîne Nature, dans des cages au cirque, mais pas dans son jardin de Moorpark, en Californie : pourquoi pas un ours polaire aux Bahamas ou un phacochère au Dorothy Chandler Music Center de Los Angeles ! Il s'écoula un bon moment, regard rivé sur les yeux jaunes, sur la truffe boursouflée à moins de dix mètres d'elle, vision brouillée, chapeau glissant sur ses sourcils, avant qu'elle songe à avoir peur. « Doug ! appela-t-elle tout doucement (comme s'il avait pu l'entendre de l'autre côté du jardin et à travers les murs en stuc rose de la maison !). Doug ! Doug ! » Elle se demanda si elle devait bouger, se relever, agiter les bras et crier – n'était-ce pas ce qu'on était censé faire, agiter les bras et crier ? Mais le tigre, aussi improbable qu'il fût, ni ne déforma sa lèvre en un horrible feulement ni ne sauta par-dessus la barrière ni ne se retira dans un coin de son imagination. Non, lorsqu'il l'entendit, il ne fit que remuer la queue et dresser les oreilles.

*

A trois mille kilomètres de là, sous un ciel de plomb, Anita Nordgarden pressait le pas sur la longueur gelée de l'allée, deux sacs de courses dans les bras. Elle avait assuré son service de nuit au Centre de soins pour personnes âgées, de minuit à huit heures du matin, puis, après le travail, elle avait pris quelques verres avec d'autres infirmières, sur quoi elle avait écumé les rayons du supermarché, en quête de denrées dont elle avait oublié qu'elle en avait besoin. Maintenant, le visage fouetté par le vent, phalangettes picotées par le froid, elle n'arrivait pas à penser clairement mais, si elle pensait à quelque chose, c'était à du poisson, Cuisine Saine ; elle n'avait qu'à le glisser dans le micro-ondes ; l'arroser de deux verres de chardonnay ; et puis elle lirait jusqu'à s'enfoncer dans les abîmes de la sieste qui ne ressemblait à rien tant qu'à un coma. A moins qu'elle ne regarde un film, car elle était crevée et un film requérait moins d'effort qu'un livre ; si ce n'est qu'elle avait déjà visionné tant de fois chacune des vingt-trois cassettes sur l'étagère au-dessus de la télé qu'elle aurait pu se boucher les oreilles et s'attacher un bandeau sur les yeux et les revoir tout de même en esprit.

Elle montait les marches de sa caravane quand une ombre se détacha des ténèbres sous lesdites marches et qu'apparut une frimousse familière. C'était le Borgne, le chat sauvage qui vivait avec ses multiples dulcinées dans sa cachette secrète sous la caravane. Elle ne l'encourageait ni à rester ni à partir. Elle n'avait jamais eu de chat. Ne les avait jamais particulièrement appréciés. Robert, quand il était en vie, refusait d'avoir des animaux dans la maison. De temps à autre, quand elle était d'humeur charitable, elle jetait une poignée de nourriture dans la cour mais ce chat tuait les oiseaux (combien de fois n'avait-elle pas trouvé des plumes jonchant les abords des marches en rentrant ?) et elle l'aurait sans doute chassé s'il n'y avait pas eu les souris. Depuis qu'il avait emménagé sous la caravane, elle ne trouvait plus de petites crottes de souris, noires et luisantes, dans ses placards ou répandues sur le comptoir de la cuisine ; et mieux valait ne pas songer aux maladies qu'elles charriaient ! Quoi qu'il en soit, le Borgne la dévisageait donc comme si elle avait marché sur ses plates-bandes, et elle allait prendre une petite voix de fausset bébête et mièvre, murmurer *minou, minou*, lorsque, soudain, le chat, battant en retraite, disparut dans sa tanière. C'est à ce moment-là que, relevant les yeux, elle vit un homme déboucher à l'angle de la caravane d'en face.

Avançant d'une démarche leste – de fou peut-être ? –, il fonça sur elle, arborant un grand sourire de bonimenteur (un démarcheur, ce ne pouvait être qu'un démarcheur !). Avant qu'elle ait pu glisser la clef dans la serrure, il se trouvait à son côté. « Bonjour, dit-il de but en blanc, belle matinée, hein ? Moi, j'adore ce froid ! » Il était grand, presque aussi grand qu'elle perchée sur la troisième marche, et il portait une toque en peau de bête, avec une queue hirsute et frisée qui pendait dans le dos : « Raton laveur ! » aurait-elle voulu s'exclamer, avant de s'apercevoir que ce n'était pas du raton laveur mais… autre chose. « Vous avez besoin d'aide ?

— Non », dit-elle, et elle aurait refermé sa porte, effacé cette vision illico, si l'homme n'avait pas eu ce regard si particulier… Il voulait quelque chose mais pas à tout prix et ce n'était pas un démarcheur non plus, c'était évident. Mystère. Or, à cette heure de la journée, avec deux Dewar et sodas dans le ventre, avec pour toute perspective son poisson et son chardonnay et le sommeil des morts, elle fut titillée. « Non, merci, ajouta-t-elle. Je me débrouille, ça va. » Elle poussait déjà sa porte lorsqu'il déballa son baratin.

« Je me demandais si vous auriez une minute à me consacrer…? Pour parler, simplement. Une petite minute, rien qu'une minute ? »

Un fou de Jésus, songea-t-elle. Tout ce qu'il me faut ! Elle avait un pied dans la caravane, tournée vers lui, qui aurait dû être en contrebas mais, comme il devait mesurer dans les un mètre quatre-vingt-douze ou quatre-vingt-quinze, ses yeux bleus étaient rivés sur elle à la hauteur des siens. « Non, dit-elle, je ne crois pas. Je rentre de ma garde de nuit et… »

Il haussa les sourcils et les commissures de ses lèvres grimpèrent d'un cran. « Oh, non, non, non, répondit-il, je ne suis pas un fourgueur de bibles, rien dans ce genre ! Je ne vends rien, rien du tout. Nous sommes voisins. Je me présente : Todd Gray… De Betts Street. »

La bise combattait le chauffage et l'odeur chaleureuse, suave et légèrement rance de son intérieur, dégagée par les coussins du canapé intégré, du plancher bon marché, du comptoir de la cuisine et des bandes de plastique moulé du plafond. Elle était à moitié dehors et à moitié dedans, alors que lui était complètement dehors, planté là sur le sol glacé.

« Non, répliqua-t-il, comme pour protester, je voulais simplement vous parler du point 62, rien de plus. Ça ne prendra pas plus d'une minute. »

*

Elle était à quatre pattes depuis si longtemps que son dos commençait à la faire souffrir (plus précisément : les lombaires, là, à la base de la colonne vertébrale, où la gravité tirait sur les muscles éreintés, tandis que son ventre pendait sous elle). Elle sentait le poids de sa poitrine dans les épaules et les poignets. Elle était restée là si longtemps que la brume avait eu le temps de se lever et un escargot inconscient de sortir des feuilles enroulées d'une plante puis de tracer un sillon argenté sur les jointures de sa main droite. Elle n'avait pas pour autant envie de bouger. Elle était incapable de se remuer. Elle était au-delà de la peur, plongée dans le royaume de la fascination, de la magie, de l'émerveillement et de la délicieuse étrangeté de l'instant. Un tigre. Un tigre dans son jardin. Personne ne voudrait la croire. Personne, ni Doug qui ronflait dans la chambre ni Anita enfermée dans sa caravane avec sa jupe glacée de neige, assaillie par la bise embusquée dans le Grand Nord.

Le tigre n'avait pas bougé. Il restait accroupi tel un chien qui attend sa récompense, immobile sur ses grosses pattes roussâtres, oreilles sur le qui-vive, queue parcourue de tremblements. Il l'observait. Depuis un bon moment, elle s'était mise à lui parler à voix basse, des paroles cajoleuses pour conjurer la boule de peur qui, cependant, s'amenuisait de plus en plus ; elle lui disait : *Bon chat, c'est un bon chat, ça, hein, mais oui, mais oui, un bon chat…* – et, sa voix se réduisant à un pépiement sirupeux : *il veut juste un peu d'affection, hein ? Un peu d'amour ?*

Sans donner le moindre signe qu'elle comprît quoi que ce soit, la bête restait là, collée à la barrière, manifestement aussi fascinée qu'elle, et, tandis que la brume caillait autour des feuilles lisses, lancéolées, des rhododendrons et s'évaporait des bardeaux couverts de rosée de la maison des Horton à côté, elle comprit que ce devait être un animal domestique, appartenant à un directeur de ménagerie ou à un collectionneur, comme cet homme dans le Bronx, à Brooklyn ou Dieu sait où, qui partageait son appartement avec un tigre adulte et sa baignoire avec un alligator de près de deux mètres. C'était donc ça ! On n'était pas à Sumatra ou aux Sundarbans, des extraterrestres n'avaient pas débarqué pendant la nuit à l'aide d'un vaisseau lumineux pour lâcher une horde de tigres sur tout le territoire américain. C'était un animal domestique. Il s'était échappé. Sans doute avait-il faim. Il devait être très déconcerté, lui aussi. Et épuisé. Il était probablement aussi surpris, à la voir avec son chapeau de paille et sa salopette vert décoloré, qu'elle l'était de se retrouver nez à nez avec lui. D'ailleurs, était-ce une femelle ou un mâle ? Un mâle. Absolument : témoin les plis là où son bidule reposait entre son aine et les bulbes jumeaux de ses testicules.

Mais elle ne pourrait rester ainsi à quatre pattes pendant une éternité : son dos lui faisait souffrir le martyre. Et ses poignets. Ses poignets étaient ankylosés. Très lentement, comme si elle avait fait des exercices de yoga en suivant le rythme d'une bande passée au ralenti, elle fit descendre son derrière jusqu'au sol humide et sentit la pression se relâcher dans ses bras, sensation agréable, hormis le fait que sa nouvelle posture sembla désarçonner le tigre – ou l'exciter. Il se releva sur les pattes arrière et se mit à longer, félin, la barrière métallique, avant de faire volte-face et de revenir, muscles des épaules tendus, tout en se frottant soyeusement contre les barreaux ; elle était certaine qu'il sortait d'une cage et voulait retourner à une cage : regagner un lieu sûr, son décor familier, probablement le seul environnement qu'il eût jamais connu. Elle se demanda donc, et elle n'eut bientôt plus que cela en tête, comment réussir à le faire entrer, oui, de ce côté-ci de la barrière, puis dans le garage, dont elle pourrait fermer la porte à clef et, qui sait, le garder à l'insu de tous.

*

Depuis la mort de Robert – depuis qu'il avait été tué –, elle avait eu peu de visites. Tricia, qui vivait avec son petit ami à trois caravanes de la sienne, venait prendre une tasse de thé de temps à autre, le soir, quand Anita se réveillait et essayait de se fortifier avant sa nuit, mais avec un tel emploi du temps, elle était le plus souvent seule… A trente-cinq ans, veuve depuis moins d'un an, le sang fusait encore dans ses veines et elle aimait prendre du bon temps comme tout le monde. Mais il était difficile de trouver des gens qui aimaient faire la tournée des bars à huit heures du matin, hormis les ratés congénitaux et les retraités rébarbatifs, penchés sur leur double vodka comme si l'alcool allait leur redonner la clef de leur personnalité. Quand, pendant ses jours de congé, elle avait essayé de sortir le soir, elle s'était retrouvée à prendre sa première bière quand tout le monde se levait déjà pour danser. C'est pourquoi elle l'invita à entrer, cet homme, Todd. Et voilà qu'il s'affala sur le canapé avec ses bottes de cow-boy élimées et ses jambes sans fin ; elle lui offrit des Triscuits rassis et un morceau de cheddar orange vif dont, en cachette, elle avait gratté la moisissure. Accepterait-il un verre de chardonnay ?

Entre-temps, son sourire avait flanché, mais il revint alors, un sourire gamin, qui lui avait sans doute toujours permis d'obtenir tout ce qu'il voulait. Il repoussa sa toque vers l'arrière, jusqu'à la racine de ses cheveux, carra les épaules et serra les jambes. Elle lui donnait son âge, ou pas loin, et elle remarqua qu'il ne portait pas d'alliance. « C'est un peu tôt pour moi, répondit-il avec un rire sans fard. Mais si vous en prenez un… »

Elle leur versait déjà un verre. « Je vous l'ai dit, répéta-t-elle. Je fais les nuits. »

Le vin était l'un de ses rares péchés : celui-là venait d'un petit vignoble californien de la Santa Ynez Valley. Sa sœur Mae et elle avaient fait un circuit de dégustations lorsqu'elle lui avait rendu visite à Noël et, comme elle aimait les vins secs et qu'elle avait apprécié l'arôme discret de ce chardonnay-là, elle s'en était fait envoyer deux caisses dans le Wisconsin. Son intention avait été de le garder mais, ce matin-là, elle était d'humeur généreuse et extrovertie, et cela n'avait rien à voir avec les deux scotchs qu'elle avait déjà pris, avec la façon dont la caravane cliquetait et bourdonnait au-dessus de la chaudière ou dont un cône maigrichon de soleil délavé filtrait à travers les stores. « Désolée, mais, pour moi, c'est l'heure du cocktail, dit-elle en tendant un verre à son invité. L'occasion de me prélasser avant le dîner.

— A peu près l'heure où les autres partent travailler avec des miettes sur les genoux et, à la main, un gobelet de café tiède ! Moi aussi, j'ai fait les nuits, à une époque. Dans un routier. Je sais ce que c'est. »

Elle se laissa choir dans le fauteuil, en face de lui, dont les jambes se déroulèrent à nouveau, comme s'il n'avait pu les contenir, bottes croisées aux chevilles, puis décroisées et recroisées derechef. « Et que faites-vous, maintenant ? » s'enquit-elle, regrettant de n'avoir pas eu le temps de mettre du rouge à lèvres et de se coiffer. Mais, en temps voulu. En temps voulu, elle le ferait. Surtout s'il restait pour prendre un second verre.

Ses yeux, qu'il n'avait pas détachés d'elle depuis qu'il avait passé la porte en se pliant en deux, se détournèrent avant de revenir se poser sur elle. Il haussa les épaules. « Des choses et d'autres… »

Elle ne sut que répondre et ils gardèrent le silence pendant un moment tout en sirotant leur vin et en écoutant la bise qui tambourinait sur la caravane. « Il vous plaît ? finit-elle par demander.

— Pardon ?

— Le vin.

— Euh, oui, bien sûr. Je ne m'y connais pas beaucoup, mais oui… je dirais oui, pour sûr.

— C'est un vin de Californie. Ma sœur vit là-bas. Je l'ai acheté au domaine.

— Formidable. » Elle comprit qu'il s'efforçait d'être poli, rien de plus. Sans doute allait-il avouer qu'il préférait la bière.

Elle aurait voulu s'étendre sur le sujet du vignoble, les rangées tressées de vignes bien alignées, suivant les contours des coteaux, serpentant dans les vallons comme les spirales d'un coquillage, la salle de dégustation et la chaleur du soleil sur son visage lorsque Mae et elle s'étaient attablées dehors, à une table en séquoia, pour boire à leur propre santé, aux vertus thérapeutiques du vin et à une nouvelle vie pour toutes deux, mais elle comprit que ça n'intéresserait pas son visiteur. Elle se pencha donc en avant, coudes sur les genoux, dans sa blouse en coton bleu clair qu'elle mettait au travail tous les soirs, et les jambes de l'inconnu allongées devant elle, comme s'il s'était reposé là tous les soirs de sa vie. Et elle finit par demander : « De quoi vouliez-vous donc me parler ? »

*

Plus elle parlait, plus le tigre paraissait se calmer. Bientôt, il s'arrêta de faire les cent pas, s'appuya contre les barreaux de la barrière et se laissa aller, pour ainsi dire, au point de se retrouver allongé dans les mauvaises herbes, comme s'il avait trouvé l'endroit du monde où il se sentait le mieux. Elle entendait les chants des oiseaux, le cri perçant d'un geai dans le jardin des voisins, deux oiseaux chanteurs se livrant à un concours d'improvisations, et le ronronnement d'une automobile qui remontait la rue derrière la maison, puis elle entendit le souffle du tigre aussi clairement que si elle l'avait entendu sortir des baffles de la stéréo de Doug dans le salon. Il ne ronronnait pas, pas précisément ; il sortait de sa glotte un son profond et guttural ; au bout de quelques instants, elle comprit que la bête dormait et que ce qu'elle entendait, c'était un ronflement, une respiration sifflante aspirante, inhalez/expirez, inhalez/expirez. Elle fut stupéfaite. Eberluée. Combien de gens avaient entendu un tigre ronfler ? Combien de gens dans le monde, dans toute l'histoire de l'humanité, et, *a fortiori*, ici, à Moorpark ? Alors, elle fut touchée par la grâce, une grâce descendue sur elle du toit gris de la matinée, la conscience d'un privilège et d'une intimité que personne d'autre sur terre ne ressentait à cet instant précis. Cet animal ne lui appartenait pas, elle ne le niait pas : il avait un propriétaire qui devait le chercher, la police arriverait bientôt, des chiens, des traqueurs, des fusils – mais l'instant, lui, lui appartenait totalement.

*

« Hum, voilà, commença-t-il. Je vois que des chats sauvages vivent sous votre caravane…

— Des bêtes sauvages ! » s'exclama-t-elle, ayant mal entendu. Elle observa mieux la toque de l'inconnu. Recherchait-il des trophées pour sa toque ?

« Des chats. Des chats de gouttière. »

Il rivait sur elle son regard intense, il la mettait au défi. Elle haussa les épaules. « Trois ou quatre. Ils vont et viennent.

— Vous ne les nourrissez pas, au moins ?

— Pas vraiment, non.

— Bon. » Il poursuivit avec une sorte de ferveur religieuse ; sa voix rebondit sur le plastique moulé du plafond. Elle regarda son verre vide, dans son énorme main, en équilibre instable sur son entrecuisse. « Ils tuent les oiseaux, n'est-ce pas ? Un véritable massacre. Vous n'avez pas remarqué les plumes éparpillées par terre ?

— Pas vraiment. » C'était le moment de regarder son propre verre vide : elle le tint à la lumière. « Moi, je vais en prendre un second… ça m'aidera à m'endormir. Et vous ? »

Il agita la main, d'un geste qui pouvait tout dire mais dont elle supposa qu'il signifiait : oui. Elle prit donc la bouteille sur la table basse et la tint à bout de bras pendant un moment, de sorte que la lumière pâlotte qui filtrait par la fenêtre éclaira l'étiquette ; elle se pencha en avant, au-dessus du golfe des cuisses écartées de son invité, dont elle remplit le verre. Il ne la remercia pas. En fait, il ne sembla même pas le remarquer. « J'aime les oiseaux, déclara-t-il. Je les adore. Je fais partie de l'Audubon Society depuis la fin de l'école primaire, vous le saviez ? »

Non, elle l'ignorait, comment aurait-elle pu le savoir, elle ne l'avait rencontré que dix minutes plus tôt ! Mais elle avait toujours été attirée par les grands mecs, et elle aimait la façon dont il s'était installé là, elle aimait la façon dont les choses se déroulaient. Il plissa les sourcils et la fixa du regard : oui, c'était bien un prédicateur, en fin de compte. Que fit-elle donc ? Elle se versa un verre de vin et, une fois encore, haussa les épaules. *Qu'il vide son sac !*

« Quoi qu'il en soit, reprit-il, buvant d'un seul trait la moitié du contenu de son verre, quoi qu'il en soit, dites-moi… C'est vrai qu'il est fameux, ce vin. Je vois ce que vous voulez dire… Mais, pour en revenir aux chats… Savez-vous qu'il y a dans les deux millions de chats de gouttière dans ce seul Etat et qu'ils sont responsables du meurtre de quarante-sept millions à cent trente-neuf millions d'oiseaux par an, d'après les estimations ? Cent trente-neuf millions ! » Il ramena ses jambes sous lui, ses bottes s'éloignant de son hôtesse et claquant légèrement l'une contre l'autre lorsqu'il se redressa sur son siège. « C'est un scandale, vous ne trouvez pas ?

— Ça c'est sûr. » Elle continua de siroter son vin de Californie, goûtant sur sa langue le soleil, la terre, les arbres, les vignes qui tissaient sur les collines une vaste tapisserie verdâtre gorgée de fruits. Robert mesurait un mètre soixante-dix-huit, deux, trois centimètres de plus qu'elle, ce qui était bien, oui, pas mal… Elle en avait sa claque, des rendez-vous arrangés avec des amis d'amies qui lui arrivaient à la clavicule. Elle s'était toujours demandé comment ce serait de sortir avec un homme qui lui donnerait l'impression d'être petite. Et vulnérable. Un homme qui pourrait appuyer son visage sur son torse viril et le serrer jusqu'à ce qu'elle perde la tête.

« C'est pour ça que je suis venu vous voir, déclara-t-il, étudiant l'or pâle du vin dans le pur cristal du verre, avant de renverser la tête en arrière et de faire cul sec. C'est pour ça que je fais du porte-à-porte... je veux convaincre les gens de soutenir le point 62... pour le bien des oiseaux. Pour sauver les oiseaux. »

Elle se sentit partir à la dérive, en roue libre, flotter, traverser le plafond de sa caravane, sortir par la ventilation, devenue oiseau elle-même, deux scotchs et deux verres de vin sur un ventre quasiment vide, le gratin de saumon cuisine légère au citron et à l'aneth encore congelé sur le comptoir. N'empêche, elle eut la présence d'esprit de reculer sur son siège, de lâcher un profond soupir et de river un sourire sur son hôte. « Ah, fit-elle, là je ne vous suis plus... : qu'est-ce que le point 62 ? »

La réponse nécessita dix bonnes minutes d'explication, pendant lesquelles elle prit son expression « je suis tout ouïe » et leur versa encore à chacun un demi-verre de vin ; le soleil affirma sa présence en tranchant les stores en bandeaux parfaitement tracés qui, très lentement, se mirent à ramper sur le tapis. Le point 62, lui apprit-il, serait proposé au vote dans soixante-douze pays le 12 avril suivant et était on ne peut plus simple : les chats devaient-ils être répertoriés comme espèces non protégées, comme les putois, les rongeurs et autres bestioles nuisibles ? Prédateurs à la froide efficacité, ils avaient un effet pervers sur l'écosystème. Ils tuaient les oiseaux et s'appropriaient les proies des animaux du cru tels que les faucons, les chouettes et les renards. En bref, tout chat qu'on verrait errer sans collier pourrait être chassé sans permis, en toute saison et il ne serait pas question de quota.

« Chassés... vous voulez dire... avec un fusil ? Comme un cerf ou... ?

— Comme les rongeurs. Comme les rats. » Le regard du défenseur des oiseaux était féroce et il se pencha sur son verre vide comme s'il avait voulu le saisir et le casser avec les dents. Il transpirait, une rigole transparente filtrant de la racine de ses cheveux jusque dans la chicane de son sourcil droit ; d'un geste des épaules, il ôta sa parka et son chapeau, dévoilant une crinière rousse aux pointes blondes. Il la dévisagea.

« Je n'aime pas les armes, déclara-t-elle.

— Les armes font partie de la vie.

— Mon mari a été tué par balle. » En disant les faits, une simple assertion des faits, elle se représenta Robert allongé par terre, à moins de quinze mètres de l'endroit où ils se tenaient, elle entendit les sirènes, les coups de fusil, elle revit l'expression de Tim Palko, de la caravane d'en face, Tim Palko qui n'avait pas dessoûlé pendant toute une semaine après avoir perdu son boulot et puis avait perdu la tête, fusil à la main, jusqu'à ce que la brigade d'intervention arrive : alors, il avait mis le canon dans sa bouche et appuyé une dernière fois sur la détente. Elle avait déjà vu la mort, elle la côtoyait tous les jours au centre de soins : quand elle avait regardé par la fenêtre de la caravane après que le premier coup de fusil eut crevé l'après-midi comme la frappe d'un batteur qui n'aurait jamais résonné, elle avait tout de suite compris, à la façon dont Robert était étendu par terre, que la mort l'avait fauché et emporté sur le coup. Mae lui avait demandé : *Comment as-tu pu en être aussi sûre ?*

Comment ? Parce qu'elle avait de bons yeux, et elle l'avait su, sans l'ombre d'un doute, de façon irréfutable, et c'est cette certitude, pour froide qu'elle avait été, et effroyable, qui l'avait sauvée. *Si je m'étais précépitée dehors, Mae,* avait-elle dit, *aujourd'hui nous ne serions pas assises ensemble ici.*

Son invité, Todd, baissa les yeux, émit un bruit, du fond de la gorge. Ils gardèrent tous deux le silence pendant un moment, ils écoutèrent le vent, puis les nuages bloquèrent le soleil, qui disparut, et la pièce s'assombrit d'un ton, de deux ; elle tira sur la tirette de la lampe. « Je suis désolé, dit-il. Ça doit être dur. »

Elle ne répondit rien. Elle scruta son visage, ses mains, le gigotement nerveux de son talon droit. « Je me disais que, peut-être, je devrais ouvrir une deuxième bouteille, finit-elle par lâcher. Juste un verre. Qu'en dites-vous ? »

Il esquissa un sourire, un sourire ressuscité en l'espace d'un éclair, pour que tout aille bien à nouveau. « Je ne sais pas », fit-il en poussant un soupir : il l'observait, avec la même intensité qu'un instant auparavant, lorsqu'il lui avait fait son discours sur les oiseaux. « Si je prends un autre verre, il va falloir que je m'allonge. Et vous ? Vous avez envie de vous allonger ? »

*

Longtemps, Mae resta tapie sur la terre humide, à jouer avec l'idée de reculer en catamini sur la pelouse pour se glisser chez les Kaprielian et voir si, peut-être, elle pourrait leur emprunter ou leur acheter de la viande – steak, rumsteck, ce qu'ils auraient : elle les paierait plus tard car c'était une urgence, mais elle ne pourrait rien leur dire pour l'instant. Oui, de la viande, voilà ce qu'il lui fallait. N'importe quel genre de viande. Elle se représenta un jeu de piste constitué de gros pavés de steak bien juteux, suivant l'allée de gravier jusqu'à la porte ouverte du garage, le gros félin les ingurgitant l'un après l'autre, pour finir entre le séchoir et la Toyota, où, repu, il s'installerait et dormirait. Mais non. Elle connaissait à peine les Kaprielian. Et ce qu'elle connaisssait d'eux n'était guère engageant : le mari était un gros bonhomme ventru et antipathique, qui passait son temps penché sur le capot de son bolide, si c'en était bien un ; la femme habillée comme une péripatéticienne, et ce dès l'aube quand elle sortait dans l'allée ramasser son journal…

Mae ne mangeait pas de viande et Doug non plus. C'était l'une des choses qui l'avaient attirée chez lui, l'une des convictions qu'ils avaient en commun, même si, sur d'autres plans – des montagnes, avec crêtes acérées, pentes vertigineuses et hauteurs phénoménales –, ils étaient l'exact opposé l'un de l'autre. Doug avait travaillé pendant deux étés dans un élevage de poulets du Tennessee, il arrachait les poulets à leurs cages pour les suspendre par les pattes à un câble, afin que, ensuite, pattes ligotées, ils passent aux mains des plumeurs et des videurs : il avait juré de ne plus jamais, de toute sa vie, toucher à un morceau de viande. Il avait pendu ainsi des dizaines de milliers de poulets médusés, au milieu de battements d'ailes affolés, de cris et de puanteur de volatiles, dont chacun était entraîné sur la chaîne pour qu'on lui arrache la tête et les entrailles. Que nous avaient-ils donc fait pour mériter ça ? demandait-il, les traits déformés par l'affligeant souvenir.

Elle était encore à quatre pattes par terre, regard rivé sur le renflement des côtes du tigre qui montaient et redescendaient au rythme de plus en plus ralenti du sommeil : elle se dit qu'elle aurait peut-être dû lui préparer des œufs, une poêlée d'œufs, et une autre série avec la coquille tout juste assez cassée pour qu'il voie bien le jaune, lorsque la porte arrière de la maison des voisins s'ouvrit d'un coup, avec un sifflement pneumatique, et la Kaprielian, en sortie de bain et talons aiguilles, rien de moins, lâcha ses deux poméraniens, qui partirent japper dans le jardin. Il n'en fallut pas plus pour rompre le charme. La porte se referma avec un nouveau sifflement, les chiens se pourchassèrent dans l'herbe comme un ouragan à deux têtes, et le tigre s'évapora dans la nature.

Plus tard, après que les chiens eurent fini de renifler et de japper et que tout le voisinage eut été réveillé par le tintamarre croissant d'un samedi matin de mars – portes qui claquent, voix s'élevant, retombant, moteurs de toutes les puissances imaginables s'éveillant à la vie avec des vrombissements –, elle s'assit avec Doug à la table de la cuisine et contempla le néant gris du jardin, sur lequel la pluie s'était mise à tomber. Doug inspectait le journal avec ses yeux plissés de myope. Ayant allumé une cigarette, il alternait les bouffées avec de délicates et succinctes gorgées de sa deuxième tasse de café bouillant. Il portait son pantalon de pyjama et un sweat-shirt taché d'éclaboussures de la peinture pour bois avec laquelle il avait repeint la table de pique-nique. D'abord, il ne l'avait pas crue. « Quoi ! s'était-il exclamé. On est déjà le 1er avril ? » Mais c'était dans le journal : la photo d'un vieillard chenu à la peau tannée, penché sur une empreinte dans la terre, près d'un ranch-hôtel de la Simi Valley. Quand ils allumèrent la télé, le reporter était planté devant le remous des hélices de l'hélicoptère, prévenant les gens de ne pas sortir de chez eux et d'y garder aussi leurs animaux domestiques car, apparemment, un gros félin exotique potentiellement dangereux s'était échappé. Ensuite, ils étaient allés à l'arrière et, en silence, avaient ausculté le sol le long de la barrière.

Il n'y avait rien, pas un signe. *Nada*. La terre comme d'habitude, rien de plus. Les premières éclaboussures de pluie tapotèrent ses épaules, estompèrent le bord de son chapeau. L'espace d'un instant, elle crut qu'elle pouvait la sentir : l'odeur dégagée par le saupoudrage de pluie : l'odeur de litière, de fourrure, du monde sauvage. Mais comment en être certaine ?

Doug la dévisageait, yeux clairs, regard interrogateur. « Tu l'as vraiment vu ? Vraiment ? Tu ne te fous pas de moi, hein ? » L'instant d'après, il s'accroupit et passa la main à travers les barreaux de la barrière pour tapoter le sol comme il l'eût fait de la fourrure rayée de l'animal.

Elle regarda son crâne, ses cheveux emmêlés, mal coupés, la spirale de sa calvitie naissante, galactique, tout un cosmos. Elle ne daigna pas répondre.

*

Todd entrait à peine tout entier dans son lit, qui occupait un recoin dans la cloison de la chambre ; par deux fois, dans sa fougue, il se redressa d'un coup et se cogna la tête contre le plafond bas : nue sous lui, elle ne put que rire, parce qu'il était tellement sérieux, tellement appliqué, tellement désireux de bien faire. Mais il était tendre, aussi, et patient – il y avait longtemps, trop longtemps qu'elle n'avait pas fait l'amour, elle avait quasiment oublié ce qu'un homme pouvait lui faire ressentir, un autre homme que Robert, un inconnu avec un autre corps, d'autres mains, une autre langue, un autre entrejambe. Un autre rythme. Une autre odeur. Robert sentait comme sa mère, l'odeur de la maison humide et triste dans laquelle il avait grandi, pantoufles et menthol, le vieux chien et la moisissure sous l'évier de la cuisine et le parfum épicé et édulcoré de la lotion après-rasage dont il s'aspergeait tout le temps. L'odeur de Todd était différente, plus fraîche, comme s'il revenait tout juste d'une balade dans la neige, mais il y avait quelque chose d'autre aussi, plus sombre et dense, et elle le tint longtemps contre elle, elle huma longtemps la nuque de son partenaire avant de comprendre ce que c'était : l'odeur persistante du chapeau en fourrure resté sur le canapé, dans l'autre pièce. Elle y pensa et puis sombra dans un coma intime, écartant le monde entier de son alcôve dans sa caravane.

Il laissa une note sur la table de la cuisine. Elle la découvrit en se levant avant d'aller travailler, fenêtres sombres, tic-tac du chauffage comme un compteur Geiger. Il avait une écriture ample, élégante. Cela lui plut : son application, là encore, ce qu'elle trahissait de son caractère. Les mots aussi n'étaient pas banals. Elle était, expliquait-il, la plus belle femme qu'il avait jamais rencontrée ; il l'emmènerait prendre le petit déjeuner un matin ; malgré l'heure, ce serait un rendez-vous galant en bonne et due forme, si cela lui convenait. Il avait signé de son nom complet, Todd Jefferson Gray, sans oublier de préciser son adresse et son numéro de téléphone en dessous.

Le lendemain matin, après avoir fait sa nuit, elle traversa le parking sous sa croûte de neige, jusqu'à sa voiture, de plus en plus excitée à chaque pas qu'elle faisait. Elle ne douta pas un instant qu'il serait là, pas un instant, mais elle ne put s'empêcher de tendre le cou pour balayer le parking d'un regard panoramique, s'attendant à ce qu'il émerge soudain d'une voiture, et s'approche d'elle à grandes enjambées, un sourire s'épanouissant sur son visage quand il la verrait. Mais, non, il ne bougea pas jusqu'à ce qu'elle arrive presque à sa hauteur : il ne l'attendait pas dans une voiture, il n'avait pas de voiture. Il attendait devant le pare-chocs de son Saturn à elle, l'air grave, arrimé au sol comme les arbres dont elle voyait l'enchevêtrement noir dans son dos. Ses clefs dans une main, elle fut bientôt tout près de lui, là, à la portière de sa voiture, et comme il ne bougeait toujours pas, elle fut troublée. « Todd ? fit-elle. Tout va bien ? »

Alors seulement, il sourit. D'un geste ample, il ôta son chapeau de fourrure et exécuta une révérence. « Je crois que nous avons rendez-vous, n'est-ce pas ? » Sans attendre de réponse, il avança pour lui tenir la portière avant de prendre place sur le siège du passager.

Au self (déjà plein de fidèles qui sortaient de la messe), ils commandèrent deux grands jus d'orange, qu'il agrémenta discrètement avec de la vodka – il sortit la bouteille de la poche intérieure de sa parka. Elle fit cul sec avant d'allumer sa première cigarette de la journée. Ils commandèrent un second jus d'orange. Alors seulement, elle s'intéressa au menu.

« Choisis ce que tu veux, dit Todd, c'est moi qui régale. Prends un steak, ce que tu veux. Vraiment. Un steak aux œufs… »

Elle ressentit l'effet de la vodka, la façon dont elle semblait contracter ses boyaux et faire disparaître le froid persistant de ses doigts et de ses orteils. Avalant une autre gorgée de sa vodka-orange, elle renversa la tête et agita sa chevelure. « Je suis végétarienne », déclara-t-elle.

Il ne réagit pas tout de suite. Elle le vit plisser les yeux, comme s'il avait essayé de mieux voir. La serveuse passa près d'eux, l'air sévère, cafetière de décaféiné dans une main, de café normal dans l'autre – elle leur adressa un regard non moins sévère. « Ça signifie quoi ?

— Ça signifie que je ne mange pas de viande.

— Et les produits laitiers ? »

Elle haussa les épaules. « Peu. Je prends du calcium à la place. »

Tout à coup, il fut métamorphosé. L'instant d'avant, il était décontracté, corps souple, enfoncé dans la banquette en faux cuir, comme si sa colonne vertébrale s'était mise au repos. Brusquement, il se figea. « Quoi ! » L'ironie était palpable. « Tu plains les vaches, c'est ça ? Parce qu'on leur triture leurs pauvres petites mamelles ? Ben, moi, je vais te dire, j'ai grandi dans une ferme laitière et, là-bas, si on ne leur prenait pas du lait tous les matins, eh bien, leurs mamelles explosaient… Et ça, c'est de la cruauté ou je ne m'y connais pas. »

Elle se tut, préférant ne pas se lancer dans ce débat-là. Qu'elle boive du lait ou mange des tournedos et des pieds de cochon, ça la regardait et personne d'autre ; elle avait pris sa décision il y avait si longtemps que cela faisait partie de sa personnalité, autant que la forme de ses yeux et la couleur de ses cheveux. Pour se donner une contenance, elle prit le menu.

« Bon, alors ? fit-il. Alors, je perds mon temps avec toi, c'est ça ? Tu fais partie de la clique des défenseurs des animaux ? Tu détestes la chasse, je me trompe ? » Il inspira bruyamment. « Et les chasseurs !

— Je ne sais pas. » Elle sentit l'irritation monter en elle. « Quelle différence ça fait ? »

Il serra le poing et faillit taper sur la table, mais se ressaisit au dernier moment. « Quelle différence ça fait ? Est-ce que tu m'as écouté ? J'ai reçu des menaces de mort à cause du point 62… De la part des défenseurs des chats, les pacifistes en personne !

— Oui… Et alors ? Les chats sous ma caravane représentent une menace mortelle, c'est ça ? Ce sont des envahisseurs ? Eh bien, nous aussi, nous sommes des envahisseurs. Mrs. Merker, dont je t'ai parlé, celle qui se lève vingt fois par nuit pour aller à la salle de bains et vingt fois me demande qui je suis et ce que je fais chez elle… Elle aussi envahit mon espace, non ?

Pourquoi ne pas tirer sur les vieilles dames aussi, pendant que tu y es ! »

Le regard de son compagnon embrassa la salle avant de revenir sur elle, exaspéré, irrité, furibond. « Je ne sais pas. Je ne m'occupe pas de ce genre de chose. Je veux dire… tu parles de gens, là. »

Elle préféra se taire. Elle prit le menu, décidée à commander un plat neutre, des gaufres, avec du sirop d'érable de synthèse qui épargnait les érables – mais elle en fut incapable. Peut-être était-ce l'alcool. Oui, ce devait être à cause de l'alcool. « Les hommes ne tuent-ils pas les oiseaux ? Ne détruisent-ils pas leur habitat et je ne sais quoi, avec leurs centres commerciaux, le diesel et… et le plastique, tiens ! Le plastique tue les oiseaux, non ?

— Ces dingueries, ça ne marche pas avec moi. Tout ça, c'est des conneries. Que des conneries.

— Je m'informe, moi.

— Tu t'informes ! » Cette fois, le poing frappa la table, un coup qui partit sans prévenir et fit vibrer les couverts : les têtes se tournèrent vers eux. « Et moi je parle de menaces de mort. Tu crois que c'est un jeu ? » Et de se lever brusquement, le plus grand homme du monde, veste flottant au-dessus de la ceinture, visage s'élevant vers les hauteurs, énorme déplacement d'air et de lumière. Il se pencha pour prendre son chapeau, puis se redressa, visage déformé par la colère. « Tu parles d'un rendez-vous ! » Et il tourna les talons.

*

La nuit du tigre, une nuit tombée sur les collines, comme un sac mouillé, sous le poids d'un énième orage, Mae regarda la télévision jusque tard dans la nuit, espérant apprendre du nouveau. Plus tôt, Doug et elle avaient d'abord pensé sortir au restaurant puis peut-être aller voir un film, mais, comme la pluie ne semblait pas vouloir se calmer, Doug n'eut pas envie de prendre le risque, de sorte qu'elle décida de mijoter un bon petit plat avec un reste de sauce marinara, des courgettes et du riz, sur quoi ils regarderaient un vieux film aux couleurs affadies sur la chaîne des classiques de Hollywood. Dans le film, dont ils manquèrent les dix premières minutes et donc le titre, Gene Kelly apparaissait en costume de marin. Doug, qui finissait la dernière canette de son pack de six, dit que ce devait être *Chantons sous la pluie*.

La coïncidence était savoureuse et, bien qu'elle eût l'esprit ailleurs – elle avait été distraite toute la journée –, elle rit. Puis ils écoutèrent en silence la pluie qui tambourinait sur le toit, car elle était si tonitruante et persistante que, pendant un moment, elle noya les dialogues.

« Je suppose qu'elle est arrivée, dit Doug, en se renversant dans sa chaise longue et en poussant un soupir. La mousson ! La vraie de vrai, hé ? » Avec sa canette de bière, il indiqua le plafond.

« Oui, la mousson », répondit-elle, observant les êtres resplendissants passer avec grâce sur l'écran. Mais j'espère qu'elle ne va pas embarquer la maison. Tu crois que la voiture ne craint rien dehors, dans l'allée ? »

Il lui lança un regard irrité. « Ce n'est que de la pluie.

— Mais c'est étrange, il n'y a pas de tonnerre, pas d'éclairs. Ça se contente de pleuvoir à verse comme si quelqu'un avait ouvert un énorme robinet dans le ciel. » Elle fit une grimace. « Comment dire… Je n'aime pas ça. Je ne crois pas que je pourrai jamais m'y habituer… même au mot : la *mousson*. C'est si bizarre, on se croirait dans la jungle… »

Doug haussa les épaules. Ils avaient songé à sa carrière et choisi la Californie – Moorpark – de préférence à Atlanta, parce que (et ils étaient tous deux absolument d'accord sur ce point), ils n'avaient pas du tout envie de vivre dans le Sud profond. Or, même si l'idée de pouvoir jardiner toute l'année lui plaisait (des fleurs en février et des arbres qui ne perdaient jamais leurs feuilles !), elle en était encore à s'habituer à la façon dont les saisons paraissaient caler : la terre durcissait, devenait terre cuite sous l'implacable soleil estival, dure comme la brique, après quoi plus rien ne poussait le long de la barrière, que chiendent et herbes roulantes. *Des herbes roulantes !* On se serait cru dans le Far West.

Comme elle avait bu deux bières, son attention vacillait et elle fut incapable de se concentrer sur le film : les mouvements, les chansons, les ballets, la trame, comme s'ils avaient le moindre sens ! De sorte que, lorsque Doug se leva sans mot dire et dut s'appuyer sur le bras du fauteuil pour garder son équilibre avant de se diriger vers la chambre à coucher, elle prit la télécommande et se mit à zapper. Elle recherchait quelque chose, n'importe quoi susceptible de lui faire éprouver à nouveau ce qu'elle avait ressenti le matin, à quatre pattes dans le jardin, enveloppée par la brume. Le tigre, là, dans les ténèbes de la nuit, le déluge fumant autour de lui. C'était une réalité à laquelle s'accrocher, une image qui crût en elle comme une graine qu'elle y aurait plantée. Elle comprit qu'on serait incapable de le retrouver, pas encore, pas sous ces trombes d'eau. Elle finit par couper le son et écouta le tintamarre de la pluie, espérant qu'elle ne cesserait jamais.

*

Une semaine passa. La température chuta puis il se mit à neiger, une fois oui une fois non, jusqu'au samedi. En sortant du travail, Anita fut confrontée aux émanations de diesel et aux lumières clignotantes d'un chasse-neige ; elle dut patauger dans trente centimètres de neige fraîche pour atteindre sa voiture. Elle était abattue. Mrs. Merker avait déchiré sa poche et avait pissé sur le seuil du local des infirmières ; Mr. Pohnert (« Appelez-moi Alvin ») avait appuyé sur sa sonnette toutes les cinq minutes pour se plaindre qu'il avait froid aux pieds, alors qu'on l'avait amputé des deux jambes cinq ans plus tôt, suite à des complications dues à son diabète. Il y avait aussi eu les joyeusetés habituelles, les gémissements, les pleurnichements, les étouffements, les vomissements, les patients qui hurlaient dans le noir – l'étrangeté de l'endroit, tellement isolé et trop chauffé, avec le tic-tac de ses machines, ses moribonds et elle au milieu. Et puis ça, maintenant. Le ciel sombre et trouble, la neige chassée par le vent qui transformait les flocons en projectiles piquants. Elle mit un quart d'heure pour rejoindre sa voiture. Une fois qu'elle eut démarré, elle conduisit comme un zombie, les deux mains agrippées au volant ; les roues flottaient, dérapaient sur le verglas.

Devant sa porte, elle vit des empreintes dans la neige, des empreintes de chat, au milieu de plumes bleues à pointe noire éparpillées. Ainsi qu'un prospectus, plié en deux et glissé dans l'interstice de la portière. 62 ? NON MERCI ! proclamait-il, SAUVEZ NOS ANIMAUX DE COMPAGNIE. Elle n'eut pas le cœur d'ouvrir une bouteille de chardonnay (elle se la réserverait pour des temps meilleurs). A la place, elle se prépara une tasse de thé, qu'elle agrémenta d'un doigt de Dewar, tout en se demandant ce qu'il lui plairait de manger : une soupe peut-être, juste une boîte de Chunky Vegetable et une tranche de pain grillé à tremper dedans. Elle avait déjà allumé la télé et posé les pieds sur la table basse lorsqu'elle remarqua que le voyant de son répondeur clignotait. Elle avait deux messages. Le premier était de Mae, « Appelle-moi », délivré d'une voix tragique ; l'autre, celui qu'elle attendait depuis une semaine, était de Todd. Il était désolé d'avoir explosé ; depuis quelque temps, il était sous pression ; il espérait qu'ils pourraient se revoir – bientôt, très bientôt – malgré leurs différences, parce que, en fait, ils avaient beaucoup en commun et elle était la femme la plus belle qu'il avait jamais rencontrée et il avait vraiment envie de se racheter. Si elle le lui permettait. *S'il te plaît*.

Elle s'interrogea (sur ce qu'ils avaient vraiment en commun, hormis deux séances de jambes en l'air semi-avinées dans son lit et le fait qu'ils étaient tous les deux grands et qu'ils habitaient à Waunakee). Le téléphone sonna. Croyant que c'était lui, elle prit le récepteur dès la première sonnerie. « Allô ! fit-elle tout bas.

— Anita ? » C'était Mae. Une voix d'outre-tombe, d'au-delà le tragique, d'au-delà les larmes. « Oh, Anita, Anita, lâcha Mae, avant de se ressaisir. Ils ont tué le tigre.

— Qui… ? Quel tigre ?

— Il n'avait même pas de griffes. Cette belle bête, c'était un animal domestique, il ne pouvait pas…

— Il ne pouvait pas… quoi ? De quel tigre… de quoi parles-tu ? »

La conversation se termina là. La liaison fut coupée, soit de son côté, soit de celui de Mae… Elle ne put le savoir qu'en composant le numéro de sa sœur : le téléphone lui renvoya le bruit de l'électricité statique. Quelqu'un s'était encastré dans un poteau télégraphique, voilà ce qui s'était passé, et elle se demanda combien de temps les lumières resteraient allumées – voilà ce qui allait suivre : plus d'électricité. Elle se leva, ouvrit la boîte de soupe, en versa le contenu dans un bol en céramique et alluma le four à micro-ondes pendant qu'il était temps. Elle composa le numéro à trois chiffres et fut récompensée par le vrombissement mécanique que produisit l'appareil en démarrant, le bol tournant à l'intérieur, les chiffres lumineux égrenant leur compte à rebours : 3 : 30, 3 : 29, 3 : 28, jusqu'à ce que tous à la fois, le four à micro-ondes cale, la télé se taise et le mince néon sous l'élément de cuisine cligne une fois avant d'enterrer son éclat dans son tube redevenu opaque.

Longtemps, elle resta assise dans le noir, à siroter son thé, qui avait déjà franchi le seuil de brûlant à tiède, puis elle se leva, versa dans sa tasse une poignée de glace et l'emplit de Dewar jusqu'à ras bord. Elle sirotait son breuvage et pensait vaguement à son repas, un sandwich, oui, elle se préparerait un sandwich quand elle en ressentirait l'envie, fromage, laitue, pain au froment (bref, un menu envisageable, que l'électricité revienne ou pas), lorsqu'un bruit sous la caravane la ramena à la réalité : ça tâtonnait en dessous : un animal, allongé de tout son long, tout à son festin ?

Elle devrait sacrifier les chats, elle comprit ça, parce que, dès que la ligne de téléphone serait rétablie, elle appellerait Todd. Elle aurait voulu qu'il soit là, elle aurait voulu qu'ils soient au lit ensemble tous les deux, sous la couette, à boire du chardonnay et à écouter la neige perler sur le toit en aluminum de la caravane. Au fond, elle se moquait des chats. Ils ne signifiaient rien pour elle. Et elle voulait faire plaisir à Todd. Absolument. Sauf qu'elle ne pouvait s'empêcher de se demander (elle lui poserait la question) sur quoi avaient porté les points précédents… le 61… le 50… le 29 ? S'étaient-ils attaqués au bétonnage du pays ? A la pollution des cours d'eau ? A l'extermination des bisons ? Qu'en était-il, d'ailleurs, du point 1 ? Le point 1 : elle se le représenta, inscrit à la craie sur une ardoise, charrié de village en village, à une époque de pénurie, par un temps tel que celui qu'ils avaient en ce moment : la neige tombant sur les gens à l'abri de leurs lourdes portes en bois massif, l'air suspicieux et irrité. Le point 1 devait avoir été fondamental, la première pierre du programme du ministère des Ressources naturelles. De quoi avait-il bien pu traiter ? L'abattage des arbres, la récolte des peaux de bêtes, la pêche en rivière ? Ou plutôt, non, songea-t-elle en vidant son verre : il devait avoir été encore plus basique que ça : tuer les Indiens. Ouais. Pour sûr. Voilà sur quoi il avait dû porter : tuer les Indiens.

Elle se leva et prépara son sandwich, se versa une autre goutte de scotch, emporta l'assiette et sa tasse dans le recoin de son lit, sur lequel elle s'assit en tailleur contre l'oreiller qui avait conservé l'odeur de Todd. Et elle mastiqua, elle but et écouta le message froid de la neige.

Sin Dolor

Il vint au monde comme tous les autres – c'est-à-dire comme nous tous –, brun comme un iguane et moucheté des débris de la naissance, pas plus remarquable que la date imprimée sur le journal du matin, mais, lorsque je lui éclaircis la gorge et tapotai ses fesses de bébé, il ne produisit aucun son. Au contraire. Il ouvrit les yeux d'un coup, avec la myopie fureteuse des nouveau-nés, et se mit à respirer, calmement, tranquillement, sans le tintouin ou le tralala des autres. Mon infirmière, Elvira Fuentes, qui avait passé quinze ans dans le service des cancéreux de l'hôpital de Guadalajara avant de revenir se dévouer entièrement à moi, à la fois comme maîtresse et aide-soignante, fronça les sourcils lorsque je tendis le bébé à la mère. Elle pensait exactement la même chose que moi : l'enfant devait souffrir d'un resserrement ou d'une déformation de l'appareil vocal. A moins qu'il ne soit né sans. Nous avons vu des cas plus étranges encore, toutes sortes de défauts et de mutations, surtout chez les rejetons des travailleurs migrants, suite à leur exposition quotidienne au poison des herbicides, des pesticides et des aliments génétiquement modifiés. Par exemple, un patient dont je tairai le nom revint des champs de coton d'Arizona étique comme un fantôme oncologique d'Elvira : neuf mois plus tard, son épouse donna naissance à un monstre dépourvu de visage (sans yeux, sans oreilles, sans bouche, sans nez, juste un tissu de peau transparente tendu sur une tête de la taille d'un avocat). Administrativement, nous l'avons déclaré mort-né. Le cadavre (si l'on peut employer ce terme) rejoignit les déchets hospitaliers.

Mais je m'égare. Ce que je veux dire, c'est que nous avions tort. Par chance, du moins sembla-t-il alors. Ses parents, Francisco et Mercedes Funes, vendeurs ambulants de leur état, préparaient des *tacos de chivo* absolument mortels pour l'appareil digestif ; je conseille à tous ceux qui liront ceci et qui tiennent à rester en bonne santé d'éviter leur stand au coin de Independencia et de Constitución. Le gamin rechercha bientôt le sein de sa mère, avec les gargouillements et bruits de succion de rigueur. Mercedes Funes, vingt-sept ans à l'époque, déjà mère de six enfants, dotée de jambes arquées, d'épaules de *fullback* et d'un unique sourcil ininterrompu à la Frida Kahlo (moins le côté artiste et l'élégance de la femme peintre, cela va de soi), réintégra son stand le soir même, carbonisant la viande de chèvre sur un gril au charbon de bois, pour le plus grand bonheur des imprudents. Pour Elvira et moi, ce fut la fin de cette histoire-là. Une nouvelle âme était descendue sur terre. J'ai oublié ce que nous avons fait ce soir-là mais j'imagine que ce n'était rien de spécial. D'ordinaire, après la fermeture de la clinique, épuisés, nous nous installions dans la cour intérieure et observions les colombes perchées sur les fils de téléphone tandis que notre jeune domestique nous préparait une salade verte et une *caldereta de verduras* ou un plat de cœurs d'artichauts frits, le mets préféré d'Elvira.

Quatre ans s'écoulèrent avant que je revoie l'enfant ou fasse plus que songer vaguement au clan Funes, sauf lorsque, traitant des cas de vomissement et de diarrhée, je demandais à mes patients ce qu'ils avaient mangé et où. « C'est les huîtres, docteur », répondaient-ils, l'air contrit. « Les oignons, c'est sûr, ils m'ont toujours reproché. » « La mayonnaise, je mangerai plus jamais de la mayonnaise. » Ou, mon préféré : « La viande ne sentait pour ainsi dire pas mauvais. » Ils avaient beau, de leur côté, rejeter la responsabilité sur leur restaurant chinois, les mennonites et leur laiterie, leurs épouses, leurs oncles, leurs chiens, le plus souvent, je parvenais à remonter à une cause unique du problème : le stand de *tacos* des Funes. Mes patients me regardaient, ahuris. « Mais… c'est impossible, docteur… les Funes font les meilleurs *tacos* de la ville. »

Quoi qu'il en soit, par une matinée accablée de soleil, Mercedes Funes vint à la clinique, son fils à la traîne. Elle passa par la porte, le tirant par le poignet. Ils l'avaient appelé Dámaso, le nom du frère jumeau de son mari, qui envoyait des petits paquets de chocolat et, de temps à autre, un billet de vingt dollars de Los Angeles quand l'envie lui en prenait. Elle s'installa dans la salle d'attente. Le perroquet d'Elvira grignotait comme d'habitude les barreaux en osier de sa cage et le modeste climatiseur accroché à la fenêtre de la rue déversait ses courants d'air hyperboréens. Ce matin-là, je me sentais en pleine forme ; comme on dit, le roi n'était pas mon cousin, plusieurs de mes investissements immobiliers s'étant révélés plutôt profitables, sans compter qu'Elvira avait jeté son dévolu sur une modeste maison du front de mer, que nous espérions acquérir pour en faire notre résidence secondaire et, qui sait, y prendre un jour notre retraite. Après tout, je n'étais plus tout jeune et le frisson hippocratique, soigner les éclopés et guérir les incurables, avait laissé place au sentiment d'accomplir une corvée répétitive ; rien ne me surprenait plus et j'étais capable de faire le diagnostic de tous les patients qui passaient la porte du cabinet avant qu'ils tirent leur chaise. J'avais tout vu. Je m'ennuyais. J'étais impatient. J'en avais ma claque. Mais, je l'ai déjà dit, ce jour-là, j'étais de bonne humeur, empli d'une joie débridée en raison de ce projet de bicoque en bord de mer. Je devais même siffloter quand je pénétrai dans la salle d'auscultation.

« Quel est donc le problème ? » demandai-je.

Malgré la chaleur, Mercedes Funes était emmitouflée dans un châle. Elle s'était fait un chignon et portait les souliers qu'elle réservait pour la messe du dimanche. L'enfant, sur ses genoux, me regardait avec les yeux de son père, des yeux parfaitement ronds, comme s'ils avaient été créés à la chaîne – ils ne semblaient jamais cligner. « C'est ses mains, docteur, dit Mercedes tout bas. Il s'est brûlé. »

Avant que je puisse dire « Voyons ça » de ma voix paternelle et rassurante, le gamin me présenta ses mains, paumes tournées vers le ciel, et je vis ses blessures : des brûlures au troisième degré, au milieu de la main, ainsi qu'à plusieurs doigts. Des bords des croûtes, des escarres, qui avaient remplacé le tissu détruit, suintait un liquide lie-de-vin. Bien sûr, j'avais déjà vu ce genre de brûlures, d'innombrables fois, à la suite d'incendies domestiques, parce que les gens avaient fumé au lit, ou chez un enfant qui s'était trop approché d'un fourneau, mais celles-ci paraissaient bizarres, comme si elles avaient été infligées volontairement. Je lançai un regard acéré à la mère et lui demandai ce qui s'était passé.

« Je m'occupais d'un client, expliqua-t-elle, baissant les yeux comme pour mieux se rappeler. C'était une grosse commande, une famille de sept, et je ne le regardais pas… Francisco était pas là ; il vend des pneus de bicyclette, maintenant, vous comprenez, pour joindre les deux bouts. Dámaso a dû plonger la main dans le brasero quand j'avais le dos tourné. Il a sorti deux charbons, docteur, un dans chaque main. J'ai compris ce qu'il avait fait seulement quand j'ai senti l'odeur de la peau brûlée. » Elle me lança un regard furtif d'en dessous son sourcil continu qui lui donnait un air perpétuellement renfrogné. « Ça sentait la chèvre. Mais assez différent.

— Comment… ? » m'exclamai-je, incapable de terminer ma question. Je ne l'ai pas crue un instant. Personne, pas même les fakirs des Indes (et Dieu sait que ce sont des embobineurs !), ne pourrait tenir un charbon ardent dans la main assez longtemps pour se faire des brulûres au troisième degré.

« Il est pas normal, docteur. Il ressent pas la douleur comme nous autres. Regardez ! » Elle leva alors la jambe droite du gamin comme si elle n'avait pas été attachée au reste du corps, retroussant les jambes de son pantalon miniature pour me montrer une cicatrice sombre et épaisse, de la taille d'une main d'adulte. « Voyez-vous ça ? Voilà où ce sale pitbull d'Isabel Briceño l'a mordu après qu'il a fracassé la barrière ; on est même allés voir l'avocat pour ça, croyez-moi, mais lui, il a jamais crié ou dit un mot. Le chien l'a fait tomber et s'est acharné sur lui, on aurait dit qu'il mâchait un os, et si mon mari était pas sorti dans la cour à ce moment-là pour jeter l'eau de son rasage sur les rosiers, je crois qu'il l'aurait mis en morceaux. »

Alors, elle regarda par la fenêtre, comme pour se ressaisir. Le garçon me dévisagea de son regard impassible. Très lentement, comme s'il avait été fier, d'une manière un tantinet perverse, de ce qui lui était arrivé ou du stoïcisme avec lequel il l'avait enduré, il sourit, et je ne pus m'empêcher de penser qu'il ferait un soldat de premier ordre dans quelque guerre que nous mènerions quand il aurait atteint l'âge de la conscription.

« Et vous voyez ça ? poursuivit la femme, suivant les lèvres du garçon avec l'index. Ces cicatrices, ici ? » Je vis un réseau de lignes plus claires que la peau et irrégulières, qui partaient de sa bouche. « C'est là qu'il s'est mordu… Oui, il se mord sans s'en apercevoir.

— Señora Funes », dis-je de mon ton le plus caustique, celui que je réserve aux poivrots au foie enflé et aux fumeurs qui crachent du sang tout en allumant une nouvelle cigarette, et sous mon nez, encore, là, dans mon bureau, pas moins ! « Je ne crois pas que vous me disiez toute la vérité. Ce garçon a été victime de sévices. Je n'ai jamais eu de cas aussi flagrant. Vous devriez avoir honte. Pire : on devrait vous dénoncer à la police. »

Elle roula les yeux. Le garçon restait tranquillement assis sur ses genoux, comme un mannequin en bois. « Vous comprenez pas : il ressent aucune douleur. Rien. Allez-y. Piquez-le avec une aiguille : vous pouvez lui transpercer le bras, il verra pas la différence. »

Furibond (me prenait-elle pour un idiot ?), je m'approchai de l'armoire, pris une seringue jetable, préparai une piqûre, une demi-dose de B12 que j'avais toujours en réserve pour les personnes âgées et les anémiques ; je frottai avec de l'alcool le bras rachitique du gamin. Tous deux observèrent d'un air indifférent l'aiguille percer sa peau. Le garçon ne cilla pas. A son absence de réaction, on aurait pu croire que je ne faisais rien. Ce qui ne prouvait pas grand-chose, d'ailleurs. Un enfant sur cent était capable d'une entière maîtrise quand je présentais l'aiguille (alors que les quatre-vingt-dix-neuf autres criaient comme si on leur avait arraché les ongles un à un).

« Vous voyez ? fit la mère.

— Je ne vois rien. Il n'a pas bronché, c'est tout. Beaucoup d'enfants, certains, en tout cas, sont de véritables petits soldats et ne disent rien quand on leur fait une piqûre. » Me tenant au-dessus du gamin, je le dévisageai. « Tu es un brave petit soldat, hein, Dámaso ? »

La mère lâcha, d'une voix lasse : « Nous le surnommons *Sin Dolor*, docteur. C'est son surnom, maintenant. C'est comme ça que son père l'appelle quand il se conduit mal, parce que rien, qu'on lui donne la fessée, qu'on le pince, qu'on lui torde le bras, rien ne lui fait mal. *Sin Dolor*, docteur. Le Sans-Douleur. »

Je le revis lorsqu'il avait sept ou huit ans, je ne me rappelle pas vraiment. C'était devenu un garçon à l'expression grave, avec de grands yeux dévorants et les cheveux indiens de son père ; il était encore tout fluet comme une marionnette et paraissait anémique. Cette fois, c'est son père qui l'amena, dans ses bras. D'abord, je pensai qu'il avait des vers et je pris note mentalement de lui faire une piqûre avant qu'il ne reparte, mais je me dis ensuite que ce devait simplement être l'effet de la cuisine de sa mère et repoussai l'idée. Une analyse des selles suffirait. Naturellement, nous devrions faire des analyses sanguines pour vérifier le taux d'hémoglobine – si les parents étaient d'accord, bien sûr, car tous deux étaient des grippe-sous notoires et je ne voyais les membres du clan Funes que lorqu'ils étaient vraiment mal en point.

« Quel est le problème ? » m'enquis-je en serrant la main de Francisco Funes. Emettant un grognement, ce dernier se pencha pour inviter le gamin à se lever. « Vas-y, Dámaso, dit-il, montre donc au docteur comment tu marches. »

Je remarquai que le garçon se tenait de guingois, prenant appui sur la jambe droite. Il lança un regard d'abord à son père, puis à moi, abaissa les épaules en signe de résignation, se rendit jusqu'à la porte, et retour, boitant comme s'il s'était démis le genou. Il leva la tête et sourit. « Je crois que j'ai un problème à la jambe », ânonna-t-il, d'une voix basse et contrite de confesseur.

Le prenant par les aisselles, je le hissai sur la table d'examen, lançant au père un regard noir (si ce n'était pas de la maltraitance parentale, je ne m'y connaissais plus !). Je le questionnai : « As-tu eu un accident ? »

Son père répondit à sa place : « Il s'est cassé la jambe, vous le voyez pas ? Il a sauté du toit de l'abri alors qu'il savait qu'il fallait pas le faire… » Francisco Funes avait une carrure impressionnante, une voix grave et pénétrante ; il lança à son fils un regard furibond, comme pour signifier que l'affaire était entendue et que le garçon recevrait le fouet de retour à la maison, jambe cassée ou pas.

Je choisis de l'ignorer. « Peux-tu t'allonger sur le dos, s'il te plaît ? » demandai-je au garçon, tapotant la table d'examen. Mon patient s'exécuta, levant les deux jambes sur la table sans effort apparent. La première chose que je remarquai, ce furent ses cicatrices, une constellation de brûlures et de balafres, de ses chevilles à ses cuisses : une fois de plus, je sentis la rage monter en moi. Maltraitance ! Le réquisitoire résonna dans ma tête. J'allai appeler Elvira pour qu'elle fasse sortir le père, afin de soigner le fils en son absence, et de l'interroger aussi, lorsque, passant la main sur le mollet du garçon, je découvris un renflement. Au toucher, il avait bien la jambe cassée, le tibia fracturé. « Est-ce que ça fait mal ? » J'appuyai sur le renflement.

Le gamin fit non de la tête.

« Rien lui fait jamais mal », déclara le père. L'air impatient, il restait collé à moi, craignant que je ne le berne, pressé de sortir ses *pesos* de son portefeuille (comme si la blessure de son fils n'avait été qu'un impôt) et de retourner vivre sa vie.

« Il va falloir faire des rayons X, annonçai-je.

— Pas de radios, répondit le père Funes, grommelant. Ah, je savais que j'aurais dû le mener chez le *curandero*, je le savais bien ! Il aurait juste remis en place ce foutu os et puis ça aurait été fini. »

Je sentis le regard du garçon s'appesantir sur moi. Il restait d'un calme olympien, les yeux comme les mares immobiles sur le parcours de la rigole qui acheminait l'eau des montagnes dans la citerne derrière notre nouvelle maison au bord de la mer. Pour la première fois, je me surpris à penser qu'il y avait peut-être quelque chose d'extraordinaire chez ce gamin, une sorte de miracle médical : avec un tibia fracturé, il aurait dû se tordre de douleur et hurler, or il donnait l'impression qu'il n'y avait absolument aucun problème, qu'il était venu dans l'accueillant cabinet avunculaire du médecin dans le but d'admirer le squelette sur son socle et les diplômes encadrés sur les murs passés à la chaux, de se dorer à l'éclat métallique de l'équipement qu'Elvira astiquait tous les matins avant que les patients ne commencent à faire la queue devant la porte.

Cela me frappa comme un coup de tonnerre : il avait marché avec une jambe cassée. Il ne s'était pas aperçu de la différence hormis le fait que, mystérieusement, il boitait. Je ne pus m'empêcher de prendre sa jambe pour sentir l'alignement de l'os à l'endroit de la fracture. « Est-ce que ça fait mal ? » Je sentis l'os se remettre en place. A la fenêtre, la lumière du jour faiblit (un nuage invisible passait devant le soleil) puis revint. « Et ici ? » « Et si je fais ça ? »

Après ce jour-là, après avoir remis l'os en place et posé une attelle, mis la jambe du gamin dans le plâtre et lui avoir prêté deux vieilles béquilles non assorties avant d'aller dans la salle d'attente pour dire à Francisco Funes que je ne facturerais pas mon intervention (« C'est offert par la maison », dis-je), je compris que ma vie avait pris une tout autre dimension. Je compris que j'avais assisté à un miracle : qui pourrait donc me reprocher de vouloir changer le cours de ma vie, d'imposer ma marque, de devenir l'un des géants de la profession, que l'on devrait étudier et révérer pour l'éternité, au lieu que je disparaisse dans l'ennui incurable d'un cabinet de bourgade, avec ses colombes sur les fils de téléphone, la *caldereta* dans le faitout et la petite maison au bord de la mer ? Le corps de Dámaso Funes devait être le terrain d'une mutation génétique, une mutation positive, supérieure, progressive, en rien semblable à celles qui avaient donné l'enfant sans visage et toutes les autres horreurs qui entraient en paradant par la porte de la clinique chaque jour. Si l'on pouvait isoler cette mutation (si l'on pouvait découvrir la séquence génétique), alors, le bénéfice pour nos pauvres espèces sensibles à la douleur serait incommensurable. Imaginez une vieillesse sans douleur ! Des naissances, des interventions chirurgicales, des séances chez le dentiste sans la moindre souffrance ! Imaginez les patients cancéreux d'Elvira faisant la course dans leurs chaises roulantes, le sourire aux lèvres et plaisantant jusqu'à leur dernier jour ! Quelle liberté ! Quelle joie ! Quel coup imparable contre les afflictions qui nous déforment, nous estropient et nous poursuivent jusqu'à la tombe !

Je me mis à fréquenter le stand des Funes à l'heure d'avant la sieste, espérant apercevoir le gamin, me lier d'amitié avec lui, gagner sa confiance, peut-être même l'accueillir chez nous pour qu'il prenne la place de l'enfant qu'Elvira et moi n'avons jamais eu parce que le monde est un lieu d'une tristesse noire. J'essayais de paraître nonchalant. « *Buenas tardes* », disais-je de ma voix la plus chaleureuse lorsque Mercedes Funes levait son visage fatigué du brasero. « Comment allez-vous ? Et vos succulents *tacos* ? Oui, oui, j'en prendrai deux. Et puis non, trois. » Je faisais même semblant de les manger, mais n'en grignotais qu'un morceau… et encore, seulement de la *tortilla*, alors que des légions de mes patients – anciens ou nouveaux – faisaient la queue, dans l'attente de l'offrande enveloppée dans du papier d'aluminium. Deux bons mois durent s'écouler, je pense, avant que je revoie Dámaso. Je passai ma commande, me mis de côté : c'est alors que je l'aperçus, seul derrière le gril, près de ses frères et sœurs plus jeunes, les trois nés après lui, qui trifouillaient par terre, au milieu de leurs jouets.

Lorsqu'il me vit, son regard s'illumina et je crois avoir dit une banalité comme : « Je vois que ta jambe a bien guéri. Toujours aucune douleur, hein ? »

Poli, bien élevé, il sortit de derrière le stand et me tendit la main d'un geste solennel. « Je vais bien, dit-il, avant de marquer une pause. A part ça » : et il releva son T-shirt sale (qui portait le logo d'un groupe de pop nord-américain, trois visages railleurs et une couronne de cheveux hirsutes) ; il me montra une plaie à vif, de la taille d'un œuf au plat. Une nouvelle brûlure.

« Aïe ! m'exclamai-je en faisant la grimace. Voudrais-tu revenir au cabinet pour que je soigne ça ? » Il me regarda droit dans les yeux. L'instant resta en suspens. Le brasero fumait. « *Gratis.* »

Dámaso haussa les épaules. Cela lui était totalement égal : il devait se sentir immortel, comme tous les enfants jusqu'à ce qu'ils apprennent à connaître suffisamment la mort et toutes les misères qui la précèdent et l'accompagnent ; d'un autre côté, comme nous tous, il était sujet aux infections, il était susceptible de perdre des doigts, des membres, il était sujet à la mue de la chair et à la corruption des organes. Même s'il ne pouvait ressentir aucune douleur. Quelle miséricorde ! Haussant encore les épaules, il regarda sa mère, qui déplaçait des morceaux de viande de chèvre sur la grille rustique du brasero tandis que les clients passaient leurs commandes. « Il faut que j'aide ma mère », finit-il par répondre. J'étais en train de le perdre.

C'est alors qu'il me vint à l'esprit d'user d'un stratagème, le genre d'idée lumineuse qui vous vient sur un battement synaptique, comme le volettement d'ailes internes : « Aimerais-tu voir mes scorpions ? »

Je vis son expression changer, tandis qu'il se représentait un arachnide avec ses pinces et son dard mortel recourbé. Il lança un regard vers sa mère, qui rendait sa monnaie à la señora Padilla, une dondon qui pesait plus, bien plus de cent cinquante kilos, et que j'ai traitée pour son hypertension, son diabète non héréditaire et des rougeurs génitales virulentes dont aucun médicament habituel ne semblait venir à bout. Puis, tout d'un coup, il plongea derrière le brasero et, l'instant d'après, émergea plus loin dans la rue. Il m'adressa des signes impatients ; je renonçai à la ruse consistant à faire semblant de manger les mets de sa mère, à laquelle je tournai le dos sans ambages, emboîtant le pas à son rejeton.

« J'en ai un dans un bocal », déclara-t-il. Je ne compris pas tout de suite qu'il parlait d'un scorpion. « Il est marron.

— Probablement *Vaejovis spinigeris*, très commun dans la région. A-t-il des rayures noires sur la queue ? »

Hésitant, il dodelina de la tête. D'où j'en conclus qu'il ne l'avait pas observé de très près : c'était un scorpion, cela lui suffisait. « Combien est-ce que tu en as ? » s'enquit-il, marchant à grandes enjambées sans boiter le moins du monde.

Il me faut préciser, en passant, que je suis entomologue (ou, plus spécifiquement, arachnologue) amateur et que les scorpions sont ma spécialité. Je les collectionne comme un lépidoptériste collectionne les papillons, à la différence près que mes spécimens sont vivants. A cette époque, je les conservais dans plusieurs terrariums dans l'arrière-salle de la clinique, où ils se faufilaient gaiement sous les pierres et les tessons de poterie que j'avais disposés pour eux.

« Oh, je ne sais pas. » Nous passâmes devant l'entrée d'une ruelle d'où un groupe de gamins nous regardèrent passer, les yeux écarquillés : tous, comme un seul homme, appelèrent mon compagnon par son nom, ni par moquerie ni par jeu, mais avec respect : ils lui rendaient hommage. Pour eux, découvrirais-je bientôt, c'était un héros.

« Dix ? » demanda-t-il. Il portait des sandales. La peau tannée de ses pieds, qu'il envoyait en avant avec un mouvement vif sur les pavés, brillait dans la lumière aveuglante du soleil. Il faisait une chaleur accablante.

« Oh, non, cent ou plus... De vingt-six espèces. » Et j'ajoutai, sournois : « Si tu as le temps, je te les montrerai tous. »

Bien sûr, j'insistai pour traiter d'abord ses brûlures. Donnant donnant. Il ne fallait pas qu'il meure d'une infection bactériologique – ou de quelque autre mal, d'ailleurs : pour des raisons humanitaires, assurément, mais aussi eu égard au trésor qu'il portait en lui, un trésor inestimable pour l'humanité. Je devinai son excitation lorsque je l'entraînai dans l'arrière-salle humide, sombre, avec son sol en béton, et son odeur de terre retournée et de vinaigre. Je soulevai la grille qui recouvrait un terrarium et lui montrai un premier spécimen, *Hadrurus arizonensis pallidus*, le scorpion géant du désert. Malgré ses quinze centimètres de long, il se confondait quasiment, grâce à sa couleur, avec le sable sur lequel il se trouvait ; il tenait un criquet dans ses pédipalpes. « C'est le plus gros scorpion d'Amérique du Nord, expliquai-je. Même si son venin est plutôt bénin par comparaison avec celui de *Centruroides exilicauda*, le scorpion d'écorce, comme on l'appelle communément. Lui aussi habite les environs et est très dangereux. »

Dámaso se contenta de dire : « Je veux voir celui au poison mortel. »

J'en avais plusieurs spécimens dans un terrarium installé contre le mur du fond. J'éteignis les lumières, tirai les stores et utilisai une lumière noire pour lui montrer comment ils luisaient grâce à leur propre phosphorescence. Dès que j'eus allumé la lumière noire et qu'il eut distingué les formes des créatures qui rampaient dans leur domaine, il lâcha un cri de bonheur et tint absolument à la braquer sur chacun des terrariums, l'un après l'autre, avant de me faire revenir, finalement, au *Centruroides*. « Est-ce qu'ils me piqueraient ? demanda-t-il. Si j'approchais la main ? »

Je haussai les épaules. « C'est possible. Mais ce sont des créatures timorées et, comme la plupart des animaux, ils préfèrent éviter toute confrontation, d'autant plus qu'ils ne doivent pas gaspiller leur venin. Vois-tu, la fabrication de la toxine brûle une grande quantité de calories, or ils en ont besoin pour affronter leurs proies… afin de pouvoir se nourrir. »

Dans l'obscurité, Dámaso tourna le visage vers moi. La lueur de la lumière noire effaça ses traits et conféra à ses yeux une étrange teinte bleutée. « Est-ce que j'en mourrais ? » s'enquit-il.

Je n'aimais guère le sous-entendu. Je suis certain que vous avez déjà compris ce que le garçon tramait. Un être qui ne ressent pas la douleur et les créatures les mieux équipées pour l'infliger… Il me fallait donc souligner le danger : « Si l'un d'eux te piquait, tu risquerais de tomber malade, tu vomirais, il se pourrait même que tu écumes… tu comprends ce que je veux dire : écumer… ? »

Dámaso fit non de la tête.

« Peu importe. Le fait est qu'une piqûre de ce scorpion-là est susceptible de tuer les gens très fragiles, les bébés, les vieillards. Sans doute pas un garçon de ton âge, mais il te rendrait très, très malade…

— Il pourrait tuer mon grand-père ? »

Je me représentai le grand-père. Je l'avais vu une ou deux fois somnolant derrière le stand : un amas d'os et de lésions cutanées. Il devait avoir dans les quatre-vingt-dix ans. « Oui, c'est possible… si, par malheur, il lui arrivait de marcher dessus en allant à la salle de bains, un soir… »

C'est alors que la sonnette de la clinique retentit, bien qu'elle fût fermée l'après-midi, hormis pour les urgences. J'appelai Elvira, mais elle devait déjeuner dans le jardin ou faire la sieste dans l'appartement, à l'étage. « Suis-moi », dis-je au garçon. Nous sortîmes de l'arrière-salle, traversâmes la salle d'examen et débouchâmes dans le bureau : là, au comptoir, se tenait un voisin, Dagoberto Domínguez, main gauche enveloppée dans un chiffon ensanglanté et, dans la droite, un petit bout de viande tout luisant, qui se révéla être la phalangette de son index gauche. J'oubliai complètement Dámaso.

Quand j'eus terminé de bander la blessure du señor Domínguez et l'eus envoyé en taxi à l'hôpital, sa phalangette dans de la glace, je remarquai que la porte de l'arrière-salle était ouverte. Là, dans l'obscurité, dans l'éclat lunaire de la lumière noire, se tenait le jeune Dámaso, chemise fluorescente, pour ainsi dire, des scorpions (une bonne demi-douzaine) sur son dos, qui descendaient et remontaient les avenues de ses bras. Je ne pipai mot, ne bougeai pas d'un pouce. Je me contentai de l'observer. Comme si de rien n'était, il leva un bras jusqu'à hauteur du cou, où mon *Hadrurus*, le géant, venait d'émerger du col de sa chemise : je vis la bestiole le piquer à plusieurs reprises, tandis que Dámaso la tenait entre pouce et index, avant de la reposer tendrement dans sa cage.

Etais-je irresponsable ? Avais-je, qui sait, au tréfonds de moi, voulu que les choses se passent ainsi – que cette... expérience ait lieu ? Peut-être. Peut-être une partie de moi-même n'avait-elle pu s'empêcher de faire tomber la frontière entre détachement et sadisme. Quoique... le terme s'appliquait-il vraiment ? Comment pourrait-on être sadique quand la victime ne ressent rien ? En tout cas, à partir de ce jour-là, Dámaso ne me quitta plus guère, et je commençai à envoyer mes observations à la Boise State University. Un vieil ami, de l'époque où nous fréquentions la faculté de médecine de Guadalajara, Jerry Lemongello, l'un des plus grands généticiens du monde, y dirigeait un laboratoire de pointe. Dámaso, issu d'une famille nombreuse et pauvre, semblait se délecter de l'attention qu'il reçut alors d'Elvira et de moi-même ; au bout d'un certain temps, nous commençâmes à l'inviter à dîner ; une fois, il dormit même à la maison, sur un lit de camp dans la chambre d'amis. Je lui appris tout ce que je savais sur les scorpions et leurs cousines les tarentules ; je finis par lui donner des notions de sciences naturelles et de médecine, un sujet pour lequel il semblait être particulièrement doué. En échange, il exécutait pour nous de menus travaux, balayait et nettoyait les sols de la clinique, veillait à ce que les scorpions aient suffisamment de criquets pour leur dîner et le perroquet ses graines, son eau et ses morceaux de fruits.

Jerry Lemongello tint absolument à ce que je pratique des tests ADN sur le gamin : je fis donc des prélèvements dans sa bouche (maintes fois brûlée : alors qu'il savait faire la distinction entre le chaud et le froid, il n'avait aucun moyen de savoir ce qui était *trop* chaud ou *trop* froid). De mon côté, je continuai mes propres expériences toutes simples : des tests de réflexes, des piqûres avec des aiguilles sur différentes parties de l'anatomie, voire des chatouilles (auxquelles il se révéla sensible). Un après-midi (je le regretterai toujours), je dis en passant que les guêpes à papier qui avaient décidé de construire un nid géant sous les avant-toits de la clinique étaient devenues une véritable menace. Elles assaillaient mes patients en passant par les interstices de la porte à moustiquaire et, par deux fois, avaient piqué la pauvre señora Padilla dans un endroit sensible lorsqu'elle était venue consulter. Poussant un soupir, j'émis à voix haute le souhait que quelqu'un fasse quelque chose.

Lorsque, un quart d'heure plus tard, je jetai un coup d'œil par la fenêtre, j'avisai Dámaso qui, perché sur une échelle, détruisait le nid à mains nues : les guêpes l'enveloppaient d'une nuée noire affolée. J'aurais dû intervenir. J'aurais dû l'arrêter. Je n'en fis rien. Je me contentai de l'observer tandis que, méthodiquement, foulant sous le pied les alvéoles pleines de chrysalides, il écrasait les guêpes adultes, qui le piquaient vainement. Bien sûr, je traitai ses piqûres, dont chacune se présentait comme un méchant bouton rouge et enflé, et lui interdis de jamais refaire une chose aussi stupide à l'avenir ; je me lançai également dans un laïus sur le système nerveux et l'efficacité de la douleur comme signal que le corps est confronté à un problème. Je lui parlai des lépreux dont les doigts et les orteils finissaient par se réduire à rien en raison de la perte de sensation des extrémités, mais il ne sembla pas me comprendre. « Vous voulez dire que la douleur est une bonne chose !

— Eh bien, non… la douleur est mauvaise, et, dans ma profession, nous tentons de la combattre pour que les gens puissent mener une vie tranquille, être productifs et tout le reste…

— Ma mère souffre… », dit-il, caressant les bosses de son avant-bras comme si elles n'avaient été pour lui qu'une intéressante nouveauté. « Du dos. Parce qu'elle est penchée toute la journée sur le brasero…

— En effet (elle avait une hernie discale), je le sais, oui. »

Il réfléchit un long moment avant de demander : « Est-ce qu'elle va mourir ? »

Je répondis que nous mourrions tous un jour. Mais qu'elle ne mourrait pas le jour même et certainement pas d'un simple mal de dos.

Un sourire resplendissant illumina peu à peu son visage. « Je peux rester dîner, alors ? »

Peu après, le père revint, cette fois seul. J'ignore si sa visite était liée à l'incident des guêpes. Il fut catégorique, presque malpoli. « Je sais pas ce que vous faites avec mon gamin ou ce que vous croyez faire… mais je veux qu'il revienne à la maison. »

J'étais assis à mon bureau. Il était onze heures du matin ; dehors, les oiseaux-mouches pendaient, immobiles, aux fleurs rosâtres de la bignone de Virginie. Des nuages s'amassaient à l'horizon. Quant au soleil, on aurait dit du beurre. Installée à son bureau, ma femme tapait sur le clavier de notre nouvel ordinateur et la radio jouait si doucement que je ne la percevais que comme un simple courant en fond. Mon visiteur refusa de s'asseoir.

« Votre fils a un don extraordinaire », déclarai-je après un moment. Bien que je sois agnostique en ce qui concerne Dieu et un Jésus surnaturel, j'eus recours à une métaphore religieuse dans le but de renforcer mon affirmation, pensant que cela pourrait émouvoir un homme tel que Francisco Funes, pénétré qu'il était de l'indigente piété de sa classe : « Il peut sauver l'humanité… tous nous sauver de douleurs séculaires. Je veux seulement aider.

— C'est des conneries, tout ça ! » Elvira leva les yeux de son clavier, baissant la tête pour regarder par-dessus ses lunettes, qui glissèrent sur l'arête de son nez.

« C'est pourtant la vérité.

— Conneries ! » répéta-t-il. Quel manque d'originalité. Ah qu'il était limité, ignorant, accablé par le poids de la superstition et l'appât du gain qui afflige les hordes laborieuses dont il faisait partie. « C'est mon fils, pas le vôtre, dit-il d'une voix qui plongea dans les abîmes. Si je le retrouve ici, je lui donnerai une de ces roustes... » Il se reprit lorsque je lui adressai mon sourire le plus amer. « Vous le savez pas, mais j'ai ma façon. Et si je peux pas le battre, c'est vous que je battrai, docteur. Avec tout le respect que jc vous dois. Et vous le sentirez passer, comme n'importe qui.

— Est-ce une menace ? Elvira (je me tournai vers ma compagne), veux-tu prendre note des déclarations de ce monsieur ?

— Pour sûr que c'est une menace », conclut-il.

Le garcon s'évapora dans la nature. Il ne vint à la clinique ni le lendemain matin ni le surlendemain. Lorsque j'interrogeai Elvira, elle haussa les épaules, comme pour dire : « C'est aussi bien ainsi. » Je n'étais pas de cet avis. Il me manquait, pour des raisons égoïstes, certes (Jerry Lemongello avait écrit pour m'avertir que le prélèvement d'ADN était inutilisable et il m'implorait donc d'en refaire un), mais, aussi, je m'étais pris d'affection pour lui. J'aimais lui expliquer le monde, l'extraire du magma de désinformation et d'ignorance qui avait été son lot à la naissance et, si je le voyais m'emboîter le pas, comme naturaliste voire comme médecin, je ne crois vraiment pas que je m'illusionnais. Intelligent, il avait l'esprit vif, une compréhension instinctive de ce qui l'entourait et une grande capacité d'observation, de sorte que, par exemple, lorsque je plaçais un crabe, un scorpion et une araignée sur un plateau devant lui, il saisissait immédiatement la relation entre eux, précisait à quelle famille et quel genre chacun appartenait, et les appelait par les noms que je lui avais appris. Or, il n'avait que neuf ans.

Le troisième jour, toujours sans nouvelles de lui, je me rendis au stand des Funes au marché, espérant l'y trouver. Il était encore tôt et Mercedes Funes n'en était encore qu'à répandre les charbons sur le brasero ; une demi-douzaine de tranches de chèvre (une chèvre abattue de frais ou du moins récemment) pendaient à une grille derrière elle (recouvertes, dois-je le préciser, d'un essaim de mouches). Je saluai la señora Funes, m'enquis de sa santé d'une façon détournée, parlai du temps et de la qualité de sa viande de chèvre ; or, à un moment donné, la douleur lui fit faire une grimace et elle porta la main à ses reins, se relevant lentement pour m'adresser ce que je ne puis qu'appeler un regard hostile. « On l'a envoyé vivre avec sa grand-mère, dit-elle sans préambule. A Guadalajara. »

Voilà. J'eus beau l'en presser, Mercedes Funes ne voulut rien révéler de plus, pas plus que son âne de mari. Lorsqu'il leur arriva par la suite d'être confrontés de temps en temps à de vagues urgences médicales, ils mirent un point d'honneur à courir jusqu'à l'autre bout du village, à la clinique de mon rival, le Dr Octavio Díaz, que je honnissais hardiment (mais c'est une autre histoire). Il suffira de dire que plusieurs années passèrent avant que je revoie Dámaso, même si j'étais au courant (comme tout le monde) des rumeurs selon lesquelles son père en avait fait un monstre de foire et l'avait forcé à suivre une troupe ambulante de bourg en bourg, exploitant sans vergogne sa particularité physique pour l'obliger à se produire devant tous les crétins béats qui avaient quelques *pesos* en poche. Quel gâchis ! C'était criminel. Mais ni moi ni Jerry Lemongello ni tous les membres du conseil de la Boise State University ne pouvaient rien y faire. Il était parti et nous étions restés.

Une nouvelle génération de colombes vint se poser sur les fils de téléphone, Elvira épaissit à la taille et au creux sous le menton ; quant à moi, en me rasant, le matin, je suivis l'inéluctable avancée des cheveux blancs qui, remontant la mâchoire jusque vers les tempes, finirent par coloniser le sommet de mon crâne. Je me levais, faisais couler l'eau dans le lavabo et voyais un inconnu me fixer dans la glace, un vieillard aux yeux reconstruits, au regard aqueux. Je continuais à diagnostiquer rougeoles, oreillons et gonorrhées, à masser la peau des infirmes, à manier otoscope, abaisse-langue et seringue, comme si tout ça n'avait été qu'une forme raréfiée de châtiment dans une tragédie de Sophocle. Et puis, un après-midi, en revenant de l'animalerie avec une poche en plastique pleine de criquets destinés à mes ouailles, j'obliquais dans une rue lorsque… qui vis-je ? Dámaso.

Une foule d'environ quarante à cinquante badauds était rassemblée sur le trottoir devant la boulangerie ; ces gens changeaient constamment de pied d'appui dans la chaleur haletante. Ils paraissaient captivés : aucun ne me regarda lorsque je me faufilai jusqu'au premier rang, me demandant ce dont il retournait. Lorsque je vis Francisco Funes, mon sang ne fit qu'un tour. Debout à côté d'une estrade faite de palettes en bois empilées les unes sur les autres, il contemplait la foule d'un air calculateur, comme s'il évaluait déjà ses gains ; sur la scène de fortune, Dámaso, torse nu, pieds nus, vêtu d'un simple short moulant qui cachait mal toutes les parties de son anatomie, chauffait la lame d'un couteau au manche en nacre sur un brasero. On aurait dit un hérisson : il était transpercé de… combien ?… disons vingt de ces piques en aluminium dont les gens se servent pour préparer les brochettes ; l'une d'elles lui transperçait les deux joues. Mû par une fascination morbide, je l'observai prendre le couteau sur le brasero et appliquer le plat de la lame sur le dos de sa main : on entendit la chair grésiller. La foule retint son souffle. A côté de moi, une femme s'évanouit dans les bras de son mari. Je ne bronchai pas. Je me contentai d'observer Dámaso, dont le corps n'était plus qu'un patchwork de cicatrices, et qui, trouvant un pli de peau intacte sur son sternum, planta dedans la pointe de son couteau.

J'aurais voulu hurler que c'était honteux mais je me retins. Lorsque arriva le clou du spectacle, je fis volte-face et me fondis dans la foule, attendant une occasion d'agir. Le garcon (dont je calculai qu'il devait avoir désormais treize ou quatorze ans) s'infligea d'autres tortures insensées que je ne citerai pas ici. En fin de compte, le père fit passer le chapeau parmi les badauds, récolta des *pesos*, et puis tous deux reprirent la direction de leur logis. Je les suivis à une distance respectueuse ; les criquets que j'avais achetés stridulaient contre les pans du sac. Je vis le père entrer dans la maison, qui s'était agrandie : les armatures de plusieurs nouvelles pièces n'attendaient que le papier goudronné et les tuiles du couvreur ; de son côté, l'adolescent se dirigea vers la glacière en plastique jaune calée contre les marches. Après avoir sorti une bouteille de Coca-Cola, il se laissa choir dans le fauteuil défoncé de la véranda, avec tout l'allant d'un vieillard cacochyme.

J'attendis un moment, jusqu'à ce qu'il ait terminé sa maigre récompense et posé la bouteille entre ses pieds, sur quoi je passai devant la maison, l'air dégagé, comme si je m'étais trouvé par hasard dans le quartier. Lorsque je fus à sa hauteur, et certain qu'il m'avait vu, je m'arrêtai et lui adressai un regard étonné, comme s'il m'avait fallu du temps pour que la réalité s'imprime dans mon esprit. « Dámaso ! m'exclamai-je. Est-ce vraiment toi ? »

Je vis une lueur briller dans ses yeux mais rien d'autre : il paraissait incapable de sourire avec les lèvres. Se levant d'un bond, il traversa la cour dans ma direction, et me tendit la main. « Docteur ! » lança-t-il, et je remarquai instantanément la décoloration des lèvres, les deux pointes de sang séché symétriques à chaque joue, au milieu d'un champ de bataille de peau brûlée. Je n'aurais pas été plus choqué, je n'aurais pas éprouvé plus de pitié s'il avait été mon fils.

« Cela fait si longtemps…, dis-je.

— Oui. »

Je réfléchis à toute vitesse. Je n'eus qu'une idée en tête : trouver une façon dont je pourrais le sortir de là avant que Francisco Funes ne repasse la porte. « Aimerais-tu venir à la clinique avec moi… nous pourrions dîner ensemble… ? En souvenir du bon vieux temps ? Ce soir, Elvira a préparé des lasagnes aux aubergines, avec une bonne salade bien craquante et une friture d'artichauts, et… regarde… (je brandis le sac de criquets et le remuai)… nous pourrions donner à manger aux scorpions. Sais-tu que j'en ai un, maintenant, qui fait presque le double de la taille de *Hadrurus*… une variété africaine ? C'est une splendeur, il est superbe… »

Il eut alors une mimique que je lui connaissais bien : il regarda derrière lui, comme le jour désormais lointain où, au stand de sa mère, il était encore enfant… L'instant d'après, nous marchions côte à côte, nous nous éloignions de la maison de ses parents. Il me parut avoir plus de difficultés à marcher qu'autrefois, comme si les années avaient pesé sur lui d'une manière insondable (ou, au contraire, sondable, absolument sondable, jusqu'aux profondeurs corrosives du cœur de son père). Afin qu'il puisse suivre, je ralentis donc l'allure, craignant qu'il n'ait causé des dommages irréparables à ses muscles, à ses ligaments, à ses cartilages et même à son système nerveux. Nous passâmes devant l'abattoir où le premier cousin de sa mère, Refugio, sacrifiait les chèvres sur l'autel de l'affaire familiale, puis nous traversâmes les vestiges desséchés de ce que les pères de la cité avaient jadis conçu comme un parc et qui n'était plus qu'un terrain de jeux pour lézards, puis nous remontâmes le coteau qui sépare notre village suivant la classe sociale, le revenu et, de façon non moins prégnante, l'éducation.

Le saint arôme des lasagnes d'Elvira embaumait toute la rue lorsque nous obliquâmes à l'angle de la clinique. Nous avions jusque-là parlé de choses et d'autres : mon cabinet, le perroquet (oui, il allait bien, merci), les derniers potins du quartier, le temps. Rien, de prime abord, sur sa vie, ses voyages, ses sentiments. C'est seulement lorsque je l'eus emmené dans l'arrière-salle, sous la lumière noire, que, un verre de thé glacé à la main, une assiette de *dulces* sur les genoux, il s'autorisa à s'ouvrir à moi. « Dámaso, l'interrompis-je à un moment donné (face aux scorpions qui, phosphorescents, ressemblaient à des apparitions dans les vestibules de leurs cages), tu n'as pas l'air en grande forme. Dis-moi : que se passe-t-il ? Est-ce… tes déplacements incessants ? »

Dans l'obscurité, enveloppé par l'odeur de vinaigre des arachnides et la promesse des mets d'Elvira flottant dans les coulisses, il posa délicatement son verre et épousseta les miettes sur ses genoux, avant de lever les yeux vers moi. « Oui, répondit-il doucement, avant d'ajouter, avec plus d'emphase : *Oui.* »

Je gardai le silence pendant un moment. Du coin de l'œil, je vis que mon *Hadrurus* sondait les limites de sa cage. J'attendis que Dámaso reprenne.

« Je n'ai pas d'amis, docteur, pas un seul. Même mes frères et sœurs me considèrent comme un étranger. Les garçons de tout le district, jusqu'aux plus petits villages… ils essaient tous de m'imiter. » Son élocution était contrainte. Ses intonations étaient celles d'un adulte, de son père, mais elles s'inscrivaient en porte à faux avec sa voix flûtée, cassée et sifflante d'enfant. « Ils imitent ce que je fais. Et ils se font mal.

— Tu n'es pas forcé de continuer, Dámaso. » Je fus emporté par la force de mes émotions. « C'est mal, très mal, ne le comprends-tu pas ? »

Il haussa les épaules. « Je n'ai pas le choix. Je le dois à ma famille. A ma mère.

— Non, tu ne leur dois rien. Pas ça, en tout cas. Pas le sacrifice de ton être, de ton corps, de ton cœur…

— C'est elle qui m'a mis au monde. »

Je saisis toute l'absurdité de mes paroles lorsque je répondis : « Moi aussi. »

S'ensuivit un silence. C'est moi qui le brisai : « Tu m'as beaucoup apporté, Dámaso, et je peux t'aider : tu peux venir vivre ici, avec nous, avec Elvira et moi ; tu n'aurais pas besoin de retourner à la rue et… et de continuer à te faire tout ce mal… parce que l'attitude de ton père est monstrueuse, Dámaso, monstrueuse, il n'y pas d'autre mot. »

Le garçon leva sa main meurtrie avant de la rabaisser instantanément. « Ma famille passe avant tout le reste, déclara-t-il. Et ça sera toujours comme ça. Je connais mes devoirs. Mais ce qu'ils comprendront jamais, et vous non plus, c'est que ça fait mal, oui je ressens la douleur, je la ressens. » Alors, avec la même main, il se frappa le sternum, cette partie de lui-même sous laquelle son cœur se resserrait, se dilatait et envoyait le sang fuser dans ses veines. « Ici, ici, ça fait mal. »

La semaine suivante, il était mort.

Lorsque j'appris la nouvelle, on l'avait déjà mis sous terre. Jerry Lemongello avait déjà pris place dans le vol long-courrier depuis Boise dans l'espoir d'effectuer le prélèvement d'ADN lui-même, mais c'était trop tard. Mercedes Funes inhalait la fumée de son brasero, refoulait ses larmes et rivait une main impuissante à ses reins ; de son côté, son mari, vêtu d'une *guayabera* dégoûtante, errait dans les rues comme un poivrot. On raconte que Dámaso s'était produit une fois de trop devant les gamins qui le suivaient comme une divinité mineure, le genre qui se nourrit de douleur, qui vit pour l'infliger et l'extraire, comme si on pouvait la mesurer et la tenir dans la main, comme on extrait un minéral précieux, le genre de garçon qui grave des hiéroglyphes sur sa peau avec des lames de rasoir et appelle ça la mode. Ce jour-là, il était juché au sommet d'un immeuble de trois étages. « Saute ! criaient les autres. Sin Dolor ! Sin Dolor ! » Il sauta et ne sentit rien.

Ce que je me demande, et que Dieu, s'il existe, prenne en pitié Francisco Funes et sa femme aussi, c'est : Dámaso savait-il pertinemment ce qu'il faisait ? N'y eut-il pas autant de désespoir que de bravade dans son geste ? Nous ne le saurons jamais. Jamais nous ne croiserons à nouveau quelqu'un comme lui.

(Cela dit, Jerry Lemongello m'a appris qu'il avait entendu parler d'un garçon au Pakistan qui présentait la même mutation, un autre garçon qui se produit sur les places de village, se mutile pour le plaisir d'entendre les cris d'émerveillement et les applaudissements de la plèbe, et de ramasser la menue monnaie qu'on dépose à ses pieds.)

Un an n'était pas écoulé que Dámaso était déjà oublié. La maison paternelle fut détruite par un incendie causé par un poêle à essence, au cours duquel les chèvres moururent et le brasero flamba sans mon protégé. Quant à moi, je fermai la clinique ; Elvira, son perroquet et moi, nous emménageâmes définitivement dans notre petite maison du bord de mer. Je passe mes journées à lézarder au soleil, je m'occupe de notre modeste jardin, je parcours la plage blanche comme du sucre raffiné, en quête de ce que la marée y dépose. Je ne pratique plus la médecine mais, naturellement, on m'appelle encore *El Estimado Doctor* et, de temps à autre, lorsqu'il y a une urgence, un patient se présente à notre porte. Ne serait-ce que l'autre jour, j'ai eu le cas d'une petite fille de trois ou quatre ans, emmitouflée dans les bras de sa mère. Elle jouait dans les trous près des falaises de lave qui surgissent du sable, au loin, comme de grosses miches. Elle avait marché sur un oursin. Une longue épine noire avait pénétré profondément dans la plante de son pied.

Je la calmai de mon mieux, lui parlai doucement pour dériver son attention, je lui dis des bêtises – vraiment : tout ce qui compte dans ces moments-là, c'est l'intonation. Je murmurai. La mer chuchotait sur la grève. Aussi délicatement que possible, je pris dans ma main son minuscule talon, avec mon forceps je saisis le fragment noir et luisant, que je retirai proprement. Mais la petite fille hurla tant qu'elle fit trembler les vitres, elle hurla comme s'il n'avait jamais existé d'autres douleurs.

Pare-balles

Le sticker

Je n'ai pas d'enfants, je ne suis même pas marié, du moins je ne le suis plus, mais, le mois dernier, un jeudi soir, quoique claqué par mes trajets de banlieusard et n'aspirant à rien d'autre qu'à prendre un verre, m'asseoir devant ma télé et ingurgiter mon dîner chauffé au micro-ondes, dans cet ordre, je mis un point d'honneur à assister à la réunion hebdomadaire du conseil d'administration de l'école de Smithstown. L'estomac vide. Sans avoir pris ma dose d'alcool. Pourquoi ? A cause du manuel de troisième de Melanie Albert ou, plus précisément, du sticker collé sur sa couverture. La couverture montre un gros plan de machaon sur fond de champ vert écolo grand teint, édition standard, utilisé dans des dizaines de milliers d'écoles aux Etats-Unis ; c'est le père de la jeune fille, Dave, qui m'a parlé de l'affaire, un soir de la semaine passée où nous nous délassions au Granite Grill après le boulot.

Le Granite est notre abreuvoir local ; il n'a rien d'extraordinaire sinon le fait même d'exister. Ses vertus résident avant tout dans ce qu'il ne propose pas : pas de serveurs aux prises avec leur conscience ; pas de chef cuistot s'évertuant à prouver sa capacité à mêler les traditions culinaires éthiopiennes et coréennes ; la musique se limite aux succès des années quatre-vingt, particulièrement les faces B, de sorte qu'on entend The Clash chanter *Wrong 'Em Boyo* et David Byrne *Swamp*, quand il était avec les Talking Heads – à la place de l'habituelle et immuable merde standardisée que déverse la radio. Et puis la lumière est tamisée. Très tamisée. Tout ce qu'on voit, en réalité, à part les couleurs changeantes de la télé, c'est l'éclat discret des bouteilles disposées à l'arrière du comptoir, qui se dissolvent en mille apaisants miroitements cuivre et or. L'atmosphère est reposante, si reposante, en fait, que je m'y laisse souvent entraîner vers le royaume de mes rêveries, là sur mon tabouret de bar, une main accrochée au pied du verre, l'autre soutenant un menton lourd comme tous les terrils de la terre. On pourrait dire que le Granite est mon second chez-moi. Sinon le premier.

Une fois que nous fûmes juchés sur nos tabourets, ma main droite alla instinctivement chercher le ravier d'amuse-gueule frelatés pendant que les Mets couraient autour des bases sur la télé grand écran et que Rick, le serveur, agitait puis filtrait mon premier sidecar de la soirée. De mon œil gauche, je devinai que Dave sortait quelque chose de son attaché-case. Entendant un coup mat sur le comptoir, je tournai la tête et lui demandai : « C'est quoi, ça ? » C'était un manuel de classe. Le titre, en orange fluorescent, me sauta au visage : *Introduction à la biologie*. « Une petite lecture légère ? »

Dave me dévisagea. Il a le même âge que moi, quarante-trois ans, mais il ne prend pas la peine de se teindre les cheveux ou de combattre les rides qui creusent son front et attaquent les coins de ses yeux parce qu'il s'accepte tel qu'il est, et cela ne le gêne pas que tout le monde le sache. Il a abandonné le tennis. Et le poker. Quand je l'appelle, le samedi matin, pour lui proposer une balade ou un tour sur la rivière dans mon hors-bord Twin Mercury 575 qui décoiffe, il n'est jamais libre.

J'insistai : « C'est quoi ? »

Il tapota la couverture du manuel. « Tu ne remarques rien ? »

Entre-temps, le garçon m'avait servi mon cocktail : glacé, sucré, aussi nécessaire que l'oxygène. Les Mets avaient encore marqué. J'avalai une gorgée.

« Le sticker… : tu ne vois pas le sticker ? »

Titillé, j'étudiai bien le sticker : un cercle jaune citron de la taille d'un dollar en argent, à l'intérieur duquel se trouvait un démenti imprimé en sobres lettres noires. *La théorie de l'évolution présentée dans ce texte*, était-il écrit, *n'est qu'une théorie et ne devrait pas être confondue avec les faits*. « Ouais… et alors ? »

Dave serra la mâchoire. Me dévisagea longuement. « Tu ne vois pas ce que ça signifie ! »

Je réfléchis un instant, retournai le livre dans la main avant de le reposer sur le comptoir. Je frottai le sticker avec l'ongle : impossible de le décoller, on l'aurait dit intégré à la couverture, à l'aide d'un de ces nouveaux procédés modernes. « Pour coller, ça colle, dis-je, faisant une mimique. Tu n'aurais pas de papier de verre sur toi, par hasard ?

— Ça n'a rien d'amusant, Cal. Tu peux rire, tu n'as pas une gamine à l'école. Mais si tu crois à quoi que ce soit, si tu crois à ce qui est en train d'arriver à ce pays, à ce qui arrive ici même dans notre ville... » Il dut s'interrompre, tellement excité qu'il ne pouvait continuer. Il était cramoisi. Il saisit son bock de bière mais le reposa aussitôt.

« Tu parles du fait que nous vivons dans une théocratie, c'est ça ? Une théocratie en guerre avec une autre théocratie ?

— Pourquoi faut-il toujours que tu tournes tout à la plaisanterie ?

— Brandisseurs de bibles », dis-je – sans conviction. Nous étions dans un bar. La journée avait été dure. J'avais envie de parler de broutilles, du sport, des femmes, des subtiles manipulations des publicités pour la bière, des voitures, des diseuses de bonne aventure. Je ne tenais pas à gratter sous la surface. Il y faisait trop froid, trop sombre et cela rendait claustrophobe. Cependant, cédant du terrain à mon interlocuteur, je finis par dire : « Tu plaisantes, pas vrai ? Ici ? À cinquante kilomètres en amont de Manhattan ? »

Me fixant du regard, Dave hocha la tête. « Je suppose que je ne m'intéresse pas assez à tout ça, reconnut-il. Pas plus que Katie. Je crois même que nous n'avons pas voté lors des dernières élections du bureau d'administration... En bref, c'est notre faute. Pour nous, ce n'était qu'une liste de noms, vois-tu..

Comme les juges. Qui connaît bien les juges élus chaque année, en novembre ? ou nos conseillers municipaux ? Merde. Il faudrait y passer toute sa vie, tu me comprends ? »

J'étais la proie de différentes émotions : colère, ressentiment, impuissance. Mon verre avait eu le temps de se réchauffer. Je dis la seule chose qui me passa par la tête : « Alors, qu'est-ce que tu vas faire ? »

Jésus, et où Il vit

Ce jeudi-là, dans la soirée, il pleuvait mais l'air était encore chaud, dernier souffle estival avant que septembre ne le cède à octobre et que les jours ne recommencent à raccourcir, jusqu'à ce que les feuilles jonchent les rues et qu'il faille remiser le bateau. J'eus quelque mal à trouver le lieu de la réunion : depuis mon époque, ils ont construit une véritable cité scolaire là-bas, la population augmentant régulièrement même dans nos parages, alors qu'il n'y a aucun débouché et que tout le monde parle de préserver notre mode de vie semi-rural, comme si nous fabriquions tous nos chandelles nous-mêmes et graissions sans cesse les roues de nos landaus. Raison supplémentaire pour laquelle j'ai failli ne pas trouver l'endroit : les abords sont très sombres, les lampadaires disparaissent à environ deux cents mètres du carrefour de la nationale et de la Grand-Rue, et les vénérables ormes et chênes à écorce noire, dont tout le monde semble raffoler, absorbent toute la lumière, au point de faire ressembler nos rues à des tunnels dans une mine de charbon. Et je dois l'avouer : ma vue a baissé ! Quant à porter des lunettes, je recule sans cesse l'échéance à cause de l'image qu'elles projettent (genre : aveu de faiblesse), et puis j'ai entendu dire qu'une fois qu'on dépend d'elles, on ne peut jamais revenir à l'œil nu, c'est fini, c'est ta béquille à vie ; et l'étape suivante, c'est la paire de lunettes de lecture, et puis te voilà à bricoler avec ces pitoyables cordeaux autour du cou, demandant tout bas : *Quelqu'un a vu mes lunettes ?*

Quoi qu'il en soit, c'est les voitures qui m'ont laissé baba. Il devait y en avoir une bonne centaine à remplir le moindre centimètre carré sur le parking derrière la nouvelle école élémentaire ; d'autres avaient débordé sur une pelouse, un néant mouillé et noir qui paraissait happé par les ombres. Je me suis garé à quelques centimètres de la dernièe voiture qui s'était coincée sur l'herbe comme elle avait pu : une Suburban Chevrolet bleu cobalt, énorme, lignes bombées ; mes roues s'enfoncèrent très légèrement avant que je ne coupe le contact, mais je me suis dit que je m'occuperais de ça plus tard. Je remontai le col de mon manteau et parcourus à pas rapides l'allée en direction des lumières au loin.

La salle était pleine à craquer, il ne restait que des places debout et tous les visages étaient tendus : des six membres du conseil d'administration assis derrière une table pliante sur la scène jusqu'au reporter du journal local, en passant par les parents concernés et les élèves qui chauffaient les chaises ou étaient adossés aux murs comme des figurants sur un plateau de cinéma. Je humai au passage un relent nostalgique de cire à parquet, de peinture digitale et de formaldéhyde, mais ce fut une impression fugace, chassée par l'odeur entêtante de la foule. Tout le monde était plus ou moins trempé, ce qui n'améliorait guère les choses : les cheveux des femmes pendaient raides, les vestes des hommes étaient collées aux épaules et aux aisselles, les parapluies dégoulinaient, des traces de boue noire maculaient le lino. Je sentais ma propre odeur – celle que j'ajoutais à l'ensemble : fromage de mes aisselles et puanteur douceâtre mangue-ananas du gel shampooing dissous dans mes cheveux. Il faisait une chaleur du diable là-dedans.

La porte se referma doucement dans mon dos et je me retrouvai coincé entre une femme décharnée, à la peau tannée, au crâne surmonté d'une choucroute, et un homme à la peau grêlée qui avait l'air d'avoir passé une très mauvaise journée, aggravée encore par la conscience croissante de devoir rester debout au milieu de tous ces gens, dans les mauvaises odeurs et la chaleur étouffante, jusqu'à la dernière parole, jusqu'à ce que les portes s'ouvrent pour le rendre à la pluie. Rentrant les épaules pour faire mon trou, je jetai un regard circulaire sur la foule, dans l'espoir de découvrir Dave et sa femme. Même s'ils m'avaient gardé un siège, ça n'aurait fait aucune différence car je n'aurais pas pu les rejoindre. N'empêche, je ressentis un infime pincement de satisfaction lorsque je les aperçus assis au troisième rang, sur la gauche, la tête de Katie enveloppée dans un foulard noir, comme si elle revenait d'un enterrement, le rond de calvitie de Dave luisant au sommet de son crâne, comme un œuf poché au centre du nid grisonnant de ses cheveux.

Que puis-je dire ? C'était la scène la plus banale du monde, une scène reproduite de génération en génération, à travers tout le continent, drapeau au repos d'un côté du podium, tentures de velours découvrant le podium, croûtes estudiantines gondolées sur les murs fraîchement peints, parents, enseignants, élèves réunis à l'occasion d'un forum public dans le but d'évaluer toutes les nuances pédagogiques du curriculum. Planté là, les yeux agressés par les néons, des vapeurs humaines émanant de mes semblables tout autour de moi, je fus plongé dans une mare profonde de nostalgie, je songeai à mes parents, morts depuis longtemps, à mes professeurs, la plupart morts eux aussi, et à moi, bien vivant et bien portant mais en manque d'alcool. D'une certaine façon, c'était émouvant. Je changeai de pied d'appui. Afin de neutraliser mes émotions, j'observai le plafond. C'est alors que je sentis la porte s'ouvrir derrière moi, un courant d'air frais, le grésillement de la pluie : un retardataire, encore plus en retard que moi, se faufila à l'intérieur. Une femme. Jeune, jolie, une nuée parfumée. Je lui décochai un regard lorsqu'elle se glissa à côté de moi. « Désolée », dit-elle tout bas. « Pas de problème », répondis-je dans un souffle mais, gêné par mon envie de la dévisager, je tournai mon attention vers le podium.

S'ensuivit un moment pendant lequel on entendit moult remuements et toussotements, puis une femme membre du conseil, l'air revêche, lunettes de vue pendant à son cou, se pencha en avant et saisit le micro perché sur le bord de la table. Un choc mat puis un sifflement d'électricité statique, quand elle arracha l'objet à son pied ; ensuite, sa voix amplifiée nous parvint comme si elle avait toujours couru là, juste sous la surface : « Puisque c'était notre dernier point à l'ordre du jour, nous sommes maintenant prêts à entendre vos questions et commentaires. Une personne à la fois, s'il vous plaît, et veuillez avancer dans l'allée centrale pour prendre le micro, afin que tout le monde vous entende. »

Le premier intervenant, la trentaine, yeux plissés, épaules étriquées, veste sport bon marché, cravate de cow-boy turquoise qu'il avait dû mettre dans l'espoir que quelqu'un lui trouverait un air branché, se leva, accueilli par un maigre crépitement d'applaudissements et une cascade de huées de la part des élèves contre le mur, qui se mirent à psalmodier : « Ba-oom ! Ba-oom ! » En un éclair, l'atmosphère passa de l'excitation à une sorte d'extase joyeuse. « Ba-oom ! »

L'homme prit le micro, se retourna vers les élèves et dit sèchement : « Ça suffit, maintenant, et je ne plaisante pas. » Les psalmodies cessèrent net. Tourné à demi vers le public, à demi vers le conseil d'administration, il se présenta : « Je m'appelle Robert Tannenbaum (nouvelle salve de *Ba-oom, Ba-oom !*). Comme beaucoup d'entre vous le savent, j'enseigne la biologie en troisième année à Smithstown High. J'ai apporté une déclaration, signée par l'ensemble de la section scientifique, à une exception près, mais aussi par la majorité de la faculté. »

Il ne s'agissait que d'un court paragraphe (au moins, celui-là savait faire court). Lorsqu'il en fit lecture, je ne pus m'empêcher d'observer les expressions des membres du conseil. Quatre hommes et deux femmes, vêtus de différents dégradés de marron et de gris, coiffures et accessoires coutumiers. Ils se tenaient si raides qu'on aurait cru leurs os soudés ensemble ; pendant tout le temps que le professeur fit lecture de sa déclaration, ils gardèrent le regard fixé sur l'assemblée, sans jamais le poser sur lui. La déclaration affirmait simplement que la faculté rejetait l'avertissement que le conseil avait fait apposer sur le manuel *Introduction à la biologie*, car il représentait une violation de la loi sur la séparation de l'Eglise et de l'Etat inscrite dans la Constitution. « Aucun scientifique digne de ce nom, où que ce soit dans le monde, poursuivit l'orateur, levant la tête pour dévisager franchement la femme au micro, ne saurait ne fût-ce qu'imaginer que la notion de Conception intelligente ou, pour l'appeler par son vrai nom, le *Créationnisme*… soit une théorie scientifique viable. » Il se retourna alors vers l'assemblée et écarta les bras : « Revenez sur terre, les amis. Il n'y a rien à débattre ici, ce soir… Il n'y a que la science d'un côté, et l'antiscience de l'autre. »

Plusieurs membres du public se mirent à taper du pied. Mon voisin retroussa les lèvres et siffla.

« Car tel est le mot clef : la théorie *scientifique,* à savoir : vérifiable, sujette à l'appréciation des spécialistes, et non une théorie *théologique*, parce que c'est exactement de cela qu'il s'agit : tenter d'introduire la religion dans la salle de classe…

— Athée ! » cria une femme, mais le professeur écarta d'un geste l'interruption. « Aucune théorie n'est à toute épreuve, affirma-t-il, levant la voix. La communauté scientifique accueille volontiers le débat, tant qu'il est légitime et scientifique ; assurément, les théories mutent et évoluent tout comme la vie sur cette planète mais…

— Ba-oom, Ba-oom ! »

La révolte gronda, courant souterrain et étouffé de dissension et de colère : les élèves continuaient de scander le nom du professeur, des gens crièrent, jusqu'à ce que la femme à l'air sévère, la présidente de séance, à moins que ça n'ait été l'administratrice de l'école, frappe sur la table avec la paume de la main. « Vous aurez tous l'occasion de vous exprimer, dit-elle, d'une voix pincée qui lança des éclats d'acier dans le micro, lequel les répercuta vers le public avec une explosion de réactions parasites. Tout le monde a le droit de s'exprimer. » Elle lança un regard assassin au professeur, avant de remonter ses lunettes sur l'arête de son nez et de loucher sur une feuille de papier qu'elle leva devant ses yeux pour la lire à la lumière. « Merci, monsieur Tannenbaum, continua-t-elle. Nous donnons maintenant la parole au révérend docteur Micah Stiller, de la Première Eglise baptiste… Révérend Stiller ? »

Je tombai des nues. Je fus paralysé d'effroi. Tous les jours, je prenais mon train de banlieue pour aller travailler en ville et rentrais tous les soirs, je paressais au Granite, partais en balade et remontais la rivière en hors-bord pour sentir le vent fouetter mon visage et impressionner toute femme que j'avais réussi à convaincre de m'accompagner ; or, pendant tout ce temps-là, au bout de ma rue s'était déroulé ce combat manichéen. Barbe fleurie, costume de prêt-à-porter, godillots noirs de la taille de chenets, le révérend affirma que Dieu, Jésus et la Bible étaient les autorités suprêmes en matière de Création. A sa suite, il se forma toute une file sinueuse d'intervenants qui, tous, parlèrent au micro, l'un après l'autre, dans le but d'exprimer leur opinion sur tout, du Déluge à l'âge de la planète (*Dix mille ans ! Vous êtes tombés sur la tête ou quoi ?* hurla le professeur de biologie, sortant de la salle et faisant claquer la porte de secours, au milieu d'un chœur contrapuntique de hourras et de huées), jusqu'aux denières avancées dans le domaine de l'exploration spatiale, à l'explicitation du génome humain, dont il fut indiqué qu'il était très proche de celui du chimpanzé. Sans oublier les limaces.

A un moment donné, Dave se joignit à la mêlée. Traits figés par l'indignation, il se leva brusquement, alla jusqu'au micro et lâcha de but en blanc : « S'il n'y a pas d'évolution, pourquoi devons-nous avoir un nouveau vaccin contre la grippe tous les ans ? » Avant que quiconque ait pu répondre, il avait déjà rejoint sa place et la présidente de séance tapait dans ses mains pour rétablir l'ordre. Depuis combien de temps étions-nous là, je l'ignore : une heure, au moins. Ma jambe gauche était ankylosée à partir de la hanche. Je humai un parfum. Jetai un coup d'œil de biais à la femme à côté de moi et vis qu'elle avait de belles mains, de beaux pieds et un sourire qui rechercha le mien. Elle devait avoir dans les trente-cinq ans, blonde, pas de chapeau, pas de manteau, une robe bleue floquée descendant jusqu'au-dessus du genou. Et nous étions complices. Du moins le croyais-je.

Finalement, lorsque les choses parurent se calmer, une adolescente en polo blanc et jupe à carreaux écossais, cheveux coupés court, bras croisés, mains enserrant les coudes, descendit l'allée comme si elle avait marché sur des charbons ardents, et s'empara du micro. Ses mains tremblaient lorsqu'elle tenta de l'ajuster à sa hauteur, mais elle ne réussit pas à le décrocher. Elle resta donc là un moment, à le triturer, et, quand elle vit que personne ne se proposait de l'aider, elle se mit sur la pointe des pieds. « Je voulais simplement dire, commença-t-elle dans un souffle, agrippant le micro comme elle l'eût fait d'un mur qu'elle aurait voulu escalader, que je m'appelle Mary-Louise Matechik et que je suis en première année à Smithstown High… »

Huées, sifflets, deux gamins, en casquette de base-ball, aux expressions frustes, criant leur mépris depuis l'autre extrémité de l'auditorium, des gueules d'adultes se retournant furibonds, le cliquetis de la pluie.

La fille attendit patiemment que le silence se fasse et que la femme à l'air revêche, esquissant un sourire, lui fasse signe de poursuivre. « Je veux que tout le monde sache que la théorie de l'évolution n'est qu'une théorie, comme le précise le sticker…

— Et la Conception intelligente ! » cria quelqu'un. Je fus surpris de m'apercevoir que c'était Dave, à moitié levé de son siège. « Je suppose que ça, c'est un fait ? » Je ne pus m'empêcher de rire, doucement, en catimini, et je me tournai vers la femme à côté de moi, la blonde. « Pour tous les fanas de Jésus peut-être », dis-je tout bas, en lui adressant un sourire sans équivoque. Qu'elle ignora. Elle avait le regard rivé sur la fille. La salle avait fait silence. Je portai la main à la bouche pour étouffer une toux imaginaire, changeai de pied d'appui et regardai à nouveau la lycéenne.

« C'est vrai, dit celle-ci doucement, baissant les yeux pour ne pas avoir à regarder Dave en face. C'est un fait et je le sais. » Elle serra fort ses mains, porta le poids de son corps en arrière sur les talons, avant de se mettre encore une fois sur la pointe des pieds pour permettre à sa voix douce et légère comme du duvet d'habiter le micro : « Je le sais parce que Jésus vit dans mon cœur. »

Les faibles

Je sortis le premier. A la pluie avait succédé une bruine persistante, les buissons le long de l'allée étaient noirs d'humidité et l'air charriait son odeur… l'odeur de la nature, mouillée, fongique, chaotique. Et douce. Infiniment douce après les relents de l'auditorium. Je me précipitai dans l'allée, traversai le parking, souhaitant démarrer avant que tout le monde ne parte. J'avais rendez-vous au Granite avec Dave et Katie autour de hamburgers et d'un verre – ou deux ; j'étais impatient de participer à l'analyse rétrospective de la réunion, car j'avais eu envie de lever la main et de poser une question à la fille en jupe écossaise, j'aurais voulu lui demander à quel point sa contention était vérifiable. Pouvions-nous lui insérer une mini-caméra chirurgicale dans la veine de sa cuisse jusqu'à son ventricule gauche, simplement pour voir si nous pouvions y dénicher le Rédempteur ? Et, si nous le trouvions, qu'y ferait-il donc ? Il serait assis à dîner ? Il se ferait frire un poisson ? Jonas avait au moins eu de quoi se bouger un peu. Bien sûr, je suppose que

Jésus pouvait devenir infiniment petit… voire submicroscopique.

C'était du plus grand comique ; Dave et moi en ririons à gorge déployée. Je descendis gaiement l'allée puis traversai le parking, à travers la bruine du monde ; je ne pensais qu'à mon bock de bière fraîche, à mon hamburger à point, avec supplément fromage et deux tranches d'oignon des Bermudes. Jusqu'à ce que j'atteigne ma voiture. Certes, les roues arrière s'étaient enfoncées de cinq bons centimètres dans l'herbe métamorphosée en gadoue mais là n'était pas le problème, ou pas le problème immédiat. Le problème immédiat prenait la forme d'une Mini Cooper (deux tons, rouge et noir) collée contre mon pare-chocs et m'empêchant de sortir tout autant que si on avait érigé un mur autour de mon véhicule pendant la réunion.

Je portais un pardessus trois-quarts en cuir fauve, qui m'avait tapé dans l'œil dans la vitrine d'un magasin de la Cinquième Avenue le mois précédent ; je l'avais payé trop cher et voilà qu'il allait être fichu. Je n'avais pas de parapluie. J'avais fait peu de cas du conseil de la vendeuse, qui m'avait donné un flacon de cent millilitres d'un imperméabilisant, me faisant jurer de vaporiser le pardessus dès que je serais rentré chez moi. Je sentais ma veste boire l'humidité. Un filet d'une vague senteur goyave-ananas se mit à dégoutter de mon nez. Je scrutai les environs, pensant à la blonde : c'était sa voiture, j'en étais convaincu. Par tous les diables, où était-elle donc passée et comment avait-elle osé me bloquer de cette façon ? J'ouvris la portière, m'installai à l'intérieur et l'attendis.

Vingt minutes, les plus longues de ma vie, s'effritèrent autour de moi tandis que je patientais dans l'obscurité. Pendant que la radio chuchotait et que le pare-brise s'embuait, je fumai une cigarette que je m'étais promis de ne pas fumer. Des phares m'éclairèrent régulièrement, tandis que les voitures des autres participants, l'une après l'autre, faisaient marche arrière et manœuvraient pour prendre le chemin de la liberté. Je me rappelai, et ce n'était pas la première fois, que la patience, loin d'être une vertu, n'était que de la faiblesse incognito. Un moustique se propulsa de nulle part et vint s'installer sur ma nuque, pour que je puisse mettre un terme à son existence avant qu'il n'ait l'occasion de produire d'autres moustiques qui seraient partis à leur tour à l'assaut de nuques, de bras et de ventres exposés. Les ventres. Je me mis à réfléchir aux ventres, puis à la blonde et à quoi le sien aurait ressemblé si elle avait porté quelque chose de moins guindé qu'une robe bleue floquée, boutonnée jusqu'au col. Je tirai sur ma cigarette, tapotai sur le tableau de bord et sentis mes paupières s'alourdir.

Quelle déveine : les deux dernières voitures encore sur le parking se trouvaient être les deux de part et d'autre de la mienne. Mais, finalement, entendant des voix, je jetai un coup d'œil dans le rétroviseur et vis trois silhouettes émerger des ténèbres. Des femmes. « D'accord, alors », dit l'une d'elles en arrivant à ma hauteur : c'était la présidente de séance, le gros bloc blanc de son visage se scindant sur la vitre, tel un glacier qui s'effondre, du côté passager de ma voiture, puis la Suburban se para de tous ses feux et gargouilla de plaisir : « Bonne nuit. Tu peux vraiment être fière de toi. Tu as été très bien, ce soir. »

La portière claqua. La Suburban rugit. Feux de stop, un puissant barattage de pneus et le chant du mécanisme prenant les commandes, et puis le véhicule disparut. Je regardai de l'autre côté : c'était bien elle, la blonde, encadrée par le rétroviseur. A son côté se tenait sa fille, jupe à carreaux et polo blanc trempé de sueur.

Je me figeai. Littéralement. Je restai complètement immobile. J'arrêtai de respirer. La gamine et sa mère montèrent dans la Mini Cooper. J'aurais voulu disparaître dans mon siège, me glisser dans l'espace sans fond sous le volant, me volatiliser, mais je restai paralysé. J'entendis le moteur démarrer : elles partaient ; dans un instant, elles seraient parties. Malgré tout ce que j'avais enduré, tous les gargouillis dans mon ventre, l'envie d'alcool qui était plutôt comme un besoin impérieux, l'étrangeté de cet auditorium bondé et les témoignages que j'avais entendus, je ressentis une envie si forte qu'elle me fit sortir de moi-même, au point que je finis par ne plus savoir où j'étais. J'entendis alors le rude message de roues qui patinaient puis les gémissements d'une accélération, tandis qu'elles cherchaient un appui dans la boue. Elle ne savait absolument pas, cette femme, elle n'avait aucune idée de ce qu'il fallait faire pour extraire une voiture d'une déclivité sur terrain meuble. Elle continua d'accélérer. Les roues patinèrent de plus belle. Elle recommença ainsi. Plusieurs fois.

Je vis la portière s'ouvrir, j'observai une paire de jambes émerger de la voiture lorsque la femme se pencha pour retirer ses souliers et marcher sur l'herbe afin d'évaluer la situation, tandis que la poitrine de sa fille s'effaçait dans un flou artistique derrière le pare-brise embué. Parce que je suis faible, parce que je n'avais pas rencontré une seule femme depuis un bon mois et plus, parce que je ne pus supporter que ces jambes et ces pieds nus et luisants soient maculés de boue, parce que je me moquais de savoir si Jésus et tous les saints étaient partie prenante dans cette affaire, je sortis de ma voiture, croisai sans ambages le regard de la femme au-dessus de l'éclat des phares, et lui demandai : « Puis-je vous aider ? »

Les plus forts

Ce soir-là, Je ne suis pas allé au Granite. J'ai appelé Dave (il parut contrarié, énervé par la réunion et désireux de déverser sa bile dans une oreille consentante) mais la Mini Cooper était plus embourbée qu'il n'y paraissait et, quand nous réussîmes enfin à la sortir de là, je n'avais plus la force que d'aller au lit. Mon pardessus était fichu. Mes souliers *idem*. Les deux jambes de mon pantalon étaient toutes grasses de boue, j'en avais plein les mains, mes ongles étaient noirs. J'aurais dû abandonner, l'expression *cause perdue* tapait comme une pointe sur l'arrière de mon crâne, mais je me sentais d'humeur démonstrative et peut-être un tout petit peu honteux à cause de mon commentaire sur les fanas de Jésus. Nous y avions déjà passé dix bonnes minutes, la bruine était redevenue pluie, les roues miniatures s'étaient enfoncées plus profondément, la gamine et moi poussions sur le pare-chocs arrière, lorsque la femme, au volant, la blonde, la mère sortit la tête par la fenêtre : « Ne croyez-vous pas, dit-elle, très fort pour se faire entendre au-dessus du tic-tac du moteur et du doux clapotement de la pluie, que je devrais tout simplement appeler la dépanneuse de la sécurité routière ? »

Je retournai à sa fenêtre jusqu'à ce que je voie le noeud pâle de son visage enveloppé dans ses cheveux luisants, et ses yeux tels du feu liquide. L'intérieur de la voiture sombrait dans les ombres derrière elle. Je ne vis pas ses épaules, sa poitrine ou ses jambes. Seulement son visage, tel un tableau encadré. « Non, ce n'est pas la peine. Nous y arriverons. »

Sa fille intervint alors, mains sur les hanches, depuis l'arrière de la voiture, une éclaboussure de boue sur son polo. « Vas-y, maman, fit-elle, un soupçon d'exaspération dans la voix. Essaie encore. » Elle me jeta un coup d'œil puis se pencha en avant pour pousser contre le pare-chocs. « Vas-y, encore une fois. »

J'observai le visage de la mère. Elle plissa les yeux un instant, de menus hiéroglyphes de chair apparurent sur l'arête de son nez. Elle me regarda alors droit dans les yeux et je compris tout à coup qu'elle n'avait absolument rien entendu de ma remarque dans la salle : son regard était exempt de toute animosité, totalement exempt d'animosité. Elle ne me jugeait pas. J'étais seulement un inconnu qui essayait de l'aider, le Bon Samaritain en personne. « Je m'appelle Lynnese Mohler », précisa-t-elle, me présentant sa main, ongles vernis d'une teinte bleu métallique ou lavande, sortant des ténèbres pour prendre la mienne. « Et voici ma fille, Mary-Louise.

— Calvin Jessup. » Je me penchai vers elle, vers son odeur, son parfum et ce qu'il dissimulait. « Mais on m'appelle Cal. Mes amis, en tout cas. » Je souris. Un large sourire. Idiot. La pluie redoubla.

« Vas-y, maman.

— Je tiens à vous remercier pour votre aide… c'est vraiment gentil de votre part. Je suis sincère. Mais êtes-vous certain que je ne devrais pas appeler la dépanneuse de la sécurité routière ? Ce n'est rien. Je veux dire… le service est gratuit… »

Je me relevai et exécutai un complexe haussement d'épaules, conscient du poids accumulé de toutes les cellules et fibres de mes quatre-vingt-douze kilos. Je ne ressentais plus le besoin d'alcool. Et de hamburger non plus. Tout ce qu'il me fallait, c'était sortir cette voiture de ce trou. « Si vous préférez attendre ici dans le noir… Mais je crois vraiment, lui assurai-je, que nous pouvons la sortir de là si vous voulez bien…

— Il faut secouer la voiture, maman. » La gamine frappa le côté de la Mini du plat de la main (elle devait avoir dans les quatorze, quinze ans : cela signifiait-il qu'elle était en troisième ? Je ne me souvenais plus). « Nous y étions presque la dernière fois, il manquait un poil, vas-y, mets la gomme et puis il faut aller d'avant en arrière plusieurs fois de suite… tu le sais bien… comme papa nous a montré… »

Lynnese me jeta un coup d'œil, avant de baisser vivement la tête et de la secouer de côté et d'autre, de sorte que ses cheveux, lourds d'humidité, tombèrent sur son visage. « Je suis divorcée », précisa-t-elle.

Derrière nous, à l'autre extrémité du parking, les lumières de la salle faiblirent puis, l'instant d'après, s'éteignirent complètement. « Ah… moi aussi. »

Les plus forts des plus forts

La semaine suivante, j'étais avec Dave au Granite, je goûtais mon deuxième sidecar de la soirée en regardant la première série des matchs cruciaux auxquels ne participeraient pas les Mets (cette année, en tout cas), je pensais à Lynnese alors que Dave me parlait non-stop du procès que douze autres parents et lui intentaient contre les autorités locales. J'aimais Dave. C'était l'un de mes plus anciens amis. J'étais d'accord avec lui à la fois en principe et dans les faits mais, quand il montait sur ses grands chevaux, quand il prenait son air *Sérieux* avec un *S* majuscule, il avait tendance à se répéter jusqu'à l'ahurissement. Je l'écoutais, je lui fournissais les réponses adéquates aux moments appropriés (« Ohoh, oh… oh… ah bon ? ») mais, en même temps, je ne l'écoutais pas.

J'aurais voulu parler de Lynnese et de ce qui s'était passé entre nous la semaine précédente, mais c'était impossible. Je n'avais jamais su parler de mes sentiments, raison pour laquelle les gens comme Dave m'accusaient de tout tourner à la plaisanterie, et je ne pouvais pas évoquer Lynnese, pas à l'intention de Dave, sans passer pour un traître à la cause. « Je suis chrétienne », déclara-t-elle de but en blanc, dès notre premier rendez-vous, sur mon hors-bord, avant même que j'aie eu le temps de mettre la bière au frais, de faire vrombir les moteurs ou de lui demander si elle aimerait détacher la corde de poupe et m'aider à larguer les amarres : une technique simple pour impliquer tout le monde dans le processus de ce que nous étions sur le point de faire : la navigation ne laisse aucune place aux faux-semblants, le bonheur d'être sur l'eau vous ramène immédiatement à votre enfance, c'est automatique, boom, en un tournemain. Le soleil trônait haut dans le ciel, l'été indien, un samedi tout droit descendu des Cieux, et j'avais l'intention d'emmener Lynnese faire un tour en amont jusqu'à un restaurant-club flottant où nous pourrions prendre des cocktails sur le pont, écouter du reggae (et danser, oui, peut-être danser, si elle en avait envie) et puis dîner. Au débarcadère, je la vis arriver en short. Ses cheveux suscitaient leur propre forme de ravissement. « Bonjour », dis-je. « Bonjour », répondit-elle. « Où est Mary-Louise ? » m'enquis-je, secrètement ravi qu'elle soit venue seule, redoutant l'intrusion de la gamine qui avait Jésus dans son cœur, m'attendant presque à la voir bondir comme un diablotin du siège arrière de la Mini Cooper ou de derrière les buissons. Sa mère m'apprit qu'elle faisait une randonnée dans les bois : « Là-haut à Breakneck Ridge… où la piste passe derrière la montagne, en direction des lacs… C'est une passionnée de nature. La manière qu'elle a de se concentrer sur la moindre plante… ! Il est vraiment dommage qu'on ne la laisse pas tranquille à l'école, en cours de biologie. Elle pourrait devenir chercheur, scientifique, médecin, que sais-je… » Que répondre ? Je lui tendis la main pour l'aider à grimper à bord. Elle prit son appui sur le plancher, le bateau tangua, elle me regarda droit dans les yeux. « Je suis chrétienne », déclara-t-elle.

Fort bien. Je l'avais vue deux fois depuis. C'était une femme dynamique, intelligente et bien informée ; si je m'étais attendu à une approche cendres et cilice des moments intimes d'une relation exploratoire, eh bien… voilà un autre préjugé qui sauta. Elle était passionnée. Et moi, je fus intrigué. Vraiment. (Mais je n'avais pas envie de penser à l'« amour » ou même à une « amourette » ou quoi que ce soit de spécifique, pas après ce que j'avais subi avec mon ex-épouse et trois ou quatre autres femmes qui avaient suivi.)

« On va les casser, déclara Dave. Promis. Il y a déjà eu un cas semblable en Pennsylvanie et, avant, au Kansas, mais ces gens-là refusent d'admettre la défaite. Et ils sont soutenus, il y a des capitaux derrière eux.

— Pour toi, ce ne sont que des fanatiques.

— Exactement, des fanatiques. »

Les pétitions

Avant le procès vint le temps des pétitions. Un procès requiert une débauche d'énergie, du temps pour définir une ligne, des fonds, des attaques et des contre-attaques ; de leur côté, les pétitions ne requièrent rien de plus que chausser de bons souliers et payer des frais d'enregistrement, qui sont dérisoires. Une semaine avant le procès, on rencontrait des pétitionnaires à tous les coins de rue. On ne pouvait pas aller à l'épicerie, à la poste ou à la bibliothèque sans devoir passer devant une table de camping avec deux ou trois femmes aux traits tendus assises derrière, devant une profusion de stylos, de tasses en mousse de polystyrène, de registres et de pancartes du cru. Et des hommes, des hommes aussi. Des hommes comme Dave, et, dans le camp adverse, des hommes comme le révérend et ce gars à la peau grêlée qui se tenait à côté de moi dans l'auditorium, avançant les lèvres et gonflant les joues pour exprimer son opinion sur l'affaire. J'avais pris quantité de choses pour acquises. Certains d'entre nous, isolés au bout de longues et belles allées, ne nous mêlions pas de la vie de la communauté parce que ce genre d'ébullition n'agréait pas à notre personnalité, mais, autant que je sache, entre nous, nous avions toujours été d'accord : sauvons les arbres, limitons le nombre des touristes, préservons les vieux édifices de la Grand-Rue, nettoyons la rivière et éduquons les gamins pour qu'ils ne deviennent pas un poids pour la société. Je prenais conscience que j'avais eu tort.

Comme de bien entendu, Dave vint un soir au Granite avec sa pétition, qu'il posa là, sur le comptoir, et je fus l'un des premiers à signer, pas seulement à cause de la pression sociale (Rick et une demi-douzaine d'habitués regardèrent par-dessus mon épaule tandis que Elvis Costello chantait *My Aim Is True*, que mon hamburger grésillait sur le gril et que le soleil du soir fondait sur le mur). Pas seulement à cause de la pression sociale, donc, mais parce que c'était la chose à faire. « Les gens peuvent croire ce qu'ils veulent, affirma Dave, s'adressant à la galerie, mais cela ne signifie en rien que ce qu'ils disent est la vérité. Et c'est certainement pas de la science, merde ! » Je signai. Bien sûr, je signai. Il m'aurait tué si je ne l'avais pas fait.

Et puis voilà, un soir… en sortant de la gare, je remontais la colline, les arbres étaient embrasés par les couleurs de l'automne, le crépuscule tombait sur la rivière dans mon dos, tout était tellement immuable et pur qu'on aurait cru remonter le temps… quand, tout à coup, je me rappelai que je devais passer chez le traiteur. Mes dons culinaires sont limités : je laisse Tom Scoville, le chef cuisinier du Granite, se charger de mon menu, mais je mange aussi des céréales au petit déjeuner, enfourne de temps à autre un plat congelé dans le micro-ondes ou exécute à l'occasion le rituel complexe qui consiste à couper des tranches d'emmental et à les plier entre deux tranches de pain de seigle. Je n'avais plus de lait, plus de beurre, plus de pain. Le matin, en descendant prendre mon train, je m'étais rappelé de me rappeler qu'il faudrait que je m'en achète au retour.

Plongé dans ma léthargie post-boulot, je ne pensais à rien quand l'homme au visage grêlé me prit au dépourvu. Soudain, il fut devant moi, devant la porte du traiteur, dont il ne bloquait pas exactement l'accès, mais il s'imposait d'une façon qui ne m'agréa guère. De près, je m'aperçus que les marques sur son visage étaient les séquelles d'un conflit épidermique qui s'étendait aussi à son cuir chevelu et à sa gorge. Il dégageait une odeur de rosbif. « Bonjour, frère », s'exclama-t-il en brandissant un porte-bloc.

Je n'étais pas d'humeur. « Je suis fils unique », rétorquai-je.

Sans ciller (je crois qu'il ne m'avait même pas entendu), il continua son boniment : « En ce moment, une bataille capitale se déroule pour le salut de nos enfants. Nous devons tous nous impliquer.

— Pas moi, rétorquai-je en tentant de le dépasser. Moi, tout ce que je veux, c'est un carton de lait.

— Je vous ai vu à la réunion, dit-il en me bloquant le passage. Vous savez très bien de quoi il s'agit. » Derrière lui, dans les profondeurs du magasin, je vis les clients qui faisaient la queue pour acheter de la viande froide, des sandwiches ou une tranche de pizza. Il s'était écoulé trente secondes, trente secondes volées à ma vie. Je fis mine d'avancer vers la porte : le porte-bloc fusa devant moi comme un rapace. « De quel bord êtes-vous ? s'enquit le pétitionnaire. Il n'y en a qu'un de bon dans cette affaire… celui de Dieu.

— Dégage. »

Ses yeux jouèrent au yo-yo, puis se stabilisèrent et quelque chose de dur figea ses traits. « N'employez pas ce langage avec moi. »

A cet instant-là, le monde entier éclata, comme si la pellicule était tombée de la bobine ; une peine infinie s'ouvrit en moi. Ce qui se passait n'avait plus aucun rapport avec Dave, avec les conseils d'administration des écoles, avec Lynnese ou avec sa fille : un inconnu se mettait en travers de mon chemin, or personne ne se met en travers de mon chemin, compris ? Surtout pas ce plouc. Cet ahuri avec son teint de râpe à fromage et une mauvaise haleine par-dessus le marché. Alors, je le poussai, il partit se cogner contre la vitrine et tout le monde chez Gravenites Traiteur se tourna en entendant le choc, que la vitrine absorba avant de se remettre en position. L'homme fondit sur moi avant que j'aie eu le temps de lui flanquer un autre coup ; il m'attrapa par mon col de chemise, dont il écrasa l'étoffe, en se mettant à jurer à son tour : « Jésus, Jésus, Jésus ! »

Comme la plupart des bagarres, celle-ci ne dura pas plus d'une minute. Je saisis les deux mains de cette brute et les éloignai de moi ; à ce moment-là, ma chemise, en lyocell vert, motif de feuille de bananier, quatre-vingt-sept dollars en solde, se déchira sur le devant ; je flanquai au gars un coup d'adieu qui l'envoya valdinguer dans le cadre en métal vide du porte-vélos, dans lequel il s'empêtra les jambes avant de chuter sur le trottoir. De mon côté, je remontai la rue à grandes enjambées, sang hurlant dans les oreilles ; tout, autour de moi, était tellement déformé que je crus être en train de perdre la vue.

J'eus l'impression d'être contaminé. En colère contre moi-même mais encore plus contre lui et tous ses semblables, les étroits d'esprit, les bigots, les *fanatiques*, car c'était bien de cela qu'il s'agissait : ils maquillaient leurs espoirs en certitudes, et le désespoir leur tirait la manche, acharné, toujours acharné, les harcelant toujours. Au lycée (en seconde, je crois), j'avais pris en option un cours intitulé « Philosophie de la religion », parce qu'il fallait bien que je choisisse une option mais aussi parce que j'avais besoin de munitions contre ma catholique de mère, et contre la supercherie avec laquelle les prêtres, les rabbins et les mollahs bernaient ceux qui étaient trop ignorants et peureux pour les percer à jour. Durant toute mon enfance, j'avais été victime d'une escroquerie, de la panoplie de Dieu et de Ses anges, de la bonté éternelle et de la réponse au mystère que Mary-Louise portait dans son cœur et exposait aux yeux de tous ; je voulais que ce cours patenté et que ce professeur-là, d'âge mûr, un toupet de cheveux décolorés et une tache de naissance de la forme du lac Erié sur le front, me le confirment. Je connaissais l'argument de Paley relatif au dessein, l'analogie de la montre et de l'horloger, et je savais que ces types-là, ces fanas de Jésus, fourguaient un vieil argument sous de nouveaux habits. Qui dit complexité dit dessein, voilà ce qu'ils prétendaient. Et qui dit dessein dit concepteur. Ils ne voyaient pas plus loin que ça, l'affaire, pour eux, était classée : Dieu existe. Et la terre a dix mille ans, comme c'est écrit dans la Bible.

Je remontai le trottoir, jambes partant à l'assaut de la pente avec la féroce régularité de ma rage, quadriceps tendus et relâchés alternativement, ligaments croisés s'alignant et se réalignant dans les genoux, cavités cardiaques sans l'ombre d'un Jésus pompant comme sont censés le faire les subtils et efficaces rouages d'une machine complexe, le débat réduit à un porte-bloc sans bloc et à ma chemise déchirée. J'étais à une cinquantaine de mètres du Granite. Je n'y voyais plus rien. J'étais incapable de penser. Je traversai une rue, la suivante, la pente de la colline devant moi et puis l'auvent jaune du bar, si familier, apparut, avec ses voitures garées devant, et ses lumières sur fond de crépuscule, tous les arbres du voisinage masqués par les ombres.

C'est alors que ma vision me revint soudain et que j'avisai Lynnese. Elle était assise à une table de jeu devant la librairie, Mary-Louise perchée sur un fauteuil pliant à côté d'elle, dos si parfaitement cambré qu'on aurait cru qu'elle auditionnait pour un quadrille. Elles se trouvaient à quinze mètres de moi. Je vis, au beau milieu de la table, un mug barré par la balafre stylisée, bien visible, jaune et optimiste, d'un clown souriant, je vis le sac à dos rose de Mary-Louise à ses pieds et sa pile de manuels de classe et de devoirs. Puis je vis le porte-bloc. Plastique marron foncé bon marché, clip en métal brillant. Je vis tout ça au moment même où Lynnese, levant les yeux, me lança un sourire avec des ailes.

Ma réaction ? Vous voulez la vérité ? Je fis semblant de ne pas la voir. Brusquement, il me fallut traverser la rue : c'était obligatoire, une nécessité absolue, parce que, même si traverser la chaussée m'éloignait du Granite et m'obligeait à remonter cinquante mètres dans la direction opposée et puis à revenir par la rue parallèle, j'avais une course urgente à faire là-bas, de l'autre côté, chez l'antiquaire devant lequel j'étais passé cent fois sans jamais y entrer.

L'évolution, et comment elle s'opère dans la nature

Et puis il y eut ce dimanche, vers la fin du mois, plus chaud qu'il n'aurait dû l'être en cette saison. Je me promenais dans les bois, sur la sente derrière Breakneck Ridge, j'appréciais le poids de mon sac à dos et la façon dont les arbres accueillaient le vent et se débarrassaient de leurs couleurs. J'avais emporté deux hot-dogs, deux saucisses cent pour cent bœuf, de la moutarde en sachet et une gourde de vin rouge ; je prévoyais de faire une boucle d'une bonne dizaine de kilomètres, avec pause-déjeuner au bord d'un ruisseau que j'aimais bien, surtout à l'automne quand il y avait moins d'insectes. C'était le moment du Championnat des Etats-Unis, la dernière série de la Ligue majeure de base-ball, mais, ce jour-là, les deux épuipes ne m'intéressaient pas vraiment et le Granite pouvait se passer de moi, du moins pour l'après-midi : j'y avais consacré beaucoup de temps pendant la semaine, surtout quand Dave n'y était pas. Rien de particulier contre lui, non : j'avais simplement besoin de me retrouver. Les nuits rafraîchissaient. L'automne tirait à sa fin.

Lorsque la montée ardue se traduisit par une sensation de brûlure dans mes poumons, je compris que je n'avais pas la forme que j'aurais dû avoir : remonter la pente depuis la gare, c'était une chose mais la crête, c'en était une autre ! Je pensai au prof de philosophie de la religion et au tour qu'il avait joué à notre classe un vendredi après-midi, alors que tous nous n'avions qu'une envie : passer la porte et foncer vers une bière, de la musique à tue-tête et toute interaction qui se présenterait avec le sexe opposé. Il fixa un dessin au tableau, rien de très compliqué, juste des lignes et des hachures : apparemment, un paysage naturel, un rocher escarpé, un pin, un éboulis. Il ne précisa pas que c'était un trompe-l'œil, mais c'en était un, un pur et simple effet d'optique. *Là-dedans se trouve un personnage caché,* dit-il. *Quand vous l'aurez distingué, je vous prie de ne rien révéler à vos camarades, et vous… vous pourrez partir. Concentrez-vous. De la concentration, vous n'avez besoin de rien d'autre*. L'un après l'autre, mes camarades de classe lâchèrent une exclamation de surprise, s'émerveillèrent pendant un moment de la subtilité de ce cours, ramassèrent leurs livres et quittèrent la salle. Je restai seul. Je fixai le rocher, le pin, jusqu'à ce qu'ils s'impriment dans mon cerveau. J'étais de plus en plus frustré : il n'y avait rien dans ce dessin que ce qu'on y voyait à première vue, j'en étais certain, les autres ne faisaient semblant d'y voir quelque chose que pour entrer dans les bonnes grâces du prof et, encore davantage, partir plus vite et se retrouver sur le stade baigné de soleil, par ce bel après-midi de vendredi. Quand je finis par découvrir le personnage caché, Jésus se détachant du fond, branche de pin en guise d'auréole, rocher en guise de joue, tout ce que j'éprouvai, ce fut une immense déception. C'était un minable petit tour de passe-passe, rien d'autre. Qu'est-ce que ça prouvait ? Qu'on pouvait berner n'importe qui ? Qu'on ne pouvait pas se fier à l'évidence de nos cinq sens, alors que les sens sont tout ce dont nous disposons ?

Comme il avait plu pendant la nuit, la sente était glissante. Je manquai de perdre l'équilibre sur un lacet vertigineux : le professeur et son dessin me sortirent de la tête. Tout autour de moi j'entendais des bruits d'eau cascadant, mille ruisseaux qui, apparus dans la nuit, dévalaient le flanc du mont, et le vent qui souffla bientôt si fort que les branches s'entrechoquaient au-dessus de ma tête et que les feuilles tombaient comme des confettis. J'avais presque atteint la rivière où j'avais l'intention de ramasser des brindilles pour allumer un feu, faire rôtir mes saucisses et admirer la splendeur de cette journée depuis un nouveau point de vue, lorsque, à un tournant, j'avisai une silhouette au loin. Une fille. En short kaki et veste en jeans. Elle me tournait le dos. Pliée en deux dans un halo de soleil, un peu à l'écart de la sente, elle avait l'air de chercher quelque chose par terre.

Je m'arrêtai. Il était toujours gênant de rencontrer des gens sur la sente car tout le monde recherchait ici la solitude, moi compris, sans compter qu'une femme seule considérait toujours un homme d'un œil suspicieux, et elle n'avait pas tort. Certaines avaient été molestées, même dans ces parages. Il me fallut un moment pour la reconnaître : Mary-Louise, penchée dans un rayon de soleil, cheveux blonds coupés court, nuque si blanche que ça vous faisait mal. L'espace d'un moment, je ne sus que faire : j'allais rebrousser chemin lorsqu'elle se tourna vers moi, comme si elle avait toujours su que j'étais là ; je frottai mes godillots par terre, uniquement pour faire du bruit, et m'exclamai : « Ça alors ! Bonjour, Mary-Louise. » Je continuai avec une plaisanterie, bancale, je le reconnais, mais je ne pus faire mieux dans les circonstances : « Je vois que tu as pris de la hauteur. »

Elle se retourna vers ce qui avait attiré son attention par terre et, quand elle me regarda à nouveau, elle porta l'index à ses lèvres puis me fit signe d'approcher. Ce que je fis donc, aussi discrètement que possible, à pas de velours. Quand je fus près d'elle, quand je me retrouvai penché au-dessus d'elle et vis ce qu'elle avait trouvé, un serpent, un serpent noir allongé sur une souche en plein soleil, écailles captant la lumière comme une couche de peinture fraîche, elle m'adressa un regard empreint d'une telle fierté qu'on aurait pu croire qu'elle l'avait créé elle-même. « C'est un serpent noir, déclarai-je. Il est gros. Ils peuvent atteindre trois mètres.

— Deux mètres quarante, cinquante, au maximum. Le record est de deux mètres cinquante-six.

— Il n'était pas nécessaire de me faire taire… ils sont sourds.

— Mais ils sentent les vibrations. Et ils voient. »

Nous regardâmes tous deux le reptile, qui, les yeux ouverts, dardait sa langue. Il n'y avait aucune hâte dans ce mouvement car il avait besoin de soleil à l'automne finissant, de sorte qu'il hibernerait bientôt. Ou bien il mourrait. « En fait, dis-je, c'est une couleuvre agile…

— *Coluber constrictor*, répondit la gamine sans tourner la tête. C'est son nom scientifique. »

Le vent secouait les arbres et une ombre se déplaça rapidement sur le sol mais le serpent ne bougea pas d'un pouce. « Ouais, dis-je, distancé maintenant. C'est extraordinaire, la vitesse à laquelle elles peuvent aller si elles le souhaitent. Un jour, quand j'étais gamin, j'en ai vu une, dans une mare. Cinq six centimètres d'eau, en tout cas : ah, la vitesse à laquelle elle pourchassait une grenouille !

— Elles se déplacent en contractant leurs muscles latéraux. Tous les serpents ont au moins cent vertèbres très bien articulées et certains en ont jusqu'à quatre cents, le saviez-vous ?

— Mais pas de pattes. Leurs cousins les lézards en ont, eux : comment crois-tu qu'ils ont réussi à les acquérir ? Dans l'Ouest… j'en ai vu, un jour, dans les sierras… il existe un lézard sans pattes, exactement comme un serpent, mais ce n'en est pas un. » J'aurais dû m'arrêter là mais je ne pus me retenir. « Quelle en est la raison, d'après toi ? Je crois, non, je *sais* que c'est à cause de l'évolution : les lézards sans pattes sont le maillon entre, d'une part, les serpents, qui n'ont pas besoin de pattes pour se glisser dans des endroits étroits, et, d'autre part, les lézards qui peuvent se lever et courir. Comme nous. » L'adolescente s'abstint de répondre. Les arbres plongèrent et se relevèrent à nouveau. Le serpent ne bougeait toujours pas.

« Un jour…, dit-elle, se retournant complètement pour me dévisager comme si j'avais été, moi, une merveille de la nature et le serpent très secondaire, au printemps, j'étais avec ma mère, devant la maison de mon amie Sarah. C'est une ferme… ou pas vraiment, en fait, seulement un vieux bâtiment en pierre avec une grange. Et là, nous leur faisions nos adieux, prêtes à remonter dans la voiture, quand un tas de serpents sont apparus, tout à coup : ils sont sortis d'un trou juste à l'endroit où nous nous trouvions. C'étaient des couleuvres jarretières. »

J'aurais voulu préciser que, pour survivre à l'hiver, elles se mettaient en boule, comme un écheveau, souvent des centaines ensemble, pour procréer et que, ensuite, les bébés devaient se débrouiller tout seuls, mais je m'abstins. « Rayures rouges et jaunes, dis-je seulement. Et noires. »

Elle fit oui de la tête. Son regard se brouilla tandis qu'elle plongeait dans le passé. « On aurait dit des rubans, dit-elle, des rubans de Dieu. »

Contact direct

Elle aimait les mains de cet homme. Ses yeux. La façon dont il la regardait comme s'il avait pu voir sous sa peau, comme s'il l'avait modelée avec de la terre glaise : ses doigts effleurant sa mâchoire, les orbites de ses yeux, tâtonnant jusqu'à son front. Venue de la lumière franche du début d'été, elle se présenta à la réceptionniste et eut à peine le temps de feuilleter l'un des magazines posés sur la table qu'on la faisait déjà pénétrer dans la pièce aux ombres sereines, à la chaise longue en cuir noir au milieu. On se serait cru chez le dentiste, c'est l'impression que cela lui fit, mais sans tout l'attirail, ce qui était une chance, car elle détestait aller chez le dentiste… qui aimait ça, d'ailleurs ? La douleur, cette douleur nécessaire, la douleur au service de la santé, voilà ce que le dentiste procurait. Quant au présent rendez-vous, quel profit en tirerait-elle ? La chaise longue ne lui dit rien mais ne l'intimida pas moins, c'est pourquoi elle s'installa sur un siège à dossier droit, devant l'unique fenêtre aux stores tirés. Et puis il apparut, voix cajoleuse et grand sourire ; il tira une chaise et s'assit tout près d'elle, étudia son visage.

« C'est le Botox qui m'intéresse », s'entendit-elle déclarer, et les murs absorbèrent ses paroles comme si elle avait été au confessionnal. « Ces froncements, ici. » Elle leva la main et, avec deux doigts, suivit le sillon entre les yeux. « Et peut-être les yeux… sous les yeux ? Je pensais… En me regardant dans la glace, je pensais qu'ils avaient l'air un peu fatigué ou tombant… Ici, vous voyez ? Là ? Peut-être pourriez-vous… S'il y avait une technique, rien de radical, simplement un petit quelque chose… ? Serait-ce possible ? » Elle ne put s'en empêcher : elle rit, un rire nerveux, oui, parce que tout cela était nouveau pour elle et son interlocuteur n'avait pas encore dit un mot de plus que « bonjour », il s'était contenté de scruter les traits de son visage et n'avait rien laissé transparaître, il n'avait même pas cillé. « J'imagine que c'est parce que mon anniversaire approche… la semaine prochaine. Je vais avoir trente-cinq ans. Est-ce possible… c'est tellement…

— Bien, dit-il en se levant, pourquoi ne vous installez-vous pas ? (Il indiqua la chaise longue en cuir.) Voyons cela, voulez-vous ? »

Après la consultation, elle s'arrêta au bureau et prit rendez-vous pour le traitement au Botox. Les deux secrétaires ou, plutôt non, l'une des deux, celle qui parcourait des classeurs à l'autre extrémité, était une infirmière… les deux employées, donc, avaient des visages parfaits, pas un cerne, pas une ride visible. Elle s'interrogea : leur faisait-il un prix ? Etait-ce l'un des avantages du métier ? Elle dut emporter chez elle une brochure en couleurs, des formulaires à signer. Le Botox, ce n'était rien, lui avait-il assuré (rien de plus simple, ça ne prendrait pas plus d'un quart d'heure), et l'intervention sur les yeux relevait de la simple routine, un petit coup de scalpel dans l'excès de peau, avec retrait des poches de graisse. Le tout sur place, mais sous anesthésie. La cicatrisation prendrait un mois, et l'on n'y verrait absolument plus rien au bout de deux ou trois mois. Avec l'index, il avait tracé le contour de son menton, caressé la peau sous les oreilles et appuyé les pouces dans les creux. « Vous avez une très belle peau, dit-il. Evitez le soleil et vous n'aurez besoin d'aucune intervention importante pendant quinze, vingt ans… »

« Je me demandais…, dit-elle à la secrétaire, d'excellente humeur, pleine d'espoir. L'épouse du Dr Mellors… est-il intervenu sur elle ? Je veux dire… avec le genre de technique qu'il prévoit pour moi… ? » Elle fit glisser sa carte bancaire sur le comptoir. « Ce n'est pas grand-chose, mais je me demandais simplement… s'il… n'est-ce pas… sur son épouse… ? »

La secrétaire (*Maggie*, c'était écrit sur son badge) avait la trentaine, la quarantaine peut-être… difficile de savoir. Avec son chignon, son chemisier décolleté et sa poitrine anormalement plantureuse, elle était une publicité vivante pour l'institut, n'est-ce pas ? Son sourire, le sourire solaire et complice qui avait dardé ses traits sans relâche jusque-là, s'effaça brusquement. Les yeux, trop ronds – la peau trop tendue aux coins –, se dérobèrent. « Comment pourrais-je savoir…, répondit-elle. Il a divorcé il y a cinq ans et je ne suis ici que depuis trois ans. Mais je ne vois pas pourquoi il ne l'aurait pas fait. »

L'intervention – l'injection de la toxine botulique sous la peau des yeux puis, en remontant, jusqu'à la racine des cheveux, une série de piqûres – fut plus douloureuse qu'elle ne l'avait imaginé. D'abord, il insensibilisa la zone à l'aide d'un paquet de glace, mais celle-ci lui donna immédiatement mal à la tête et elle n'en ressentit pas moins la première piqûre de l'aiguille. A la deuxième ou troisième, elle dut tressaillir. « Vous sentez-vous à l'aise ? » demanda-t-il, à quelques centimètres d'elle, yeux gris clair fouillant les siens, et elle ne put que répondre « Oui », tentant de faire oui de la tête, ce qui aggrava encore les choses. « Je ne supporte pas très bien la douleur… » Elle tenta de se ressaisir, d'en faire peu de cas. Elle n'était pas douillette, elle n'était pas une chochotte. Ce n'était pas, du moins, l'image qu'elle se faisait d'elle-même. Loin de là. Elle tenta de plaisanter : « Trop sensible, j'imagine. »

La toxine, lui avait-il expliqué de son air sacerdotal, servait à paralyser les muscles entre les yeux et ceux qui maintenaient la peau du front en place, de sorte que, lorsqu'elle les plisserait face à un soleil trop fort ou froncerait les sourcils en étudiant son compte en banque, la peau ne se friperait pas, elle ne bougerait pas du tout. Elle pourrait se mettre en colère, être furieuse, autant qu'elle l'avait jamais été, eh bien, son expression en témoignerait, sa bouche, ses yeux, oui, mais son front demeurerait aussi lisse et serein que si, dans son sommeil, elle rêvait d'un bateau voguant sur un lac placide. Bien sûr, le produit ne ferait effet que pendant une moyenne d'environ trois mois, après quoi il faudrait renouveler l'opération. Il devait d'ailleurs la prévenir qu'un faible pourcentage de patientes signalaient des effets secondaires, maux de tête, nausée, ce genre de choses… mais c'était infiniment rare, un pourcentage négligeable, vraiment. C'était la chose la plus sûre au monde – quand on était entre de bonnes mains, naturellement. Les *Botox parties* dont elle avait entendu parler ? Non, ce n'était pas une bonne idée.

Lui prenant la main, il la lui monta au front et au carré de gaze qu'elle dut maintenir en place, jusqu'à ce que les trous des piqûres se referment. « Voilà, fit-il, ça n'a pas été trop douloureux, n'est-ce pas ? »

Renversée dans le siège, les yeux dans ses yeux, elle sentit quelque chose céder en elle, la fibre ténue de la susceptibilité, de l'abandon : désormais, elle était entre ses mains. C'était son domaine à lui, cette pièce sombre avec son siège d'auscultation, les diplômes encadrés au mur, les reflets du métal poli. Quel âge avait-il ? Comment savoir ? Elle eut en choc en s'apercevant qu'il avait la même expression que l'infirmière et la secrétaire, que son front était figé, qu'il avait des yeux ronds comme s'ils avaient été façonnés dans de la pâte à pain. Quarante ans ? Quarante-cinq ? Mais il avait les épaules larges… et ses mains, ah ! Ses mains étaient comme des couvertures électriques par une nuit froide dans une cabane au fond des bois. Elle lui mentit : « Non. Non, pas du tout.

— Parfait, alors. » Il se leva sans la quitter du regard. « Si vous avez le moindre problème, appelez-moi, jour et nuit, d'accord ? » Il se dirigea vers la table dans le coin et revint avec une carte de visite où figuraient son nom, le numéro du cabinet et un numéro personnel pour les heures non ouvrables. « Et prenons rendez-vous pour cette blépharoplastie… nous choisirons la date en fonction de vos disponibilités. »

Elle allait se lever à son tour mais, avant qu'elle ait pu bouger, il s'avança pour retirer un carré de gaze et elle s'aperçut qu'il était moucheté d'infimes taches de sang. « Tenez, dit-il en lui tendant le miroir. Regardez, ça ne se voit presque pas… Si vous le voulez, vous pouvez dissimuler ça avec un rien de maquillage. Vous pouvez espérer des résultats au bout d'un ou deux jours.

— Formidable », répondit-elle avec un sourire. En fond, les baffles cachés dans les murs dispensaient un morceau de piano qu'elle connaissait bien : elle en avait été vaguement consciente tout du long, même pendant sa mini-crise de nerfs. Il était aussi ordonné et précis que le battement d'un jeune cœur. Bach. Les *Partitas pour clavier*. Elle entendit le pianiste (comment s'appelait-il déjà ?) fredonner l'air tout en jouant. Elle se leva et resta debout pendant un moment dans la pièce paisible, ombreuse, lumière vive dirigée vers le siège en son centre. Elle absorba la musique comme si elle venait à peine de se réveiller. « Aimez-vous la musique classique ? » demanda-t-elle tout bas.

Il sourit. « Oui, bien sûr.

— Bach ?

— C'est lui ? Je ne sais jamais… c'est le service de musique payant. Ils diffusent de bons programmes et je crois que ça aide la patiente à se décontracter… c'est reposant, vous comprenez ? C'est mieux que du heavy metal, non ? »

A ce moment-là, elle fit un bond dans l'inconnu et tout, par la suite, en découla, aussi inévitablement et indiscutablement que si elle l'avait planifié : « Je vous demande cela, parce que j'ai deux tickets pour samedi soir… à la Music Academy… Un programme entièrement consacré à Bach et (elle leva les sourcils, elle pouvait encore le faire) mon amie m'a dit ce matin qu'elle ne pouvait pas venir. Elle a dû partir en voyage à l'improviste et je me demandais si vous aimeriez m'accompagner ? »

Il s'excusa, répondit qu'il adorerait venir mais qu'il devait d'abord vérifier avec Maggie, la secrétaire, s'il était libre, – or il se trouva qu'il ne l'était pas.

Après le concert, elle alla à l'Andalusia, un restaurant dont elle aimait l'atmosphère et le comptoir tout en longueur où les clients étaient alignés pour déguster des tapas et des boissons, tandis qu'un guitariste déclinait tout le catalogue flamenco dans son coin près de la cheminée. Elle connaissait l'équipe de l'établissement, surtout le barman, Enrique, et elle ne se sentait pas déplacée, même seule. Ou plus exactement si, mais pas autant qu'ailleurs. Enrique s'occupait bien d'elle, s'assurait que personne ne l'ennuyait. Il la protégeait, peut-être était-il même un peu possessif avec elle mais, s'il en pinçait pour elle, eh bien, pourquoi n'en aurait-elle pas profité ?

Un petit flirt, rien de plus, car elle ne cherchait personne, pas pour l'instant, en tout cas, pas depuis qu'elle avait obtenu son divorce. Elle avait une maison, de l'argent sur son compte, la liberté de manger quand et où elle le désirait, de voyager, de gérer elle-même son emploi du temps : et elle aimait ça, voilà ce qu'elle n'arrêtait pas de se dire.

Elle mangeait son *ceviche* et sa salade, arrosés d'un verre de vin rouge du Chili, tout en feuilletant le journal local (elle ne pouvait résister à l'attrait des petites annonces intimes, avec leur côté vulgaire, malhonnête, affreusement intéressé – que ces gens étaient donc pathétiques !). Or voilà qu'elle sentit une tape sur son épaule et… comme un diable sorti de sa boîte, le Dr Mellors apparut, en manteau de sport or pâle et chemise noire ouverte sur le torse. « Bonsoir, dit-il, ou devrais-je dire *buenas noches* ? » Rien de médical dans son intonation.

« Oh, bonsoir ! » s'exclama-t-elle, prise de court. Il se pencha de nouveau vers elle mais, alors qu'elle n'avait cessé de penser à lui pendant tout le concert, tentant de l'imaginer installé dans le fauteuil à côté d'elle, pendant une seconde troublée, elle ne put se rappeler son nom. « Comment allez-vous ? »

Pour toute réponse, il se contenta de sourire. Un silence, le temps pour Enrique de lui lancer un regard de biais depuis l'autre côté du comptoir. « Vous êtes en beauté, ce soir, finit-il par dire. Sur votre trente-et-un, hein ?

— Le concert…

— Ah, oui, c'est vrai, comment était-ce ?

— Pas mal. » Il lui avait servi à cela, au moins, il lui

avait procuré une excuse pour se maquiller et sortir de chez elle, pour faire quelque chose, n'importe quoi. « Un peu ennuyeux, en fait. De la musique d'orgue. » Puis son sourire s'épanouit. « Je suis partie à l'entracte. »

Son sourire à lui s'épanouit aussi. « Alors que suis-je censé dire... ? Que je suis content d'avoir eu un empêchement ? Mais vous êtes vraiment en beauté, vraiment. Pas de complications ? Vous n'avez plus mal à la tête ? Pas de troubles de la vision ?

— Non, non, je me porte comme un charme. » C'est alors qu'elle vit Maggie qui, cheveux défaits, pampilles en argent gigotant au-dessus de ses épaules nues, les observait depuis une table de la salle à manger.

« Bien, très bien, dit-il. Ravi de vous avoir croisée, en tout cas... Et... j'imagine que nous nous verrons la semaine prochaine ? »

En rentrant chez elle, incapable de supporter le silence de la maison vide, elle mit de la musique, pas du Bach, tout sauf Bach, elle prit le premier disque sur l'étagère, qui se trouva être une compil de reggae oubliée par son ex-mari. Elle se versa un verre de vin au son des accords plongeant tels des décombres dans la mer de la ligne de basse qui régressait peu à peu, telle une menace, une menace dans les voix, dans l'incontestable rhétorique des démunis. Le reggae. Elle n'avait jamais beaucoup aimé ça, mais elle n'en écouta pas moins, musique de fond pour son drame naissant de confusion et de déception. Et . de colère, aussi, de colère, oui. Il l'avait évitée. Ce

Dr Mellors. Il avait prétendu être trop occupé, trop occupé pour rester assis à côté d'elle dans une salle plongée dans la pénombre et écouter un professeur du lycée du coin s'escrimer sur le clavier, mais pas le moins du monde gêné d'être pris la main dans le sac. Ou même repentant. Il avait tenté de plaisanter, comme si elle avait été n'importe qui, comme si son invitation comptait pour du beurre. Et pour quoi ? Pour baiser sa secrétaire ?

Les fenêtres étaient noires de l'accumulation de la nuit. Elle en fit le tour, tirant les stores : trop de stores, trop de fenêtres. La maison qu'elle avait voulu ou cru vouloir : construction récente, placards sol-plafond, garage pour trois voitures, cinq cent quarante mètres carrés, avec vues sur les collines et l'océan… Trop grande pour elle. Bien trop grande. Même lorsque Rick était encore là, quand elle était prise vingt-quatre heures sur vingt-quatre et sept jours sur sept à choisir les moquettes, le mobilier, à consulter les catalogues et les livres d'aménagement paysager, cette maison lui avait toujours paru triste. Aucun recoin : une maison sans plus de recoins qu'une grange au Nebraska – pas un seul recoin intime, pas un endroit clos où elle aurait pu se sentir en sécurité. Elle passa de la salle à manger à la cuisine, puis retour par ce que l'architecte avait baptisé la « salle d'apparat » ; après avoir allumé toutes les lumières, elle se versa un autre verre de vin, se rendit à la salle de bains et ferma la porte à clef derrière elle.

Elle contempla longtemps son reflet dans la glace. Les lignes, les deux sillons verticaux entre les yeux ne paraissaient pas sensiblement différentes mais peut-être étaient-elles moins marquées, oui, c'était peut-être ça. Elle appuya son doigt dessus puis le fit glisser sur sa peau. Ensuite, elle sourit, d'un sourire enjôleur, d'abord : « Bonjour, docteur Mellors, dit-elle à son reflet. Comment puis-je vous appeler : Ed ? Eddie ? Ted ? » Puis, faisant la sotte, elle s'adressa des grimaces comme quand elle était enfant et entourée par ses trois sœurs : elles tiraient sur leurs lèvres, leurs narines, leurs oreilles, avaient des fous rires et piaillaient, au point que leur mère devait venir les extirper de la salle de bains. Aucun effet. D'un geste vif, elle prit le verre sur le dessus de la cheminée en marbre, le vida et regarda dans la glace ce qu'elle était vraiment : une femme jeune plus si jeune que ça, la mine perpétuellement renfrognée, le nez trop long, le menton trop étroit, le regard cristallisé en un masque de méfiance et de suspicion. Mais elle n'en demeurait pas moins intéressante. Oui. Intéressante et jolie, à sa façon. Plus jolie que la secrétaire, l'infirmière ou la moitié des autres femmes en ville. Du moins n'était-elle pas *trafiquée*.

A moins que. Oh et puis était-ce si formidable, d'être *authentique* ?

D'un coup d'épaules, elle fit tomber ses vêtements et, pendant un long moment, s'étudia dans le miroir fixé sur la porte. De profil, son estomac proéminent surplombait ses hanches, une petite bouée de lard bien dure (il était vrai qu'elle sortait de table…) et ses fesses tombaient – vues sous cet angle, en tout cas. Ah, et ses seins n'avaient pas le volume des poitrines des créatures des films pornos qui semblaient tant exciter son ex-mari : faudrait-il une intervention, là aussi ? Elle s'interrogea sur la procédure : la liposuccion ? Une abdominoplastie ? Peut-être même une opération du nez ? Elle n'avait pas envie de ressembler à la secrétaire, Maggie, car elle n'aimait pas Maggie, Maggie ne lui arrivait pas à la cheville, elle n'était même pas jolie, mais, n'empêche, plus elle contemplait son reflet, moins elle aimait ce qu'elle voyait.

Le mardi, jour de son rendez-vous préopératoire, elle se réveilla tôt et, pendant un long moment, resta allongée dans son lit, à regarder le soleil jouer avec les feuilles du prunier en fleur devant la fenêtre. Elle se prépara deux tasses de café mais ni œufs ni toast, rien, en fait, car elle avait décidé de faire un régime ; elle ne délaya même pas son café avec un nuage de lait écrémé. Elle prit son temps pour s'habiller. La veille, elle avait sorti un ensemble pantalon beige, pensant qu'elle aimerait le mettre le lendemain, mais, quand elle le vit plié sur le dossier de la chaise comme une mue, elle comprit qu'il ne ferait pas l'affaire. Après avoir essayé la moitié de sa garde-robe, elle choisit finalement une jupe noire, un chemisier bleu cobalt boutonné dans le dos et une paire de souliers à talons assortis. Elle avait fière allure. Mais elle passa tant de temps à se maquiller qu'elle dut foncer dans les lacets de la route étroite pour descendre dans la ville tentaculaire en contrebas ; bien qu'elle fût passée à l'orange une ou deux fois, elle arriva tout de même avec plusieurs minutes de retard au rendez-vous.

Maggie l'accueillit avec son sourire en plastique. Elle portait un nouveau chemisier décolleté (un peu vulgaire pour le travail) et semblait s'être éclairci les cheveux ou, plutôt, non, elle s'était fait faire des mèches, voilà ce qu'elle avait changé. « Veuillez me suivre », lança la secrétaire, gazouillant, sortant de derrière le comptoir pour l'entraîner dans le couloir, d'une allure nonchalente et chaloupée. Sur quoi, elle se retrouva dans la salle d'auscultation et la porte se referma doucement derrière elle. *Comme si on attendait une audience*, se dit-elle : cela faisait partie de la mystique que les médecins cultivaient, n'est-ce pas : pourquoi ne pouvaient-ils pas simplement être présents en chair et en os, au lieu de rôder dans le couloir ou de se cacher dans une autre pièce ouatée, identique à celle-là ? Elle posa son sac à main sur la chaise dans le coin et s'installa sur la chaise longue. Elle résista à la tentation de prendre le miroir à main sur la table et de retoucher son maquillage.

« Alors, s'exclama-t-il, entrant sur des semelles silencieuses, comment vous portez-vous aujourd'hui ?

— Ça va, j'imagine…

— Ça va ? Pas mieux que ça ?

— Écoutez, fit-elle, ignorant sa question, avant que nous allions plus loin, je voulais juste vous demander…

— Je suis tout ouïe… » Il tira un tabouret à roulettes, du type que les dentistes utilisent, afin de pouvoir s'asseoir à côté d'elle, « Tout ce que vous voulez. Tout problème que vous pourriez avoir… je suis ici pour ça.

— Je voulais simplement vous demander : me trouvez-vous jolie ? »

La question parut l'étonner et il lui fallut un

moment pour se ressaisir. « Bien sûr, dit-il. Très jolie. »

Comme elle ne réagit pas, il s'approcha tout près d'elle, les mains sur son visage, sous les yeux, tâtonnant le long de l'os occipital, malaxant, pesant la peau tandis qu'elle papillotait sous son regard concentré. « Ce qui ne signifie pas que nous ne puissions pas encore améliorer cela, car vous aviez l'impression, et je suis d'accord avec vous, que, là (ses doigts resserrèrent leur pression), il se pourrait qu'il y ait quelques millimètres de peau en trop. Et… »

Elle l'interrompit abruptement : « Je me moque de mes yeux. Je veux que vous regardiez mes seins. Mes hanches aussi et, et… (le terme officiel jouait au yo-yo dans sa tête) mon ventre. Je suis grosse. Je suis grosse. »

Elle attrapa au vol son regard fuyant. « Je ne… » Il se racla la gorge : à son tour de chercher ses mots. « Vous me semblez être bien comme ça. Peut-être cinq cents grammes, un kilo en trop, tout au plus… Mais si cela vous intéresse, bien sûr, nous pouvons élargir la consultation… J'ai des brochures…

— Je ne veux pas de brochures. » Elle déboutonna son chemisier. « Je veux que vous me disiez, ici, tout de suite, les yeux dans les yeux, parce que je ne vous crois pas, voyez-vous… Vous prétendez que je suis jolie, or, lorsque je vous ai demandé de… de quoi… de m'accompagner à un concert de Bach, Bach, voyons ! Vous avez prétexté être occupé, trop occupé… et puis je vous croise en ville. Que croyez-vous que je puisse ressentir ?

— Oh là. Reprenons les choses, un instant… Et

arrêtez, ne dégrafez pas votre… Je dois d'abord demander à Maggie d'être présente. Pour des raisons légales. » Soudain, il se trouva à la porte, qu'il ouvrit d'un coup. Il appela sa secrétaire à l'autre bout du couloir.

« Je ne souhaite pas que Maggie soit présente », dit-elle. Elle avait déjà ôté son soutien-gorge et en était à l'agrafe de sa jupe. « Je veux avoir l'air vrai, pas ressembler à un mannequin, pas comme elle. Laissez-la en dehors de tout ça. »

Elle se retourna vers lui, jupe dévalant ses cuisses. Elle n'avait pas mis de bas car ils n'auraient fait que la gêner ; elle était venue se faire examiner, pour sentir ses mains sur elle, pour imposer ses conditions, or elle savait exactement ce qu'elle devait faire pour améliorer son apparence. Parce que c'était bien de ça qu'il s'agissait, n'est-ce pas ? Améliorer son apparence ?

Le mensonge

J'avais épuisé mes congés pour raisons médicales et les deux jours pour convenance personnelle auxquels on avait droit mais, lorsque le réveil sonna, que le bébé se mit à hurler et que ma femme rejeta les couvertures pour se rendre à la salle de bains, au petit trot, clopin-clopant, jambes flageolantes, j'ai compris que je n'irais pas au boulot ce jour-là. On aurait dit qu'on me passait un suaire noir sur la tête : j'avais les yeux ouverts mais je n'y voyais rien. Ou plutôt si, j'y voyais : les clignotements de l'affichage au LED du radio-réveil, les monticules de lessive et de vêtements sales éparpillés dans la pièce comme des tumulus mortuaires, la pluie qui tombait dru et bavait sur le néant sombre de la fenêtre ; mais tout paraissait recouvert d'un voile, le monde était recouvert de Vaseline. Le bébé poussa une série de cris decrescendo. La cataracte de la chasse d'eau. Le plafonnier s'alluma.

Clover revint, le bébé en équilibre sur l'épaule. Elle portait un vieux T-shirt Cramps qu'elle aimait mettre pour dormir, et rien d'autre. J'aurais pu trouver ça sexy, ouais, sauf que je ne suis pas à mon mieux le matin et que je la voyais nue comme ça, à l'exception d'un T-shirt souvenir rock and roll, depuis environ mille matins d'affilée. « Il est six heures et quart », dit-elle. Moi, je ne dis rien. Mes yeux se refermèrent tout seuls. Je l'entendis fouiller dans la garde-robe et, dans le rêve qui s'abattit sur moi à cet instant-là, elle se métamorphosa, passant d'une ondulante femelle humaine, un bébé passé par-dessus son épaule, en un grand oiseau brillant, sautant du bord d'un précipice pour s'envoler, agitant ses larges ailes scintillantes dans le vide. C'est le bébé qui me réveilla. Il était sur le lit. A côté de moi. « Change-la, dit ma femme. Et donne-lui le bib. Je suis déjà en retard. »

La veille, nous avions eu des amis à dîner, des amis d'avant la naissance du bébé ; nous avions préparé des margaritas, regardé un film et étions restés tard à parler de tout et de rien. Clover avait exhibé le bébé (Xana, nous l'avons appelée Xana, d'après un personnage d'un film que j'avais monté ou, plus exactement, logué) et j'avais exprimé ma fierté. Ce bébé était parfait sous toutes les coutures, beau parce que ses parents étaient beaux, et tout allait pour le mieux. Tank avait fait partie de mon groupe, coleader, cofondateur, nous avions composé des chansons ensemble, avant que l'aventure ne tourne au vinaigre : eh bien, il affirma qu'elle était à croquer, avec ses bonnes joues, et j'avais répondu « Ouais, alors, allumons le barbecue », et Clover avait eu une petite moue de dégoût, commissures des lèvres tirées vers le bas, parce que, à ses yeux, j'étais infantile. Nous avions veillé jusqu'à ce qu'il se mette à pleuvoir. J'avais servi un dernier verre de margarita à chacun, pour la route, sur quoi la petite amie de Tank avait bâillé, à se décrocher la mâchoire, un bâillement qui aurait pu avaler tout l'immeuble et notre rue aussi : ça avait cassé l'ambiance et signalé la fin de notre petite fête. Et puis voilà que je me retrouvais au lit et que le bébé grimpait sur ma jambe droite, dégageant une forte odeur de merde.

Le réveil avança sur la tablette. Clover s'habilla, se maquilla, emporta son mug de café dans sa voiture et disparut. Il n'y eut rien d'héroïque dans ce que je fis ensuite, à m'occuper du bébé puis de ma voiture, de la circulation au pas, pare-chocs contre pare-chocs, tout le long des cinq kilomètres jusque chez la nounou, ce qui ressemblait plutôt à un trek dans les décharges de la terre : la routine, rien de plus. Mais dès que j'eus mis Xana dans les mains de Violeta à la porte de son appartement d'où émanaient des odeurs de cuisine, un dialogue pleurnichard de Telemundo et les jappements diachroniques de ses quatre chihuahuas, je m'enfermai dans ma voiture et appelai ma boîte pour me porter malade. Ou plutôt non, pas malade. J'avais épuisé mon nombre de jours de maladie, me remémorai-je *in extremis*. Et mes jours de congé pour convenance personnelle. C'est mon patron qui répondit, « Dragon House Productions, que puis-je faire pour vous ? », d'une voix qui avait peine à émerger de ses grasseyements. Les « r » lui posaient problème. L'anglais, tout court, lui posait problème.

« Radko ?

— Lui-même… qui est à l'appareil ?

— C'est moi, Lonnie.

— Laisse-moi deviner… tu es malade… »

Radko appartenait à ce groupe sélect de bulldozers de la prod qui travaillaient tôt le matin, ce qui me convenait parce que Clover travaillait de jour, suivait ses cours de droit le soir… et puis, il y avait le bébé, le bébé, bien sûr…, mes propres disponibilités étaient réduites aux heures ouvrables, celles où les enfants de Violeta étaient à l'école et où son mari conduisait l'une de ces grues qui soulèvent les poutrelles dans le ciel de la ville pour la recouvrir de béton jusqu'à ce qu'il ne reste plus un carré de verdure à soixante-quinze kilomètres à la ronde. Radko m'avait promis que je ferais bientôt du montage (au lieu de simplement loguer les prises de vues), mais j'attendais encore. Ce matin-là, comme de trop nombreux matins par le passé, je ne me sentais pas d'affronter mon matériel, l'écran de l'ordinateur, l'éternelle idiotie du dialogue répété mille fois prise après prise, plan après plan, « Non, Jim, arrête / Non… Jim, arrête ! / Non ! Jim, Jim, *arrête !!* » J'avais appartenu à un groupe de rock. J'étais diplômé de l'université. Je n'étais pas un tâcheron. Avant que je sache ce que je disais, je lâchai : « C'est le bébé ! »

S'ensuivit un silence que j'aurais risqué de surinterpréter. Puis la voix de Radko, accentuant la forme interrogative : « Quel bébé ?

— Le mien. Mon bébé. Tu te rappelles les photos que Clover a envoyées par courriel à tout le monde ? Il y a neuf mois… à sa naissance… »

Autre longue pause. Finalement, il demanda : « Oui, et alors ?

— Elle est malade. Très malade. Elle a de la fièvre. Nous ne savons pas ce que c'est. » Les rouages de mon cerveau effectuèrent une nouvelle rotation et je fis un autre saut dans l'inconnu, un saut qui se révélerait fatal : « Je suis à l'hôpital avec elle. »

Je n'eus pas plus tôt raccroché que je crus être gonflé à l'hélium, j'en fus étourdi, j'eus l'impression d'être soulevé de mon siège. Mais, bientôt, le lent suintement de la culpabilité, de l'appréhension et de la peur s'installa, goutte à goutte, telle la bile suintant d'un foie malmené. Un camion de livraison se gara près de moi. La pluie martelait le pare-brise. De l'appartement voisin de Violeta sortirent deux *cholos*, tatouages au cou tels des cols luisant à la lumière coincée sous les nuages. J'avais toute la journée devant moi. Je pouvais faire tout ce que je voulais. Aller n'importe où. Une heure avant, je n'avais qu'une seule envie : dormir. Maintenant, j'avais d'autres envies. Le rythme de l'excitation, la promesse de quelques frissons illicites me chatouillèrent le ventre.

Je descendis Ventura Boulevard en sens inverse du flot des banlieusards. Ils étaient bloqués aux feux, un seul chauffeur dans chaque voiture, les voitures telles des coques métalliques qu'ils auraient expulsées pour contenir leurs ressentiments. Ils allaient travailler. Moi non. Après plus d'un kilomètre, je parvins à un snack où j'emmenais parfois Clover prendre le petit déjeuner le dimanche, surtout si nous étions sortis la veille ; sur l'impulsion du moment, je me garai devant. J'achetai un quotidien à la machine à l'entrée et pris aussi un journal gratuit pour la bonne mesure ; j'entrai et m'installai à un siège près de la fenêtre. L'arôme du café frais et des frites maison me fit prendre conscience que je mourais de faim ; je commandai donc le genre de petit déjeuner que je prenais à la fac après des nuits d'excès (sel, sucre et graisse à profusion) simplement pour m'ouvrir les pores. En mangeant, je lus les deux journaux, tous les articles, parce que c'était royal, c'était du luxe : tables propres, salle lumineuse et chaleureuse virant au sauna tant les serveuses s'affairaient, pluie refoulée derrière les fenêtres comme la peste. Personne ne m'adressa la parole. Personne ne croisa même mon regard. Que la serveuse : entre deux âges, elle faisait un avec son uniforme, cheveux teints noir cirage. « Encore un peu de café ? » demanda-t-elle pour la troisième ou quatrième fois, sans précipitation, sans insistance particulière : simple invite. Jetant un coup d'œil à ma montre, je ne pus croire qu'il n'était que neuf heures et demie !

C'était le propre des jours chômés, cette manière que le temps avait de se reconfigurer : on ne pouvait s'empêcher de comparer tel ou tel moment avec celui qu'on aurait passé si on avait été au travail. Au travail, je n'aurais pas encore mangé, ça n'aurait même pas été encore la pause-café : *Jim, arrête ! Non, non !* Et mes paupières auraient pesé cent tonnes chacune. Je me dis que je pourrais aller jusqu'à l'océan voir ce à quoi ressemblaient les déferlantes sous la pression de l'orage – sans avoir la moindre intention de faire du surf, cela dit ; je n'en avais pas fait plus de trois ou quatre fois depuis la naissance du bébé. Mais la journée m'appartenait et je voulais la remplir. Je dévalai Topanga Canyon – l'heure de pointe était passée maintenant ; la rivière taraudait ses berges et, en deux ou trois endroits, débordait sur la chaussée ; la pâte molle et rougeâtre de la boue ressemblait à quelque chose qui serait sorti d'un moule. La plage était déserte. Je me promenai sur la grève jusqu'à ce que la visière de ma casquette de base-ball soit trempée et que les jambes de mon jean soient aussi lourdes que s'il venait de sortir de la machine à laver.

Ensuite, je remontai le canyon. La pluie redoublait, l'eau dévalait encore plus fortement la pente, mais ce n'était rien, pas comme si la chaussée avait été emportée, lorsque, un instant, on est au volant de sa voiture et, le suivant, on patauge à la vie à la mort dans une cataracte couleur pisse. A deux heures on projetait un film qui m'intéressait mais, comme il était midi passé et que je n'aurais rien pu avaler après le Lumberjack's Special que j'avais englouti au petit déjeuner, je retournai garer la voiture au parking de notre immeuble et descendis la rue, de plus en plus trempé, et ravi de l'être, jusqu'à un bar que je connaissais. La porte s'ouvrit sur une rangée de huit ou neuf paumés perchés chacun sur son tabouret, le parfum du citron coupé et le soleil du rhum, et puis une rasade de désinfectant qui venait des toilettes au fond. Il faisait chaud. La salle était sombre. Un match de basket-ball interuniversités flottait sur l'écran au-dessus de la caisse. « Une bière », annonçai-je, avant de préciser la marque.

Je ne me soûlai pas. C'est ce que j'aurais fait d'habitude, or je n'avais pas envie de faire comme d'habitude. Mais je m'enfilai tout de même trois canettes avant d'aller au ciné ; après la séance, je ressentis un creux à l'estomac, où mon déjeuner aurait dû être, de sorte que je m'arrêtai dans un fast-food sur le chemin de la nounou. Les employés se trompèrent dans ma commande. Ils avaient tous un regard terne. Le manager resta introuvable. Et j'avais trente-cinq minutes de retard. N'empêche, j'avais passé une bonne journée et, quand je rentrai à l'appartement, je donnai à manger au bébé sa semoule, débouchai une bière, mis de la musique et commençai à couper de l'ail et des oignons, dans l'idée de préparer une sauce marinara pour ma femme quand elle rentrerait. Je ne songeai pas un instant au lendemain matin, à Radko, à ce qu'il pourrait penser ou attendre de moi. Pas encore.

Tout allait bien, le bébé était allongé dans son berceau et levait ses menottes vers les figurines pendues au mobile au-dessus de sa tête. (Elles avaient été attachées aux fils par la mère de Clover – une hippie –, pour qu'il n'y ait absolument aucun risque que le bébé puisse tirer dessus et se les mettre dans la bouche ou se les enfourner dans la gorge ou je ne sais où.) La sauce frémissait sur le feu, la pluie frappait à la fenêtre. J'entendis Clover mettre la clef dans la serrure. Puis elle fut là, devant moi, cheveux frisés par la pluie, sentant comme tout ce que j'avais toujours voulu ; quand elle me demanda comment ma journée s'était passée, je lui répondis : « Bien, très bien. »

Et puis le matin revint et la même scène se reproduisit : Clover tituba jusqu'à la salle de bains, le bébé hurla, la pluie chuchota sous la bande-son et puis je recommençai à faire mes calculs. C'était jeudi. Encore deux jours avant le week-end. Si je pouvais faire durer la pause jusqu'au week-end, j'étais certain que, le lundi venu, le lundi au pire, quoi que ce fût qui n'allait pas chez moi, cette colère rentrée, cet espoir, ce désarroi, quoi que ce fût, aurait disparu. Une pause, juste une pause, c'est tout ce dont j'avais besoin. Loin de Radko. Imaginer la confrontation avec lui, sa manière de façonner, à la mode canine, les plis tombants de sa chair slave autour de son regard dubitatif quand il me dirait qu'il me retirait une journée de salaire et que je devrais faire des heures supplémentaires pour rattraper mon absence : je ne pouvais pas supporter cette idée. Pas au lit. Pas maintenant. C'est alors que j'entendis la chasse, que le bébé hurla et que la lumière s'alluma. « Il est six heures et quart », m'informa mon épouse.

La veille au soir, après le dîner (ma sauce marinara, cèpes, penne à la saucisse de dinde à l'italienne), avant que ma femme ne couche la gamine, tandis que, dans la cuisine, le lave-vaisselle murmurait et que nous nous attardions autour d'un second verre de chianti, elle m'avait annoncé qu'elle songeait à changer de nom. « Que veux-tu dire ? » J'étais plus surpris qu'outré, ce qui ne m'empêcha pas de sentir la colère monter en moi. « Mon nom n'est pas assez bien pour toi ? Comme… s'il n'y avait que moi qui avais voulu qu'on se marie… ? »

Elle avait encore le bébé sur les genoux. Le bébé, de fort bonne humeur, arborait son sourire édenté de bébé et tentait d'attraper le verre de vin que ma femme tenait tout juste hors de sa portée. « Pas la peine de monter sur tes grands chevaux. Ce n'est pas ton nom qui pose problème, c'est le mien. Mon prénom.

— Qu'est-ce qui cloche dans "Clover" ? » Je n'avais pas plus tôt parlé que je compris que j'avais dit une ânerie. Certes, son prénom lui collait à la peau. Je fermais les yeux et je voyais Clover ; au fin fond de l'Afrique, enterré sous trois mètres de boue, elle serait toujours Clover pour moi. Bien. Mais ce nom-là était une affectation hippie de la part de ses parents (des souffleurs de verre, qui possédaient leur propre galerie) : c'était un prénom cucul – je le savais, au tréfonds de moi. Clover : « trèfle » en anglais. Pourquoi pas Pissenlit ou Fétuque pendant qu'ils y étaient ?

« Je pensais à adopter Cloris comme nouveau prénom. » Elle me surveillait du coin de l'œil, d'un regard à la fois rebelle et hésitant. « Et de faire ça légalement. »

Je comprenais son point de vue : elle était secrétaire juridique, elle poursuivait des études de droit pour devenir avocate, et Clover ferait ridicule sur une plaque. Mais, d'un autre côté, je détestais cet autre prénom : Cloris. Et je détestais l'idée que ma femme change de prénom. « On dirait quelque chose pour nettoyer les cuvettes de W.-C. »

Elle me décocha un regard haineux.

« A l'eau de Javel. Avec un grand pouvoir nettoyant. »

J'avais beau avoir l'impression d'être crucifié, j'avais beau ne vouloir que dormir pendant une semaine entière ou, en tout cas, jusqu'au lundi, seulement jusqu'au lundi, je me redressai sur mon siège avant qu'elle ne puisse lever le bébé du berceau et la mettre au lit ; l'instant d'après, je me trouvais dans la salle de bains et me regardais dans la glace. Dès qu'elle partirait, je devrais appeler Radko. Je lui dirais que l'état du bébé avait empiré, que nous avions passé la nuit à l'hôpital. Et s'il demandait ce qui n'allait pas, je n'hésiterais pas car l'hésitation (toute sorte d'incertitude, le moindre tremblement dans la voix, une modification de ton, des simagrées) est le meilleur détecteur de mensonge. La leucémie, voilà ce que je lui dirais : « Le bébé a une leucémie. »

Cette fois, avant d'appeler, j'attendis d'être installé dans mon box au snack, j'attendis que la serveuse aux cheveux comme du cirage ait terminé de me dorloter, avec une lueur de complicité dans le regard, un sourire maternel lui froissant les lèvres : j'étais un habitué, deux jours d'affilée, pensez ! Lorsque Radko répondit, un lourd voile de suspicion tout en consonnes, logé quelque part entre la glotte et les végétations, je ne pus m'en empêcher : « Le bébé, déclarai-je, marquant une pause infime, le bébé… n'est plus. » Autre pause. La serveuse me versa le café. Radko avala des vapeurs dans le récepteur. « Dans la nuit. A quatre heures du matin. Ils n'ont rien pu faire.

— N'est plus… ? revint la voix de Radko. Il n'est plus… quoi ?

— Le bébé est mort. Elle est morte. » Sur quoi, perclus de douleur, je raccrochai.

J'ai passé toute la journée au cinéma. La première séance était à onze heures ; j'ai tué le temps en arpentant le parking du centre commercial jusqu'à ce qu'ils ouvrent les portes, sur quoi j'ai pénétré dans l'obscurité anonyme. Les images défilèrent sur l'écran. Le son était tellement amplifié qu'on aurait cru un rugissement perpétuel. Il régnait partout une odeur de beurre fondu. Lorsque les lumières s'allumèrent, je me réfugiai dans les toilettes puis me glissai dans l'autre salle, et puis dans une troisième. J'émergeai de là à quatre heures et quart, flageolant.

Je me dis que c'était la faim, rien de plus, mais quand je m'aventurai dans le coin des snacks et vis tout ce qui y était proposé, des chapatis aux corn dogs en passant par les *machacas* deux fois cuites, les bretzels et les aubergines Sichuan baignant dans une sauce de feu liquide, je préférai aller pousser la porte du bar. C'était l'un de ces espaces aseptisés, trop éclairés, parcourus d'échos, le genre de lieu que les concepteurs des centres commerciaux, dans leur grande sagesse, installent à l'arrière de leurs snacks plastiques afin que le crétin lambda qui accompagne sa femme dans une expédition de shopping n'ait pas à se tirer une balle dans la tête. Un match de basket était retransmis par les trois télés qui entouraient le comptoir. Les serveuses étaient des adolescentes, le barman avait de l'acné. J'étais le seul client et je savais que je devais aller chercher le bébé, c'était un fait, la réalité vraie, mais je n'en commandai pas moins un rhum-Coca, rien que pour l'odeur.

J'en étais à mon deuxième, peut-être à mon troisième, lorsque l'endroit commença à s'emplir et que je m'aperçus, avec un pincement de bonheur, que ce devait être le genre de bar où les gens viennent après le boulot : happy hour régulière et bouffe gratis sur un plateau chauffant. J'étais enveloppé dans mon chagrin, un chagrin tout à moi : j'avais vingt-six ans et ma vie n'allait nulle part, j'avais un bébé dont il fallait que je m'occupe et une femme en passe d'obtenir son diplôme de droit, qui voulait changer de prénom parce qu'elle n'était plus celle qu'elle avait été. Et voilà que, brusquement, je me réveillai. Il y avait des femmes partout, des femmes de mon âge et des plus vieilles, appuyées au comptoir, boucles d'oreilles se balançant à leurs lobes, faisant la queue à la porte, assises aux tables, jambes croisées, pieds marquant la mesure de la musique en boîte. Et moi ? Je devais aller chercher le bébé. En vérifiant l'heure à ma montre, je m'aperçus que j'étais déjà en retard, en retard comme la veille, mais, tout à coup, j'avais une faim de loup et je me dis que, pour m'aider à finir mon verre, j'allais peut-être prendre, tout de même, deux ou trois de ces *taquitos* que tout le monde gobait, après quoi, je prendrais la voiture, emprunterais les petites rues pour monter chez Violeta et serais de retour à l'appartement avant ma femme et puis je verrais si je pourrais concocter quelque chose avec le reste de sauce marinara. Avec les cèpes. Et les saucisses de dinde.

C'est alors que je ressentis une pression au bras gauche. Levant le menton, je me retournai et me trouvai face à Joel Chinowski, qui occupait le box voisin du mien chez Dragon House Productions. Je ne le reconnus pas du premier coup, un de ces tours que l'esprit vous joue (quand on est ivre, surtout) : on n'arrive pas à reconnaître les gens hors de leur contexte familier, même quand on les croise tous les jours. « Joel ! » m'exclamai-je tout à coup.

Il dodelina de la tête, très lentement, comme s'il avait agité une cloche, un tocsin, comme si ses yeux avaient été le battant et son crâne le bronze. Il avait une grosse tête, énorme – il était énorme de partout, un de ces mecs qui ne sont pas obèses, ou pas tout à fait, seulement tellement gras que leurs vêtements paraissent gonflés, le pantalon, la veste, et même les chaussettes. Chinowski portait une cravate, c'était le seul parmi les soixante-seize employés de Dragon House ; on aurait dit un jouet pendu à son col extra-large. « Merde, mec, lâcha-t-il, en augmentant la pression sur mon bras. Merde.

— Ouais. » Ma tête s'était mise à carillonner. J'étais pris la main dans le sac. J'eus l'impression d'être cette essence même qu'il avait nommée : de la merde.

« Nous sommes tous au courant », précisa-t-il. Il retira sa main, observa sa paume comme s'il avait pu y trouver ce qu'il devrait dire ensuite. « C'est horrible. Vraiment, horrible.

— Ouais. »

Et puis, il ne changea pas d'expression mais le périmètre de ses yeux parut revenir à la vie. « Hé, je peux t'offrir un verre ? Je veux dire, pour noyer ton chagrin… je veux dire, c'est ce que tu es en train de faire, non ? Et je te comprends. Absolument. A ta place… » Il laissa sa pensée se perdre toute seule. Deux tabourets plus loin, une fille, cheveux relevés en une longue queue de cheval pendante, portait un chandail fait main, une petite jupe noire et des leggings rouges. Elle me décocha un regard de biais. Ses yeux verts flottaient au-dessus d'une paire de lèvres retroussées autour de la paille trempée dans sa boisson. « A moins, dit Joel, que tu préfères rester seul ? »

Je forçai mes yeux à s'arracher à la contemplation de la fille. « A vrai dire, c'est très gentil de ta part mais je dois rejoindre Clover à… hum… à la morgue. Tu sais… pour organiser… ? C'est… je me suis simplement arrêté ici pour prendre un verre, rien de plus.

— Oh, mec », Joel s'exclama-t-il, joyeux, eût-on dit, traits tirés comme un rideau, vaisseaux sanguins des yeux partis en jachère. « Je comprends. Je comprends, absolument. »

En sortant du bar, j'ouvris mon mobile et composai le numéro de Violeta pour l'informer que mon épouse viendrait chercher notre fille parce que j'avais du boulot au bureau ; puis je laissai un message similaire à l'étude où travaillait ma femme. Ensuite, je partis en quête d'un bar où je pourrais trouver de quoi me sustenter et peut-être prendre un dernier verre pour la route et mentir encore.

Le lendemain, le vendredi, je ne pris même pas la peine d'appeler, mais je me sentais légèrement mieux. J'avais la gueule de bois, mon crâne retentissait de chocs métalliques et mon estomac se recroquevillait autour d'un petit noyau de rien, de sorte que, après après déposé le bébé chez la nourrice, je fus incapable d'avaler plus que du pain et du café noir au snack qui était vite en train de devenir un second chez-moi. Pourtant la force du mensonge, son énormité, était derrière moi, et le soleil brillait pour la première fois depuis longtemps. Sur le chemin du retour, j'écoutai sur l'autoradio les nouvelles de la glisse (suite à la tempête, il y avait des vagues de deux mètres de haut) ; après le petit déjeuner, je sortis ma combine et ma planche, et partis sentir le Pacifique rouler sous mes pieds jusqu'à tout oublier sinon le goût du sel, l'odeur de la brise et les cris étranglés des mouettes. De retour à la maison à trois heures, je passai l'aspirateur, fis la vaisselle et nettoyai le comptoir de la cuisine. J'allai chercher Xana avec vingt minutes d'avance. Pendant que le dîner chauffait (pain de viande, pommes de terre en robe de chambre et asperges vinaigrette), je l'emmenai au parc et, la tenant sur mes genoux sur la balançoire que je fis monter de plus en plus haut, je l'écoutai hurler du bonheur indéfectible des bébés.

Lorsque Clover rentra, elle était trop fatiguée pour se battre et elle accepta le pain de viande et le vin que j'avais choisis en guise de calumet de la paix ; nous attendîmes que le bébé s'endorme pour écouter de la musique, fumer un joint et faire l'amour dans un lent et profond plongeon qui me donna l'impression de pagayer vers le large sur une vague de chair pendant ce qui sembla durer des heures. Le samedi, nous remontâmes la côte et, le dimanche après-midi, nous allâmes déjeuner chez Tank ; nous vîmes combien son appartement était lugubre, avec ses bibliothèques en planches et montants de brique, les affiches de groupes de rock délavées qui se décollaient des murs et le tapis à longs poils, qui jadis avait été blanc cassé et était désormais tout simplement sale. Sur le chemin du retour, Clover avoua n'avoir jamais compris les gens qui traitaient leur chien comme s'ils l'avaient mis au monde ; j'opinai du chef (Dieu soit loué, je n'avais plus mal à la tête), déclarant que j'étais à cent pour cent d'accord avec elle.

Le lundi, je me réveillai avant que le réveille-matin ne sonne, pris ma douche, me rasai et m'assis au volant avant que ma femme ne parte au boulot et, quand je me garai devant le long édifice en stuc gris qui abritait Dragon House Productions, j'étais tellement en avance que Radko n'était même pas encore arrivé. J'ôtai ma montre et la glissai au fond de ma poche pleine de trucs, autorisant la monotonie du travail à me noyer au point de ne plus être conscient de rien, ni de mes doigts sur le clavier ni de l'image sur l'écran ou du dialogue que je capturais au fil des plans figés. Loguage, capture d'écran : voilà ce que je faisais, heure, minute, seconde, plan, transcrivant tout ce qui avait été tourné pour que le monteur puisse localiser ce qu'il voulait sans entreprendre l'effroyable besogne de le transcrire lui-même.

A un moment donné (peut-être après une heure ou deux, qui sait), je sentis tout à coup le fumet intense, à vous faire saliver, du *tchai* à la vanille, brûlant, épicé, mixte, exactement ce dont j'avais envie : de la théine pour percer le cœur de mon ennui. Du *tchai* à la vanille, qu'on achetait au café en bas de la rue, mais un vrai luxe à cause de son coût : d'ordinaire, je me contentais du café noir, âcre et blanchi à la poudre de lait, offert par la maison et en permanance présenté sur un chariot taché, poussé contre le mur du fond. Levant la tête pour voir d'où venait l'arôme, j'avisai Jeannie, la secrétaire de l'accueil : dans une main, elle tenait un gobelet en carton et, de l'autre, un plateau de ce qui se révéla être des *cannoli* faits maison.

« Qu'est-ce qu'il y a ? » demandai-je, bougon, croyant que Radko l'avait envoyée pour m'informer qu'il voulait me voir dans son bureau. Or elle ne dit rien pendant un long moment atroce, le regard intense, livide comme un masque, sur quoi elle me mit de force le *tchai* dans la main et posa le plateau sur mon bureau. « Je suis vraiment navrée pour… ta perte », déclara-t-elle. Ensuite, je sentis sa main sur mon épaule : elle s'était penchée en avant, enveloppée dans un typhon de parfum, pour planter une sorte de baiser sanglotant juste en dessous de mon oreille gauche.

Que dire ? Je me sentis si coupable, si vil, si méprisable ! Mais je n'en perçai pas moins le couvercle en plastique et sirotai le *tchai*, et, comme si je n'avais pas été conscient de ce que mes doigts faisaient, je picorai un *cannolo*, puis un autre et ainsi de suite. Je mangeai tout le plateau. Je terminais de lécher la dernière trace de sucre sur le bout de mes doigts lorsque Steve Bartholomew, la trentaine, de la section des effets spéciaux, un gars que je connaissais à peine, vint vers moi et, sans prononcer un mot, me mit dans la main une boîte de biscuits au beurre. Et de faire volte-face. « Eh merci, mec, merci. Ça signifie beaucoup pour moi. » A midi, ma table était couverte de victuailles (sandwiches, bonbons, un saucisson long comme mon bras) et d'une bonne douzaine de cartes de condoléances à décor gris, signées par des collègues. J'avais envie de me cacher sous la table. De démissionner. De rentrer chez moi, d'arracher le téléphone du mur, de me mettre au lit et de ne plus jamais sortir. Mais je ne fis rien de la sorte. Je restai assis là, j'essayai de travailler, adressai à l'un ou l'autre de mes collègues un sourire de zombie et leur fourguai ma meilleure interprétation d'un regard perdu au loin.

Radko apparut juste avant la fermeture, le visage comme un vieux sac en papier laissé à traîner sous la pluie. Il était accompagné par Joel Chinowski. Je levai vers eux mon regard méfiant ; dans un flash d'intuition, j'embrassai toute l'étendue de ma haine à leur égard, je compris combien j'avais envie de sauter de mon siège comme un animal pris au piège et de leur flanquer un coup de poing dans la figure à tous les deux. Radko ne dit rien. Il se contenta de me dévisager, de toute sa hauteur ; après un moment, il exerça une pression sur mon épaule, dans un geste de commisération slave, avant de tourner les talons et de s'éloigner. « Ecoute, mec, dit Joel, évitant mon regard, nous voulions tous… nous nous sommes cotisés, certains d'entre nous, et je sais que ce n'est pas grand-chose mais… »

Je m'aperçus alors qu'il avait à la main un sac en plastique. Je savais ce qu'il y avait dans le sac. Je fis mine de l'écarter mais il me le fourra dans les mains et je ne pus faire autrement que le prendre. Plus tard, à l'appartement, dans la cuisine, une fois que le bébé fut calé sur sa chaise haute, à badigeonner son visage de blédine, et que j'eus glissé dans le four à micro-ondes une pizza que j'avais préalablement sortie de sa boîte, je m'assis et versai le contenu du sac sur la table. C'était principalement du liquide mais il devait y avoir aussi une demi-douzaine de chèques. Je vis un billet de ving-cinq dollars et un autre de cinquante. Le bébé eut à ce moment-là l'une de ses expressions de joie infantile, brusque et excessive, comme si elle avait été la proie d'une impulsion irrésistible avant d'être capable de la gérer. Il était cinq heures et demie, le soleil déclinant collait aux fenêtres. Je filtrai à travers mes doigts les billets : de dix, de vingt, de cinq, ouais, beaucoup de cinq et (j'en fus étonné) très peu de coupures de un dollar. Je me fis la réflexion que mes collègues étaient très généreux, des gens bien, vrais, le cœur sur la main, mais je ne m'en lamentai pas moins, je me lamentai effroyablement, plus que je n'aurais jamais cru pouvoir le faire, submergé par des sentiments que je n'aurais pas cru abriter en moi. Je comptais l'argent, je me disais que j'allais le rendre ou en faire don à une association, lorsque j'entendis la clef de Clover tourner dans la serrure : je glissai tout le tas d'un coup dans le sac et le sac dans la niche sous le lavabo, où la canalisation encroûtée de calcaire fuyait continûment et où la vieille éponge que j'avais placée là commençait à sentir le moisi.

Le lendemain, dès que ma femme fut partie, j'appelai Radko pour le prévenir que je ne viendrais pas. Il ne me demanda pas pourquoi mais je lui fournis néanmoins une excuse. « L'enterrement, dis-je. A onze heures, seulement la famille, en toute intimité. Ma femme supporte mal... » Il émit un son, soupir, rot, vague craquement d'articulation ? « Demain, ajoutai-je. Demain, je serai là, sans faute. »

Puis la journée débuta mais ce ne fut pas comme la première fois, pas du tout. Je ne me sentis ni étourdi ni libéré d'un poids ni même soulagé : je ne ressentis que du regret et le coup de guillotine de la catastrophe. J'emmenai le bébé chez Violeta et rentrai directement à l'appartement. Je me couchai : je n'avais envie que de ménager mon espace privé et de réfléchir. Je ne pouvais pas rendre l'argent (je n'étais pas bon acteur) et ne pouvais pas non plus le dépenser, fût-ce pour compenser ma perte de salaire. C'eût été trop vil, l'acte le plus vil de toute ma piètre existence. Je pensai alors à Clover, à sa colère lorsqu'elle découvrirait que Radko avait sucré ma paie. S'il le faisait. Car il demeurait une mince chance qu'il saisisse au vol l'occasion, l'excellente occasion, compte tenu de l'ampleur de la tragédie que je traversais, de montrer enfin sa part d'humanité.

Non, la seule chose à faire était d'enfouir l'argent quelque part. Je brûlerais les chèques. Je ne pouvais courir le risque qu'ils soient découverts : ce serait un véritable désastre, de magnitude 10. Personne ne pourrait expliquer ça, même si plusieurs scénarios se présentaient déjà à moi : un voleur avait subtilisé le sac dans ma boîte à gants, il s'était envolé par la fenêtre sur l'autoroute lorsque nous roulions vers la morgue, le macaque du voisin avait pénétré dans notre appartement en passant par la fenêtre de la salle de bains, s'en était emparé et était parti avec, agitant les chèques et mâchonnant les billets pour en faire du caca de singe. *Monnaie de singe* : je répétai l'expression dix fois, cent fois, tel un mantra. Il n'était que neuf heures et demie lorsque je bus ma première bière. Toute la journée, jusqu'à ce que j'aille chercher le bébé et sorte du congel un plat précuisiné pour le dîner, je ne quittai pas le canapé.

Je tentai d'évaluer d'un seul coup d'œil l'humeur de Clover quand elle passa la porte, dans sa tenue d'avocate, veste grise à chevrons, jupe assortie, cheveux remontés en chignon, regard en mode radar. L'appartement était sens dessus dessous. Je n'avais rien rangé. Je n'avais rien préparé pour le dîner. Endormi dans son porte-bébé en plastique moulé, notre fille dégageait une puanteur perceptible de l'autre côté de la pièce. Je levai les yeux vers Clover. « J'ai pensé qu'on pourrait manger dehors, ce soir, dis-je. C'est moi qui régale. » Ensuite, incapable de me retenir, j'ajoutai : « J'ai eu une journée éprouvante au boulot. »

Cela ne lui fit pas plaisir, c'était clair ; ses calculs de juriste transfigurèrent son visage tandis qu'elle évaluait les tracas impliqués par le fait de remonter le boulevard à toute vitesse, mari et gamine à la traîne, avant de partir à son cours de huit heures. Je l'observai quand, allongeant le bras en arrière, elle retira la pince de ses cheveux, qu'elle agita dans toutes les directions. « Pourquoi pas… fit-elle. Mais pas l'italien, alors. » Elle avait posé son attaché-case dans le vestibule, où se trouvait le téléphone (pendant un moment, elle porta le pouce à la bouche, un de ses gestes habituels : elle se rongeait les ongles). Puis elle dit : « Le chinois ? » Elle haussa les épaules avant que je puisse le faire moi-même. « Tant que c'est rapide, ça m'est égal. »

J'allai acquiescer, me lever pour me soustraire à l'attrait du canapé et faire de mon mieux pour m'occuper du bébé et nous préparer à sortir, en famille, lorsque la sonnerie du téléphone retentit. Clover répondit. « Allô ? Euh… oui, c'est moi. »

Lorsque je me levai, mon genou droit craqua, souvenir de la déchirure d'un ligament croisé antérieur que je m'étais faite quand j'étais lycéen : en sortie à Mammoth, j'avais mal calculé mon coup (oh, si peu) en sautant par-dessus un rocher en snowboard.

« Jeannie ? s'enquit ma femme, sourcils levés en deux arcs parfaits. Oui, oui, *Jeannie*... comment vas-tu ? »

S'ensuivit un long silence tandis que, manifestement, à l'autre bout du fil, Jeannie racontait son histoire. Puis ma femme répondit : « Oh, non, ce doit être une erreur. Le bébé va bien. Elle est là, devant moi, dans son porte-bébé, elle dort comme un loir. » Son ton se fit plus cordial, la surprise et l'étonnement surfant sur la vague de la plaisanterie. « Elle a sans doute besoin d'une nouvelle couche, à en juger par l'odeur, mais c'est le travail de son papa, ou ça le sera si nous voulons... »

Puis une nouvelle pause, plus longue ; j'observai le regard de ma femme glisser de la silhouette du bébé endormi dans sa combinaison en tissu-éponge vers l'endroit où je me tenais à côté du canapé. D'une grande douceur lorsqu'il était posé sur le bébé, il se durcit en grimpant de mes souliers à mon visage, qu'il aborda comme s'il m'avait lancé à la figure deux boulets de granit.

N'importe qui serait rentré sous terre sous ce genre de regard. Ma femme, l'avocate. La nuit serait longue, je le sus tout de suite. Il n'y aurait pas de chinois, aucun dîner d'aucune sorte. Je niai tout en bloc, jurant que Jeannie, toujours très distraite, devait nous avoir confondus avec les Lovett. Se rappelait-elle Tony Lovett, qui travaillait aux effets spéciaux ? Ouais, ils venaient de perdre leur bébé, une petite fille, ouais. Non, c'était affreux. Je lui dis que nous avions tous cotisé… « J'ai mis un billet de cinquante. C'est trop, je le sais, mais je me suis dit que c'était la chose à faire, tu comprends ? A cause du bébé. Parce que… et si ça nous arrivait, à nous ? » Je poursuivis dans cette veine jusqu'à en perdre haleine et, quand j'essayai d'aller au réfrigérateur d'un air nonchalant pour prendre une autre bière, elle me barra le passage. « Où est l'argent ? » s'enquit-elle.

Nous étions à cinquante centimètres l'un de l'autre. Je n'aimai pas le regard qu'elle me lança parce qu'il n'épargna rien. J'aurais pu m'entêter, répliquer « Quel argent ? » en injectant dans ma voix toute l'innocence bafouée que j'aurais pu exprimer, mais non. Je me penchai vers la niche sous l'évier, en sortis le sac en plastique blanc et le lui tendis. Elle le prit comme si ça avait été le corps ensanglanté de notre fille ou, plutôt, non, de notre relation, trois années de vie commune, remontant à l'époque où j'étais sur scène, auréolé de lumière, mon message élidé sous les accords de la guitare et de la basse. Elle ne regarda pas à l'intérieur. Elle me regarda droit dans les yeux. « Tu sais que c'est de l'escroquerie, n'est-ce pas ? dit-elle. Un délit punissable par la loi. On peut te mettre derrière les barreaux pour ça. Tu le sais ? »

Elle ne posait pas une question, elle exigeait une réponse. Mais je n'avais pas l'intention de répondre parce que le bébé était bel et bien mort et elle aussi. Radko était mort, Jeannie, la secrétaire dont je ne connaissais même pas le nom de famille et Joel Chinowski et tous les autres. Très lentement, un bouton après l'autre, je boutonnai ma chemise. Je posai ma canette de bière vide sur le comptoir avec autant de précaution que si elle avait été pleine à ras bord et puis je sortis dans la nuit, en quête de quelqu'un à qui je pourrais raconter cette histoire.

L'infortune de la mère d'Aquiles Maldonado

Lorsqu'ils avaient enlevé la mère d'Aquiles Maldonado, par une matinée si chaude qu'elle aurait pu calciner la peau des quelque cent vingt mille *(grosso modo)* chiens errants de Caracas, personne n'aurait songé qu'ils la garderaient aussi longtemps. Quand son mari avait été assassiné lors d'une tentative de vol six ans plus tôt, Aquiles était resté imperturbable et avait refusé de communiquer. Mais les domestiques et les employés de l'atelier étaient prompts à courir dans le quartier en se frappant la poitrine et, si la mère de Marita était aussi exsangue qu'un pissenlit fané, elle était suprêmement capable de se morfondre, de même que ses quatre grands fils et les six enfants qu'Aquiles avait eus de cinq *aficionadas* différentes, dont Marita s'occupait, qu'elle nourrissait, grondait et envoyait à l'école tous les matins. De l'inquiétude, il y en eut – énormément : elle s'éleva dans les airs et se répercuta dans tout le bourg dès qu'on apprit la nouvelle. « Ils ont pris Marita Villalba », cria-t-on de fenêtre en fenêtre tandis que, en écho, répondait la question : « Qui ça ?

— Qui ? hurlaient des voix surprises et scandalisées. Qui ça ? La mère d'Aquiles Maldonado ! »

A ce moment-là, Aquiles jouait pour Baltimore, dans l'American League, loin de chez lui, depuis les entraînements de fin février, au début du printemps, jusqu'à la conclusion de la saison officielle au cours de la première semaine d'octobre. A trente ans, il avait joué pour quatre équipes avec une détermination farouche, afin d'atteindre le zénith de sa profession : il était désormais le lanceur des Birds, s'exécutant avec rage et fluidité à l'issue de la première année de son contrat de deux ans à onze millions cinq (de dollars), malgré la brûlure qu'il ressentait à l'articulation acromio-claviculaire du bras avec lequel il lançait, chaque fois qu'il changeait de point de lâcher. Il n'avait jamais parlé de ce problème à personne. La saison s'achèverait dans trois semaines et la plupart des gars de l'équipe, qui s'était inclinée au cours des éliminatoires face au jeu agressif des Red Sox et des Yankees, ne faisaient que le strict minimum. Mais pas Aquiles. Chaque fois qu'on lui passait une balle pour qu'il garde l'avantage, même si ce n'était pas fréquent, il fonçait avec une fureur inaltérable, au point qu'on aurait cru que le moindre *cent* de ses onze millions cinq garantis dépendait de chacun de ses lancers.

Lorsqu'il reçut l'appel, il était en pleine préparation physique et plaisantait avec l'autre joueur vénézuélien de l'équipe, Chucho Rangel, à propos de deux *güeras* tatouées qu'ils avaient ramenées à l'hôtel, la veille. C'était son frère, Néstor. Dès qu'il entendit sa voix, il sut qu'il y avait un problème.

« Ils ont pris Mamí, pleurnicha Néstor dans le récepteur.

— Qui ça ? »

S'ensuivit un silence, comme si son frère appelait du fond de l'océan et devait refaire surface pour reprendre son souffle. « Je ne sais pas… Les gangsters, les FARC, comment savoir ? »

Le terrain était du vert des rêves, les tribunes étaient parsemées de fans venus de bonne heure voir les batteurs s'entraîner et se faire signer des autographes. Il se détourna de Chucho et de tous ses coéquipiers, se pencha sur son mobile. « Pour quoi ? » Et puis, le mot lui échappant : « Pour une rançon ? »

Une nouvelle pause, puis son frère revint à lui, voix tendue et creuse comme s'il avait parlé avec masque et tuba : « Qu'en penses-tu, *pendejo* ? »

« Il ne devrait pas faire aussi chaud à cette période de l'année, avait-elle dit à Rómulo Cordero, contremaître de l'atelier que son fils lui avait acheté quand il avait signé sont premier contrat en ligue majeure. Je n'ai jamais rien vu de pareil… et vous ? Peut-être du temps de ma mère… »

Les enfants étaient à l'école, aux bons soins des religieuses et sous le regard vigilant du Christ dans les Cieux, les machines-outils tournaient avec leur bourdonnement insectoïde ; elle se trouvait dans le bureau, à l'arrière, les deux ventilateurs lancés à plein régime, dirigés vers son visage, et elle s'était autorisé un décolleté de trois boutons comme tous les jours de grosses chaleurs. Marita Villalba avait quarante-sept ans, quinze kilos de plus qu'elle n'aurait aimé en avoir, mais elle était encore jolie et tellement pleine de vie (sans oublier son compte en banque et sa respectabilité) que la moitié des célibataires du voisinage (et tous les veufs) se battaient pour l'honneur de l'apercevoir. Rómulo Cordero, un homme marié et père de neuf enfants, n'était pas insensible à ses charmes, mais il était avant tout son employé et ne se permettait jamais de l'oublier. « Dans les années 1960, quand j'étais gamin, dit-il, marquant une pause pour adoucir sa voix… mais vous étiez trop jeune pour vous en rappeler… tous les jours pendant une semaine à onze heures du matin il faisait 48° et les gens pariaient sur le moment où ça passerait à 49°… »

Il ne put terminer son histoire. A ce moment-là, quatre hommes en uniforme de la police fédérale firent irruption, en sueur, dans le bureau, envahirent la petite pièce au sol en terre battue, avec ses murs de contreplaqué brut, ses classeurs rouillés et l'énorme bureau Steelcase sur lequel Marita Villalba faisait ses comptes. « J'ai déjà payé », dit-elle en leur accordant à peine un regard.

Leur chef, un homme de grande taille, aux épaules tombantes, avec une malformation congénitale à la paupière, sentait le *barrio* à vue de nez et n'avait pas du tout l'air d'un policier. D'un geste nonchalant, il dégaina son arme. « Ce n'est pas notre affaire. Mes ordres sont simplement de vous emmener au poste pour un interrogatoire. »

C'est donc ainsi que tout commença.

Dehors, dans la cour de l'atelier, adjacente à la maison en bois de deux étages, avec ses planchers en bois exotique et sa toiture en tuiles, l'homme de grande taille, que les autres appelaient indifféremment Capitán ou El Ojo, ouvrit la portière d'une Honda ; de couleur mauve, avec ses formes boursouflées et ses rayures jaunes comme une voiture de course, elle ne ressemblait à aucun des véhicules de police que Marita Villalba ou Rómulo Cordero avaient jamais pu voir. Marita regimba. « Etes-vous certains que c'est bien nécessaire ? » demanda-t-elle, avec un geste en direction de la banquette arrière poussiéreuse du véhicule, la grille ouverte de l'enceinte et la ville suppurante au-delà. « Ne pouvons-nous pas régler ça ici ? » Elle plongeait déjà la main dans son sac, à la recherche de son chéquier, lorsque l'homme de grande taille dit, d'un ton abrupt : « Je vais appeler le QG. » Sur quoi, se tournant vers Rómulo Cordero, il ordonna : « File-moi ton mobile. »

Au moment où Rómulo Cordero détacha son mobile de sa ceinture et le tendit à l'homme de grande taille et à la paupière tombante, des signaux d'alarme retentirent dans l'esprit de Marita Villalba. Elle scruta les trois autres hommes ou, plutôt, garçons, oui, c'étaient des garçons, des gamins des rues qui avaient revêtu des uniformes de police volés, armés de pistolets automatiques qui valaient plus cher que leur peau, que la peau de tous leurs ancêtres réunis, et qui semblaient leur brûler les mains.

« Allô ? Le quartier général ? Oui, c'est… » il donna un nom inventé, pioché dans l'air desséché de la matinée enflée. « Nous avons la femme Villalba. » Il marqua une pause. « Oui, oui, je vois : elle doit venir en personne. »

Marita jeta un coup d'œil à son contremaître et ils échangèrent un regard complice : le mobile n'était pas chargé, depuis au moins deux semaines, la pile rouillait dans le boîtier – ils en avaient commandé une neuve, en rupture de stock depuis lors. Tous deux, au même instant, coururent vers la porte ouverte de l'atelier. La tentative était futile. Les armes parlèrent leur langage rapide, la poussière griffa le visage de Marita et Rómulo Cordero s'effondra, deux fleurs rouges fleurirent sur le cuir éraflé de sa botte droite ouvrée, et les adolescents, les garçons qui auraient dû être à l'école, ou exercer quelque honnête métier sous la surveillance d'un maître artisan, s'emparèrent de la mère d'Aquiles Maldonado par la peau tombante de ses bras (sujet très sensible pour elle), et la poussèrent dans la voiture. Cela prit une minute, tout au plus. Et puis ils disparurent.

Accompagné d'un garde du corps et de son frère Néstor, Aquiles gravit les cinq volées d'escalier de guingois du QG de la police et, après moult tâtonnements, finit par trouver, à travers un sombre et suintant dédale de couloirs, le bureau de la division anti-extorsion et kidnappings. La porte était ouverte. Le chef de la division, le commissaire Diosado Salas, était assis à son bureau. « C'est un honneur », dit-il en se levant, les saluant en même temps qu'il faisait un geste pour qu'on installe deux sièges devant son bureau. « Je vous en prie, je vous en prie », dit-il. Aquiles et Néstor, lançant un regard de biais au garde du corps, qui s'installa devant la porte, hésitèrent avant de s'asseoir.

Le bureau ressemblait à n'importe quel bureau : étagères ployant sous le poids de documents recourbés aux angles, stores vénitiens aux lamelles affaissées, lumière chiche d'un jaunâtre pâle tombant de plafonniers ; la table, presque aussi massive que le bureau de la mère d'Aquiles à l'atelier, avait été dépouillée de ce qui l'encombrait d'ordinaire : aucun document, aucun dossier, aucune agrafeuse, aucun stylo, pas même un téléphone ou un ordinateur. On avait placé dessus un drap blanc. En plus des deux poignets bleu clair des manches de chemise du chef et de la *pelota* de ses mains brunes jointes, il ne se trouvait que quatre objets sur la table : trois articles de presse et une feuille de papier blanc sur laquelle était inscrit quelque chose en gros caractères.

Tout en montant l'escalier, suivi par son frère et son garde du corps qui haletaient à sa traîne, Aquiles avait préparé sa déclaration : « Je paierai, faites tout ce qu'ils exigeront, du moment qu'ils la libèrent sans lui faire de mal et aussi vite que possible, promptement, c'est ça, promptement, c'est bien le terme légal, n'est-ce pas ? » Or, avant qu'il ait pu ouvrir la bouche, le commissaire recula sur son fauteuil et claqua les doigts en direction de la porte au fond de la pièce. Instantanément, la porte s'ouvrit et un serveur du Fundador Café déboula, tenant son plateau bien haut, s'inclina brièvement devant chacun d'eux, avant de poser trois assiettes en céramique blanche et trois bouteilles de Coca-Cola verdâtres, moulées tout spécialement pour qu'elles s'accordent à la main des hommes comme la taille d'une femme. Au centre de chaque assiette fumait une *reina pepeada*, galette de maïs fourrée à l'avocat, au poulet, aux pommes de terre, aux carottes et à la mayonnaise, le mets préféré d'Aquiles, tout ce dont il rêvait depuis ses longs mois d'exil dans le Nord. « Je vous en prie, dit le commissaire. Mangeons. Après, nous parlerons. »

Aquiles descendait tout juste de l'avion. Il n'était pas question qu'il finisse la saison, se soucie des factures, de sa paie, de la garçonnière qu'il partageait avec Chucho Rangel dans un gratte-ciel tout près de Camden Yards ou de la Porsche blanc de lait dans le garage au sous-sol : le manager des Orioles, Frank Bowden, avait donné son consentement sur-le-champ. L'accord du manager n'avait d'ailleurs été qu'une formalité. De toute manière, Aquiles aurait pris place dans le prochain avion : on aurait pu lui dire n'importe quoi, même s'ils n'avaient pas déjà été éliminés, même s'ils avaient encore été en lice dans les championnats des Etats-Unis. Sa mère était en danger. Il était venu la sauver. Mais il ne s'était rien mis sous la dent depuis le petit déjeuner de la veille et, sans même qu'il s'en aperçoive, son sandwich disparut de son assiette.

Le silence se fit dans la pièce. Aucun bruit à l'exception du bourdonnement des ventilateurs et de la mastication du commissaire, un homme menu à la tête disproportionnée avec une crête de cheveux bruns bouclés, hérissés sur son crâne comme si une main invisible les avait tirés en permanence. Le silence fut rompu par un premier rappel de la gravité de la situation : le visage dans les mains, Néstor s'était mis à pleurnicher, tout doucement, comme une plainte. « Notre mère, dit-il, manquant s'étouffer, elle nous préparait des *reinas*. Toute sa vie, elle a fait la cuisine. Et maintenant, maintenant…

— Chut, dit le commissaire, d'une voix douce et expressive. Nous vous la ramènerons, ne vous inquiétez pas. » Et puis, à Aquiles, d'une voix tout autre, sa voix officielle, durcie d'avoir tant servi, il dit : « Ils vous ont donc contactés.

— Oui. Un homme m'a appelé sur mon mobile… J'ignore comment ils ont eu mon numéro… »

Le commissaire lui adressa un sourire amer, comme pour dire : *Ne soyez pas naïf !*

Aquiles rougit. « Il n'a dit ni "Allô" ni rien, seulement "Nous avons le paquet", c'est tout, et il a raccroché. »

Néstor leva la tête. Les deux frères regardèrent le commissaire.

« Typique, dit ce dernier. Vous n'aurez plus de nouvelles pendant une semaine, peut-être deux. Voire plus. »

Aquiles fut stupéfait. « Une semaine ? Mais… ils ne sont pas pressés d'avoir l'argent ? »

Le commissaire se pencha sur la table, les puits noirs de ses yeux rivés sur ceux d'Aquiles. « Quel argent ? Qui a parlé d'argent ?

— Personne, mais c'est de ça qu'il s'agit, non ? Ils ne… » Une pensée inadmissible parasita son cerveau : « Ce ne sont pas des sadiques, tout de même ? Ce ne sont pas… » Il ne put achever sa phrase. Finalement, se ressaisissant, il demanda : « Ils ne kidnappent pas des mères juste pour le plaisir, non ? »

Souriant de son sourire amer, le chef orienta le morceau de papier blanc dans la direction d'Aquiles et, du bout du majeur et de l'index, le poussa à travers la table. Dessus, en lettres démesurées, était écrite une somme : ONZE MILLIONS CINQ DOLLARS. L'instant d'après, il brandissait les coupures de presse, les agitait si violemment que le papier fit un bruit de craquement. Aquiles vit ce que c'était : des articles de la presse locale consacrés à la star de *béisbol* Aquiles Maldonado, le plus grand héros de la nation après Simón Bolívar et Hugo Chávez. Dans chacun d'eux, la somme de onze millions cinq dollars avait été soulignée en rouge. « Voilà ce qu'ils veulent, lâcha enfin le commissaire. De l'argent, oui. Maintenant qu'ils ont retenu votre attention, ils vous contacteront à nouveau avec une somme, dans les cinq millions… ils demanderaient volontiers tout et plus encore, s'ils ne savaient que vous ne paierez pas un cent, ni maintenant ni jamais.

— Que voulez-vous dire ?

— Je veux dire que nous ne négocions pas avec des criminels.

— Et ma mère, alors ? »

Le commissaire poussa un soupir. « Nous vous la ramènerons, ne vous inquiétez pas. Cela prendra peut-être du temps et il se peut que ce soit douloureux ». Il chercha quelque chose sous son bureau et, au prix d'un certain effort, posa ensuite sur la table un bocal d'un demi-litre. « Mais ne craignez rien. »

Aquiles lança un regard de biais à son frère. Néstor s'était coincé l'index dans la bouche et le mordillait comme s'il avait eu l'intention de le couper en deux, habitude qu'il avait prise enfant et dont il n'avait jamais été capable de se départir. Ce n'étaient pas des cornichons qui flottaient dans le liquide clair et astringent.

« Oui, dit le commissaire, c'est la prochaine étape. Cela s'appelle la "preuve de vie". »

L'horreur prit un moment à s'installer.

« Ces doigts, là-dedans, quatre, plus deux petits orteils, un gros orteil et une oreille gauche, représentent des cas que nous avons résolus. Résolus avec succès. Ce que je veux vous dire, c'est de vous préparer. D'abord, vous recevrez la preuve de vie, puis la demande de rançon. » Il marqua une pause. Ensuite, il frappa un grand coup de poing sur la table. « Mais vous ne paierez rien, en aucune circonstance.

— Si, rétorqua Aquiles. Je paierai n'importe quoi.

— Non. Impossible. Parce que, si vous le faites, les familles de tous vos collègues seront en danger, comprenez-vous ? Je suis navré de vous le dire mais vous êtes responsable de ce qui vous arrive. Voyons, conduire une Hummer vermillon dans cette ville ! Parader avec vos colliers en or et ces femmes scandaleuses, ces *putas* avec leurs gros nichons et leurs derrières gonflés ? Est-ce que vous aviez vraiment besoin de peindre les murs de votre propriété de la couleur d'une mandarine ? »

Aquiles sentit la colère monter en lui mais il ne s'en fut pas plus tôt rendu compte qu'elle se dissipa : cet homme avait raison. Il aurait dû laisser sa mère où elle était, dans la respectabilité de la pauvreté, il aurait dû changer son nom et rentrer chez lui en haillons avec une fausse barbe et un faux nez. Il n'aurait jamais dû devenir joueur de base-ball.

« Bien, dit le commissaire en se levant pour clore l'entrevue. Quand ils vous appellent, vous m'appelez. »

Les deux frères se levèrent avec des gestes maladroits, l'assiette vide levant vers Aquiles un œil blême, impassible et accusateur, le bocal des horreurs grimaçant à côté. Le garde du corps passa la tête par la porte.

« Oh, mais attendez, attendez donc, j'allais oublier... » Le commissaire claqua des doigts une fois encore et un assistant entra par la porte du fond avec un paquet enveloppé de cellophane, des balles de base-ball blanches, flambant neuves, dans une main, un feutre dans l'autre. « Si vous vouliez bien... Pour mon fils Aldo... *Avec toute mon amitié*. »

Elle était coincée entre deux garçons sur la banquette arrière pleine à craquer de la voiture, dans la chaleur oppressante et l'insupportable puanteur de la promiscuité. El Ojo était assis devant avec l'autre garçon, qui conduisait avec un total irrespect pour la vie humaine. D'abord elle avait essayé d'attirer l'attention des passants en criant par la fenêtre, elle avait hurlé à faire exploser le pare-brise, mais elle avait reçu un coup de la part du garçon à sa droite (visage fermé, yeux noirs inexpressifs et deux dents pourries qui ressemblaient plutôt à des crocs) ; elle l'avait frappé en retour, ce va-nu-pieds, ce petit voyou, pour qui se prenait-il ? Comment pouvait-il oser... ? Hormis quoi, elle ne se rappelait rien, car le garçon lui avait ensuite donné un coup de poing, avec toute la fureur rentrée de son bras maigrichon et de son poing serré, la voiture avait cahoté sur ses suspensions, les pneus avaient crissé et elle avait sombré dans l'inconscience.

Lorsqu'elle revint à elle, elle se trouvait dans une barque, sur une rivière qu'elle ne connaissait pas, aux eaux épaisses comme une pâte, et tous les oiseaux et insectes de l'univers stridulaient à l'unisson. On lui avait attaché les poignets dans le dos et les chevilles avec une corde en plastique effilochée. Tout à coup, elle ressentit une douleur à la mâchoire, sa langue sonda ses dents, goûta son sang ; colère, furieuse, elle dirigea toute sa rage sur le garçon qui l'avait frappée : il était là, assis en travers de la planche à la proue, accablé par le poids de ses épaules tombantes et le bloc insolent de sa nuque. Elle aurait voulu crier et l'accuser mais elle se retint, car, si la barque chavirait, que se passerait-il alors ? Elle était impuissante. Personne, pas même le médaillé d'or olympique de la nage papillon, n'aurait pu nager, les quatre membres attachés. Elle resta donc allongée sur le plancher tanguant de la barque, trempée par l'eau de fond de cale, cinglée par le soleil, narines prises par les émanations du moteur, contemplant un segment de ciel saisi à feu vif. Elle attendit sa chance.

Finalement, et il lui sembla avoir remonté cette rivière pendant plusieurs jours, alors que c'était impossible, le moteur s'étrangla sur ses propres fumées et ils traversèrent le courant jusqu'à l'autre rive. El Ojo (elle s'aperçut alors que c'était lui qui avait été à la barre) sauta sur la rive et saisit un cordage qui pendait à la branche d'un arbre en surplomb de l'eau, puis le garçon, celui qui l'avait battue, eut un geste envers elle : d'un coup de couteau, il sectionna la corde qui lui liait les chevilles, puis il se retrouva lui aussi dans l'eau boueuse et tira la barque jusqu'à la berge. Elle endura les secousses, les chocs, et le sentiment d'impuissance qu'ils lui conférèrent ; ensuite, quand il plaça une main sous ses aisselles pour l'entraîner sur la terre ferme, le mieux qu'elle put faire fut de dire en grommelant : « Vous puez. Tous autant que vous êtes. N'avez-vous pas d'honneur ? Vous ne pouvez pas vous laver ? Est-ce que vous portez vos vêtements jusqu'à ce qu'ils pourrissent sur vous ? C'est ça ? » Et quand elle n'obtint pas de réponse : « Et vos mères… que diraient-elles ? »

Une fois sur la berge, El Ojo et les autres dissimulèrent la barque dans les hautes herbes et empilèrent dessus des feuillages et des débris de la rivière. Le garçon qui avait sa garde lui adressa un sourire de vampire : ses deux chicots entamaient sa lèvre inférieure. « On a pas de mères, nous. On est des *guerrillas*.

— Des voyous, tu veux dire, rétorqua-t-elle. Des criminels, des *narcotraficantes*, des kidnappeurs, des lâches. »

Ça vint si vite qu'elle n'eut pas le temps de parer le coup, le bras se déroula, le poignet se libéra pour faire claquer le plat de la main sur son visage et lui flanquer une beigne, à l'endroit où les bleus commençaient à se voir. Et puis, pour la bonne mesure, une autre.

« Hé, Eduardo, merdeux, le houspilla El Ojo de sa voix râpeuse, amène-toi et aide-nous. Où tu crois qu'on est ? Dans un night-club ? »

Les autres rirent. Le visage de Marita lui brûlait ; mouches et moustiques sondaient déjà la peau là où elle était gonflée, sur la mâchoire. Elle abaissa le menton jusqu'à l'épaule pour se protéger et se tut. Jusque-là, l'indignation l'avait emporté sur la peur ; or, marchant dans la boue qui aspirait ses souliers, dans la lumière faiblissante qui disparaissait derrière les arbres, au milieu des hideuses choses rampantes et sans nom de la jungle qui, sortant de leurs trous, assiégeaient la nuit, elle la sentit, la peur, déployer ses ailes dans son estomac. Tout ça avait, en fait, à voir avec Aquiles. Son fils, le joueur de la Ligue majeure, la fierté de sa vie. C'est lui qu'ils voulaient, son argent, pour lequel il avait peiné depuis, déjà, l'époque où il n'était encore qu'un petit garçon qui, pieds nus, se moulait un gant avec de vieux cartons de lait et jetait des pierres sur une cible clouée à un arbre : l'argent qu'il avait gagné à la sueur de son front et grâce à son talent, et la célébrité, la gloire, la fierté qui venaient avec. Ils n'avaient aucune fierté, ces rustres, aucune décence, et ils s'évertuaient à tout corrompre : elle avait entendu parler des enlèvements, des mutilations, de familles qui n'avaient payé la rançon pour leur fille, leur fils, leurs parents, leurs grands-parents, jusqu'à leur chien, parfois, que pour devoir payer encore plus et encore et encore, jusqu'à ce que l'espoir se mue en désespoir.

Cela dit, tandis qu'ils l'empoignaient et entamaient leur marche dans la jungle, elle se représenta le visage de son fils, son portrait juste comme il apparaissait sur ses cartes Topps, une jambe levée et faisant de grands moulinets avec le bras, et puis ce petit sourire qu'il avait quand il était gêné parce qu'il y avait un photographe et que le photographe le faisait poser. *Il viendra me chercher,* se dit-elle en son for intérieur. *Je sais qu'il viendra.*

Pour Aquiles, les trois semaines qui suivirent furent un véritable purgatoire. Tous les jours, il se réveillait trempé de sueur dans le silence de l'aube ; il faisait ses exercices de stretching sur le tapis turc jusqu'à ce que la bonne lui apporte son jus d'orange et la boisson protéinée dans laquelle il mélangeait trois œufs crus, cinquante grammes de poudre d'herbe de blé et une cuiller à soupe de levure de bière. Ensuite, toujours sonné, il s'asseyait devant la télé plasma haute définition qu'il avait offerte à sa mère pour son quarante-quatrième anniversaire, entouré par ses enfants (retirés de l'école pour leur protection), et l'impardonnablement laide mais fort capable provinciale, Suspira Salvatoros, dont il avait loué les services pour s'occuper d'eux en l'absence de sa mère. Sur le visage de son *abuela*, assise dans un coin et émettant de sombres marmonnements, flottaient, spectraux, les traits de Marita, tandis qu'elle récitait son rosaire et triturait tant le bouton qu'elle avait sous l'œil droit qu'un petit jet de pus finit par couler sur sa joue. La télé n'était d'aucun secours à Aquiles, elle ne lui procurait ni joie ni diversion, chaque programme étant plus effroyablement banal que le précédent : pour l'amour de Dieu, comment les gens pouvaient-ils s'amuser à gagner des prix, se déguiser, débiter des dialogues, chanter, danser, remuer des crabes à carapace molle et de la coriandre dans une poêle, alors que sa mère, Marita Villalba, était prisonnière de criminels qui refusaient de communiquer avec lui, sans parler de négocier ? Même le base-ball, même les éliminatoires ne signifiaient plus rien pour lui.

Et puis, par une matinée morne exactement comme les autres, sous un soleil pareil à une brique qu'on aurait lancée dans une vitre, tandis que tout Caracas s'était enflammé, ulcéré par l'enlèvement (la formule *Libérez Marita* se multiplia, tout à coup, inscrite en blanc sur les fenêtres de la moitié des voitures de la ville), il cassait ses œufs au-dessus de sa boisson protéinée lorsque Suspira Salvatoros frappa à la porte. « Don Aquiles... », dit-elle dans un murmure, avançant furtivement dans la pièce, de sa manière timide et hésitante, yeux baissés. « Il est arrivé quelque chose pour vous. Une missive... » Elle tenait dans sa main (doigts boudinés, ongles rongés) une enveloppe blanche sale, trop épaisse pour contenir une simple missive, et maculée par quelque chose qu'il n'aurait su nommer. Il eut l'impression qu'on lui déchirait le torse, qu'on lui arrachait le cœur encore battant et le jetait sur le tapis avec la lettre qui tomba de ses doigts impuissants. Suspira Salvatoros éclata en sanglots. Lentement, douloureusement, comme si, sur le terrain, il s'était penché pour prendre le sac de résine dans une défaite cauchemardesque, un match au cours duquel il aurait été incapable de sortir le moindre adversaire, sous les huées des supporters et sous le regard du manager, figé de dégoût, il se pencha, ramassa l'enveloppe et la pressa contre sa poitrine, détesta son toucher, son poids, la culpabilité, l'horreur, l'accusation qu'elle charriait.

A l'intérieur se trouvait un doigt, le petit doigt de la main gauche, cinq centimètres d'os, de cartilage et de chair d'une teinte virant à celle de la viande avariée, et à l'extrémité un ongle manucuré, passé au vernis rouge. Longtemps il resta planté là, les jambes flageolantes, le doigt froid dans la paume de sa main ; ensuite, d'un geste plein de respect, il le remit dans l'enveloppe, le glissa dans la poche intérieure de sa chemise, tout près de son cœur, et sortit en coup de vent. L'instant d'après, il était au volant de sa voiture, la Hummer, et qu'est-ce que ça pouvait lui faire qu'elle soit vermillon, rouge coquelicot ou rouge sang, tant pis pour eux, les profanateurs, les criminels, les voyous, il allait les traquer même si ce devait être sa dernière action ici-bas. En quelques minutes, il avait rejoint le QG de la police et grimpait quatre à quatre les marches des cinq volées d'escalier, le garde du corps livide peinant derrière lui. Sans adresser le moindre mot à quiconque, il fit irruption dans le bureau du commissaire et déposa l'enveloppe sur la table.

Il surprit ce dernier en train de mordre dans une brioche tout en soufflant sur la vapeur qui émanait d'une tasse de café, le journal du matin dressé devant lui. Il lança à Aquiles un regard entendu, posa la brioche et sortit le doigt de l'enveloppe.

« Je vais payer, dit Aquiles. Laissez-moi payer. Je vous en prie, bon Dieu. Je n'ai qu'elle. »

Le commissaire tint le doigt à bout de bras et l'examina comme il l'eût fait de l'objet le plus banal du monde, un gressin ou une nouvelle espèce de stylo que la Légion des jeunes lui aurait offert. « Non, vous ne paierez rien, répondit-il sans lever les yeux.

— Si, je paierai. » Aquiles ne put s'empêcher de hausser le ton. « Dès qu'ils appelleront, je jure que je leur donnerai tout, je m'en moque… »

Le commissaire leva les yeux. « Vous présumez que ce doigt appartient à votre mère ? »

Aquiles le regarda, bouche bée.

« Elle utilise cette teinte de vernis à ongles ?

— Oui, je… j'imagine…

— Quelle bande d'amateurs ! s'exclama le commissaire. On les tient. On les aura, croyez-moi. Quant à vous, n'imaginez rien. »

A ce moment-là, le bureau sembla trembler, comme si les murs s'étaient refermés sur eux. Aquiles prit de profondes inspirations comme il le faisait dans la zone du lanceur quand la situation devenait périlleuse, coureur désigné au premier but, pas de mises hors jeu, équipes quasiment à égalité. « Ma mère souffre, dit-il.

— Non, votre mère ne souffre pas. Pas sur le plan physique, en tout cas. » Le commissaire, ayant déposé le doigt sur la serviette en papier qui avait enrobé la brioche, porta la tasse à ses lèvres. Il but une gorgée de café et reposa la tasse. « Ce n'est pas le doigt de votre mère, finit-il par dire. En fait, ce n'est même pas un doigt de femme. Regardez. Examinez-le bien. Ceci, expliqua-t-il, portant à nouveau la tasse à ses lèvres, est un doigt d'homme, de jeune homme, peut-être même un de ces garçons qui jouent aux révolutionnaires. Ils aiment ça, ces gamins : se déguiser, se cacher dans la jungle. Se faire appeler… (il lâcha un rire amer) *guerrillas*. »

Elle passa ainsi une première semaine à cet endroit-là dans la jungle, penchée au-dessus d'une marmite crasseuse, emplie de morceaux de *carpincho* dont certains avaient encore de la peau dessus. Les boyaux en émoi, les insectes qui lui perçaient la chair, sa robe (la même qu'elle portait quand ils étaient venus la chercher) si sale qu'on aurait dit une couche de graisse qu'on lui aurait appliquée sur le corps. Ensuite, ils l'emmenèrent plus loin dans la forêt, jusqu'à une piste d'atterrissage de fortune (de celles que les *narcotraficantes* utilisent pour leur commerce honteux) ; on la força à monter dans un Cessna avec El Ojo, le garçon au regard sans pitié, et un homme plus âgé, le pilote. Ils volèrent très haut au-dessus du dos brisé de la forêt puis vers les montagnes. D'abord, elle eut peur qu'ils l'emmènent de l'autre côté de la frontière, en Colombie, pour l'échanger avec les FARC, là-bas, mais, à en juger par la position du soleil, ils se dirigeaient plutôt vers le sud-est, ce qui la réconforta un tout petit peu, même si chaque minute qu'ils passaient dans les airs l'éloignait davantage de sa maison et de sa libération. Leur destination (qui apparut brusquement sous la forme d'un ensemble de maisonnettes en bois, aux toits de branchages, et de la bouche béante et sale d'une piscine asséchée) ne dévoila aucun indice : elle ne vit pas une route ou même un sentier qui l'aurait reliée au monde extérieur.

L'atterrissage fut brutal, très brutal, le coucou bondissant et tanguant comme un de ces manèges infernaux dans les fêtes foraines : quand elle descendit de la cabine, elle dut se plier en deux et lâcher le contenu de son estomac dans l'herbe, que personne n'avait songé à couper. Le garçon, son bourreau, celui qu'ils appelaient Eduardo, la poussa par-derrière, de sorte qu'elle tomba sur les genoux dans son vomi, et elle eut tellement mal, elle fut si troublée et furieuse qu'elle dut retenir ses larmes pour ne pas pleurer devant lui. Il y avait d'autres garçons dans cet endroit, tout un tas de garçons, des adolescents en treillis répugnants de saleté, mitraillette passée sur l'épaule, exprimant leur joie lorsqu'ils accueillirent Eduardo et El Ojo ; mais lorsqu'ils la regardèrent, elle, leur regard se fit soupçonneux. Personne ne lui adressa la parole. Ils déchargèrent l'avion (bière, rhum, cigarettes, revues pornos, sacs de riz et trois cartons de nouilles dans des emballages plastique) ; sur quoi, ils poussèrent jusqu'à une table rudimentaire, installée à l'ombre des arbres à la lisière de la clairière, bavardant et plaisantant sans trêve. Elle entendit le sifflement de la première bière puis tout un concert de sifflements tandis que, l'un après l'autre, les gamins tiraient sur la languette en aluminium et pressaient la canette à leurs lèvres ; quant à elle, ils la laissèrent plantée là, debout, à regarder le ciel glabre, avant qu'elle n'abaisse les yeux sur la palissade de la jungle qui s'étendait à perte de vue.

Au bout d'une semaine, ils l'avaient adoptée. Un gamin était toujours désigné pour la surveiller en permanence, alors que, Dieu du ciel, elle ne voyait pas pourquoi, à moins qu'elle n'ait pu se procurer des ailes comme un troupiale et s'envoler au-dessus des cimes des arbres : elle n'était pas moins enfermée qu'une prisonnière dans une cellule ; hormis quoi, ils la laissaient libre de faire à sa guise. Quand elle eut récupéré du choc du vol inhumain, elle décida de visiter les bâtiments délabrés, pour s'occuper. La première chose qu'elle découvrit, ce fut une baignoire en fer-blanc. Elle n'eut pas de mal à ramasser des morceaux de bois à la lisière de la clairière et à construire un cercle de pierres. Elle fit chauffer de l'eau dans la baignoire, râpa un pain de savon qu'elle trouva dans les latrines, s'enveloppa dans une couverture qu'ils lui donnèrent et se lava, d'abord les cheveux, puis sa robe. Les garçons s'enivraient avec leur bière chaude à l'odeur de moisi ; de temps en temps ils tiraient dans les bois, avant que El Ojo, réveillé pendant sa sieste et furibond, ne les insulte. Bientôt, réunis autour d'elle, ils se déshabillèrent et lui tendirent leurs vêtements raidis par la crasse, lui demandant tout bas : « S'il vous plaît, *señora* » ou « Ça vous dérangerait ? » ou encore « Moi aussi, moi aussi ». Tous, sauf Eduardo. Qui préférait arborer son sourire dédaigneux et se complaisait dans sa crasse.

Elle finit par connaître ces garçons mieux qu'ils ne se connaissaient eux-mêmes, ces garçons qui, le matin, jouaient aux soldats, et, l'après-midi, au *béisbol* et au *fútbol* ; au tomber du soleil, ils se réunissaient pour boire, fanfaronner et débiter des mensonges. Ils étaient les rejetons de prostituées et de drogués, sans aucune éducation, délaissés, mal-aimés, élevés par des grand-mères ou par personne. La cruauté avait toujours été leur unique compagne. Ils avaient de mauvaises dents. Ils ne dépasseraient pas la trentaine. Au fil des jours, Marita se mit à ramasser des herbes aromatiques à la lisière de la jungle ; elle tria dans les provisions les sacs de riz, les viandes séchées et les haricots, et bientôt les fumets ambrosiaques de sa cuisine embaumèrent la clairière au sommet de la colline. Ayant découvert un tuyau d'arrosage, elle le remonta de la rivière où ils puisaient leur eau jusqu'au bord de la piscine vide et bientôt les garçons sautaient dans l'eau, leurs cris de joie renvoyés en échos à travers les arbres tandis que l'eau claire et fraîche nettoyait, raffermissait leur peau, et ôtait l'odeur rance de leurs cheveux. Même El Ojo se mit à venir la voir pour tendre sa gamelle ou lui demander de laver sa chemise ; il prit aussi l'habitude de s'asseoir à l'ombre, à côté d'elle, pour passer le temps. « Ces gamins… », disait-il, dodelinant de la tête lentement, d'un air grave ; elle ne pouvait que claquer la langue pour signifier son acquiescement. « Vous êtes une bonne mère, dit-il un soir de sa voix râpeuse. Je suis désolé qu'on ait dû vous enlever. » Il marqua une pause pour lécher les extrémités de la cigarette qu'il s'était roulée, et la lui tendit. « Mais c'est la vie, hein ? »

Or, un matin, alors qu'elle écrasait les galettes de maïs avant de les faire cuire sur une plaque en ferblanc, pour préparer les *arepas* qu'elle avait l'intention de servir au petit déjeuner et au dîner, elle entendit qu'il régnait une certaine agitation dans le camp : plusieurs garçons étaient réunis autour de la table et El Ojo brandissait des cisailles. « Toi, dit-il à Eduardo, toi le dur. Fais le sacrifice. »

A une dizaine de mètres d'eux, les deux mains pleines de farine de maïs, elle s'appuya contre une souche. Eduardo riva son regard sur elle. « C'est elle, l'otage, fit-il, plein de dédain. Pas moi !

— C'est une bonne personne, répondit El Ojo, une sainte, meilleure que tu ne seras jamais. Je lui toucherai pas un cheveu… personne la touchera. Tends ta main. »

Le garçon ne cilla pas. Même lorsque les cisailles pénétrèrent dans la chair, même lorsqu'une lame de métal rejoignit l'autre et qu'il devint livide. Il ne l'avait pas quittée des yeux.

Quand le coup de fil arriva enfin, celui qu'Aquiles attendait avec une telle impatience depuis cinq mois et demi de nuits blanches et de jours paralysés, les entraînements de printemps avaient débuté depuis longtemps. Les kidnappeurs avaient appelé à deux reprises pour préciser le montant de la rançon : la première fois, ils réclamèrent cinq millions, tout comme le commissaire l'avait prédit, montant qui, la seconde fois, inexplicablement, tomba à deux, mais la voix à l'autre bout du fil, rauque et bourdonnant comme le sifflement d'un serpent courroucé, ne donna aucune indication de l'endroit où devait se faire l'échange. Aquiles sombra dans le désespoir. Ses enfants se battaient comme des diables, les cris de leurs disputes montaient de la cour dans un tintamarre continuel, le visage de son *abuela* n'était plus qu'une plaie à vif ; quant à Suspira Salvatoros, elle faisait le ménage et la cuisine au milieu des enfants avec la fureur d'un arbitre pendant un match de catch interminable. Et puis vint le coup de fil. Du commissaire. Pressant le mobile contre son oreille, Aquiles fit tout bas : *« Bueno ? »* La voix du commissaire répondit comme un grondement de tonnerre : « Nous l'avons retrouvée !

— Où ça ?

— Mes informateurs me disent qu'ils la détiennent dans un camp de tourisme abandonné dans l'État de Bolívar.

— Mais c'est à des centaines de kilomètres…

— Oui. Quels amateurs !

— Je viens avec vous.

— Non. Absolument pas. C'est trop dangereux. Vous serez dans nos pattes.

— Je viens.

— Non.

— Je vous promets solennellement que je signerai un camion entier de balles de base-ball pour les fils et les filles de tous les membres de la police fédérale de Caracas et que je donnerai à votre fils, Aldo, ma série complète de cartes de base-ball Topps des années 2003, 2004 et 2005, en direct des Etats-Unis. »

S'ensuivit un silence, sur quoi la voix du commissaire revint : « Nous partons dans une heure. Mettez des bottes. »

Ils prirent un vol commercial pour le Sud, le commissaire et dix de ses hommes en treillis, écusson de la police fédérale sur l'épaule droite, Aquiles en bottes de caoutchouc, jeans et un vieux polo de base-ball qui remontait à l'époque où il jouait pour les Lions de Caracas ; ensuite, ils grimpèrent dans un camion civil réquisitionné pour l'occasion, qui les emmena sur la dernière partie cartographiée du parcours. Enfin, ils continuèrent à pied à travers la jungle. Le terrain était ardu. Les insectes épaississaient l'atmosphère. Ils n'avaient pas plus tôt traversé une cataracte jaune et bouillonnante qu'ils devaient en traverser une autre, le sol était aussi glissant que s'il avait été passé à l'huile, les arbres résonnaient constamment des cris stridents des oiseaux et des singes. Et ils grimpaient, inlassablement, hésitant encore et toujours, prenant de l'altitude à chaque pas.

Bien que le commissaire tînt absolument à ce que Aquiles reste à l'arrière (« Il ne manquerait plus que ça, que vous vous fassiez abattre. Je vois déjà les manchettes : “La star du base-ball vénézuélien est tuée lors d'une tentative pour sauver sa sainte mère” »), l'entraînement d'Aquiles avait fait de lui un homme de fer et il se retrouvait tout de même toujours aux avant-postes. Plusieurs fois, à voix basse et d'un ton laconique, le commissaire dut lui rappeler de rester derrière et il ralentit donc pour laisser passer les autres. Le commissaire répétait à satiété qu'il était vital qu'ils restent groupés, car il n'y avait pas de pistes dans la forêt et ils ignoraient ce qu'ils recherchaient : certes, ils savaient que c'était quelque part plus loin, là-haut dans le fouillis de végétation qui laissait tout juste filtrer quelques rayons de lumière, mais ils ne le découvriraient que quand ils seraient carrément le nez dessus.

Environ quatre heures plus tard, les hommes étaient exsangues et aussi trempés que s'ils s'étaient lavés tout habillés dans les douches de la caserne. À ce moment-là, il se passa une chose très étrange. Le commissaire avait ordonné qu'on fasse une halte pour vérifier leur position à l'aide de sa boussole et permettre aux hommes de s'effondrer dans la végétation et d'extraire de leurs bottes le sang, le pus et l'excès d'eau ; Aquiles, bien qu'il n'appréciât guère de perdre ce temps précieux, s'arrêta pour donner des tapes aux moustiques sur sa nuque et porter aux lèvres son bidon de Gatorade. C'est alors qu'il huma l'odeur, une lointaine odeur de cuisine qui s'insinua dans l'étroit canal olfactif laissé par le parfum entêtant des fleurs de la forêt et la puanteur fécale de la boue. Or, ce n'était pas n'importe quelle cuisine, ce n'était pas un fumet générique qu'on aurait pu sentir dans l'arrière-cour de n'importe quel restaurant ou s'échappant d'une fenêtre du *barrio* : c'était la cuisine de sa mère ! de sa mère ! Il savait même de quel plat il s'agissait : un ragoût de tripes ! « *Jefe*, dit-il, saisissant le bras du commissaire pour le forcer à se lever : vous sentez ça ? »

Ils approchèrent du campement avec la plus grande prudence. Les hommes du commissaire se déployèrent, crosse sur le ventre, canon pointé vers l'avant. L'effet de surprise était capital, avait-il insisté, ajoutant, et ça vous faisait froid dans le dos, qu'il était de notoriété publique que les *guerrillas* tranchaient la gorge de leurs prisonniers plutôt que de les restituer : ils devaient donc être éliminés avant d'avoir compris ce qui se passait. Aquiles vécut toute l'intensité du moment. De toute sa vie, il n'avait jamais été aussi tendu, jamais ses nerfs n'avaient été à ce point secoués. Mais il était stoppeur et, quand on avait l'habitude comme lui d'être appelé à la rescousse lors de rencontres serrées, on vivait au bord de la catastrophe chaque fois qu'on lançait la balle, de sorte que, tout en avançant avec ses compagnons, il se sentit habité par une grande force et sut que, le moment venu, il serait prêt.

Enfin, ils entendirent des bruits, des cris, des jurons, des cris d'extase accompagnés de bruits d'éclaboussures et d'eau en mouvement. Soudain, écartant des palmes, Aquiles vit la scène. Des huttes rudimentaires sous un ciel scintillant, une piscine explosant de membres lacérant l'eau, des visages ravis, et là, à moins de dix mètres, le feu, et, penchée dessus, la silhouette d'une femme aux cheveux blancs, maigre. Il ne reconnut pas instantanément sa mère, durcie par la besogne, sans maquillage, sans la teinture qu'il lui envoyait par cartons entiers des Etats-Unis. Sa première réaction, et il en eut honte, fut la honte, honte pour cette femme et pour lui-même. Ensuite, alors que les voix ricochaient autour de la piscine *(Balourd ! Crétin ! Lâche-moi, Humberto, connard !)*, il ne ressentit plus que de la haine.

Il ne saurait jamais qui avait tiré le premier, un guérillero, le commissaire ou ses hommes, mais le raffut, le bégaiement mortel qui fit voler les silhouettes hors de la piscine et l'eau se teinter de rouge, le propulsèrent en avant. Il sortit des buissons, indifférent au danger, ne s'arrêtant que pour ramasser une grosse pierre et la mouler dans sa main, comme il l'avait fait mille fois dans son enfance. C'est alors qu'un gamin tout maigre au regard vide sortit de nulle part et planta un couteau dans la gorge de sa mère – mais pourquoi donc ? Aquiles ne comprit absolument pas son geste. Un soir, la victoire, le lendemain, la défaite. On jouait quand même, non ? On ne faisait pas sauter le terrain, on ne trucidait pas le batteur de l'équipe adverse ! On n'extorquait pas de l'argent de gens qui l'avaient gagné à la sueur de leur front et grâce au talent que Dieu leur avait donné. On ne menaçait pas les mères. Ce n'était pas correct. Ce n'était pas permis. Il leva son bras de lanceur et donna un exemple de son fameux *fastball*, que l'instrument de mesure de vitesse avait enregistré à cent cinquante-sept kilomètres-heure, à Camden Yards sous le regard de quarante-cinq mille spectateurs criant, tapant des pieds et scandant son nom *(Haut et à l'intérieur*, pensa-t-il, *haut et à l'intérieur)* ; sans entrer dans les détails, disons qu'il visa juste.

Hélas, Marita Villalba ne se remit jamais complètement de son épreuve. La nuit, elle se réveillait, croyant sentir du gibier rôtissant sur un feu de camp (un *carpincho* avec, encore, sa peau de rongeur). Elle paraissait perdue dans sa propre cuisine. Elle cessa de se teindre les cheveux, ne porta plus que rarement du maquillage et des bijoux. L'atelier ne représenta plus rien pour elle et quand Rómulo Cordero dut démissionner à cause de ses blessures, elle ne descendit même pas pour assister à sa soirée de départ à la retraite, alors que le fumet des *arepas*, des *empanadas* et du *chivo en coco* lui parvenait par les fenêtres, montant de la cour pour se répandre dans les rues alentour, à cent mètres à la ronde. Elle laissa de plus en plus Suspira Salvatoros s'occuper de la cuisine et des enfants, pour rester assise au soleil avec sa mère, tous leurs doigts, tous les vingt, lancés collectivement dans des motifs complexes de broderie qui leur valurent une certaine réputation dans le voisinage immédiat.

Aquiles retourna à la Ligue majeure vers le milieu de la saison mais, après son moment de vérité au sommet de la colline dans la jungle du Bolívar, il ne réussit plus à ressusciter le feu de naguère. Ajouté à sa blessure à l'articulation acromio-claviculaire, ce fut le signal de la fin. Il était malmené chaque fois qu'il se trouvait sur le monticule du lanceur et, autour de lui, les huées s'élevaient en chœur : jusqu'à ce que le manager lui prenne des mains la balle une dernière fois et qu'il finisse par jeter l'éponge pour rentrer au bercail, sa gloire derrière lui mais son contrat toujours bien en poche. En premier lieu, il mena Suspira Salvatoros à l'autel, annihilant les ambitions d'un tas de femmes jeunes et d'autres qui l'étaient moins, dont on entendit les malédictions et les lamentations se répercuter dans les rues pendant des semaines d'affilée. Ensuite, il loua une équipe de peintres en bâtiment pour passer à la chaux tous les murs de sa propriété et jusqu'aux tuiles des toitures. Finalement (ce fut peut-être le plus dur), il vendit la Hummer vermillon à un acteur de télé connu pour ses yeux fragiles et sa mâchoire hyperactive ; il la remplaça par une camionnette d'occasion d'une provenance incertaine et d'une couleur qui passait inaperçue dans la poussière des rues.

Amiral

En son for intérieur, elle savait que c'était une erreur mais elle venait d'être licenciée, elle avait besoin de l'argent et ses souvenirs des Striker étaient pour la plupart agréables, si bien que, lorsque Mrs. Striker l'appela *(Gretchen, est-ce bien Gretchen ? Mrs. Striker ?)*, elle accepta tout de suite : elle aimerait tant venir chez eux et entendre ce qu'ils avaient à dire ! Mais, d'abord, elle dut écouter la toux de sa voiture lorsqu'elle traversa la ville (plus d'essence : tel fut le verdict de son père, émis d'une voix neutre qui signifiait que ce n'était pas, que ce n'était *plus* son problème, maintenant qu'elle était adulte et était revenue vivre à la maison après avoir vainement tenté de vivre sa vie) ; elle faillit tomber en rade aux environs de la résidence des Striker. Elle réussit néanmoins à poursuivre sa route pendant un moment mais sa voiture finit par caler lorsque, contre tout espoir, elle tenta de se garer le long du mur de l'imposante forteresse. Cela lui fit une drôle d'impression, de taper le code au portail et d'observer à quel point les choses avaient changé tout en restant telles quelles, à quel point les arbres avaient poussé alors que les parterres de fleurs étaient demeurés dans leur état d'animation suspendue : tout fleurissait en permanence et était taillé au cordeau. L'armée de jardiniers y veillait. Ils envahissaient les lieux deux fois par semaine avec leurs aspirateurs à feuilles, leurs coupe-bordures et leurs taille-haies, déclarant la guerre aux mauvaises herbes, aux insectes, aux géomys, aux écureuils et aux plantes d'ornement ayant tendance à pousser hors de l'emplacement prévu. Du moins en était-il ainsi dans son souvenir. Les jardiniers. Et la rage d'Amiral à la fenêtre, montrant les dents et grattant la vitre avec ses griffes : s'il avait pu mordre à travers le verre, il l'aurait fait. « Tout va bien, mon garçon, lui disait-elle, tout va bien, ne laisse pas ces méchants te voler tes feuilles mortes et ta terre. Vas-y, mon garçon. Vas-y. C'est ça. »

Elle sonna à la porte et ce ne fut pas Mrs. Striker qui répondit mais une autre version d'elle-même en tablier et bonnet blancs ; elle fut si surprise qu'elle dut serrer le poing pour ne pas lâcher son sac à main. *Une femme de couleur ne fait pas le ménage* : voilà ce que sa mère lui disait toujours, et c'était devenu une sorte de mantra au cours de son enfance, un moyen de renforcer les valeurs de base, de promouvoir l'éducation et la vie de l'esprit, mais elle ne put s'empêcher de se demander si une dame de compagnie pour chien se situait beaucoup plus haut sur l'échelle socio-économique qu'une simple domestique. Ou une employée de cuisine dans un restaurant, une serveuse, un professeur d'aérobic, un poinçonneur, un fabricant de tortillas, toutes professions qu'elle avait exercées à un moment ou à un autre. La seule chose qu'elle n'avait pas essayée, peut-être, c'était le ramassage des sangsues. Il y avait un poème sur le sujet dans son manuel au lycée, un poème de William Wordsworth, le poète des jonquilles et des sangsues : elle se le remémorait quand elle avait besoin de rire un bon coup. Elle se représenta un vieillard chenu au long nez, relevant les jambes de son pantalon et pataugeant dans la boue. Esquissant avec peine un mini-sourire, elle dit : « Bonjour, je suis Nisha… Je suis venue voir Mrs. Striker… Et Mr. Striker. »

Guère plus âgée qu'elle, la bonne finit d'ouvrir la porte, portant sur elle un regard placide qu'on aurait pu trouver dédaigneux ou tout simplement vide. « Je vais vous annoncer », dit-elle.

Nisha répondit « Merci », tout doucement, et entra dans le vestibule au sol carrelé, songeant aux abîmes du cerveau humain et aux souvenirs olfactifs qui y demeuraient tapis. Elle huma la présence d'un chien (Amiral), et l'odeur de vieilles chaussettes et de cire pour meubles. L'immense pièce se leva devant elle comme un transept de cathédrale. Elle était froide, emplie d'échos et de vides : elle ne l'avait jamais aimée. « Puis-je attendre au salon ? » demanda-t-elle.

La bonne, la fille, la jeune femme, la jeune femme dans sa tenue humiliante et stéréotypée de bonne, qui déjà se dirigeait vers la cuisine, se retourna et prit un air surpris et agacé. L'espace d'un éclair, Nisha crut qu'elle allait récriminer contre elle mais, en fin de compte, elle se contenta de hausser les épaules et de répondre : « Comme vous voudrez. »

Rien n'avait changé dans la pièce lambrissée qui donnait sur le jardin, rien, en tout cas, qu'elle remarquât au premier coup d'œil. Tout était encore là : les énormes fauteuils anciens en cuir à dossiers hauts et l'antique canapé Stickley rapporté des bureaux de Striker & Striker, le bar en acajou avec le casier à bouteilles, le temple à éclairage intégré que Mr. Striker avait créé en hommage aux esprits du single-malt, et, surplombant l'ensemble, le portrait d'Amiral avec ses teintes sombres héroïques et la patine dorée du vernis. Elle se rappelait le jour où le peintre était venu à la maison et avait fait poser le chien pour les photos préparatoires : Amiral n'avait guère coopéré, Mrs. Striker était tendue comme un fil et, comme de bien entendu, un écureuil traversa la pelouse au moment crucial. Le peintre avait œuvré ardemment dans son atelier pour conférer à son modèle un air noble, truffe levée, yeux rivés sur quelque objet lointain, présumé digne d'intérêt, mais, pour Nisha, les lévriers afghans, tous, avaient toujours l'air ridicule : on aurait dit des rescapés de *Sesame Street*, et Amiral paraissait être un concentré de tout ce qu'il y avait d'absurde en eux. Il avait l'air idiot, tout simplement.

Lorsqu'elle se retourna, les Striker étaient là tous les deux, comme s'ils venaient d'atterrir, en provenance de l'éther. Au premier coup d'œil, ils n'avaient pas pris une ride. Ils avaient une peau parfaite, se tenaient aussi droits que les sculptures ituris qu'ils avaient rapportées d'un voyage en Afrique, et ils s'évertuaient à faire la conversation pour ne pas se montrer uniquement intéressés par ce à quoi ils voulaient en venir. Mrs. Striker *(Appelez-moi Gretchen, je vous en prie)* avait dans les bras un chiot, un lévrier afghan, et, après l'échange initial d'amabilités, Nisha, main tendue pour caresser la soie de ses oreilles et sentir son petit museau fureteur et humide sur son poignet, commença à comprendre ce dont il s'agissait. Elle se retint d'interroger les Striker sur Amiral. « Est-ce son petit ? s'enquit-elle tout de même. Est-ce le petit Amiral ? »

Les Striker échangèrent un regard. L'époux n'avait pas dit *Appelez-moi Cliff*, en fait, il n'avait pas dit grand-chose, mais voici qu'il comprimait les lèvres : « N'avez-vous pas lu ça dans les journaux ? »

S'ensuivit une pause gênée. Le chiot se mit à se tortiller. « Amiral nous a quittés, avoua Gretchen dans un souffle. Un accident. Nous l'avions… hum, nous étions dans le parc, le parc canin… vous vous rappelez, n'est-ce pas, celui où les chiens ont le droit de s'ébattre ? Vous l'emmeniez là-bas, souvenez-vous, près de Sycamore ? Eh bien… vous savez combien il était exubérant…

— Vous n'avez vraiment pas lu ça dans les journaux ? » La voix du mari trahit son incrédulité.

« Euh, je… j'étais à l'université puis j'ai pris le premier travail que j'ai trouvé. Là-bas, je veux dire. A cause de ma mère. C'est une grande malade. »

Ni l'un ni l'autre ne fit le moindre commentaire, pas même de pure politesse.

« C'était dans tous les journaux », répliqua le mari, offusqué, de toute évidence. Il ajusta ses grosses lunettes et inclina la tête pour la regarder d'un air qui d'un coup ramena tout le passé à sa mémoire. « *Newsweek* a publié un article, *USA Today*… nous sommes passés à *Good Morning America*, tous les deux. »

Elle ne savait que dire ou que faire : tous trois plantés là, le chien promenant sa denture acérée sous son poignet, exactement comme Amiral quand il n'était qu'un chiot. *Pour quelle raison ?* aurait-elle demandé si Gretchen n'était venue à sa rescousse.

« Voici le petit Amiral. Amiral II, en fait », expliqua-t-elle, ébouriffant la touffe blonde qui tombait sur les yeux du chiot.

Un sourire ironique aux lèvres, Mr. Striker regarda par la fenêtre la cour, le lointain : « Deux cent cinquante mille dollars, déclara-t-il. Dommage que ce n'ait pas été un chat. »

Gretchen lui lança un regard venimeux. « Tu tournes ça en dérision, dit-elle, les yeux soudain mouillés de larmes, mais il valait le moindre *cent* qu'il nous a coûté et tu le sais bien. » Elle parvint à adresser un sourire à Nisha, un sourire qui trahit toute sa douleur. « Avec les chattes, c'est plus simple, leurs ovules sont plus développés que ceux des chiennes au moment de l'ovulation.

— Je peux t'obtenir un chat pour trente-deux mil…

— Oh, Cliff, arrête. Arrête donc. »

S'approchant de sa femme, il lui passa le bras autour des épaules. « Mais nous ne voulions pas cloner un chat, n'est-ce pas, chérie ? » Il se pencha vers le chiot, frotta son nez contre sa truffe et, d'une voix de fausset, demanda : « N'est-ce pas, Amiral ? N'est-ce pas ? »

Le lendemain matin à sept heures trente, Nisha, garant sa voiture devant la maison des Striker, la laissa siffler et s'ébrouer un instant avant de couper le contact. Elle ralluma l'autoradio pour écouter le dernier chœur faiblissant d'un air qu'elle aimait, qui accompagnait les intonations râpeuses et sexy de la chanteuse. Elle se sentait bien… ou mieux, en tout cas. Les Striker la paieraient vingt-cinq dollars de l'heure, plus la même couverture sociale qu'ils proposaient au personnel de leur cabinet d'avocats, et ça, c'était une drôle d'amélioration par rapport à ce qu'elle gagnait comme serveuse au Johnny's Rib Shack, sans sécu, sans frais de dentiste payés par le patron et sans pourboire, autant qu'elle s'en souvenait, qui ait dépassé les dix pour cent du total avant taxes, car les clients qui allaient ronger leurs côtelettes là-bas étaient des plus communs, inutile de se leurrer sur leur compte ! Elle n'eut pas plus tôt mis pied à terre que Gretchen descendait les marches du perron, le chiot dans les bras, exactement comme neuf ans plus tôt, quand Nisha, toute fraîche émoulue du lycée, avait accepté ce que, à l'époque, elle croyait être un fabuleux job d'été.

Nisha prit l'initiative de taper le code et de se glisser dans l'ouverture du portail pour vite remonter l'allée et éviter à Gretchen la peine de venir à sa rencontre, car Gretchen était pressée, toujours pressée. Elle avait mis un tailleur bleu marine, agrémenté d'un double rang de perles et d'une broche ancienne en argent, en forme de barzoï bondissant ; cette tenue parut mystérieusement familière à Nisha : peut-être était-ce celle qu'elle portait lorsque Nisha l'avait informée qu'elle devait démissionner pour aller étudier à l'université ? *Je suis désolée, Mrs. Striker, j'ai vraiment apprécié la chance que j'ai eue de pouvoir travailler pour Mr. Striker et vous,* avait-elle dit, tout juste capable de contenir son excitation, *mais je vais aller étudier à la fac. J'ai obtenu une bourse*. Elle avait apporté sa lettre d'admission pour la lui montrer, pensant que Mrs. Striker serait fière d'elle : sans doute la prendrait-elle dans ses bras, lui donnerait-elle l'accolade et la féliciterait-elle ; or, qu'avait-elle dit ? *Mais qui va s'occuper d'Amiral !*

Tandis que Gretchen approchait, le chiot gigotant dans ses bras, Nisha vit un sourire s'esquisser puis s'évanouir aussitôt sur les lèvres de sa patronne. Elle pensait probablement déjà à l'intérieur en cuir crème de sa BMW (une 750i d'un noir genre Ne-Croyez-Pas-Un-Instant-Que-Vous-Pourrez-Jamais-L'Approcher), au trajet jusqu'à l'étude et aux raisons, quelles qu'elles fussent, qu'elle avait de se rendre en ville : procès, piles de documents, litiges en veux-tu en voilà. Nisha ne se résoudrait jamais à appeler Mr. Striker Cliff, même si elle devait vivre jusqu'à quatre-vingts ans, et, quand bien même, il en aurait alors cent dix et ne l'entendrait certainement plus : quoi qu'il en fût, Mr. Striker était déjà parti, dans sa Beemer assortie à celle de sa femme. Gretchen ne lui dit pas un *Bonjour !*, ne lui adressa pas un *Bien dormi ?*, un *Comment allez-vous ?*, voire un *Merci d'être venue*, elle l'enveloppa seulement dans l'aura de son parfum et lui tendit le chien. Qui, instantanément, pesa de tout son poids dans les bras de Nisha, battant des pattes pour retrouver le sol tandis que ses petites dents blanches de goule s'accrochaient au premier bouton de sa veste. Nisha tint bon. Adressa à Gretchen un large sourire reconnaissant (merci pour le boulot et la protection sociale : aucune inquiétude à se faire, aucune !).

« Ces jeans, dit Gretchen, plissant les yeux, sont-ils neufs ? »

Le chien se tortillait, se tortillait. « Je, hum… je vais le poser un instant, c'est d'accord ?

— Bien sûr, bien sûr. Faites ce que vous faites… ce que vous faites d'ordinaire. » Un geste d'impatience. « Ce que vous faisiez autrefois, j'entends. »

Toutes deux regardèrent le chiot tomber sur ses fesses, se rouler brièvement dans l'herbe puis vite se relever pour agripper la jambe droite de Nisha, qu'il enlaça maladroitement. « Je n'ai pas retrouvé mon vieux jeans… ma mère l'a probablement jeté il y a longtemps. Sans compter (elle rit) que je n'entrerais sans doute plus dedans. » Elle laissa à Gretchen le temps de réfléchir aux implications profondes de ses paroles, au temps qui avait passé, aux adolescentes qui deviennent des femmes, à l'expansion de la chair, à ce genre de choses…, avant de repousser gentiment le chien en murmurant : « Mais je porte (ici, sous ma veste) ce T-shirt… je me rappelle que je le portais ici à l'époque. »

Rien. Gretchen resta plantée là, l'air ailleurs.

« Il a été lavé, bien sûr, et est resté au fond du tiroir du haut de ma commode, où ma mère l'a laissé, reprit Nisha. J'ignore s'il a conservé les odeurs d'autrefois, mais je suis certaine que je le portais à l'époque… c'était quand je ne jurais que par Tupac, si vous voyez ce que je veux dire… » Elle marqua une pause avant de continuer : « Mais… nous avons toutes été adolescentes un jour, n'est-ce pas ? »

Gretchen ne donna aucun signe qu'elle l'eût entendue – à moins qu'elle n'ait marqué ainsi sa désappobration. « Notre arrangement vous convient, je pense ? » fit-elle, la regardant droit dans les yeux. « Y a-t-il quoi que ce soit que nous n'ayons pas évoqué ? »

La veille, dans la salle de séjour, pendant l'entrevue (qui n'en était pas vraiment une car les Striker avaient déjà pris leur décision et, si elle avait refusé, ils auraient continué d'augmenter le tarif horaire jusqu'à ce qu'elle capitule), pour lui expliquer la situation, Gretchen et Cliff, tous les deux, s'étaient installés de chaque côté d'elle, penchés sur le comptoir du bar, le nez sur leur whisky teinte caramel et un plateau de sushis *ebi* et *maguro*. Ils avaient voulu qu'elle soit parfaitement au courant. « Vous savez ce qu'est le clonage, n'est-ce pas ? demanda Gretchen. Ce que cela suppose ? Vous vous rappelez Dolly… ? »

Nisha était accrochée à son verre, coude gauche contre la rambarde en cuivre. Elle venait de saisir ses baguettes pour prendre une deuxième portion de crevettes, mais elle retira sa main. « Vous voulez dire la chanteuse de country ?

— Non, le mouton, la corrigea Mr. Sriker.

— Le premier mammifère cloné, précisa Gretchen. Du moins… de cette taille.

— Ah oui. Bien sûr. Je crois. »

Puis un petit cours sur la génétique et le transfert nucléaire de cellules somatiques, qui avait créé Dolly, différents bovins, porcs et hamsters, et désormais Amiral II, le premier chien cloné à des fins commerciales par SalvaPet, Inc., la compagnie de génie génétique qui avait des bureaux à Séoul, à San Juan et à Cleveland. La voix de Gretchen faillit se casser lorsqu'elle décrivit la façon dont une cellule du pavillon de l'oreille d'Amiral avait été prélevée tout de suite après l'accident, pour être insérée dans l'ovule d'une donneuse dont on avait retiré le nucléus, stimulé la cellule afin de la diviser ensuite, après quoi l'embryon avait été inséré dans l'utérus de la mère porteuse, « la plus adorable golden retriever qu'on ait jamais vue. Comment s'appelait-elle, Cliff ? Un nom de fleur, n'est-ce pas ?

— Pivoine.

— Pivoine ? En es-tu certain ?

— Tout à fait.

— Je croyais que c'était… oh, je ne sais plus. Es-tu certain que ce n'était pas Pavot ?

— La vérité est que…, dit-il, reposant son verre et fixant Nisha, la vérité est qu'on peut obtenir une copie génétique d'un animal, une sorte de photocopie en trois dimensions, mais cela ne garantit pas qu'il sera comme celui que… hum… celui que vous avez perdu.

— C'était si triste, dit Gretchen.

— C'est le dressage qui prime. Il faut reproduire les expériences de l'animal, aussi exactement que possible. » Mr. Striker haussa les épaules et prit la bouteille. « Un autre ? » demanda-t-il. Elle tendit son verre. « Cela va de soi, nous sommes tous les deux plus vieux, et vous aussi, nous le comprenons bien, mais nous voulons reproduire le plus exactement possible les conditions qui ont fait qu'Amiral est devenu ce qu'il était, jusqu'aux jouets que nous lui avons donnés, jusqu'à la nourriture, au parcours de ses promenades, à ses loisirs et tout le reste. Et c'est là que vous entrez en scène…

— Nous avons besoin que vous vous engagiez, Nisha », souffla Gretchen. Elle se pencha si près d'elle que la jeune femme sentit l'effluve de scotch. « Pour quatre ans. Vous vous êtes occupée de lui pendant quatre ans la dernière fois. D'Amiral, j'entends. Le premier Amiral. »

L'enjeu de la délibération s'était endormi sur les genoux de Gretchen. Un doigt fureteur de lumière dardait par la fenêtre et illuminait la touffe claire au-dessus des yeux du chiot. A ce moment-là, dans cette lumière, Amiral Junior ressemblait à un étrange brassage d'autruche et de singe. Nisha ne put s'empêcher de penser à *L'Ile du Dr Moreau*, la version navet dans laquelle on dirait que Marlon Brando a lui-même été manipulé génétiquement ; elle aurait aisément souri, d'un sourire intime, favorisé par le whisky et l'absurdité tonitruante de l'instant, si elle n'avait dû cacher ses pensées sous le masque de l'impassibilité. Elle n'allait pas s'engager pour quatre ans… Quatre ans ! Si, dans quatre ans, elle vivait encore dans cette ville, ce trou perdu, elle se promit qu'elle irait s'acheter un flingue et éliminerait tous ses problèmes avec une unique et très personnelle pression sur la détente.

Voilà ce qu'elle pensait lorsque Gretchen dit : « Nous vous paierons vingt dollars de l'heure » et que l'époux ajouta : « Avec la protection sociale… et dentaire. » Tous deux la dévisagèrent d'un air si féroce qu'elle dut baisser les yeux et plonger le regard dans son verre pour avoir la force de répliquer : « Vingt-cinq. »

Oh, comme ils aimaient ce chien ! Car ils n'hésitèrent pas un instant. « D'accord, vingt-cinq », dit Mr. Striker et Gretchen, arborant le large sourire de quiconque conclut un marché à son avantage, sortit un contrat de la chemise qu'elle avait sous le coude. « Veuillez simplement signer ici », dit-elle.

Gretchen monta dans sa voiture, celle-ci passa la grille et disparut sur la route. Alors, Nisha s'allongea sur l'herbe et présenta son visage au soleil. Elle éprouvait la félicité du déjà-vu ou, plutôt, non, pas du déjà-vu, mais d'un retour virtuel au passé, lorsque la vie n'était qu'une abstraction, que rien n'aurait pu l'empêcher de faire ou d'être ce qu'elle désirait, rien sinon les nippes, les garçons et l'occasionnel devoir blanc. Voilà donc qu'elle remontait dans le temps, allongée sur l'herbe à huit heures moins le quart du matin par une journée de juin ensoleillée, à jouer avec un chiot alors que tout le monde devait aller travailler : de quoi se plier en deux, oui, c'était hilarant ! Comme une histoire qu'on aurait lue dans les journaux : les ordres d'un millionnaire fou. Ou, dans ce cas précis, de deux millionnaires fous. Elle se sentit si bien qu'elle éclata de rire, tandis que le chiot fonçait sur la pelouse pour lui rentrer dedans, tête la première, une boule de pattes et de langue pantelante, la réincarnation d'Amiral, Amiral en chair et en os, né, fabriqué, ressuscité pour la modeste somme d'un quart de million de dollars.

Elle joua longtemps avec lui, à le renverser sur le dos chaque fois qu'il sautait sur elle, à le gratter sur le ventre et à s'adresser à lui dans un langage enfantin, appréciant la nouveauté de la chose. Toutefois, à huit heures et quart, elle s'ennuyait déjà ; elle se força donc à se lever pour rentrer dans la maison et trouver quelque chose à se mettre sous la dent. *Faites ce que vous faisiez autrefois*, lui avait dit Gretchen, or, autrefois, l'été notamment, elle faisait la sieste, lisait, regardait la télé et faisait entrer ses amis dans la maison, où ils portaient à leurs lèvres adolescentes le goulot d'une bouteille de whisky de quarante ans d'âge et grimaçaient avant de partir de grands fous rires. Deux fois par jour, elle emmenait le chien au parc canin ; là-bas, elle le regardait s'asseoir sur deux pattes, faire ses besoins ou faire le fou avec les autres clébards jusqu'à ce que sa muselière soit striée de bave et qu'il revienne s'affaler à ses pieds pour avaler des lampées d'eau – l'eau d'Evian que les Striker tenaient absolument à ce qu'il boive. Mais, pour l'heure, elle n'avait envie que d'éprouver momentanément le poids du passé. Elle passa par la porte arrière, le chien à sa traîne, et décida de se préparer un sandwich – les Striker avaient toujours des tranches de viande froide dans le frigo, des montagnes de pastrami, de capicolla, de dinde fumée et de fromage suisse, dont des tranches individuelles revenaient à Amiral chaque fois qu'il faisait ses besoins dehors où il était censé les faire, qu'il aboyait à la bonne cadence ou, simplement, passait par la porte sa tête de benêt. Elle se représenta le sandwich qu'elle allait se préparer, une débauche de viande et de fromage empilée sur du pain de seigle casher ; ils avaient toujours du pain de seigle casher chez eux. Elle était donc en chemin vers le réfrigérateur lorsqu'elle se rappela que, désormais, les Striker avaient une bonne.

Qui était, justement, dans la cuisine, en tenue de bonne, assise, pieds sur la table, un journal étalé devant elle. Elle piochait dans un pot à l'aide d'une cuiller. « Amène pas cette sale bête ici », dit-elle, levant vers la nouvelle arrivée un regard acéré.

Nisha fut étonnée. Autrefois, les Striker n'avaient pas de bonne. En fait, elle était toujours seule dans la maison jusqu'à ce que Mme Yamashita, la cuinière, arrive vers quatre heures. C'était formidable, d'ailleurs. « Oh, bonjour, fit-elle, salut, j'ignorais que tu serais… Je voulais seulement… J'allais me faire un sandwich. » S'ensuivit un silence. Le chien visita la cuisine, d'un air méfiant, la queue basse. « Comment t'appelles-tu, déjà ?

— Frankie, répondit la bonne en avalant les syllabes comme si elle n'avait pas voulu les donner. Et c'est moi qui dois nettoyer toutes ses marques de pattes par terre. T'as vu ce qu'il a fait à la housse de coussin de la chambre d'amis ?

— Non », dit Nisha en ouvrant le réfrigérateur, retirant le plateau du compartiment à viandes. Tout se passerait mieux si elles étaient amies, aucun doute là-dessus, et c'était ce dont elle avait envie, vraiment. « Veux-tu grignoter ? demanda-t-elle. Un sandwich… autre chose ? »

Frankie la dévisagea. « Je sais pas ce qu'ils te paient, dit-elle, mais j'ai jamais entendu plus grande ânerie. Tu crois que je serais pas capable de sortir le clebs deux fois par jour ? Ou quoi, l'emmener au parc… C'est ce que tu fais, non, tu l'emmènes au parc canin de Sycamore ? »

La porte du réfrigérateur refermée, le voyant éteint, le poids du morceau de viande satisfaisant dans sa main. « C'est dingue, je ne te le fais pas dire… Hé, je suis de ton bord. Tu crois que c'est mon idéal dans la vie, d'être dame de compagnie pour chien ?

— Je sais pas. Je te connais pas, moi. Sauf que t'as un diplôme… il faut un diplôme pour ça, pour servir de dame de compagnie à un clebs ? » Frankie n'avait pas bougé, pas un muscle, pieds sur la table, tasse dans une main, cuiller dans l'autre.

« Non, répondit Nisha, sentant la colère monter en elle. Non, pas besoin de diplôme. Et toi… il en faut un pour être bonne ? »

Touchée ! Pendant un moment, Frankie se tut. Son regard se déplaça vers le chien (qui quémandait, griffant la jambe de Nisha…), puis retour sur Nisha. « C'est temporaire, finit-elle par répondre.

— Ouais, moi aussi. » Nisha lui adressa un sourire, sans rancune, question de tâter le terrain, voilà tout. « Absolument. »

Pour la première fois, Frankie changea d'expression : on aurait presque dit qu'elle allait rire. « Ouais, c'est ça, fit-elle, nous tous, on est domestiques en CDD. Nous, on est dans le temporaire. Et Mr. et Mrs. Striker… les fous de clébards, fous tout court, fous à deux cent cinquante mille dollars… eux, c'est les permanents. »

Alors, Nisha éclata de rire, et Frankie aussi, émettant un grondement amusé, de sorte que le chien leva la tête. La viande était sur le comptoir, cellophane retirée. Nisha choisit une tranche de jambon de la Forêt-Noire et la tendit à Amiral II. « Assis ! dit-elle.

Vas-y, assis ! » Le chiot, tout comme son père (géniteur, donneur ou qu'importe), la regarda d'un air stupide jusqu'à ce qu'elle laisse tomber la viande sur le carrelage ; seul le flop mouillé lui fit comprendre qu'il y avait quelque chose à manger.

« Tu vas le gâter, ce clebs », dit Frankie.

Sans hésiter, Nisha se dirigea vers le buffet où les Striker gardaient le pain, dans lequel elle trouva bien, en effet, le pain de seigle casher, une miche du jour, moelleuse. Elle se retourna pour jeter un coup d'œil à Frankie. « Exactement, dit-elle. Je crois que je suis là pour ça. »

Un mois passa, d'une sérénité que Nisha n'avait jamais connue. Elle gagnait beaucoup d'argent, travaillait dix heures par jour en semaine et une demi-journée le week-end, lut tous les livres qu'elle n'avait pas eu le temps de lire à l'université, épuisa la collection de DVD des Striker, ouvrit son propre compte au magasin de location vidéo du coin ; elle se promenait, se reposait, faisait sans cesse la sieste. Après avoir pris trois kilos, elle se jura de nager régulièrement dans la piscine des Striker, mais tarda à exécuter sa résolution. Quelquefois, elle aidait Frankie à faire le ménage ou la lessive ; toutes deux passaient ainsi un moment ensemble sur la terrasse à l'arrière de la maison, pieds posés sur une table, à siroter une bouteille de vin ou à partager un joint. Quant au chien, Nisha tentait de remplir sa mission consciencieusement, de le rendre conforme au passé – à *un certain* passé –, même si elle se sentait ridicule. Quatre ans d'études supérieures pour en arriver là ! On parlait de guerres, de famines, de maladies à éradiquer, d'enfants à éduquer, du bien à répandre dans le monde, or elle ne faisait que revivre son adolescence en compagnie d'un clown consanguin et demeuré, un lévrier afghan cloné parce que deux vieux pleins aux as et sans enfant avaient décrété qu'il devrait en être ainsi. Soit. Elle savait qu'elle devrait aller de l'avant. Elle savait que c'était temporaire. Elle se jurait qu'elle rédigerait un nouveau CV et l'enverrait partout – mais le visage de sa mère, déformé d'avoir tant vomi, le cuir chevelu lisse comme une aubergine, se dressait devant elle pour l'accabler de honte. Elle jetait la balle au chien. L'emmenait au parc. Laissa les jours tomber autour d'elle telles les feuilles sèches d'un arbre à l'agonie.

Or voilà qu'un après-midi, en rentrant du parc canin, Amiral tirait sur sa laisse et le ciel s'offrait à un soleil éclatant et à une succession de nuages en forme d'épis blancs, qui lui donnèrent la sensation de flotter avec eux, sans amarres. Elle remarqua alors une silhouette postée devant la grille des Striker. En approchant, elle vit que c'était un jeune homme en baggy, T-shirt, dreadlocks blond-roux et barbichette de la même couleur accrochée à son menton. Il regardait par-dessus la barrière. D'abord, Nisha crut que c'était un voleur, mais elle écarta vite cette idée : il était inoffensif ; ça se voyait à cent pas ! Alors, elle remarqua les traces de peinture sur son blue-jeans et se demanda si c'était un peintre en bâtiment venu apporter un devis : mais non, ce ne pouvait être cela non plus. Il avait davantage l'air d'un peintre amateur (elle ne put que rire d'elle-même), le genre qui se spécialise dans les portraits de chiens. Elle songea à le dépasser et à franchir la grille avant qu'il ne puisse l'accoster, quelle que fût sa requête, mais il se retourna brusquement et ses joues s'enflammèrent. « Ah ouais ! lança-t-il. Super, j'arrive pas à y croire ! C'est vous, non, la célèbre dame de compagnie pour chien ? Et ça (il se mit sur un genou et, d'un coup de glotte, lâcha une sorte de pépiement), ça c'est Amiral. J'ai pas raison ? Non ? »

Amiral fonça sur lui, tanguant contre sa laisse et, l'instant d'après, s'effondrant sur le trottoir brûlant, il se soumit aux caresses de l'inconnu. Il agita sa queue toute droite, ses pattes partirent dans tous les sens et ses dents se joignirent bientôt à la danse. « Bon chien », s'exclama l'homme d'une voix caressante, et ses dreadlocks firent des vagues sur son front. « Il aime ça, hein ? Hein, mon gars ? »

Nisha ne dit mot. Elle resta spectatrice de cette infime ouverture dans le canyon de son ennui, jusqu'à ce que le jeune homme se relève et lui tende la main, tandis qu'Amiral se relevait, de son côté, pour remuer les pattes avec un enthousiasme renouvelé. « Je m'appelle Erhard, dit l'inconnu avec un large sourire. Et vous êtes Nisha, c'est ça ?

— C'est ça », confirma-t-elle, lui serrant la main malgré elle. Elle allait lui demander comment il connaissait son nom, mais à quoi bon : elle avait compris. C'était un journaliste. Depuis un mois, une douzaine de reporters étaient venus chez les Striker ; ces attentions flattaient leur vanité, ils posaient pour des photos, répondaient sempiternellement aux mêmes questions idiotes : *Un quart de million de dollars : c'est beaucoup pour un chien, n'est-ce pas ?* Elle-même avait déjà été interviewée deux fois. Sa mère avait même trouvé sur la toile une mauvaise photo en couleurs, d'elle avec Amiral couché à ses pieds, dans un article plutôt humoristique intitulé « Dame de compagnie pour clone ». Ce type ne pouvait donc être qu'un reporter, un reporter étranger, à en juger par son léger accent, ses yeux bleus, sa stature : allemand, supposa-t-elle. Ou autrichien. Il lui réclama quelques minutes de son temps.

« Oui, dit-il comme s'il avait lu dans ses pensées. Je suis envoyé par *Die Weltwoche*, et je voulais vous demander… vous persuader, vous supplier… de m'accorder quelques instants… Serait-ce possible ? A moi seul ? Maintenant ? »

Elle posa sur lui un regard appuyé, appréciateur, flirtant avec lui, oui, elle flirta avec lui. « J'ai du temps à revendre », répondit-elle. Puis, observant son sourire s'épanouir : « Aimeriez-vous un sandwich ? »

Ils mangèrent sur le patio qui surplombait la piscine. Elle portait une tenue décontractée : son short, ses tongs et son vieux T-shirt Tupac, ce qui n'était pas forcémenet une mauvaise chose car le T-shirt, deux fois trop petit, remontait au-dessus de ses hanches quand elle se calait contre le dossier, exposant son nombril et l'anneau en onyx qu'elle s'était fait placer là. Il l'observa tout en parlant du chien, porta le sandwich aux lèvres, le reposa, jouant avec l'objectif du vieux Hasselblad cabossé qu'il sortit du sac à dos posé à ses pieds. Le soleil dessinait des sequins à la surface de la piscine. Amiral, paressant sous la table, rongeait un os en peau. Elle se sentait bien, mieux que bien, à siroter sa bière et à observer son compagnon en retour.

Ils engagèrent une petite conversation sur la bière. « Désolée de ne vous offrir qu'une Miller, mais c'est tout ce que nous avons, du moins, tout ce que les Striker ont chez eux…

— Miller Grande Vie, dit-il, levant la bouteille à ses lèvres. Super comme nom. Qui cracherait sur la grande vie ? Pas même un chien. Pas même Amiral. Il mène grand train, non ?

— J'aurais plutôt pensé que vous préféreriez une bière allemande, une Beck ou ce genre-là. »

Il posa la bouteille, prit l'appareil photo et laissa l'objectif errer le long de ses jambes. « En réalité, je suis suisse, dit-il. Mais maintenant, je vis ici. Et j'aime la bière américaine. J'aime tout ce qui est américan. »

Elle ne put se tromper sur le sous-entendu et elle aurait voulu lui retourner son compliment, mais elle ignorait tout de la Suisse, si bien qu'elle se contenta de sourire et fit tinter sa canette contre celle de son compagnon comme pour trinquer.

« Donc…, fit-il, installant l'appareil sur ses genoux et désignant le carnet qu'il avait posé sur la table lorsqu'elle lui avait servi le sandwich. Ce que je trouve le plus fascinant, c'est l'idée que Mr. et Mrs. Striker aient voulu vous engager pour vous occuper du chien. C'est plutôt étrange, non ? »

Elle en convint.

Il lui adressa un sourire auquel elle aurait aisément succombé. « Cela vous gênerait-il que je vous demande combien ils vous paient ?

— Oui, cela me gênerait. »

Un autre sourire. « Mais ils vous paient bien… ça vaut le coup… comme on dit ?

— Je croyais que nous devions parler d'Amiral », rétorqua-t-elle avant d'ajouter, parce qu'elle voulait voir comment se comporterait sa langue en prononçant ce nom-là : « Erhard.

— Oh, c'est le cas. Mais je vous trouve intéressante, vous aussi. Plus intéressante, en fait, que le chien. » Comme à un signal, Amiral ressortit de dessous la table et s'accroupit sur le béton pour y déposer une crotte jaune et luisante, qu'il examina brièvement avant de l'avaler.

« Méchant chien », dit-elle – un simple réflexe.

Erhard examina le chiot pendant un moment, puis son regard se posa de nouveau sur elle. « Comment ressentez-vous la situation : cette idée de cloner un animal domestique ? Savez-vous en quoi consiste l'opération, la cruauté qu'elle implique ?

— Voyez-vous, franchement, Erhard, je n'y ai pas beaucoup réfléchi. Je ne sais pas vraiment ce que cela implique, non. Ce n'est pas mon affaire. Les Striker aimaient leur chien, c'est tout ce qui compte. S'ils ont voulu… comment présenter cela… le faire revenir…

— Tromper la mort, vous voulez dire… »

Elle haussa les épaules. « C'est leur argent. »

Se penchant au-dessus de la table, il la regarda droit dans les yeux. « Certes. Mais on doit stimuler artificiellement des tas de chiennes, puis aller chercher leurs ovules : on appelle ça une "récolte d'organe"… vous n'imaginez pas ce qu'on fait subir à ces pauvres bêtes… (Elle voulut intervenir mais il leva un doigt péremptoire.) Et si vous connaissiez le nombre de femelles qu'il faut soumettre à ce traitement ! Connaissez-vous le cas de Snuppy ? »

Elle crut avoir mal entendu. « Snuppy ? Non…

— Le premier chien conçu par clonage… il y a deux ans, en Corée. C'était un lévrier afghan comme celui-ci, issu de plus de mille embryons créés dans un laboratoire à partir de cellules de peau de donneurs. On a implanté ces embryons dans cent vingt-trois femelles pour n'obtenir que trois clones, dont deux sont morts. Bref : la torture infligée à quantité d'animaux, les fortunes dépensées… pour quoi ? » Il jeta un coup d'œil à Amiral, aux poils flottants de sa fourrure, à ses yeux brouillés. « Pour ça ! »

Une pensée vint soudain à l'esprit de Nisha : « Vous n'êtes pas vraiment journaliste, n'est-ce pas ? »

Il hocha lentement la tête, comme si elle avait été trop lourde pour lui.

« Vous êtes… quoi… l'un de ces défenseurs des animaux, de libérateurs des animaux ou je ne sais quoi ? Ai-je tort ? » Brusquement, elle eut peur, pour elle, pour Amiral, pour les Striker, pour Frankie, pour tout un édifice patiemment élaboré, basé sur l'offre et la demande, pour tout ce que cela impliquait…

« Vous savez pourquoi ils clonent de préférence les lévriers afghans, poursuivit le garçon, ignorant son interlocutrice. Le chien le plus stupide sur terre ? Non ? Pure question de reproduction. Ils ont ce qu'on appelle une ligne génétique simple, une ligne pure jusqu'à leurs ancêtres les loups. Le pedigree », dit-il en élevant la voix, de sorte qu'Amiral, surpris par sa véhémence, leva la tête. « Et tout ça pour obtenir cette “chose pure”, ce clébard idiot, cette réplique de la nature. »

Nisha tira sur son T-shirt et remonta ses jambes. A cause de la réverbération sur la piscine, elle dut plisser les yeux pour voir son interlocuteur. « Vous n’avez pas répondu à ma question, dit-elle. Erhard. Ce n’est même pas votre vrai nom, hein ? »

A nouveau, le lent roulement de la tête, d’avant en arrière au-dessus des épaules, comme une contrition rythmée. « Oui, finit-il par avouer, inspirant, je suis un de “ces défenseurs des animaux”. » Pendant un instant, son regard se perdit dans le lointain, avant de revenir se poser sur elle. « Mais je suis aussi journaliste, d’abord journaliste. Et je veux que tu m’aides. »

Ce soir-là, quand les Striker rentrèrent chez eux – en convoi, elle suivant au volant de sa voiture celle de son époux, Amiral bondit sur la pelouse pour aller aboyer follement à la vue des irrésistibles disques scintillants des enjoliveurs de la première voiture, puis de la seconde. Nisha fut confrontée à un dilemme. Sa loyauté envers les Striker, cela va de soi. Et envers Amiral, car il avait beau être tout fou et pataud, il avait beau continuellement mouiller la moquette, saccager les parterres de fleurs ou grimper sur la table de la cuisine pour avaler tout ce que quiconque avait été assez bête pour laisser sans surveillance ne fût-ce que trente secondes, elle s’était prise d’affection pour lui ; elle aurait été bien inhumaine dans le cas contraire. Or elle n’était pas inhumaine. Elle était sensible – comme tout le monde. Elle aimait les animaux, elle aimait les chiens, elle aimait les expressions d’Amiral quand il la voyait passer la porte, elle aimait la danse de sa fourrure, ses aboiements à gorge déployée, le contact de sa truffe et de ses moustaches humides sur la paume de sa main. Erhard, cependant, lui avait fait découvrir une réalité tout autre.

Qu'était-ce ? Un désir sexuel, oui, absolument – après leur troisième bière, elle se colla contre lui pour entamer une première série de baisers profonds, languides, adhésifs –, mais il y eut plus que cela. Ce qu'il exigeait d'elle avait quelque chose de transgressif, quelque chose qui convenait à sa fibre anarchique, à son désir de rébellion, à son envie de planter l'aiguille dans un ballon bien gonflé… Mais voilà donc que les Striker arrivaient, chacun émergeant de sa voiture, chacun de son côté, et Amiral bondissait entre eux, exprimant son ravissement en jappant. Gretchen cria alors à Nisha, pour se faire entendre par-dessus les vocalisations aiguës du chien – en vain. L'instant d'après, elle traversait la pelouse, traits figés.

« Ne le laissez pas courir après les voitures comme ça ! » lança-t-elle. Amiral tournait autour d'elle comme un tourbillon de poussière, essayant de mordiller ses chevilles avant de repartir, d'un coup, oreilles basses. « C'est une mauvaise habitude.

— Pourtant… Amiral… je veux dire, le premier Amiral… courait tout le temps après les voitures, ne vous rappelez-vous pas ? »

Comme Gretchen s'était fait un chignon, Nisha distingua nettement les contours de son visage. Soudain se dessinèrent des rides, des plis, des crevasses, des froncements, de menues fioritures autour des yeux : comment Nisha avait-elle pu ne pas les remarquer ?

Gretchen était vieille (au moins cinquante ans) et Nisha comprit tout, là sous le soleil implacable, goûtant encore les picotements de la bière et d'Erhard sur ses lèvres. « Je m'en moque », rétorqua Gretchen, parvenue tout près de Nisha, telle une statue que les jardiniers auraient installée dans ce jardin tiré au cordeau.

« Je croyais que nous devions tout reproduire, le comportement dans sa totalité, les mauvais côtés comme les bons, n'est-ce pas ? Sinon…

— C'est ainsi que l'accident a eu lieu. Au parc canin. Il a passé le portail avant que Cliff ou moi puissions l'arrêter, il a bondi sur la chaussée, il poursuivait un crétin de motocycliste… » Pendant un instant, le regard de Gretchen passa au-dessus de Nisha, vers l'endroit où Amiral, penché au-dessus de l'eau de la piscine, lapait l'eau comme si sa tête triangulaire et effilée avait été activée par un piston. « Donc… non, dit-elle, nous allons devoir modifier certains comportements. *Primo*, je ne veux pas qu'il boive l'eau de la piscine… Trop de produits chimiques…

— D'accord, bien sûr, répondit Nisha, haussant les épaules. Je vais essayer. » Elle éleva la voix pour lancer au chien : « Méchant chien, méchant chien ! » Mais elle n'y avait pas mis assez de conviction et Amiral ignora sa réprimande.

Le regard limpide, vert d'eau, croisa à nouveau celui de Nisha. « Et je ne veux pas qu'il mange ses… » Gretchen marqua une pause, cherchant le mot approprié, rejetant plusieurs euphémismes avant d'abandonner : « Ses crottes. »

Autre haussement d'épaules.

« Je ne plaisante pas. Me suivez-vous ? »

Nisha ne put se retenir. Elle poussait le bouchon un peu loin ? Et alors, hein ? « C'est ce qu'Amiral I faisait, déclara-t-elle. Peut-être l'ignoriez-vous. »

Gretchen se contenta d'agiter les mains en signe de rejet. « Cet Amiral-ci ne l'imitera pas. Compris ? »

Au cours des deux semaines qui suivirent, dans l'été qui s'installa avec une succession de journées sans nuages et de ciels infinis, Amiral remplit peu à peu la promesse de ses jeunes membres et Erhard vint régulièrement voir Nisha. Tous les matins, quand elle franchissait la grille, le chien en laisse, il l'attendait, grand, beau, resplendissant, toujours une plaisanterie aux lèvres et un petit rien pour Amiral caché dans sa poche. Le chien le vénérait. Devenait fou en le voyant. Gambadait à l'extrémité de sa laisse, décrivait des cercles, reniflait ses manches et ses poches jusqu'à ce qu'il obtienne sa récompense, puis il se roulait sur le dos en signe de soumission bienheureuse. Ensuite, venait le parc canin ; au lieu de rester assise, enveloppée dans son cocon, Nisha avait Erhard pour lui donner de l'énergie, pour se coller à elle : elle sentait sa chaleur à travers le coton léger de sa chemise, il l'embrassait et, plus tard, après le déjeuner et la marée montante de la bière, ils faisaient l'amour sur le divan, dans les ombres du pool house. L'après-midi, ils nageaient (il n'était pas gêné par les deux, trois kilos qu'elle avait pris : au contraire, il l'en félicita). Parfois Frankie les rejoignait, troquant son costume de bonne pour un deux-pièces blanc, leur faisant une démonstration éclaboussante de dos crawlé, une bouteille de bière comme récompense, car elle faisait partie de la famile, maman, papa et tatie Frankie, tous là autour du petit Amiral, sous le regard bienveillant de l'astre du jour.

Nisha n'était pas idiote. Elle savait que la situation était ambiguë, elle savait qu'Erhard avait des arrière-pensées, mais elle n'était pas pressée, elle ne s'était engagée à rien et, étendue sur le divan, à caresser le dos de son partenaire, à le déguster, à se régaler de lui, à le prendre en elle, elle était emplie d'espoir, enfin un espoir véritable, pour la première fois depuis qu'elle était revenue chez ses parents. Au point qu'elle attendait avec impatience chaque nouvelle journée, alors que depuis si longtemps les matins étaient si durs, car, dans leur maison devenue triste comme une tombe, quand son père partait d'un pas lourd au boulot, elle devait monter un plateau au fantôme de sa mère. Désormais, elle avait Amiral, elle avait Erhard, et tout le reste pouvait lui paraître léger. Ouais. Bien sûr. En tout cas, jusqu'au jour où Erhard la mit au pied du mur.

Un ciel sans nuages, un soleil entier, toutes les fleurs épanouies. Elle descendit l'allée à l'heure dite, Amiral en laisse, ouvrit la grille. Erhard était là. Mais, cette fois, il n'était pas venu seul. Il avait amené, tirant déjà sur la laisse, un chiot, un lévrier afghan longiligne, poussé trop vite, qui aurait pu être le jumeau d'Amiral. Elle savait depuis le début que cela arriverait, elle connaissait le plan depuis le tout début, mais elle n'en fut pas moins terrifiée. « Mon Dieu ! » lâcha-t-elle. Amiral tira sur la laisse et les deux chiens se mirent à s'ébattre autour de ses jambes dans un enchevêtrement de membres et de laisses. « Comment as-tu… ? Je veux dire, il est l'exacte… il est exactement comme…

— C'est le plan, non ?

— Mais où l'as-tu trouvé ? »

Erhard l'observa, puis son regard alla s'égarer dans la rue. « Entrons dans la maison, non ? Je ne veux pas qu'on nous voie ici… Personne… pas juste devant la propriété. »

Il ne l'avait pas encore persuadée, pas vraiment, mais le moment était venu : elle composa le code sans réfléchir et tint la grille ouverte. Ce qu'il voulait faire, ce qu'il avait commencé à faire avec sa complicité tacite, c'était : échanger les chiens, seulement pendant vingt-quatre, quarante-huit heures au plus – pour faire une expérience. Sa thèse était que les Striker ne s'apercevraient pas de la différence : ils étaient les parfaits exemples de l'arrogance et des excès de la bourgeoisie, jusqu'au point de violer les lois de la nature (et les lois divines, aussi, oui, les lois divines), dans le seul but de satisfaire leurs désirs entachés de solipsisme. Il ne serait fait aucun mal à Amiral : le chien aimerait même ça, le changement de paysage et tout le reste. Elle savait bien qu'il s'était attaché au chiot. « Ces gens-là ne reconnaîtront pas leur propre animal, avait-il affirmé, la voix endurcie par la conviction. Comme ça, j'aurai mon papier et le monde entier connaîtra toute l'histoire. »

Une fois qu'ils eurent franchi la grille, ils retirèrent leur laisse aux chiens et se dirigèrent vers l'arrière de la maison, où on ne pourrait les voir. Ils marchèrent la main dans la main, doigts entremêlés. Pendant un long moment, sous le soleil qui poursuivait sa course très haut dans le ciel, tandis que la brise marine remuait les branchages des arbres, ils observèrent les deux chiens gambader, sauter, se mordiller et faire la culbute dans leur folle rhapsodie canine. L'imposante cascade peignée de la fourrure d'Amiral fouettait l'air autour de lui, dans une frénésie de mouvements, et le nouveau chien, le chien d'Erhard – l'imposteur –, était en tout point son égal, jusqu'au dernier poil. « Tu l'as emmené chez le toiletteur, n'est-ce pas ? » s'enquit-t-elle.

Erhard lui adressa un hochement de tête très raide. « Ouais, bien sûr : qu'est-ce que tu crois ? Il doit être la copie conforme de l'autre. »

Elle continua d'observer la scène, perplexe, appréhensions enfouies profondément sous la pression des doigts de son partenaire, os, tendons, chair unis – pourquoi aurait-elle dû refuser de l'aider ? Quel mal feraient-ils ? Son article, son exposé ou quoi que ce fût, paraîtrait en Suisse, en Allemagne : les Striker n'en sauraient jamais rien. Et même s'ils l'apprenaient, même si l'article était traduit et faisait les gros titres d'une côte à l'autre des Etats-Unis, ils le méritaient bien. Erhard avait raison. Elle le savait. Elle le savait depuis le début. « Comment s'appelle-t-il ? » demanda-t-elle. Les chiens fusèrent devant elle dans une confusion de fourrure et de pattes en mouvement. « Est-ce qu'il a un nom ?

— Fred.

— Fred ? Quel nom pour un chien de pedigree !

— Et Amiral, alors ! »

Elle eut envie de lui raconter l'histoire du premier Amiral. Son sobriquet lui venait de son enthousiasme pour le yacht des Striker, qui avaient d'ailleurs l'intention d'emmener Amiral II en mer dès qu'ils en auraient le loisir. Mais avant que Nisha ait pu le faire, elle fut surprise par le grondement familier de la grille qui reculait sur ses glissières. Tout à coup, elle s'activa, se précipita vers l'angle le plus proche de la façade, d'où l'on pouvait voir la longue allée asphaltée. Son cœur manqua un temps : c'était Gretchen. Gretchen rentrée tôt, sans doute suite à quelque crise. Avait-elle égaré quelque document ? Ou alors elle avait taché son chemisier, à moins qu'elle n'ait attrapé la grippe. C'était Gretchen, en tout cas, dans sa Beemer noire, attendant que la grille se referme avant de remonter l'allée et d'exercer ses droits sur sa demeure, sa propriété, ses tapis tachés de pisse de chien et sur son incorrigible chiot. « Vite ! cria Nisha à Erhard en faisant volte-face. Attrape-les. Attrape les chiens ! »

Elle vit Erhard plonger sur eux, chercher à les saisir, mais l'herbe monta à sa rencontre et les deux garnements lui échappèrent. « Amiral ! cria-t-il, à genoux. Viens, mon chien. Viens ! » L'instant tambourina aux oreilles de Nisha. Les chiens hésitèrent, leur ridicule mer de fourrure se lissa et s'immobilisa pendant un instant, puis l'un d'eux, Amiral, ce ne pouvait être que lui, vint vers Erhard ; celui-ci le saisit au cou tandis que l'autre chien dressait les oreilles en entendant la voiture et se précipitait vers l'angle de la bâtisse.

« Je vais le retenir », cria Nisha.

Erhard, du haut de son mètre quatre-vingt-quinze, parcourait déjà la pelouse en direction du pool house, le chien se tortillant dans ses bras.

Mais l'autre chien (Fred, ce ne pouvait être que Fred) courut après la voiture, cherchant à donner des coups de dents dans les roues ; lorsque Nisha déboucha à l'angle de la façade, elle ne put échapper au regard furibond de sa patronne. L'instant d'après elle le rattrapait, tandis que la voiture s'immobiliait et que Gretchen coupait le moteur. Elle mit pied à terre, talons heurtant le pavé férocement, épaules rejetées en arrière, muscles tendus contre la veste. « Je croyais vous avoir dit… », commença-t-elle, d'une voix haut perchée et récriminatrice, avant d'hésiter, tout à coup ; son expression changea. « Mais où est Amiral ? dit-elle. Et à qui est ce chien ? »

Au cours de son existence, pour jeune qu'elle fût, elle avait croisé son lot de gens aigris : son père, en premier lieu, sa mère, ensuite. Elle s'était promis de ne jamais devenir comme eux, de ne jamais sombrer dans cet état où désespoir et regret vous écrasent jusqu'à vous réduire à un état de haine pure. Or, de plus en plus, tout ce qu'elle pensait, ressentait ou goûtait était aigre, ô combien ! Erhard avait disparu de sa vie. Les Striker demeurèrent inflexibles. Sa mère s'étiolait. Amiral II régnait en maître. Elle ne s'était jamais sentie plus bas qu'au moment où, la voiture ayant remonté l'allée, Gretchen s'était tenue là, devant elle. Jusqu'à ce qu'Amiral, se mettant à hurler au loin, se libère de l'étreinte d'Erhard et déboule à l'angle de la maison, avant d'exécuter un saut parfaitement coordonné et très impressionnant, qui le propulsa jusque dans les bras de sa protectrice. Sur quoi, Erhard apparut, tête penchée, épaules basses, l'air déconcerté.

« Je ne crois pas avoir eu le plaisir », dit Gretchen, reposant le chien (qui sauta derechef, cette fois dans les bras d'Erhard) ; elle lança un regard assassin à Nisha avant d'avancer et de tendre la main au jeune homme.

« Oh, je vous présente, hum… Erhard, Nisha s'entendit-elle annoncer. Il est suisse et je… eh bien, je viens de le rencontrer au parc canin et, puisqu'il a aussi un lévrier afghan… »

Erhard avait un air pathétique qu'elle ne lui avait jamais vu, mais il réussit à singer un sourire pour répondre « Ravi de vous rencontrer », alors que Gretchen relâchait sa main et se tournait vers Nisha.

« C'est une bonne idée, dit-elle, regardant les chiens, les comparant. Bonne initiative, Nisha… mais, vraiment, sachez qu'Amiral n'a jamais eu de… *camarades de jeux*… ici, dans l'enceinte de la propriété, lévriers afghans ou pas, et je suis certaine qu'il n'a jamais croisé de *Suisse*, si vous voyez ce que je veux dire ? »

Nisha ne put qu'acquiescer.

« Donc, dit Gretchen, carrant les épaules et se retournant vers Erhard. Ravie d'avoir fait votre connaissance. Mais je vais devoir vous demander d'emmener votre chien… comment s'appelle-t-il ? »

Erhard baissa la tête. « Fred.

— Fred ? Quel drôle de nom. Pour un chien, bien entendu. Il est en règle, n'est-ce pas ?

— Oh, oui, il est du meilleur pedigree, excellent. »

Gretchen jeta un coup d'œil dubitatif au chien, puis regarda à nouveau son maître. « Ah, oui, il en a l'air, dit-elle. Et ce sont de merveilleux chiens, les lévriers afghans, nous en savons quelque chose. J'ignore si Nisha vous l'a dit mais Amiral est un chien très, très spécial, et nous ne pouvons pas autoriser les autres chiens sur la propriété. Loin de moi l'idée d'être abrupte (encore une fois, elle lança un regard perçant à Nisha), mais les étrangers de toute sorte, de toute espèce, ne peuvent pas prendre part à ce… à cette… » Elle laissa sa phrase en suspens, s'évertuant, en fin de compte, à recouvrer le masque froid de son sourire. « Ravie de vous avoir rencontré », répéta-t-elle, et la séance fut levée.

Nisha mit un certain temps à oublier. Elle pensa longtemps qu'Erhard faisait profil bas, qu'il reviendrait, qu'il s'était vraiment passé quelque chose entre eux, mais, après deux semaines, elle finit par ne plus s'attendre à le voir à la grille, au parc canin ou ailleurs. Très lentement, au fil des jours, elle commença à comprendre quel était son rôle, son vrai rôle. Amiral se mordait la queue : elle l'encouragea à le faire. Quand il faisait ses besoins dans la rue, elle poussait la petite crotte bien dure avec la pointe de son soulier pour l'obliger à la prendre dans sa gueule. Oui, elle vivait dans le passé, sa mère était mourante et elle avait fait des études à la fac pour rien, mais elle était déterminée à se forger un avenir meilleur, pour elle-même et pour Amiral – et quand elle l'emmenait au parc canin, elle s'attardait à l'extérieur de la grille, pour le laisser courir à son aise là où il avait envie d'être, dans la rue où les voitures roulaient, où les roues tournaient, s'arrêtaient et attrapaient la lumière jusqu'à ce qu'il ne restât plus rien d'autre au monde. « Bon chien, disait-elle alors. Bon chien. »

Lundi des Cendres

Il avait toujours aimé l'odeur de l'essence. Ça lui rappelait son enfance, quand, à sept ou huit ans, Grady vint vivre avec eux. Quand Grady avait emménagé, il était venu avec sa Chevrolet Super Sport jaune : il l'avait poussée jusque dans les herbes folles à côté du garage, à l'aide d'une remorque noire et brillante, qu'il avait dû louer pour la journée car, le lendemain matin, elle avait disparu. Cette première nuit-là était tombée sur Dill comme une absence, comme toutes les nuits alors et la plupart de ses jours aussi, toute une culbute de néant dans laquelle, de loin en loin, pétillait une particule de mémoire. Il se rappelait bien la remorque, et Grady – bien sûr qu'il se souvenait de Grady car Grady avait vécu chez eux jusqu'à ses onze ans ; il se rappelait avoir vu, le lendemain matin, la voiture montée sur des blocs de ciment comme si, entrée dans un mur à cent cinquante kilomètres-heure, elle s'était immobilisée là, au-dessus des débris. Et il se souvenait de l'odeur de l'essence. Grady la portait comme une femme porte un parfum.

Maintenant, Dill avait treize ans, il avait sa voiture à lui ou, du moins, elle serait vraiment à lui lorsqu'il aurait l'âge de passer le permis ; quand il essayait de se rappeler Grady, ce à quoi il ressemblait, il revoyait sa casquette de base-ball empennée d'huile, avec un 4 et une étoile dans un petit carré argenté sur le devant, et il se rappelait les lunettes argent sous la visière de la casquette ; dessous, encore, il devait bien y avoir un nez et une bouche, mais tout ce dont il se souvenait, c'était la moustache recourbée vers le bas aux commissures des lèvres, qui donnait à Grady l'air triste de Billy Bottoms qu'on voyait sur tous les supports imaginables à ce moment-là, quand Dill était en CM2.

Il était dans la cour, il humait l'essence, il pensait à Grady, il regardait sa saloperie de guimbarde garée là près du garage où la Super Sport s'était affaissée, avec le temps, sur ses blocs en ciment : sa mère avait dû décider de la faire remorquer jusqu'à la casse. Il ressentit le poids du bidon d'essence dans sa main, leva la tête vers le soleil et les exhalaisons torrides qui filtraient du canyon, mais, pendant une fraction de seconde, il oublia ce qu'il faisait là : il sortit de lui-même. Ça lui arrivait, ça lui arrivait tout le temps, une autre sorte d'absence, si habituelle qu'il ne la remarquait même plus. Ça agaçait sa mère. Intriguait ses professeurs. Il aurait préféré que ça n'arrive pas ou pas si souvent, mais que pouvait-il y faire… Sans doute était-il ce que les gens appelaient « un rêveur ». C'est comme ça que sa mère disait. Un rêveur.

La voix de sa mère, justement, lui parvint alors, par la fenêtre de la cuisine, sa voix haut perchée et cinglante comme l'extrémité tressée d'un fouet : « Dill, qu'est-ce que tu fais à bayer aux corneilles ? Les pommes de terre sont presque cuites. Allume le feu et mets la viande à cuire *tout de suite* ! »

Sa mère était prof. Son père n'existait pas. Sa grand-mère était morte. Cette maison, perchée au haut du canyon, entourée de rochers blanchis par le soleil, qui ressemblaient aux gros orteils de cent géants enterrés, cette maison, c'était celle de sa grand-mère. Et sa Toyota Camry de 97 sans pare-chocs avant, avec deux ailes sérieusement rafistolées et la peinture cloquée par le soleil qui avait été jadis or métallisé mais avait désormais la couleur d'une crotte de chien fraîche, cette guimbarde, c'était celle de sa grand-mère. Elle n'avait plus besoin de guimbarde, là où elle était. *Où c'est ?* avait-il demandé à sa mère dans le silence de la salle à l'arrière du crématorium où sa grand-mère avait été incinérée pour qu'elle puisse entrer dans une boîte en carton. « Tu sais bien, tu sais où elle est… » Ce à quoi il avait répondu : « Oui, je sais où elle est : dans cette boîte, là. »

Il ressentit donc un petit pincement. Il avait un bidon d'essence à la main. Il était l'homme de la maison : « C'est toi, mon homme, maintenant », lui avait dit sa mère pour son onzième anniversaire. Le visage de Grady avait gonflé comme un ballon de foot, d'avoir tant crié et crié *fuck you* et *fuck you too*, avant de faire claquer la porte et de disparaître à jamais. Il lui revenait donc, à Dill, d'allumer le feu et de faire griller la viande. Tous les soirs. Même en hiver, à la saison des pluies et des froidures, quand il devait porter son sweat-shirt à capuche et regarder les flammes, protégé par l'auvent du toit du garage. Pas de problème. Il n'avait rien de mieux à faire. Et il aimait la façon que le charbon de bois avait de s'enflammer, d'aspirer l'air après qu'il l'avait aspergé d'essence, ce que sa mère lui interdisait formellement de faire *(Ça pourrait exploser, tu le sais, n'est-ce pas ?)*, mais ils n'avaient plus d'allume-feu et la droguerie était tout en bas de la route sinueuse, au fond du canyon, et, depuis une semaine, c'est comme ça qu'il allumait le feu.

Le barbecue était un vieux machin à gaz en forme de point d'interrogation, avec le point coupé en bas. Le réservoir avait beau encore y être attaché, depuis des années il était vide : ils jetaient des briquettes sur les morceaux de vieilles pierres ponces qui ressemblaient à des astéroïdes carbonisés descendus de l'espace, et il faisait donc comme ça, c'est comme ça qu'il faisait cuire la viande. Il posa la poêle, tâta la poche de son blue-jeans pour sentir les allumettes. Puis il souleva le couvercle en fer et le fit tenir ouvert sur ses charnières. En se penchant sur le sac de charbon de bois, il vit quelque chose bouger sous les barres du gril. Il fut surpris, sa première pensée étant que ce devait être la période de l'année où les serpents descendaient du *chaparral* à cause de la sécheresse. Mais ce n'était pas un serpent : c'était un rat. Une espèce de bidule marron, ridicule, avec un œil noir et des moustaches de chat, qui le regardait depuis l'interstice entre deux barreaux : qu'est-ce qu'il croyait ? Qu'il serait à l'abri dans un barbecue ? Qu'il pourrait construire un nid là-dedans ? Dill rabattit le couvercle d'un coup et écouta la bestiole s'agiter dans les cendres.

Il sentit l'excitation, une vive poussée d'adrénaline, monter en lui. Il se retourna pour vérifier que sa mère ne l'observait pas à travers la porte grillagée ; il jeta un coup d'œil au mur en stuc blanc et aux fenêtres vernissées de soleil de la maison d'à côté (la maison de Itchy-goro, Itchy-goro, avec sa face de bridé, ses yeux de chinetoque et sa grande bouche de menteur). Ensuite, il entrouvrit le couvercle du barbecue juste assez pour verser un peu d'essence dedans, avant de le refermer d'un coup. Il se mit à compter les secondes, *une, deux*, et il n'y eut plus aucun son, rien que le silence. Lorsqu'il gratta l'allumette et la jeta à l'intérieur, il eut la même impression que lorsque, seul dans sa chambre, il regardait les vidéos qu'il cachait à sa mère, pour se faire durcir puis ramollir puis durcir encore.

*

Sanjuro Ichiguro se tenait à sa fenêtre ; contre la baie vitrée, il admirait la façon dont la lumière filtrait à travers les feuilles jaune-vert des bambous qu'il avait plantés le long du sentier qui menait à sa porte d'entrée et redescendait vers le jardin des voisins. On appelait cette variété de bambous Ventre de Bouddha en raison des renflements aux jointures ; elle était parfaitement adaptée aux sols pauvres et aux climats secs , il les arrosait un peu, de sorte à faire gonfler les renflements. Il avait planté d'autres variétés (créant un bosquet jaune, un bosquet marbré et un bosquet doré) mais les Ventres de Bouddha étaient ses préférés car son père les aimait par-dessus tout et ils lui rappelaient sa maison natale. Il n'appréciait guère les cerisiers sur le côté est de la maison (trop cliché) mais Setsuko avait insisté pour qu'il en plante. S'ils devaient vivre si loin de chez eux (*Dix mille kilomètres !* n'avait-elle cessé de répéter, hissée sur une vague de lamentations, près de dix ans plus tôt, lorsqu'ils avaient fait leurs malles, qu'ils avaient envoyées par bateau, tandis qu'ils faisaient leurs adieux à leurs familles à Okutama), alors, alors elle voulait au moins faire de cette maison et de ce jardin accablé de soleil un havre esthétique, un havre *japonais* au milieu des chênes nains et des manzanitas. Il avait loué les services d'un charpentier pour construire le *torii* destiné à encadrer la vue que son épouse aurait des cerisiers depuis la maison et deux manœuvres mexicains pour creuser devant une petite mare en forme de pièce de puzzle, au bord de laquelle elle pourrait se détendre en fin d'après-midi et observer les carpes koï venir à la surface tandis que les nénuphars révéleraient leurs fleurs, que les libellules flotteraient au-dessus de l'eau et que lui-même serait enfermé dans la boîte en fer-blanc de sa voiture, dans les embouteillages.

De la cuisine parvenaient des fumets (ail, oignons verts, huile de sésame). Le trajet depuis Pasadena avait été un enfer, il avait mis près de deux heures, le double de ce qu'il lui fallait d'ordinaire, mais un crétin était entré dans le cul d'un autre demeuré et toutes les voitures suivantes s'étaient encastrées les unes dans les autres, de sorte qu'on ne circulait plus que sur une voie quand il était arrivé sur les lieux. Qu'à cela ne tienne, il était rentré, maintenant – la lumière était exquise, l'air embaumait les mets, quels qu'ils fussent, que Setsuko préparait et il avait à la main un verre d'Onikoroshi, glacé à la perfection. Il se remémorait la mare, l'ancienne, celle qu'il avait fait trop peu profonde, si bien que, la nuit, les ratons laveurs venaient s'y baigner et avaient transformé en sashimi des carpes koï qui lui avaient coûté une petite fortune. Il voulait avoir son propre élevage et son salaire à JPL lui permettait d'acheter ce qu'il y avait de mieux dans tous les domaines.

Les ratons laveurs ! Aucun doute, ils représentaient un risque quand on vivait sur ces hauteurs. Comme les coyotes qui avaient emporté le chat de Setsuko pendant qu'elle arrosait les bégonias juste devant la maison, à moins de trois mètres de la scène du rapt. Et cet oiseau… un grand échassier qui aurait pu être une cigogne si ses plumes n'avaient eu la matité de l'étain. Un matin, à l'aube, il était sorti tôt pour éviter l'heure de pointe, clefs de la voiture pendant à une main, son mug en céramique porte-bonheur et son thermos de thé vert dans l'autre : il avait vu le volatile enfoncé dans la mare jusqu'aux genoux, *purachina ogon* blanc marmoréen serré entre le double levier de son bec, aussi habile que des baguettes, des *hashi* avec des pattes et des ailes. Il avait aimé sa métaphore. Il l'avait érigée en blague. Il s'en était servi avec ses collègues au bureau, de toute cette histoire, depuis le moment où il avait vu le volatile attraper le poisson jusqu'au cri scandalisé qu'il avait poussé à l'intention du contrevenant, lequel, surpris, s'était envolé, écrivant en battant des ailes son chemin dans le ciel ; au fur et à mesure, il avait peaufiné son récit, à telle enseigne que le fait que les poissons lui avaient coûté seize cents dollars avait encore, en fin de compte, ajouté à l'hilarité. Il avait même appelé Setsuko avec son portable sur le chemin du retour, pour s'exclamer : *Des hashi ailés !*

Soudain, son regard fut attiré par le jardin de la voisine, par un mouvement en contrebas, et il ressentit un infime pincement d'irritation. C'était ce gamin, ce garçon, celui qui l'avait insulté. A quoi s'amusait-il, encore ! Le barbecue, son rituel du barbecue comme tous les soirs, et pourquoi sa mère ne pouvait-elle cuisiner au four comme tout le monde ? On n'était plus au Moyen Age, tout de même ! On n'était plus à l'époque des cavernes, n'est-ce pas ? Il porta le verre à ses narines pour sentir le rebord frais et humer l'odeur du saké. Dont il but une gorgée, avant d'inhaler son odeur à nouveau, longuement, ce qui le calma. Telle était l'odeur du plaisir, du délassement après le travail, de la civilité, l'odeur d'un pays où les gens n'oseraient jamais traiter leur voisin de bridé et l'inviter dans le même souffle à « tringler sa mère » – ou de quoi que ce soit, d'ailleurs. Alors qu'il comprenait parfaitement, indépendamment, les termes « tringler » et « mère », le sens de l'expression réunissant les deux lui échappait, à moins qu'elle n'ait eu un rapport avec l'inceste et la fixation infantile sur le sexe parental, auquel cas la plupart des hommes étaient, en effet, des tringleurs de mères. Mais c'était la partie « bridé » de l'équation, surtout, qui le déconcertait. Au bureau, Colin Andrews avait cillé quand Sanjuro lui avait demandé de lui expliquer le sens du terme ; il avait pris un air neutre, le regard vague que les Américains affectaient quand ils étaient confrontés aux questions raciales, et il avait expliqué que c'était un terme péjoratif appliqué aux Vietnamiens, qui remontait à la guerre, aux années 1960, ce qui ne fit qu'embrouiller davantage son interlocuteur. Comment ce garçon, même si c'était un malade mental (il était retardé, Sanjuro en était persuadé), pouvait-il le confondre, lui, un Japonais, avec un de ces ploucs, un de ces nains rachitiques de Vietnamiens !

Furibond, oui, brusquement furibond, il se retourna et cria à Setsuko : « Ça y est, il remet ça ! »

Le visage de son épouse, rond comme la lune, apparut dans l'embrasure de la porte de la cuisine. Il vit qu'elle s'était teint les cheveux, deux houppes ondulées de part et d'autre de son front et un dôme échafaudé au-dessus. On aurait presque dit une Américaine, une *gaijin*, et il n'était pas convaincu d'aimer ça. « Qui ? » demanda-t-elle en japonais (ils parlaient toujours japonais chez eux).

« Le garçon d'à côté. Le délinquant. Cette petite merde. Il fait cuire ses hot-dogs, ses hamburgers ou je ne sais quoi, à l'essence. Tu imagines ? »

Elle regarda par la fenêtre mais, depuis l'endroit où elle se trouvait, l'angle n'était pas bon et elle ne vit que le ciel et les cimes des bambous qui se balançaient à la brise. Si elle s'était avancée de cinq pas, elle aurait pu distinguer ce dont son mari parlait, le garçon dansant autour du barbecue rouillé avec la bonbonne de gaz rouge et jaune à côté et sa boîte d'allumettes. Mais elle ne bougea point. « Est-ce que tu aimes ma nouvelle coiffure ? demanda-t-elle. Je suis allée chez

Mme Yamamura au salon de beauté aujourd'hui et elle a pensé que nous pourrions essayer quelque chose de nouveau. Juste pour changer. Ça te plaît ?

— Je devrais peut-être leur offrir un flacon d'essence à briquet… le leur laisser sur leur véranda. Parce que, s'il continue, il va mettre le feu à tout le canyon, je te le dis, moi…

— Ce n'est rien. Ne t'inquiète donc pas.

— Ce n'est rien ? Tu appelles ça "rien" ? Attends que tes cerisiers partent en fumée, et puis la maison et les voitures, attends que les poissons bouillent dans la mare comme dans une casserole sur ton fourneau, et puis tu me rediras que ce n'est rien ! »

Le gamin gratta l'allumette, retira le couvercle du barbecue et la lança dedans. Il entendit un bruit étouffé de commotion lorsque l'essence s'enflamma ; puis les flammes sautèrent à l'extérieur du barbecue en une couronne hérissée, avant de refluer à l'intérieur, mais aussi quelque chose d'autre, quelque chose qui fusa comme la queue d'une comète et détala, agrémenté d'une jupe de feu.

*

Il n'avait jamais rien vu d'aussi génial. Le rat bondit de là-dedans en couinant comme les freins de la Camry ; avant que Sanjuro ait pu réagir, il débaroulait par terre ; encore en feu, la bestiole tenta de s'enterrer dans les hautes herbes derrière le garage. Les herbes prirent feu. Le feu s'intensifia. Dill courut après la chose, avec la vague intention de lui écraser le crâne sous le talon de sa chaussure ou peut-être de voir combien de temps il lui faudrait pour mourir tout seul, lorsque arriva Itchy-goro, dévalant la colline comme s'il avait fumé, hurlant : « Tu es fou ? Tu es tombé sur la tête ? »

Les herbes sifflèrent, éclatèrent, surtout de la bourre et des épineux, quelques amarantes qui n'étaient que de l'air, et le feu s'épuisait déjà parce qu'il n'avait rien pour l'alimenter que la terre et le gravier. Le rat s'immobilisa, noirci et fumant comme une guimauve tombée du bâton dans le charbon de bois. Mais Itchy-goro (en peignoir et savates, un râteau à la main) sauta par-dessus la barrière et se mit à battre les mauvaises herbes comme s'il avait voulu tuer tout un champ de serpents à sonnettes. Dill resta planté là à observer le bridé qui, lançant des jurons en japonais, prit le tuyau d'arrosage enroulé près du garage, et aspergea tout alentour comme s'il y avait eu un incendie. C'est alors que Dill entendit la porte claquer dans son dos ; lorsqu'il se retourna, il vit sa mère courir vers eux, pieds nus ; il eut une vision fugace des crevasses sur ses orteils, gonflés et rouges parce que ses chaussures la serraient et que, à l'école, elle devait se tenir debout toute la journée. « Tu ne peux pas te lever pour prendre le lait ? » lui disait-elle tout le temps. Ou : « Je suis trop fatiguée pour mettre la table, tu ne pourrais pas le faire ? » Et le pompon : « Je suis debout toute la journée. »

Les traits d'Itchy-goro étaient si déformés qu'il était méconnaissable. Il ressemblait à l'un de ces crétins dans les films de ninjas, l'un des dix mille crétins anonymes et grimaçants qui attaquent Jet Li avec des tasseaux ou des démonte-pneus, reçoivent des coups à la gorge ou au genou et se retrouvent par terre. « Vous voyez ? criait-il. Vous voyez ce qu'il fait ? Votre fils ? » Ses mains tremblaient. Tellement qu'il ne réussissait pas à orienter correctement le tuyau d'arrosage : l'eau, s'élevant en jet, éclaboussait le mur du garage, puis dégoulinait et s'accumulait en mare par terre. L'air empestait les herbes calcinées.

Avant que sa mère ait pu improviser sa propre version du visage d'Itchy-goro et dire « Qu'est-ce que tu fabriques ? », Dill donna un coup de pied dans une pierre, mit les mains sur les hanches et dit : « Comment j'étais censé savoir qu'il y avait un rat là-dedans ? Un rat, m'man. Un rat dans notre barbecue ! »

Elle n'en prit pas moins le parti d'Itchy-goro et hurla avec lui (« De l'amadou ! » le Jap n'arrêtait-il pas de crier). Tous deux s'acharnèrent contre Dill. Lequel fusilla donc sa mère du regard et s'éloigna à grandes enjambées, disparaissant derrière l'angle du garage, dédaignant de répondre quand elle l'appela de sa voix la plus aiguë, à trois reprises.

Il continua jusqu'au hangar aux chinchillas de Grady, le contourna et, poussant la porte qui ne tenait plus que sur un gond, pénétra dans les ombres surchauffées de la bâtisse. Qu'elle se fasse cuire ses côtelettes elle-même ! Qu'elle les donne à Itchy-goro. De toute façon, elle prenait toujours le parti du voisin. Pourquoi ne l'épousait-elle pas ? C'est ce qu'il lui dirait quand il serait prêt à rentrer manger un morceau et à l'écouter le tarabuster pour qu'il fasse ses devoirs : « Epouse-le donc, ton Itchy-goro, si tu l'aimes tant ! »

Après être resté un moment affalé dans la

pénombre, inhalant l'odeur des crottes de chinchillas qui flotterait sans doute toujours là comme l'odeur des bandages dans lesquelles les momies étaient enveloppées, il sentit son pouls ralentir. Il transpirait. Il devait faire vingt degrés de plus qu'à l'extérieur, mais il s'en moquait. Il venait là quand il était en pétard, quand il voulait réfléchir ou se rappeler comment c'était quand Grady élevait les chinchillas, qu'il l'aidait à nettoyer les cages et s'assurait qu'il y aurait assez de nourriture et d'eau pour tous. Comme il fallait de quatre-vingts à cent fourrures pour faire un seul manteau, Grady n'arrêtait pas de répéter qu'ils devaient en élever de plus en plus, sans quoi ils ne dégageraient jamais de profit. C'était sa formule préférée : dégager du profit. Dill se rappelait la façon dont sa mère la lui renvoyait à la figure parce qu'il n'en dégageait jamais, justement, et n'en dégagerait jamais, le coût de la nourriture et des bestioles elles-mêmes se révélant un gouffre financier (ça, c'était son expression préférée, à elle), mais ce n'était encore rien comparé à ce qu'il dépensait en air conditionné.

« Il faut qu'ils soient au frais, prétextait toujours Grady.

— Et nous, alors ? Nous n'avons pas les moyens d'avoir l'air conditionné dans la maison... tu me sautes à la gorge chaque fois que je l'allume, comme si c'était un crime... mais que Dieu garde tes précieux rongeurs de jamais en être privés !

— Il faut être patiente, Gloria. Dans les affaires...

— Les affaire*s* ? Tu appelles ça "les affaires", rester assis toute la journée dans un hangar avec l'air conditionné ? Combien de manteaux as-tu faits, dis-moi ? Combien de fourrures as-tu vendues jusqu'à présent ? Combien en as-tu même dépecé, de tes bestioles ? Dis-le-moi. »

Dill était du côté de Grady et n'avait jamais, pas un instant, remis en cause son allégeance. Sa mère n'y connaissait rien. Les chinchillas venaient d'Amérique du Sud, des sommets des Andes où les températures descendaient très bas et ne dépassaient jamais 27°, pas même le jour le plus chaud de toute l'histoire de l'humanité. A 27°, les chinchillas mourraient de chaleur. Elle l'ignorait. Ou alors elle s'en moquait. Dill, lui, le savait. Et il savait aussi ce qu'il fallait leur donner à manger, des croquettes pour chinchillas et des petits cubes de foin, mais pas de choux, de maïs ou de laitue parce que ça leur donnait des gaz, et ils auraient gonflé et seraient morts. Il savait même comment les tuer. Grady le lui avait montré. Il suffisait de sortir un chinchilla de sa cage par la queue, de lui saisir la tête d'une main et de donner aux pattes de derrière un coup sec pour lui briser la nuque. Il gigotait pendant un petit moment. Mais, après ça, on pouvait le dépecer. Grady n'aimait pas tuer les chinchillas : ils étaient mignons et inoffensifs. Non, il n'aimait pas les tuer, mais les affaires étaient les affaires, il ne fallait jamais perdre ça de vue.

C'était l'automne et les vents de Santa Ana avaient commencé à souffler. Le professeur de sciences de Dill, Mr. Shields, avait expliqué à la classe que, lorsqu'un système de haute pression se formait à l'intérieur des terres et qu'un autre, de basse pression, s'installait au-dessus de l'océan, tout l'air du désert était aspiré et dévalait les canyons, avec des bourrasques dont on avait mesuré qu'elles pouvaient atteindre les cent cinquante kilomètres-heure, desséchant tout sur leur passage ; mais Dill savait que le vent avait des effets plus immédiats. Le matin, il sentait les grains de sable entre ses dents, la pellicule de poussière dans ses narines. Il le goûtait dans l'arrière-cour, le monde entier cuisait comme les fours à pizza de chez Giovanni, sauf que, à la place de pizzas, le vent brûlait de la sauge, les feuilles des sycomores le long du lit sec de la rivière et l'huile de l'omniprésent sumac de l'Ouest. Un après-midi, le vent était si fort qu'il secouait le bus lorsqu'il monta dedans en rentrant de l'école. Une poignée de sable érafla son visage comme s'il avait reçu une volée de chevrotines, et quelqu'un (probablement Billy Bottoms) cria « Crétin ! » lorsque les portes se refermèrent dans un chuintement.

Il tourna la tête pour éviter que la poussière ne lui entre dans les yeux. Des amarantes couraient dans la cour. La poubelle rejetait un flot spasmodique de bouts de papier et de bouteilles en plastique, comme de l'eau tirée d'un diffuseur, et il entendit sa mère se plaindre car quelqu'un avait été trop paresseux et trop négligent pour passer dix secondes à attacher les crampons du couvercle de la poubelle afin d'empêcher les ratons laveurs de venir fourrager dedans. Abaissant la visière de sa casquette (celle que Grady lui avait donnée, avec l'écusson noir et argent, représentant le F-14 Tomcat), il souleva son sac à dos pour soulager sa colonne vertébrale, remonta l'allée et rentra dans la maison.

Dans la cuisine, il se versa un grand verre de racinette et fit cul sec car il n'avait jamais eu aussi soif de sa vie ; il s'en versa un second et, cette fois, prit son temps pour le boire pendant que son Hot Pocket jambon-fromage grésillait dans le four à micro-ondes. Il avait l'intention d'aller au hangar vérifier ce que Grady faisait, mais d'abord il alluma la télé de la cuisine, simplement pour avoir quelque chose à faire en mangeant, mais sur toutes les chaînes il n'y avait que des bulletins d'infos. Parce qu'il y avait des feux partout, de Malibu jusqu'à la San Fernando Valley, et même à L.A. et dans l'Orange County. Sur toutes les chaînes, une femme, micro serré dans la main et cheveux remuant au vent, se tenait devant une maison en feu et des arbres qui flambaient comme des cierges. On avait beau zapper, seule la couleur de la femme changeait : blonde, noire, mexicaine, chinoise. Mr. Shields leur avait raconté qu'un incendie pouvait débouler sur vous plus vite qu'on ne pouvait courir : c'est pour ça que, parfois, les pompiers mouraient brûlés vifs et des habitants aussi ; pour ça aussi qu'il fallait accepter d'évacuer les lieux lorsque les policiers venaient frapper à votre porte pour vous demander de le faire. Mais personne ne le croyait. Comment le feu pouvait-il aller plus vite que quelqu'un qui courait ? Il pensa à Daylon James, le meilleur sprinteur de l'école : personne ne réussissait jamais à le rattraper au touch, sans parler de placer le ballon au-delà de la ligne d'en-but. Ça paraissait ridicule. N'empêche, il y avait des hélicoptères à l'écran maintenant, et la caméra sautait d'un angle à l'autre ; ensuite, seulement les flammes, des murs, des vagues variant du rouge à l'orange et au jaune, et puis retour, et la couronne noire de la fumée.

Il se représenta courant aussi vite que possible au milieu de buissons et d'arbres en feu ; la montagne incandescente lui tombait dessus ; il avait dû s'assoupir un instant car, lorsqu'il releva la tête, il n'y avait plus rien à la télé et l'affichage LED du micro-ondes était éteint. C'est alors que Grady déboula dans la pièce. « Vite », cria-t-il. Il pantelait comme s'il n'avait plus eu de souffle et son visage n'était pas celui que Dill lui connaissait mais celui d'un fou dans un film d'horreur, juste avant que le monstre le rattrape. « Prends toute la glace que tu peux. Vite ! Vite ! »

Ils sortirent par la porte de derrière, avec deux sacs en plastique pleins de tous les morceaux de glace produits par la machine à glaçons. Les sacs clapotèrent et chantèrent au vent, la poussière leur entra dans les yeux, la porte du hangar refusa de s'ouvrir et, quand elle finit par le faire, elle alla taper contre les planches blanchies par le soleil avec un bruit qu'aurait pu faire un poing géant. L'intérieur du hangar était encore frais mais l'air conditionné ne fonctionnait plus : l'électricité avait sauté dans tout le canyon et les chinchillas paraissaient déjà mal en point. Grady et Dill parcoururent les quatre rangées de cages empilées sur trois étages, avec des feuilles de journaux étalées en haut des cages du niveau inférieur pour rattraper les crottes des cages au-dessus, et ils versèrent des cubes de glace à l'intérieur de chacune. Une demi-heure plus tard, la température atteignait 25,6° et Grady, les yeux sautant dans son visage comme deux guêpes sur un morceau de viande, déclara : « Je vais descendre en bas du canyon et acheter de la glace. Reste ici et… je ne sais pas… enlève ta chemise et évente-les, n'importe quoi pour faire du courant d'air. Tu pourrais peut-être aussi asperger la toiture et les murs avec le tuyau d'arrosage, tu me suis ? Pour rafraîchir un peu… Si on tient jusqu'à la tombée de la nuit, tout ira bien. »

Or tout n'alla pas bien. Grady eut beau revenir avec de la glace plein le coffre de la Camry, trente sacs ou plus, ils eurent beau emplir les cages de petits glaçons artificiels d'un blanc légèrement bleuté, et étendre des draps mouillés partout, la chaleur continua de grimper. Il finit par faire vraiment trop chaud. L'un après l'autre, les chinchillas succombèrent à un coup de chaleur. Les gris standard moururent les premiers, puis les mosaïque et les velours noir qui coûtaient le double. Grady les ravivait à l'aide de paquets de glace qu'il faisait fondre autour de leur tête jusqu'à ce qu'ils reviennent à eux et se mettent à tituber dans leur cage, mais le courant ne fut pas rétabli, la glace fondit et le soleil ne sembla pas décidé à vouloir se coucher, ce jour-là : un véritable soleil de science-fiction, énorme, gras et rouge, déterminé à tout dessécher sur terre. Quand la mère de Dill était rentrée de l'école (« Pardon d'être en retard ; la réunion n'en finissait plus »), les chinchillas étaient morts, tous, les deux cent dix-sept. Le hangar sentait l'odeur qu'il sentait encore aujourd'hui. Une odeur de pisse. De merde. Et de mort.

*

Ils faisaient ça le vendredi, après le travail, lui et plusieurs collègues affectés à la surveillance de CloudSat, le satellite qui collectait les informations sur les formations nuageuses à l'échelle de la planète pour les météorologues du monde entier, sans parler du météorologue du coin. Ils se réunissaient dans un bar à sushis de Pasadena, un endroit à la mode pour *gaijin*, doté d'un long bar ovale, les cuisiniers au milieu et une flottille de barques miniatures en bois qui faisaient le tour sur un canal d'eau courante : le client piochait à volonté dans les barques jusqu'à ce que les soucoupes s'empilent devant lui ; une fois qu'elles étaient vidées, le garçon de salle philippin les glissait dans son casier en plastique tout mouillé. Ce n'était pas authentique. Et la nourriture n'était pas bonne, ou pas particulièrement bonne. Mais on pouvait commander à la carte si on en avait envie (ce qu'il faisait toujours, commandant ce que le chef cuisinier lui conseillait pour le jour en question), et, bien sûr, la bière et le saké coulaient à flots. Sanjuro avait déjà bu deux sakés et il songeait à commander une bière ou à en partager une avec Colin, avant de passer au thé, afin de se remettre d'aplomb pour être en mesure de prendre le volant et de rentrer chez lui. L'air absent, il laissa errer son regard sur le comptoir, sur ses collègues et les autres clients qui venaient là en nombre manier leurs baguettes et siroter du saké bon marché dans une petite tasse en céramique comme si ça avait été quelque rite exotique : regardant plus loin encore, il vit que, dehors, le soleil extirpait les couleurs de tout ce qu'il touchait. Les voitures en devenaient blanches, les arbres noirs. Que foutait-il donc là ?

Colin se tourna vers lui : « Ce n'est pas vrai, Sange ? »

Ils parlaient sport, leur sujet favori, avant de passer aux femmes puis, inévitablement, au travail. Sanjuro détestait le sport. Et il détestait qu'on l'appelle Sange. Mais il aimait bien Colin, Dick Wurzengreist et Bill Chen : tous étaient de bons gars, et il aimait bien être ici avec eux, même s'il ressentait les effets du saké sur son estomac vide en grande partie… oui, peut-être, après tout… « Quoi ? Qu'est-ce qui devrait être vrai ? »

Le visage de Colin était suspendu au-dessus d'une demi-douzaine de soucoupes maculées de soja et d'une bouteille d'Asahi dans laquelle restait un fond de bière. Il souriait. Son regard était brouillé. « SC, dit-il. Ils ont trente-cinq points d'avance sur Stanford, est-ce croyable ? Voyons, il faudrait être con pour ne pas choisir le pari à handicap… je me trompe ? »

Les fentes infimes entre les paupières de Dick Wurzengreist (il était ivre) laissaient sourdre quelque chose comme de l'amusement mais, de son côté, Bill Chen parlait stationnement alterné avec sa voisine de table : toute la compagnie savait que la question n'était qu'un dérivatif, qu'elle faisait partie d'une plaisanterie sans fin dont Sanjuro était la cible. Tous étaient ce qu'une personne normalement constituée aurait appelé des ballots, mais lui-même était le roi des ballots, tout simplement parce qu'il ne s'intéressait pas au sport. « Oui, répondit-il, et il aurait voulu sourire mais n'en eut pas l'énergie, tu as absolument raison. »

Tout le monde éclata de rire, ce qui ne le gêna pas (il y était habitué). La bière arriva, les choses se calmèrent et Colin se mit à parler boulot. Ou, plus exactement, des ragots au boulot : untel cachait une bouteille dans son bureau, un autre, après avoir été déclaré positif lors d'un test de détection de marijuana, avait percuté un chevreuil juste devant la grille, ce genre de chose… Sanjuro écouta sans rien dire. Il savait écouter. Mais les ragots l'ennuyaient, tout comme les histoires de boulot, et, lorsque Colin marqua une pause afin de vider leurs deux verres, il dit : « Tu sais… ce gamin dont je te parlais ? Celui qui m'a traité de bridé ?

— Un bridé qu'il a invité à tringler sa mère, le corrigea Colin.

— Hum, tu sais à quelle vitesse le vent a soufflé ces derniers temps, surtout dans le canyon… et je t'ai dit aussi que sa mère l'envoie dehors allumer leur barbecue tous les soirs ? »

Colin fit oui de la tête. Ses yeux ressemblaient aux lentilles d'un appareil photo, ses pupilles diminuant et se dilatant alternativement : *clic*. Lui aussi était soûl. Sanjuro était persuadé qu'il devrait encore appeler sa femme pour qu'elle vienne le chercher. Et lui-même devrait bientôt renoncer à la bière et se mettre en condition pour prendre la route.

« Tu sais qu'il a allumé leur barbecue avec de l'essence toute la semaine ! Comme s'ils ne pouvaient pas se permettre un allume-feu. Je te le dis, moi… hier soir, il a failli tout faire cramer. »

Colin lâcha un rire succinct comme un aboiement, avant de se rendre compte qu'il n'y avait là rien d'amusant, que Sanjuro ne plaisantait pas du tout : il était inquiet, il se faisait vraiment du mouron, cette histoire le rendait quasiment hystérique et il était à deux doigts d'appeler la police. Ou les pompiers, Sanjuro se demanda-t-il au même moment. Le capitaine des pompiers. Où pouvait-on contacter le capitaine des pompiers ?

« Il y avait un rat dedans, dans le barbecue, et le gamin a mis le feu au rat.

— Un rat ? Tu plaisantes, non ?

— Pas du tout. Le rat a détalé, une vraie boule de feu qui a traversé l'allée. Il s'est dirigé tout droit vers les hautes herbes derrière le garage.

— Pas possible ! » s'exclama Colin, car c'était la réponse attendue. Avant de sourire : « Laisse-moi deviner, dit-il. Ensuite, les herbes ont pris feu. »

Soudain, Sanjuro se sentit très las. On aurait dit qu'une force invisible, moulant son dos, ses épaules et ses bras comme un costume sur mesure, pesait sur lui plus qu'il ne pouvait le supporter. Il vivait sur les hauteurs d'un canyon, loin de la ville, dans une zone à hauts risques – à cause de Setsuko, parce que Setsuko avait peur des Américains, des Noirs américains, des Mexicains et des Blancs aussi, ces engeances qui pullulaient dans les rues de Pasadena, d'Altadena et ailleurs. Elle regardait les journaux télévisés pour essayer d'apprendre la langue, et ça la rendait folle. « Je ne veux pas vivre dans un appartement, avait-elle déclaré. Je refuse de vivre avec ces gens. Je veux vivre dans la nature. Je veux être en sécurité. » En venant aux Etats-Unis, elle avait tout sacrifié pour lui, pour sa carrière, et à son tour il s'était sacrifié : ils avaient acheté cette maison tout au bout de la route, au sommet de ce canyon sauvage, et avaient tenté d'en faire le genre de maison qu'on voyait à Mitaka ou à Okutama.

Il s'interrompit pour lancer à Colin un regard appuyé, rivé sur les obturateurs vert d'eau de ses yeux : Colin, son ami, son *amigo*, celui de ses collègues qui le comprenait le mieux. Il lâcha un soupir plus profond et plus apitoyé sur son propre sort qu'il ne l'aurait voulu : d'habitude, jamais il ne laissait transparaître ses émotions, ou jamais sciemment. Ce n'était pas japonais. Il baissa les yeux. Força son expression à se conformer. « Oui, répondit-il. C'est exactement ce qui est arrivé. »

*

Ce soir-là, ce fut donc poulet, trois de ces saucisses italiennes qu'il aimait tant, un morceau de poisson, du saumon avec la peau, que sa mère avait payé douze dollars parce qu'ils avaient un invité. Un professeur qui travaillait avec elle à l'école élémentaire. « Il s'appelle Scott, déclara-t-elle. Il est végétarien. »

Il lui fallut un moment pour engranger l'information : un invité, prof, végétarien. « Alors, qu'est-ce qu'il mange… des épinards ? Des choux de Bruxelles ? Des *burritos* aux fayots ? »

Elle s'affairait à la cuisinière, son verre de vin à moitié vide posé sur l'émail entre les mange-tout qui revenaient dans la poêle et la marmite dans laquelle elle faisait bouillir des patates pour la salade de pommes de terre maison. Il vit la tache de rouge à lèvres sur le bord du verre et, à travers ce dernier, l'horloge intégrée au-dessus des brûleurs et la vitre cerclée de chrome de la porte du four qu'on n'utilisait plus, parce que la poignée était cassée et qu'il n'était plus possible de l'ouvrir, même avec des pinces. « Du poisson, répondit-elle, pivotant sur elle-même pour le regarder. Il mange du poisson. »

Cet après-midi-là, elle était rentrée tout de suite de l'école, avait pris sa douche, s'était changée et avait passé l'aspirateur sur la moquette du salon. Ensuite, elle avait mis la table et posé un vase vide au milieu : « Il va apporter des fleurs, tu vas voir : c'est ce genre d'homme, très attentionné. » Puis elle s'était mise à couper des légumes pour une salade verte et elle avait rincé les patates. Dill eut peur qu'elle n'ajoute : « Il va te plaire, tu verras », mais elle ne dit rien et, de ce fait, lui aussi se tut, bien que, après le commentaire sur le poisson, il eût songé à prendre un ton sarcastique pour demander : « Alors, c'est un rendez-vous galant ? »

Quand il sortit avec le plateau de victuailles, les allumettes et la bouteille en plastique de liquide allume-feu qui était apparue par magie sur la véranda ce matin-là, les dernières paroles qu'elle lui adressa se perdirent dans le claquement de la porte : « Ne fais pas brûler le poisson. Et ne le cuis pas trop non plus. »

Il se trouvait donc dehors. Le vent qui était tombé se remit à souffler à ce moment-là, bousculant les objets, chassant les feuilles mortes de l'allée pour les accumuler contre la Toyota de merde, où elles rejoignirent les feuilles de la veille, celles de la semaine passée et de la semaine d'avant encore. Longtemps il resta planté là, à mi-distance du barbecue, dans le vent, qu'il huma, observant la façon dont le soleil s'immisçait dans l'atmosphère par couches successives ou dont le gros roc glabre au sommet du canyon paraissait se rider puis s'éclaircir à nouveau. Après quoi il se dirigea vers le barbecue, sur lequel il posa le plateau avec le poulet, les saucisses et la longue tranche bien grasse du poisson. Ensuite, il souleva le lourd couvercle en fer, se surprenant à espérer, quasiment, qu'il y aurait un autre rat dedans ou alors un serpent, oui, un serpent, ce serait encore mieux. Mais, bien sûr, il n'y avait rien. C'était juste un barbecue, pas un local à rats. De la cendre, de la cendre, voilà tout ce qu'il y avait dedans.

Le vent sauta alors par-dessus le garage et les cendres s'animèrent, coulant comme le sable dans *Le Retour de la Momie*, et c'était cool ; il laissa faire parce que ça nettoyait le barbecue. Pendant ce temps, pendant que la viande reposait sur son plateau et qu'il exerçait sur le flacon en plastique une pression puis la relâchait comme s'il avait eu un téton froid dans la main, il se remémora l'école, notamment un matin de printemps où Billy Bottoms, qui ne craignait personne et ne montrait jamais aucun signe de faiblesse ou même une faille (jamais un bouton, rien), était arrivé avec une marque noire au beau milieu du front. C'était exceptionnel, comme si Billy s'était converti à l'hindouisme du jour au lendemain. Dill n'avait pu s'empêcher de l'appeler. Ou, plutôt, non, il n'avait rien dit : il s'était approché de lui par-derrière, lui avait fait une prise, l'avait pris à la gorge avec le coude et, avant que Billy se rende compte de ce qui se passait, Dill avait appuyé son pouce sur la marque : et son pouce était ressorti tout noir. Billy l'avait cogné à la tempe, il lui avait rendu la monnaie de sa pièce et ils avaient été convoqués au bureau de l'administration, tous les deux, et sa mère avait dû venir le chercher après l'heure de colle dont il avait écopé parce qu'il n'y avait plus de bus à cette heure-là, ce qui n'était pas de chance, mais ça faisait partie de la punition, justement, l'obligation pour ta mère (ou ton père) de venir te chercher.

Elle avait le visage fermé. D'abord, elle ne lui demanda rien. Elle essayait de comprendre, elle essayait de faire la conversation pour ne pas commencer à l'engueuler avant que, chacun de son côté, ils aient eu le temps de se calmer. Alors, il en avait profité pour dire : « Il avait une espèce de point sur le front. Comme un hindou, comme dans *Indiana Jones et le temple maudit*. Je voulais vérifier ce que c'était, c'est tout.

— Et alors ? Beaucoup de gamins de ma classe en portaient un aujourd'hui. C'est le mercredi des Cendres. » Sa mère lui lança un regard par-dessus le volant. « Ils sont catholiques. C'est un truc catho.

— Mais nous, on n'est pas catholiques. » Il ne restait que sept voitures dans le parking. Il les compta.

« Non, dit-elle, hochant la tête mais sans se départir de son expression figée.

— Ouais, nous on n'est rien. »

Elle était concentrée sur le volant, elle manœuvrait sa Nissan Sentra qui valait tout juste mieux que la Toyota de merde, elle contournait les îlots surélevés du parking. De la radio sortait un doux bourdonnement et une voix faiblarde bêlait un de ces airs de musique légère qu'elle écoutait toujours. A nouveau, elle hocha la tête. Lâcha un soupir audible. Haussa les épaules. « Je ne sais pas… Je crois en Dieu, si c'est ça, ta question. » Il ne réagit pas. « Tes grands-parents, mes parents, je veux dire, étaient presbytériens mais nous n'allions pas souvent à l'église. A Noël. A Pâques. Nous n'étions presbytériens que de nom, j'imagine. »

« Ça veut dire que je suis quoi, moi ? »

Autre haussement d'épaules. « Tu peux être tout ce que tu veux. Pourquoi ? La religion t'intéresse ?

— Je ne sais pas.

— Eh bien, alors, tu es protestant. Voilà tout. Protestant. »

Il ajouta des briquettes dans le barbecue, le vent chassa de la poudre noire, qui n'était pas de la cendre mais des petits trucs durs, un peu comme des cailloux, qui n'étaient pas vraiment du charbon de bois. Ensuite, il les aspergea avec le fluide limpide qui ne ressemblait en rien à de l'essence et dégageait une odeur sèche, un arôme lourd, riche et sucré de pétrole ; il les en imbiba, songeant que les jours n'étaient tous que cendre, lundi des Cendres, mardi des Cendres, samedi des Cendres et dimanche des Cendres aussi. Levant les yeux, il vit une voiture s'engager dans l'allée devant la maison. La portière claqua, un homme de l'âge de sa mère sortit dans la brise, les bras chargés de fleurs et d'une bouteille qui était peut-être du vin ou peut-être du whisky. Dill regarda la maison d'Itchy-goro. Le soleil recouvrait les vitres d'une peinture si brillante qu'il ne put voir si le voisin l'observait ou pas. Alors, il gratta l'allumette.

*

C'était un lundi et elle détestait les lundis plus encore que les autres jours parce que, le lundi, Sanjuro partait toujours tôt au travail pour montrer l'exemple aux autres, il quittait la maison quand il faisait encore nuit, quand les petits chapardeurs nocturnes, ratons laveurs, coyotes et rats, regagnaient leurs tanières. Réveillée aux premières lumières blafardes du jour, elle resta allongée dans la chambre paisible. Songeant à ses parents, à la maison dans laquelle elle avait grandi, elle eut l'impression que le sol se dérobait sous elle. Ce matin n'était pas différent des autres. A un moment donné, elle prit à nouveau conscience de la grisaille et elle fixa longtemps le plafond tandis que les choses reprenaient des couleurs, puis elle se força à se lever et descendit le couloir jusqu'à la cuisine pour allumer le gaz et faire bouillir l'eau dans la bouilloire. Ce n'est qu'en soufflant délicatement sur sa deuxième tasse de thé tout en contemplant par la fenêtre la masse des hampes fières des bambous qu'elle se rappela que ce jour-là n'était finalement pas comme les autres, que c'était jour de fête : *Shūbun-no-hi*, l'équinoxe d'automne, un jour chômé au Japon même s'il passait inaperçu aux Etats-Unis.

Elle se sentit rassérénée. Elle décida de préparer des *ohagi*, les boulettes de riz enduites de pâte de haricot qu'on déposait sur les tombes des ancêtres pour honorer leurs esprits ; elle mettrait l'un de ses plus beaux kimonos, ferait brûler de l'encens et, lorsque Sanjuro rentrerait, ils célébreraient la fête en toute intimité et ni l'un ni l'autre ne parlerait du fait que les tombes des ancêtres se trouvaient à près de dix mille kilomètres de là. Elle pensa à son projet en prenant sa douche : à la distance, à la longueur du balai qu'il lui aurait fallu trouver pour arriver à nettoyer ces tombes, puis elle mit le riz à cuire et sortit dans le jardin. Si elle avait été au Japon, elle aurait préparé une composition florale pour la tombe de ses parents, des fleurs rouges, le *Higanbana* de la tradition ; ici, la chose la plus ressemblante, c'était le bougainvillier qui poussait le long de la barrière.

Le vent agitait les bambous quand, armée de cisailles, elle descendit la pente qui surplomblait la toiture en lattes de cèdre de la maison d'en dessous. La maison du gamin. En se penchant pour couper les aigrettes rouge vif et les poser au creux de son bras, elle vit le barbecue dans la cour et songea à l'avant-veille, ou était-ce le jour d'avant encore… quand Sanjuro était hors de lui. Il s'était démené pour acheter un flacon en plastique de liquide allume-feu pour ces gens-là, ce gamin et sa mère, croyant les aider, mais le gamin s'était posté là, bien en vue, il avait ausculté leurs fenêtres, avec un sourire en coin, pour allumer le feu avec de longs jets irisés d'essence jusqu'à ce qu'elle s'enflamme. Il n'était pas reconnaissant. Il ne leur témoignait aucun respect. C'était un méchant garçon, un délinquant, comme Sanjuro le répétait depuis le début, et la mère était pire encore, alors qu'elle était professeur, rien de moins. Ces gens étaient mauvais, voilà tout, en rien différents des criminels dont on entendait parler aux informations tous les soirs, ces gens qui se poignardaient, hurlant, visage explosé en une immense trappe de désespoir.

Setsuko ressentit tout le poids du soleil. Une bourrasque fouetta les bambous et lui envoya de la poussière à la figure. Elle remonta la pente. Le vent qui cravachait son kimono semblait scier les cannes (on aurait dit des épées qui s'entrechoquaient) et il ridait la surface de la mare ; les carpes koï qui nageaient sans relâche dessous étaient comme des flammes palpitantes. Une fois que le col de l'urne en cuivre eut accueilli les fleurs, toute une gerbe de fleurs, elle s'agenouilla pour perfectionner sa composition. Or le vent dérangea les fleurs et les dérangea encore, leurs fins pétales claquant contre les bambous autour de la mare ; au bout d'un certain temps, elle abandonna, et se dit qu'elle les arrangerait à nouveau quand Sanjuro reviendrait. Elle pensa à sa mère lorsque, grattant une allumette, elle alluma le cône d'encens sur le porte-encens, devant le visage du bouddha en céramique qui luisait à travers ses orbites comme s'il avait été vivant.

Mais ce vent, ce vent… Elle se leva et s'éloigna. Elle était à mi-chemin de la maison lorsqu'elle entendit le premier craquement prémonitoire dans les feuilles sèches, tombées comme une jupe aux chevilles des bambous. Elle se retourna si vivement que son kimono se prit sous son pied et qu'elle manqua de tomber. Elle aurait eu le temps d'arrêter l'incendie alors, elle aurait pu emplir un seau avec l'eau de la mare et la jeter frénétiquement sur les bambous, elle aurait pu se précipiter dans la maison et composer le

911, mais elle n'en fit rien. Elle resta plantée là tandis que le vent poussait les flammes des bambous vers le bas du jardin, dévalait la colline, s'éloignait de sa maison, de son jardin, de ses ustensiles pour le thé, et du souvenir de sa mère, pour les déposer, en une boule étincelante, exactement comme un feu d'artifice, purificatrice, pure et joyeuse, sur le toit de la maison des voisins en contrebas.

Treize cents rats

Il y avait un homme dans notre village qui n'avait jamais eu d'animal domestique jusqu'à la mort de sa femme. D'après mes calculs, Gerard Loomis devait avoir dans les cinquante-cinq ans lorsque Marietta lui fut enlevée, mais à la cérémonie, dans la chapelle, il avait l'air si accablé, comme asséché, que les gens crurent qu'il avait dix ou vingt ans de plus. Habillé comme l'as de pique, avachi sur un banc de la première rangée, bras et jambes écartés par l'intensité de son deuil, l'air d'avoir été lâché d'une grande hauteur, tel un oiseau auquel une catastrophe aérienne aurait coupé les ailes. Après l'enterrement, quand nous lui eûmes transmis nos condoléances et fûmes rentrés dans nos demeures respectives, des rumeurs se mirent à circuler. Il ne s'alimentait plus. Il refusait de sortir de chez lui ou de se changer. On l'avait vu dans son jardin, penché sur une poubelle, brûlant des chaussures de ville en cuir, des soutiens-gorge, des jupes, des perruques et même l'étole en vison, avec la tête et les pattes de la bête, que feu son épouse portait fièrement à Noël, à Pâques et pour le Columbus Day.

Les voisins s'inquiétèrent pour lui, et c'était compréhensible. Notre communauté est assez soudée, avec ses cent vingt âmes, à deux ou trois près, distribuées parmi les cinquante-deux maisons en pierre et en bois, vieilles de près d'un siècle, au sein d'un ensemble dont l'industriel B. P. Newhouse espérait qu'il deviendrait un modèle d'utopie. Si nous ne sommes pas vraiment des utopistes (du moins cette génération ne l'est pas), notre village, perdu au milieu de trois cents hectares de forêt dense, au bout d'une route isolée, à quelque soixante kilomètres de la ville, a promu, aimons-nous à penser, une proximité et une homogénéité de points de vue qu'on ne trouverait pas dans certains lotissements plus récents, construits sur les pourtours des centres commerciaux, des magasins à prix d'usine et autres *gallerias*.

Les gens commencèrent à dire qu'il devrait prendre un chien. Cela me sembla parfaitement raisonnable. Ma femme et moi avons deux shelties (ainsi que deux perruches, dont les bavardages constituent un charmant fond sonore pour nos soirées au coin du feu, et un poisson-ange très gras, à l'étroit dans un aquarium pour lui tout seul, posé sur un trépied dans mon bureau). Un soir, au dîner, mon épouse, levant les yeux par-dessus ses lunettes, me dit : « Sais-tu que, d'après cet article du journal, quatre-vingt-treize pour cent des propriétaires d'animaux de compagnie affirment qu'ils les font sourire au moins une fois par jour ? » Les shelties, Tim et Tim II, levèrent des yeux ronds d'en dessous la table, tandis que je fourrais des bouts de viande dans leurs gueules toujours mobiles et réceptives. « Crois-tu que je devrais lui parler ? demandai-je. A Gerard ?

— Ça ne peut pas faire de mal. » Et, commissures des lèvres tombant sous le menton, d'ajouter : « Le pauvre homme. »

Je lui rendis visite le lendemain, qui se trouvait être un samedi – je ne travaillais donc pas. Comme les chiens avaient besoin d'exercice, je les emmenai tous les deux, en guise d'exemple, sans doute, et parce que, lorsque je suis chez moi, et pas en déplacement pour affaires dans le monde entier, parfois pour des semaines d'affilée, voire des mois, j'aime m'occuper d'eux autant que je peux. La maison de Gerard se trouvait à sept, huit cents mètres de chez nous ; j'appréciai l'air vif (nous étions début décembre, les fêtes de fin d'année approchaient). Laissant courir les chiens devant moi, j'admirai la façon dont, désormais, la forêt de pins plantée par B. P. Newhouse tant d'années auparavant encadrait et sculptait le ciel. Ce que je remarquai d'abord, en approchant de la maison de Gerard, puis en remontant l'allée, c'est qu'il n'avait pas pris la peine de nettoyer sa pelouse ou de protéger les buissons du gel. Je notai aussi d'autres signes de sa négligence : il n'avait pas encore installé les fenêtres antitempêtes, les détritus débordaient de deux poubelles dans l'allée, et une branche de pin, cassée lors de la dernière tempête, était restée sur la toiture, telle la main coupée d'un géant. J'appuyai sur la sonnette.

Gerard mit longtemps à répondre. Quand, enfin, il vint à la porte, il l'entrouvrit à peine et me regarda comme il eût regardé un inconnu (ce que j'étais loin d'être, puisque nos parents se fréquentaient déjà, que depuis des années nous jouions régulièrement au bridge en couples et que nous avions même passé des vacances ensemble à Hyannis Port, sans parler du fait qu'en été nous nous croisions presque tous les jours au lac, assistions aux mêmes cocktails au clubhouse et avions l'habitude de nous féliciter mutuellement d'avoir décidé de ne pas compliquer nos vies en y ajoutant le fardeau qu'auraient représenté des enfants).

« Gerard, bonjour. Comment vas-tu ? »

Il ne répondit pas. Il paraissait amaigri, il avait l'air défait. Je me demandai si les rumeurs étaient fondées : était-il vrai qu'il ne s'alimentait plus, qu'il ne s'occupait plus de lui, qu'il s'abandonnait au désespoir ?

« Je passais par là. Alors, je me suis dit que je devrais venir te souhaiter le bonjour. » Je réussis à sourire, même si je ne me sentais pas vraiment d'humeur légère et commençais à penser que j'aurais dû rester chez moi : j'aurais dû laisser mon voisin souffrir en paix, tel un animal qui, la patte prise dans un piège, le tire jusqu'au tréfonds de la forêt pour essayer vainement de s'en défaire. « Regarde, j'ai amené Tim et Tim II. » Les chiens, entendant leurs noms, sortirent des buissons touchés par le gel, vinrent sur le paillasson et insérèrent le long tube humide de leur truffe dans l'interstice de la porte.

D'une voix rauque, George déclara : « Je suis allergique aux chiens. »

Dix minutes plus tard, après les amabilités d'usage, quand je fus installé sur le canapé encombré devant la cheminée sans feu, tandis que Tim et Tim II geignaient sur la véranda, je lui demandai : « Et un chat, alors ? » Mortifié par la déchéance dans laquelle il était tombé (ses vêtements étaient sales, il puait, l'intérieur de sa maison ressemblait au vestibule d'un hôtel, à un lieu de passage), je citai les statistiques de ma femme relatives à l'influence bénéfique des animaux domestiques sur leur propriétaire.

« Je suis également allergique aux chats », répondit-il. Il s'était installé de guingois sur l'accoudoir d'un rocking-chair et son regard semblait incapable de se fixer sur mon visage. « Mais je comprends ton inquiétude, et je l'apprécie… Tu n'es pas le premier… Une demi-douzaine de voisins sont passés, pour me donner qui une salade de pâtes, qui un jambon cuit… Des profiteroles, et des animaux domestiques, aussi. Des poissons siamois de combat, des hamsters, des chatons. A la poste, l'autre jour, Mary Martinson m'a harponné… elle m'a pris par le bras et m'a parlé un quart d'heure des vertus des émeus. Je n'en croyais pas mes oreilles.

— Je me sens bête.

— Non, je t'en prie. Vous avez raison : il faut que je me sorte de là. Et tu as également raison… d'ailleurs, à propos d'animal domestique… » Gerard se leva et le rocking-chair se mit à se balancer follement. Il portait un short en velours côtelé blanc maculé et un sweat-shirt qui lui donnait l'air aussi décharné que le Massaï que ma femme et moi avions photographié, le printemps d'avant, pendant notre safari au Kenya. « Laisse-moi te montrer », dit-il en louvoyant entre les piles croulantes de revues et de journaux éparpillés dans le salon avant de disparaître dans la pièce à l'arrière de la maison. Je patientai, gêné : était-ce ce qui m'attendait si ma femme décédait avant moi ? Mais j'étais curieux, aussi. Et, d'une étrange manière, ma démarche était validée. Gerard Loomis s'était procuré un animal domestique : mission accomplie !

Lorsqu'il rentra dans la pièce, je crus d'abord qu'il s'était passé une veste ou un chandail tape-à-l'œil, avant de m'apercevoir, avec un petit pincement de surprise, que je me trompais : il portait… un serpent. Ou, plus exactement, un serpent était drapé sur ses épaules, extrémités pendant plus bas que l'extrémité de ses bras. « C'est un python, expliqua-t-il. De Birmanie. Ils peuvent atteindre sept mètres cinquante. Celui-ci n'est encore qu'un bébé. »

Je répondis sans doute mais je ne me rappelle plus quoi. Je n'étais pas herpétophobe ou quoi que ce soit de la sorte, mais je n'avais tout simplement pas envisagé de me trouver tête à tête avec un serpent. Les serpents ne vont pas chercher vos affaires, ils ne sautent pas dans la voiture en haletant de joie, ils ne parlent pas quand on tient un os en cuir juste au-dessus d'eux et qu'on l'agite pour les titiller. Autant que je sache, ils ne faisaient rien à part exister. Et piquer.

« Alors… qu'est-ce que tu en penses ? » s'enquit Gerard. Sa voix manquait d'enthousiasme, comme s'il avait essayé de se convaincre lui-même.

« Pas mal », répondis-je.

J'ignore pourquoi je raconte cette histoire, sinon pour faire comprendre à mes lecteurs que ce qui est arrivé à Gerard pourrait nous arriver à tous, surtout lorsque nous prenons de l'âge, et nos épouses aussi, et que nous allons de plus en plus à la dérive. Cela dit, ce que je dois relater ensuite est, en réalité, une sorte de fiction ou, du moins, une reconstruction fictive d'événements qui ont réellement eu lieu ; deux jours après avoir été présenté au python de Gerard (il songeait à l'appeler Robbie ou Siddhartha), ma femme et moi partîmes en Suisse pour une affaire de comptabilité que je devais vérifier là-bas. Notre absence dura plus de quatre mois. Voici ce qui arriva entre-temps.

La semaine précédant Noël, il y eut de fortes chutes de neige et, pendant près de quarante-huit heures, pas d'électricité. Quand Gerard se réveilla, le premier matin, il faisait un froid surnaturel dans sa maison. Sa première pensée alla au serpent. Le vendeur, à l'animalerie du centre commercial, lui avait fait un long discours avant qu'il achète l'animal. « Ce sont de formidables animaux de compagnie. Si vous le souhaitez, vous pouvez les laisser se promener dans la maison, et ils trouveront les endroits qui leur conviendront le mieux. Ce qui est agréable, c'est qu'ils viendront vers vous et s'enrouleront sur le canapé, où que vous soyez à cause de la chaleur de votre corps, vous me comprenez… » De toute évidence, le vendeur aimait prodiguer des conseils (son badge précisait qu'il s'appelait Bozeman, la quarantaine, barbichette poivre et sel, cheveux tirés en arrière, en un catogan partiellement teint). Ce n'était d'ailleurs pas du luxe, compte tenu qu'il vendait quatre cents dollars un reptile qui, dans son pays d'origine, devait être aussi commun qu'un ver de terre chez nous. « Mais, surtout, à cause du temps ici, il faut le tenir au chaud. C'est un animal tropical, vous me comprenez ? Ne laissez jamais, jamais, m'entendez-vous, la température passer sous la barre des 26,6°. »

Gerard alluma la lumière de sa tête de lit, mais elle ne fonctionnait pas. Et pas davantage la lumière du vestibule. Dehors, la neige tombait en mottes, comme si elle avait été préformée en boules de neige tout là-haut dans la troposphère. Dans le salon, le thermostat indiquait 17,2° et, quand il tourna le bouton, il ne se passa rien. Il ne perdit pas un instant pour faire des boules de papier journal et ajouter du petit bois dans la cheminée. Mais où étaient donc les allumettes ? Il se mit à fouiller la maison mais tout était en désordre (l'absence de Marietta, qui se faisait sentir douloureusement, le pénétra jusqu'au tréfonds, comme une rage de dents) : tiroirs pleins de déchets, piles de vaisselle, rien n'était à sa place. En fin de compte, il dénicha un briquet dans la poche d'un blue-jeans maculé de peinture, qui gisait par terre au fond d'une armoire. Il alluma le feu. Après quoi, il se mit en quête de Siddhartha. Qu'il trouva recroquevillé sous l'évier de la cuisine, là où le tuyau d'eau chaude bifurquait vers le robinet et le lave-vaisselle ; hélas, l'animal était quasiment inanimé, aussi froid et lisse qu'un tuyau d'arrosage abandonné dehors par temps de gel.

Le serpent était étonnamment lourd, surtout pour un animal qui n'avait pas mangé depuis deux semaines, depuis qu'il était entré dans cette maison, ce qui n'empêcha pas Gerard de le tirer, raide et froid, de sa cachette, et de l'allonger devant l'âtre. A la cuisine, où il se prépara un café, il regarda par la fenêtre la culbute du jour et pensa à toutes ces années où il était parti au travail par un temps semblable, par tous les temps, en fait, et il ressentit un pincement de nostalgie. Devait-il reprendre du service, sinon dans son précédent poste, dont il était retraité et heureux de l'être, du moins à temps partiel, simplement pour garder la main, pour s'occuper et sortir de chez lui ? Sur l'impulsion du moment, il essaya le téléphone : il aurait pu appeler Alex, son ancien patron, et le sonder, mais le téléphone ne fonctionnait pas non plus.

De retour au salon, il s'enfonça dans le canapé, sa tasse de café à la main, et il observa le serpent se réveiller lentement, anneaux frémissant en lentes ondulations de la tête à la queue, comme une brise légère passant sur une eau tranquille. Quand Gerard eut pris sa deuxième tasse de café et se fut préparé un œuf, la crise (si on peut l'appeler ainsi) était passée. A première vue, Siddhartha semblait avoir survécu. Mais comme il ne bougeait jamais beaucoup, même en temps normal, avec le chauffage à fond et la couverture électrique que Gerard avait drapée autour du grand terrarium en Plexiglas dans lequel le python aimait se lover, il était difficile de se prononcer. Gerard resta donc assis là longtemps, entretenant le feu, observant son animal domestique dérouler ses muscles et projeter la sombre fourche de sa langue, jusqu'à ce qu'une pensée lui passe par la tête : et si Siddhartha avait faim ? Quand il avait posé la question au propriétaire de l'animalerie, Bozeman avait répondu : « Des rats. » Gerard avait dû prendre un air dubitatif, car l'homme avait ajouté : « Oh, bien sûr, plus tard, vous pourrez aussi lui donner des lapins, c'est plus économique, en temps et en énergie, parce que vous n'aurez pas à le nourrir souvent, mais vous seriez surpris… Les serpents, les reptiles en général, sont beaucoup plus efficaces que nous. Ils n'ont pas besoin d'emplir en permanence la chaudière de filets mignons et de sundaes au caramel chaud, de même qu'ils n'ont pas besoin de vêtements ou de manteaux de fourrure ! » Il avait marqué une pause pour contempler le serpent qui, dans son terrarium, se dorait aux rayons de la lampe à infrarouges. « J'ai donné son rat à celui-ci hier. Ne le nourrissez pas pendant une semaine ou deux. De toute façon, il vous le fera savoir.

— Comment ? »

Un haussement d'épaules. « Sa couleur, probablement : vous remarquerez que les motifs de ses écailles ne seront pas aussi brillants que d'ordinaire. Ou bien, je ne sais pas, moi… il se pourrait qu'il devienne très léthargique. »

Ils avaient tous deux regardé le serpent, dont les yeux étaient comme deux galets, et le corps à peine discernable de la longueur de bois rugueuse sur laquelle il se prélassait. Il n'était pas plus animé que les vitres du terrarium et Gerard s'était demandé comment quiconque, même un expert, pouvait savoir s'il était mort ou vivant. C'est alors qu'il avait rédigé son chèque.

Or, maintenant, il se retouvait à gratter la surface d'une idée : et si le serpent avait faim ? Bien sûr que oui… Cela faisait deux semaines… Pourquoi n'y avait-il pas pensé ? Il négligeait l'animal et ce n'était pas bien. S'extrayant du canapé, il ferma la porte, mit du bois dans le feu, puis déblaya l'allée pour pouvoir sortir la voiture. Ensuite, il descendit la longue rue tortueuse du village jusqu'à la route et se dirigea vers le centre commercial de Newhouse. Le trajet ne fut pas de tout repos. Les camions projetaient des couches de neige fondue sur le pare-brise et le battement des essuie-glaces lui donna le tournis. Quand il arriva enfin, il fut soulagé de voir que la panne ne s'étendait pas au centre commercial, qui brillait de tous ses feux, un vrai Las Vegas miniature, tout à la gloire du marketing et de la vente des produits de Noël. En manœuvrant astucieusement, il réussit à garer la voiture entre une congère et l'espace réservé aux handicapés devant l'animalerie.

Pets & Company sentait la nature à l'état brut. George eut l'impression que chaque créature dans chaque cage et box vitré avait déféqué simultanément, comme pour lui souhaiter la bienvenue ! Il faisait une chaleur du diable là-dedans. Il était le seul client. Perché sur un escabeau, Bozeman nettoyait un aquarium à l'aide d'un aspirateur. « Hé, dit-il d'une voix aiguë et mélodieuse, c'est Gerard, n'est-ce pas ? Vous n'allez pas… » Il remonta son bras vers l'arrière, d'un geste expérimenté, pour lisser sa queue de cheval comme il aurait caressé un chat ou un furet : « Vous avez besoin d'un rat. Je me trompe ? »

Gerard hésita à répondre, peut-être parce que la question avait été formulée aussi abruptement, ou bien Bozeman était-il devenu devin ? « Eh bien… », fit-il. Il aurait pu plaisanter, dire qu'il trouvait la transaction amusante ou étrange, mais non : parce que Marietta était morte et qu'il était déprimé, ou du moins se rappela qu'il était censé l'être, il répondit simplement : « Oui, c'est ça. »

Le rat (il ne le vit pas ; Bozeman était allé le chercher dans la réserve) était livré dans un carton doté d'une poignée découpée sur le dessus, le genre de boîte qu'on vous donnait dans les restaurants pour emporter vos restes quand vous demandiez un *doggie bag*. L'animal était plus lourd qu'il ne se l'était imaginé et il n'arrêta pas de se déplacer mystérieusement d'un coin de la boîte à l'autre lorsque Gerard sortit du centre commercial, dans la neige, avant de la poser sur le siège du passager. Après avoir démarré, il alluma le chauffage pour réchauffer un peu la bestiole, avant de se rappeler que c'était un mammifère, qu'il avait une fourrure, et n'avait donc pas besoin de chaleur artificielle puisqu'il pouvait se réchauffer tout seul. Quoi qu'il en fût, il servirait bientôt de pâtée, alors... Les routes étaient glissantes. La visibilité était réduite à zéro. Gerard dut suivre un chasse-neige pendant tout le chemin jusqu'à Newhouse Gardens. Mais, de retour chez lui, il fut satisfait de voir que la cheminée ronflait encore.

Bien. Il posa la boîte puis tira le terrarium du python de la chambre à coucher jusqu'au salon, pour l'y installer près de la cheminée. Sur quoi, il prit le serpent (chaud au toucher, du moins sur son flanc exposé au feu) et le déposa délicatement dans le terrarium. Un court instant, le python s'anima, sa longue série de muscles se tendit, la grosse tranche plate de sa tête se retourna pour le contempler de son regard de galet, puis il replongea dans son inertie, poids mort contre le sol en Plexiglas. Avec précaution,

Gerard se pencha sur la boîte du rat. En jaillirait-il, le mordrait-il, se débinerait-il pour aller se réfugier derrière la plinthe et y élire domicile comme dans les dessins animés ? Le cœur battant, il mit la boîte dans la cage et ouvrit le couvercle.

Le rat, blanc, les yeux roses des rats de laboratoire qu'il avait vus alignés dans leurs cages du bâtiment de biologie à la fac, sortit de la boîte comme un morceau de cartilage, s'assit sur son postérieur et se mit à se laver comme s'il avait été parfaitement normal de se faire transporter dans un *doggie bag* puis propulser dans une caverne aux parois transparentes en présence d'un reptile qui dardait sa langue, un reptile qui était peut-être affamé.

Pendant un long moment, il ne se passa rien. La neige continua de taper aux fenêtres, le feu pétilla puis se tassa. Le serpent finit par bouger très légèrement, un mouvement à peine sensible du tube luisant de ses écailles, l'énergie filtrant du plus profond de sa musculature, et, soudain, le rat se raidit. D'un seul coup, il saisit le danger auquel il était confronté. Il se contracta, comme si, en se miniaturisant, il avait pu se rendre invisible. Gerard observa la scène, fasciné, se demandant comment le rat pouvait savoir, à supposer qu'il eût été élevé dans le morne hangar d'une animalerie, lisse, rose et suçant les tétons de sa mère au milieu d'une portée chaude et grégaire de congénères roses comme lui, à des générations-lumière du monde sauvage, de la connaissance du serpent et de sa longue masse luisante. Très lentement, par avancées quasiment imperceptibles, le serpent leva la tête, rivant ses yeux sur le rat, telle une sculpture venue à la vie. Puis il bondit, si vite que Gerard manqua presque le coup, mais le rat, comme s'il avait été entraîné toute sa vie en vue de cet instant précis, fut à la hauteur. Il sauta au-dessus de la tête de son adversaire : un saut frénétique qui le propulsa de l'autre côté du terrarium, où il émit une série de cris d'oiseau, yeux enflammés, rivés sur le visage blanc de Gerard au-dessus de lui. Que ressentit notre homme ? Il eut l'impression d'être un dieu, un empereur romain doté du pouvoir de vie et de mort dans son pouce. Le rat gratta le Plexiglas. Le serpent bougea pour se rapprocher de sa proie.

C'est alors que, parce qu'il était un dieu, Gerard plongea la main dans le terrarium et en sortit le rat pour le mettre hors de danger. Il fut surpris par la chaleur du corps de l'animal et par la rapidité avec laquelle il s'adapta à sa main. Il ne se débattit pas, n'essaya pas de s'échapper : au contraire, il se pressa contre son poignet et le pan de son chandail, comme s'il était reconnaissant, comme s'il avait compris. Bientôt, il se pelotonnait contre le torse de son maître, son pouls ralentissant déjà. Gerard se laissa choir sur le canapé, ne sachant ni quoi faire ni à quoi s'attendre. Le rat leva la tête vers lui, frémit de la tête aux pieds, et s'endormit promptement.

La situation était inédite, pour le moins. De sa vie, Gerard n'avait jamais touché un rat, et encore moins permis à l'un d'eux de se pelotonner contre lui et de s'endormir contre l'épaisseur de son chandail. Il observa le poitrail miniature gonfler et se rétracter, il étudia la minutie des pattes nues qui ressemblaient tant à des mains, il vit l'aigrette étiolée de la moustache et sentit la souplesse de la queue qui reposait entre ses doigts telles les franges en daim d'une de ses vestes d'enfant. Le feu mourut mais il ne daigna pas le rallumer. Lorsqu'il finit par se lever, pour s'ouvrir une boîte de soupe et la réchauffer sur le gaz, le rat l'accompagna, bien éveillé désormais et se découvrant un perchoir naturel sur son épaule. Gerard sentit sa fourrure comme une caresse sur son cou, puis le délicat toucher de ses moustaches et de son nez fébrile. Lorsque Gerard mangea sa soupe à la lueur des bougies, la bestiole, dressée sur ses pattes de derrière, s'étira depuis les genoux de son nouveau maître jusqu'au bord de la table ; Gerard ne put s'empêcher de piocher un cube de pomme de terre de son bouillon épais et doré, et de le porter à la petite gueule avide, à la bouche sans cesse en mouvement. Puis un autre. Et un autre. Quand il se coucha, le rat l'accompagna et, quand il se réveilla au milieu de la nuit, ce qui lui arriva deux ou trois fois, il sentit sa présence à côté de lui, son esprit, son cœur, sa chaleur. Ce n'était pas un reptile, ce n'était pas une chose froide et ingrate avec une langue fureteuse et deux yeux éteints : cette créature dégageait une véritable énergie vitale.

La maison était très froide lorsqu'il se réveilla à la lueur du matin qui s'insinuait dans la maison. Il s'assit dans le lit et regarda autour de lui. Aucun chiffre n'était affiché sur le radio-réveil : la panne n'avait donc sans doute pas été réparée. Il s'en étonna mais, lorsqu'il se força à se lever et posa les pieds sur le sol glacial, c'est au rat qu'il pensa : et il le découvrit bientôt, là, lové dans un pli des couvertures. La bestiole ouvrit les yeux, s'étira, grimpa ensuite sur la paume que lui présenta George, puis le long de sa manche de pyjama et retrouva son perchoir sur l'épaule de son maître. Dans la cuisine, George alluma les quatre feux de la gazinière et le four, puis il ferma la porte pour emprisonner la chaleur. Lorsque la bouilloire eut bouilli, seulement, il songea au feu de cheminée, et au serpent, mais il était trop tard.

Le lendemain, il retourna à l'animalerie, décidé à transformer le repaire du python en nid à rats. Ou, plutôt, non, ce n'était pas le bon terme… c'est comme ça que sa mère appelait sa chambre quand il était gamin. « L'appartement du rat », voilà comment il le nommerait. Un hôtel pour rat. « Un rat. » Bozeman fit une grimace en le voyant. « Pas un autre rat, lâcha-t-il, le regard interrogateur. Il ne peut pas déjà en vouloir un autre ! Sauf que… il est vrai qu'avec les birmans, il faut surveiller l'obésité : ils mangent n'importe quand, qu'ils aient faim ou pas. »

Même dans les meilleures conditions, Gerard n'était pas du genre à se confier aux gens qu'il connaissait à peine. Il se contenta de répondre « Oui » aux deux questions. Mais il ajouta : « Autant en prendre plus d'un puisque j'ai fait le déplacement. » Et, en regardant ailleurs : « Ça m'évitera de revenir. »

Bozeman s'essuya les mains sur le tablier kaki qu'il portait sur son blue-jeans et sortit de derrière la caisse enregistreuse. « Bien sûr, dit-il. Bonne idée. Combien je vous en mets ? Ils sont à six dollars quatre-vingt-dix-neuf. »

Gerard haussa les épaules. Il songea au rat chez lui, à son aisance, à la façon dont il parcourait la moquette en une succession de petits sauts ou fusait le long de la plinthe comme s'il avait été emporté par un ouragan, à la façon dont il prenait une noix dans ses pattes et se redressait pour la grignoter, à sa façon de jouer avec tout ce que Gerard lui donnait, un trombone, une gomme, le bouchon en aluminium cannelé d'une bouteille de Perrier. Tout à coup inspiré, il se dit qu'il l'appellerait Robbie, comme son frère de Tulsa. Robbie. Robbie le Rat. Or Robbie, comme tout le monde, avait besoin de compagnie, de copains. Sans réfléchir, il répondit : « Dix ?

— Dix ? Ah, dites donc, ce python-là ne va pas mourir de faim !

— C'est trop ? »

Bozeman lissa son catogan vers l'arrière et regarda longuement son client. « Bigre, non… je veux dire : je peux vous vendre toute la boutique si vous voulez, et plus encore. Vous voulez des gerbilles ? des perroquets ? des crapauds de Sumatra ? Je suis commerçant, non ? Je vends des animaux domestiques. Nous sommes dans une animalerie, *comprende* ? Mais moi, je vous le dis, si ce birman ne les mange pas en un rien de temps, vous allez voir comment ces bestioles-là se reproduisent à la vitesse de la lumière… Les femelles ont leurs premières chaleurs ou je ne sais pas comment on dit… en tout cas, dès leur cinquième semaine ! Cinq semaines ! » Le vendeur changea de pied d'appui et dépassa Gerard, lui faisant signe de le suivre. Ils s'arrêtèrent devant un rayon de paquets de granulés pour animaux et de sacs de litière aux couleurs vives. « Il va vous falloir du Rat Chow, dit-il en lui tendant un sac de cinq kilos, et un sac ou deux de copeaux de bois. » Un autre regard de biais. « Vous avez un endroit pour eux ? »

Gerard quitta le magasin avec deux cages en fil de fer (plancher en cèdre pour que les rats ne contractent pas des pododermatites, avait dit le vendeur – Gerard ne savait pas ce que c'était), dix kilos de granulés pour rats, trois sacs de litière et deux cartons géants contenant chacun cinq rats. De retour chez lui, il referma sa porte afin de se préverser du froid, tandis que Robbie, émergeant d'en dessous les coussins du canapé, traversa le plancher pour l'accueillir. Et toutes les lumières s'allumèrent ensemble à cet instant même.

Ma femme et moi revînmes de Suisse à la mi-avril. Tim et Tim II, dont notre femme de ménage, Florencia, s'était occupée en notre absence, nous accueillirent à la porte, exprimant leur joie sur le seuil avant de poursuivre dans le salon avec une telle effusion qu'il fut quasiment impossible d'entrer avec nos sacs avant qu'ils aient obtenu leur récompense : nous dûmes donc leur gratter abondamment le dos et leur prodiguer tout le catalogue des petites preuves d'affection auxquelles ils étaient habitués. Nous étions contents de rentrer, dans une vraie communauté après tout ce temps passé dans un appartement stérile de Bâle. Devant faire le tour des voisins, retrouver nos repères chez nous et au bureau, je ne pensai à Gerard qu'au bout de plusieurs semaines. Personne ne l'avait vu, hormis Mary Martinson, qui l'avait croisé sur le parking du centre commercial : il avait décliné toutes les invitations officielles à dîner et autres, autant que les rencontres informelles, avait refusé d'aller patiner avec les voisins sur le lac, et même d'assister au gala de collecte des fonds pour les fêtes des Rites du printemps qui se tient chaque année au clubhouse. Mary affirma qu'il paraissait avoir l'esprit ailleurs : croyant qu'il était encore enferré dans la première période du deuil et avait simplement besoin d'un petit coup de pouce pour se remettre sur la bonne voie, elle avait essayé d'engager la conversation mais il l'avait rabrouée. Elle fut désolée de devoir ajouter qu'il était négligé : il sentait encore plus mauvais qu'avant. C'était saisissant, dit-elle. Même dehors, devant le coffre ouvert de sa voiture, entièrement empli, n'avait-elle pu s'empêcher de remarquer, de sacs de granulés de la marque Rat Chow, alors que l'endroit était aéré et qu'il faisait même plutôt frisquet, il se dégageait de lui de forts relents de tristesse et d'infâmes odeurs corporelles. A son avis, il fallait que quelqu'un aille prendre de ses nouvelles.

Attendant le week-end, comme je l'avais fait en décembre, j'emmenai les chiens faire un tour le long de nos larges rues accueillantes, traversai les bois verdissants et remontai la côte qui menait à la maison de Gerard. C'était une journée magnifique, le soleil grimpait vers le zénith, des papillons de nuit et de jour pailletaient les parterres de fleurs, la brise charriait les senteurs du Sud. Mes voisins, qui passaient en voiture, ralentissaient pour me saluer, plusieurs, même, s'arrêtèrent pour bavarder, sur fond de bruit de moteur gargouillant. Carolyn Porterhouse me donna un bouquet de tulipes et un mystérieux paquet enveloppé dans du papier de boucher (un gruyère) : « Bienvenue chez vous », dit-elle, sourire accroché sur son visage par la seule vertu d'une épaisse couche de rouge à lèvres magenta. Ed Saperstein s'arrêta au beau milieu de la chaussée et coupa carrément le moteur afin de me raconter le voyage aux Bahamas que sa femme et lui avaient entrepris, sur un yacht qu'ils avaient affrété. Bref, il était plus d'une heure de l'après-midi quand j'arrivai chez Gerard.

Je remarquai d'abord qu'il n'y avait pas eu beaucoup de changements autour de la maison. Puisque la saison était venue de retirer les volets antitempêtes, elle avait un tant soit peu meilleure allure sans eux, mais les fenêtres étaient striées de traînées de saleté, et le jardin, envahi de mauvaises herbes sur le pourtour de la pelouse qui n'était pas tondue, paraissait encore plus à l'abandon qu'avant. Les chiens bondirent après une bestiole dans les hautes herbes et je passai mon bouquet sous un bras, songeant à le donner à Gerard, pour lui remonter un peu le moral. Je sonnai. Pas de réponse. J'essayai encore. En vain. Je fis donc le tour de la maison, avec l'intention de regarder par la fenêtre à l'arrière. Et s'il était tombé malade ou, même, Dieu nous garde, s'il était mort au milieu de l'indifférence de tous !

Les fenêtres étaient si sales qu'elles devenaient quasiment opaques, recouvertes d'un canevas de poussière ou de poudre claire. Je tapotai sur la vitre et crus distinguer du mouvement à l'intérieur, des déplacements kaléidoscopiques de formes ombreuses, mais je ne pus m'en assurer. C'est alors que je remarquai une odeur, saturée, surchargée d'ammoniaque, comme l'odeur d'un chenil mal entretenu. Je gravis les marches, louvoyant entre des monceaux de plateaux micro-ondes mis au rebut et une avalanche de sacs vides de nourriture pour animaux. Je frappai à la porte, encore en vain. Le vent faisait voler les détritus. Inspectant les déchets à mes pieds, je découvris la marque Rat Chow répliquée quantité de fois en lettres orange fluo : qu'avais-je besoin de plus pour comprendre ? Mais comment aurais-je pu imaginer ? Qui aurait pu imaginer ?

Plus tard, après avoir offert le bouquet et le fromage à ma femme, je téléphonai à Gerard. A ma grande surprise, il répondit à la quatrième ou à la cinquième sonnerie. « Salut, Gerard, dis-je, en injectant dans ma voix autant de cordialité que possible. C'est moi, Roger, les Suisses m'ont relâché. Je suis passé chez toi pour te dire bonjour, mais… »

Il m'interrompit, d'une voix rauque, tout bas, presque un murmure. « Oui, je sais, fit-il. Robbie me l'a dit. »

Tout en me demandant qui était Robbie (un colocataire ? une femme ?), je ne relevai pas l'information. « Alors, demandai-je, comment ça va ? Mieux ? » Gerard ne répondit pas. J'écoutai son souffle au bout du fil pendant un moment, avant de reprendre : « Est-ce que ça te dirait qu'on se voie ? Voudrais-tu venir dîner à la maison ? »

Nouveau long silence. Finalement il répondit : « Non, je ne peux pas. » Je n'avais pas l'intention de lâcher prise aussi vite. Nous étions amis. J'avais une responsabilité à son égard. Nous vivions dans une communauté où nous nous souciions les uns des autres, où la perte subie par un individu était une perte subie par tous. J'essayai d'injecter un soupçon de légèreté dans ma voix : « Pourquoi pas ? Ça te fait trop loin ? Tu verras, je te préparerai un bon steak et déboucherai une bouteille de côtes-du-rhône.

— Je n'ai pas le temps. » Il ajouta quelque chose que, à ce moment-là, je ne compris pas : « C'est la nature, dit-il. La force de la nature.

— De quoi parles-tu ?

— Je suis dépassé », dit-il, si bas que je l'entendis à peine. Son souffle s'estompa et la communication fut coupée.

Il fut découvert la semaine suivante. Ses voisins immédiats, Paul et Peggy Bartlett, se plaignirent de l'odeur, qui, dirent-ils, s'intensifia au fil des jours. N'obtenant pas de réponse quand ils frappèrent à sa porte, ils appelèrent les pompiers. On m'a raconté que, lorsque ceux-ci enfoncèrent la porte d'entrée, un flot de rongeurs se déversa dans le jardin et s'égailla tous azimuts. A l'intérieur, le sol, gluant, était partout jonché de déjections des bestioles et tout, du mobilier aux murs en placoplâtre et aux poutres en chêne du salon, avait été rongé, taillé par les rongeurs : l'endroit était méconnaissable. En plus des animaux qui erraient en toute liberté, des centaines d'autres étaient enfermés dans des cages, la plupart affamés et beaucoup cannibalisés ou dont les membres étaient tronqués. Une porte-parole de la SPA locale estima à plus de treize cents le nombre des rats dans la maison, dont la majorité durent être euthanasiés au refuge parce qu'ils n'étaient pas en état d'être adoptés. Ce qui témoignait du caractère irresponsable du propriétaire, avait affirmé cette femme : et pas seulement irresponsable, d'ailleurs, mais cruel à l'extrême.

Quant à Gerard, il avait apparemment succombé à une pneumonie, bien qu'il courût une rumeur de virus Hanta, ce qui refroidit le voisinage, puisque tant de rongeurs étaient en liberté dans les parages. Tous, nous nous sentîmes coupables envers Gerard, bien sûr, mais moi plus que tout autre. Si seulement j'avais passé l'hiver à la maison, ne cessais-je de penser, si seulement j'avais insisté quand j'avais regardé par sa fenêtre et humé l'odeur de la décomposition, peut-être aurais-je pu le sauver ! Cependant, je n'arrêtais pas de revenir au fait qu'il devait y avoir eu dans son caractère une faille qu'aucun d'entre nous n'avait décelée : il avait choisi un serpent comme animal domestique, pour l'amour de Dieu ! Et cette vile créature avait ensuite muté en cette horde qu'on ne pouvait décrire que comme des nuisibles, de la vermine, des ennemis de l'humanité, bons seulement à être exterminés, pas élevés ! Et puis, il y avait autre chose que ma femme et moi ne pûmes comprendre : comment avait-il pu permettre à ne fût-ce qu'une seule de ces bestioles de l'approcher, de se faire caresser par lui, de dormir avec lui, de manger avec lui, de respirer le même air que lui ?

Deux nuits durant, je fus incapable de trouver le sommeil, je n'arrêtai pas de me représenter cette atroce cohabitation. Comment avait-il pu tomber si bas ? Comment cela pouvait-il arriver à quiconque ?

La cérémonie fut brève, le cercueil fermé (il n'en est pas un parmi nous qui ne souhaitât connaître les raisons de la mort de Gerard, même s'il ne faut pas être doté d'une imagination particulièrement féconde pour se représenter ses derniers instants). Je redoublai de tendresse à l'égard de ma femme. Nous prîmes le déjeuner avec d'autres et, quand nous rentrâmes à la maison, je la pressai contre moi et la tins ainsi pendant un long moment. J'avais beau être éreinté, je sortis les chiens, leur jetai la balle sur la pelouse et observai le soleil jouer avec leur fourrure exubérante lorsqu'ils fusèrent à l'assaut de sa rumeur, dans le seul but de me la rapporter, dix fois, cent fois, et de la déposer dans ma main encore chaude parce qu'ils l'avaient mordillée l'instant d'avant.

Anacapa

Le bateau partit à huit heures du matin, ce qui n'aurait pas été un problème, ou pas particulièrement, si Damian n'avait été en ville. Or Damian était la raison pour laquelle il se trouvait là sur ce quai. Courbés sur leurs gobelets de café en polystyrène expansé, ils piétinaient en compagnie d'un groupe d'une trentaine d'hommes et de deux femmes (dont l'une se révéla être le matelot de pont), qui tous attendaient avec une sorte de frénésie rentrée de monter à bord et de s'approprier les meilleures places le long de la rambarde. Hunter n'aimait pas les bateaux. Il n'aimait pas spécialement le poisson ou la pêche. Mais Damian si, or Damian, son camarade de chambrée à la fac quinze ans plus tôt et puits sans fond à la fois d'inspiration et d'irritation depuis, obtenait toujours ce qu'il voulait. C'était là l'une des deux raisons pour lesquelles huit heures du matin était une heure tellement impossible en cette matinée martyre, soleil dissous dans la brume, mouettes poussant leurs cris funèbres alors que ça tambourinait dans son crâne et que son ventre était réduit à rien. L'autre élément, le facteur aggravant, c'était l'alcool. Le gin, pour être précis.

Ils en avaient bu la veille parce qu'ils buvaient du gin à la fac, gin and tonic, la boisson de la liberté, la boisson des vacances de printemps et d'été, le délire des vendredis et samedis soir dans les clubs d'étudiants, les groupes tapant sur leurs instruments et les filles qui brûlaient comme des cierges. Même si, désormais, Hunter buvait presque exclusivement du vin et jouait même à l'œnologue averti (« Oui, tu sais… de l'autre côté de la colline, dans la Santa Ynez Valley… Les meilleurs vignobles du monde », et ainsi de suite), la veille, ils avaient bu du gin. Il s'y était mis dans le hall des arrivées à l'aéroport : il y était une heure à l'avance pour réceptionner Damian et s'était entendu commander un gin and tonic au garçon comme si un ventriloque avait parlé à sa place. Il avait eu le temps d'en descendre trois avant que Damian n'arrive. Et ainsi de suite, tout au long de la soirée, partout où ils étaient allés, le gin, qui avait réussi à sentir presque exactement comme le kérosène qui filtrait par la fenêtre ouverte, continua de se matérialiser sous forme de jolis petits godets emplis de glaçons rectangulaires et de tranches de citron vert, jusqu'à ce que Damian et lui s'effondrent dans l'appartement à peine cinq heures plus tôt.

Les yeux chassieux, il contempla les planches cloquées du quai et la mer fatiguée qui tanguait en dessous. Pendant un long moment, il observa une flottille de déchets ballottés par les remous sous les piliers, sur quoi, il se pencha en avant pour laisser tomber un gros crachat là où, supposa-t-il, d'humeur philosophique, tous les crachats avaient leur origine. Les crachats retourneront aux crachats. La mer infinie. Vogue, Thalassus ! L'eau était grisâtre, transparente jusqu'à une profondeur d'environ un mètre, un mètre vingt, imprégnée d'une odeur de poisson pourri. Il cracha encore, observant, fasciné, le fluide luisant, issu de son propre corps, décrire une spirale avant de disparaître dans l'écume. Les crachats : qu'était-ce donc ? Une sécrétion des glandes salivaires, qui servait à humecter la nourriture, et les lèvres des femmes. Sa première épouse, Andrea, n'aimait pas l'embrasser quand ils faisaient l'amour. Elle se détournait systématiquement, comme si les lèvres n'étaient pas entrées en ligne de compte. Avec Cee Cee, qui l'avait largué trois semaines plus tôt, ça avait été différent. Dans son portefeuille, glissée sous une épaisseur de plastique rayé, se trouvait une photo d'elle, de profil, le menton en avant comme si on l'avait caressée, l'œil alangui par la passion, l'éclat d'un œillet rouge passé sur l'oreille comme un voyant de température. Il résista à la tentation de la regarder.

La voix de Damian (« Ouais, mec, c'est de ça que je parle, il faut se requinquer ! ») retentit dans son dos ; Hunter se retourna et vit son ami trinquant avec son gobelet en polystyrène avec le couple aux K-Way assortis : il portait un toast, comme s'il y avait quoi que ce fût à célébrer à cette heure et dans ce lieu. Damian avait emporté une flasque. Hunter avait déjà bénéficié d'un judicieux petit doigt de cognac (pas de gin, Dieu merci) ; il supposa donc que Damian partageait son trésor avec les inconnus. La femme (menue, brune, cheveux enveloppant son cou comme un cache-nez) paraissait timide et douce lorsqu'elle sirota son café et cligna des paupières parce qu'il était brûlant. L'instant d'après, Damian escortait le couple jusqu'à la rambarde et faisait les présentations. « Hé, Hunt, un autre ? » s'enquit-il ; Hunter tendit son gobelet, espérant calmer la douleur ; tous quatre heurtèrent les uns contre les autres le bord de leurs gobelets blancs et spongieux comme s'ils avaient eu entre les mains des flûtes en cristal de Perrier-Jouët.

« Pour Ilta, c'est un baptême de l'eau. Ce n'est pas croyable, hein ? » s'exclama Damian, trop fort, et les gens alentour se retournèrent vers eux.

« C'est v… rrai », dit la femme d'une petite voix excitée par la nouveauté, et, sans doute, par le cognac. « Je fais ça pour Mock. » Elle jeta un regard sur l'homme au K-Way assorti au sien, dont le nom semblait être Mack or Mark.

« Moi, je suis un habitué, dit le mari, qui fit une grimace en vidant son gobelet avant de le tendre de nouveau à Damian. Mais ma femme ne m'avait jamais accompagné. » Il paraissait plutôt inoffensif : l'un de ces gars passe-partout, visage charnu, pantalon près de craquer aux coutures, qui, la quarantaine joviale, restent coincés derrière un ordinateur cinq jours par semaine et rêvent de gigabytes : Hunter l'aurait tué pour lui ravir son épouse, que, de toute évidence, il ne méritait pas. C'était une perle, cette femme, si si… et cet accent… quelle provenance ? Suédoise ? « Mais elle mange du poisson ! » s'exclama Mack ou Mark en adressant à sa moitié un regard concupiscent et bonhomme. « Pas vrai, ma choute ?

— Tout le monde aime le poisson ! » s'exclama Damian, question d'ajouter son grain de sel. Il aimait être au centre de l'attention, le meneur de jeu, la star de toute réunion, et il était charmant, Hunter l'adorait, absolument. A l'occasion, toutefois, il pouvait être fatigant. « Je veux dire… le poisson frais, pêché la seconde d'avant, comme on n'en trouve jamais sur les étals des poissonneries… » Il marqua une pause pour vider le reste de sa flasque dans le gobelet du mari. « Mais… je veux dire… voyons, Ilta, pourquoi avoir tant attendu ?

— Je n'aime pas… comment dit-on ? Le tangage… » Avec la main, elle décrivit un mouvement ondulant. « … des bateaux. »

Ils regardèrent tous le bateau. Il était assez grand, le parfait exemple de bateau d'excursion, plus d'une vingtaine de mètres de long, peint d'un blanc lumineux, tellement immobile qu'on l'aurait cru cloué au quai. A cet instant, Hunter s'aperçut qu'il n'avait pas pris sa Dramamine (il était recommandé sur le tube de prendre deux comprimés une demi-heure à une heure avant de lever l'ancre) : il tâta sa poche de bluejeans afin de vérifier qu'il avait bien son flacon. Il avait la gorge sèche. Et mal à la tête. Il se demanda si les petits comprimés jaunes feraient de l'effet s'il les prenait maintenant, s'ils étaient efficaces à quelque moment qu'on les prenne ; il se rappela la dernière fois qu'on l'avait persuadé de s'embarquer dans ce genre d'aventure et l'enfer que ça avait été pendant la totalité des sept heures et demie de la traversée (« Il n'y a rien de plus plaisant... et d'émouvant, oui, d'émouvant... que de voir quelqu'un qu'on admire vomir par-dessus la rambarde», Damian n'avait-il pas arrêté de dire). Le souvenir le transperça comme une tige d'acier chauffée à blanc ; d'un geste automatique, il sortit le tube et l'agita pour en extraire quatre comprimés dans la paume de sa main. Il les présenta à Ilta : « Vous en voulez ? C'est de la Dramamine... Vous savez... contre le mal de mer ? » Il fit mine de vomir.

« Je lui ai fait mettre un patch », dit le mari.

Ilta fit non avec l'index, comme pour gronder Hunter. « Je le fais pour Mock, répéta-t-elle. Pour l'anniversaire. Nous mariés aujourd'hui il y a trois ans. »

Hunter haussa les épaules, porta la main à la bouche et avala les quatre comprimés à la fois, supposant que la double dose ne pourrait qu'agir davantage qu'une simple.

« A Helsinki », précisa le mari, visage illuminé par le sourire neutre du propriétaire satisfait de son achat. Il passa un bras autour des épaules de son épouse et l'attira à lui. Ils s'embrassèrent. Très haut dans le ciel, les mouettes crièrent. Hunter détourna le regard. Puis, soudain, tout le monde sursauta lorsque la seule autre femme, qui faisait, donc, office de matelot de pont, releva la barre de la passerelle. C'est alors, juste au moment où tous prenaient leurs affaires, qu'un homme au tatouage d'araignée s'immisça dans la conversation. Hunter l'avait déjà remarqué, quand, au bureau, ils avaient réglé leur billet et loué des cannes et autres articles de pêche. C'était un dingue, ça se voyait comme le nez au milieu de la figure, tout chez lui était tendu : les cheveux ras, les yeux comme des fusées traçantes, le tatouage à l'araignée rouge et noir (à moins que ça n'ait été un scorpion rampant le long de son cou). « Hé ! fit-il, bousculant Ilta, je peux me joindre à la meute ? » Et de tendre son gobelet.

Damian ne cilla pas. Il était comme ça. Mister Cool : « Ça marche, mec, donne-moi ta tasse. »

L'instant d'après, ils montaient à bord, à la queue leu leu, dans les émanations de diesel, tandis que le capitaine mettait les gaz et que le bateau frémissait. Ça sentait la routine à plein nez : odeurs accumulées des apprentis pêcheurs d'hier et de demain. Les ponts étaient mouillés, les sièges humides de rosée. Des écailles de poissons, opalescentes, séchées comme des croûtes, craquaient sous les semelles. Ils trouvèrent à s'asseoir dans la cabine, à une table pour quatre, parmi celles qui étaient disposées là comme dans une cafétéria ; de son côté, l'homme à l'araignée, vaincu, se dirigea vers le bar. Profitant d'un instant d'hésitation, Hunter pensa à Cee Cee : elle aurait détesté tout ça (citadine dans l'âme, elle naviguait comme un poisson dans l'eau dans les centres commerciaux, les restaurants et les cinémas, et nulle part ailleurs). Le bateau fit un bond en avant, s'éloigna du quai et, à travers les fenêtres striées de coulées salines, le rivage s'épanouit momentanément, avant de sombrer derrière la ligne bleue et de s'estomper peu à peu dans la brume.

La traversée jusqu'à la zone de pêche durait une heure et demie. Installé du mieux possible, Hunter sentit son estomac tomber en chute libre. Il n'aurait pas dû boire de café, et il avait aggravé la chose en prenant du cognac ; quant à la Dramamine, elle n'eut absolument aucun effet, pas même un effet placebo. La mer n'était pas agitée ou, du moins, pas aussi démontée qu'elle aurait pu l'être. On était en juin, saison où le Santa Barbara Channel disparaissait dans une grotte brumeuse que le soleil ne parvenait pas à dissiper jusqu'à deux ou trois heures de l'après-midi : les journaux appelaient ça « les ténèbres de juin » ; en fait, autant qu'il pouvait en juger, la mer était assez calme. Cela dit, le bateau bondissait au-dessus des vagues comme un toboggan cahotant sur les bosses à l'arrivée d'un tour de grand huit ; l'incessant mouvement de tape-cul ne lui faisait pas du bien. Il jeta un coup d'œil autour de lui. Personne d'autre ne semblait être affecté par le roulis : Ilta et son mari jouaient aux cartes, Damian commandait un petit déjeuner au bar à l'avant de la cabine, les autres sommeillaient ou lisaient un journal, avalant leurs œufs au plat avec l'aisance de clients confortablement installés dans un restaurant d'Upper State Street, à des lieues de là. Au bout d'un moment, croisant les bras sur la table, Hunter posa la tête dessus et plongea dans un puits profond de sommeil.

Ce qui le réveilla, ce fut la décélération des moteurs et un regain d'activité qui résonna dans la cabine comme une alarme d'incendie. Tout le groupe se leva comme un seul homme et passa par la porte en direction du pont. On était arrivé. Sentant une main sur son épaule, Hunter leva la tête : celle de Damian se trouvait tout là-haut, au-dessus de lui. « Bien dormi ?

— J'ai rêvé que j'étais en enfer : le neuvième cercle, là où il n'y a rien ni personne, que le diable. » Le bateau tangua sur une longue et plaisante houle. Les moteurs se turent. « Et peut-être quelques diablotins. Armés de fourches. »

La flasque réapparut. Damian pressa le goulot contre ses lèvres pendant un instant, puis la lui tendit : « Tu en veux une goutte ? »

D'un geste, Hunter le repoussa. Il ne s'était toujours pas levé de son siège.

« Bouge-toi, mec, on y est. Le poisson attend. Allons-y. »

Ils entendirent un cri. Appuyés contre les hublots, les apprentis pêcheurs étaient empêtrés dans une forêt de cannes qui donnaient l'illusion qu'ils étaient tous dotés d'antennes. L'un d'entre eux avait déjà fait une prise : palpitation argentée sur le bois du pont. A son corps défendant, Hunter éprouva les vestiges d'une excitation ancienne. Il se leva.

Damian approchait de la porte lorsqu'il se retourna. « J'ai installé notre barda là-bas, à l'arrière, à bâbord. Mark a dit que c'était le meilleur endroit. Allons, grouille-toi. » Agitant la main, il eut un geste impatient et Hunter recouvra instantanément son équilibre : comme s'il avait fait un salto arrière et s'était récupéré miraculeusement. A ce moment précis, le soleil perça les nuages et tout fut réveillé par la lumière. La silhouette de Damian perdit son épaisseur dans la luminosité. La mer frappa la coque. Quelqu'un cria. « Et attends de voir Julie, dit Damian tout doucement.

— Julie ? Qui est Julie ? »

Damian lui lança un regard de connaisseur, de prof à élève. Après tout, ne lui avait-il pas expliqué qu'il avait parcouru tous ces kilomètres dans le seul but de passer un week-end (sortie en mer, soirée de la veille et celle à venir aussi) avec son vieux pote pour lui remonter le moral, le sortir de sa coquille, lui faire réintégrer le monde des vivants : il avait fait un long discours sur les failles de Hunter jusqu'aux petites heures du jour qui en était encore à ses balbutiements. « Le matelot de pont, mec. Où as-tu passé tout ce temps ?

— Je dormais.

— Eh bien, c'est le moment de te réveiller ! »

Ils sortirent à la lumière et le monde s'ouvrit à eux comme une coquille, jusqu'aux imposantes bosses brunes des îles (Hunter ne les avait jamais vues d'aussi près), pour revenir se concentrer sur le bateau, ses ponts aux lattes cannelées, l'odeur du large et Julie, le matelot de pont, maquillée de frais et débarrassée du ciré jaune et informe dont elle était affublée au port : Julie en bikini orange fluo et sandales à fines lanières argentées qui grimpaient à l'assaut de ses chevilles nues. Elle aidait chaque apprenti pêcheur à accrocher son hameçon.

Ainsi donc, ils pêchèrent. Le capitaine, sombre présence menaçante derrière la vitre en verre fumé du pont supérieur, transmettait ses ordres par le biais des haut-parleurs. *Lancez vos lignes*, commandait-il, et tous de lancer leurs lignes comme un seul homme. *Ramenez les lignes*, disait-il, et tous de ramener leur ligne, tandis que le démiurge faisait vrombir les moteurs pour se diriger vers un autre spot puis un autre encore. A l'excitation du début succédèrent de longues plages d'ennui, au cours desquelles Hunter eut tout le temps de s'apercevoir à quel point il détestait la pêche. De loin en loin, un excursionniste faisait une prise, sa canne se pliait en deux et un maquereau ou une quelconque créature, la gueule grande ouverte, décrite diversement comme une rascasse ou un labre, volait par-dessus la rambarde. Mais la canne de Hunter ne se recourbait jamais ; jamais, même, elle ne frémissait. Pas plus que celle de Damian. Une heure ne s'était pas écoulée que Damian posa sa canne contre la rambarde et retourna dans la cabine, émergeant dix minutes plus tard avec deux hamburgers enveloppés dans du papier paraffiné et deux bières dans des gobelets en plastique. Hunter, à genoux, estomac au point mort, était recroquevillé sur l'une des malles en métal gris qui, de part et d'autre du bateau, contenaient les gilets de sauvetage : il tentait une fois plus de s'habituer au concept d'instabilité latérale. Il accepta le hamburger et la bière.

« Quelle merde, ici ! » déclara Damian, s'installant à côté de lui en poussant un soupir. Leurs cannes étaient ballottées au gré des vagues comme des mâts sans drapeaux.

« C'était ton idée. »

Damian contempla l'étendue d'eau, au milieu de laquelle la plus petite des îles, séparée de la grande par un chenal encore enveloppé dans la brume, semblait tour à tour grossir et rétrécir. « Ouais, mais c'est un rituel, c'est viril. C'est ce qu'on fait ensemble quand on est potes, non ? Et puis, regarde-moi ça, regarde où nous sommes… je veux dire… c'est beau, non ?

— Tu viens juste de dire que c'était de la merde.

— Je parlais seulement de ce lieu de pêche. Pourquoi est-ce que le capitaine ne nous emmène pas ailleurs ? » Damian tourna la tête pour mitrailler du regard la vitre opaque de la cabine de pilotage. « C'est vrai, je n'ai rien attrapé… et toi ? Une prise ? »

Hunter déballait son hamburger comme il aurait ôté le papier cadeau d'un objet en cristal : oserait-il en avaler une bouchée ? Non, mieux valait ne pas prendre le risque. Il le reposa donc et avala une gorgée de bière. En réponse à la question de Damian, il se contenta de hausser les épaules. Ensuite, accentuant chaque syllabe, il déclara : « Il n'y a plus de poissons dans les océans.

— Baliverne ! Ce gars, là-bas, de l'autre côté, a attrapé une énorme rascasse, dans les cinq ou six kilos. Et la chair de la rascasse est parmi les meilleures, tu le sais bien… » Damian mordit dans son hamburger à pleines dents, penché en avant pour recueillir le jus dans le papier d'emballage paraffiné. « Sans compter…, ajouta-t-il en mastiquant, qu'il vaut mieux t'accrocher à ta canne si tu veux remporter le concours. »

Hunter s'était tellement attaché à survivre à la traversée qu'il avait oublié le concours de pêche ou même l'éventualité de faire une prise, de sentir au bout de sa ligne une force sombre, inconnue, qui lui résisterait. « De quoi tu parles ?

— Le concours, tu ne te rappelles pas ? Tout le monde sur le bateau a misé dix dollars quand on nous a donné le sac avec un numéro dessus… Tu es vraiment à côté de la plaque… Tu en as mis vingt pour nous deux, tu ne te rappelles pas ? Et j'ai dit que je paierais la première tournée ?

— Je ne gagnerai rien du tout. »

En gros, la veille, ils avaient parlé de sexe, de la façon dont, quand on n'avait pas l'occasion de faire l'amour, on était obsédé par la baise : on en avait encore davantage besoin que de nourriture ou d'argent. « La testostérone encrasse le cerveau », avait dit Damian. Privé de sexe depuis trois semaines, Hunter avait opiné du chef. « Et je te dirai autre chose, avait ajouté Damian après une digression plutôt longue sur les inclinations de sa dernière petite amie en date, une fois qu'on a obtenu ce qu'on voulait… je veux dire, cinq minutes plus tard… ça devient : "Hé, on va se faire une partie de ball-trap ?" » Et voilà que, incapable de résister à la plaisanterie, parce qu'ils revivaient leur amitié estudiantine, du moins le temps d'un week-end, il lâcha : « Dresse bien ta canne, on ne sait jamais. »

Et puis Mark arriva, lunettes rondes, casquette de base-ball arrimée à sa tête disproportionnée, hamburger dans une main, bière dans l'autre. Le bateau glissa dans un creux et se releva sur une longue houle délétère. « Alors, qu'est-ce que ça donne ? demanda-t-il.

— *Nada*, répondit Damian, la voix sombrant dans la complainte. Le capitaine devrait nous faire bouger. Je veux dire… vu le prix de l'excursion, on pourrait espérer qu'il se démènerait un peu plus pour dénicher le poisson, non ? »

Mark haussa les épaules « Laisse-lui le temps. Je connais ce gars. Il lui arrive d'être un peu buté mais, s'il y en a dans les parages, il le trouvera. Ça ne rate jamais. Ou presque jamais. » Il prit un air pensif, le bas du visage centré autour de sa mastication. « Je veux dire... parfois, tout le monde revient bredouille. C'est la nature, vois-tu, avec un grand N. Personne ne peut la contrôler.

— Et Ilta ? Hunter s'entendit-il demander. Elle a pêché quelque chose ? »

Mark fit une grimace. « Elle se sent patraque. Elle est aux chiottes. Ça fait un quart d'heure.

— Ah, le mal de mer ! » s'exclama Damian en arborant un grand sourire, et Hunter sentit son estomac se resserrer autour d'un infime morceau de hamburger.

« Quelque chose comme ça, en effet, dit Mark, portant le regard au loin.

— Il faut simplement qu'elle retrouve son pied marin.

— Je n'aurais pas dû l'amener. Elle l'a fait pour moi... pour me faire plaisir, vous comprenez ? Avant aujourd'hui, elle était sortie en mer une seule fois, sur le bac entre Copenhague et Göteborg ; et elle raconte qu'elle avait vomi pendant toute la traversée... Mais c'était il y a des lustres et je pensais que, cette fois-ci, ce serait différent. Sans compter que je lui ai fait mettre le patch. »

Hunter se retira dans ses pensées tandis que Damian se lançait dans l'analyse comparative du patch et des comprimés : on l'aurait cru frais émoulu de l'école de pharmacie. Hunter était amer. Amer à cause de cette journée, de ce lieu, de ce poisson, de l'absence de poisson, de Cee Cee, d'Ilta, de Julie et de toutes les femmes inaccessibles sur cette terre. Il se représenta l'épouse de Mark aux toilettes exiguës et puantes, agrippée à la cuvette en aluminium, seule, désemparée. De son côté, mâchonnant son hamburger et sirotant sa bière, le mari s'apprêtait à faire une remarque désobligeante du genre « Je suppose que ça prouve que la mer n'est pas un endroit pour les gonzesses », lorsque la voix du capitaine se mit à bourdonner à travers les haut-parleurs. *Remontez vos cannes*, ordonna-t-il. Hunter retourna donc à sa canne à pêche et rembobina le moulinet, le plomb flotta librement pendant un instant, et l'hameçon, lorsqu'il réapparut, était dépourvu de l'anchois gigoteur que Julie, en bikini, y avait accroché.

Mark ne bougea pas. « J'ai déjà rangé mon attirail, expliqua-t-il. Maintenant, le capitaine va mettre le cap sur le sud-est et se rapprocher de la pointe de l'île. » Il marqua une pause pour mieux mastiquer. « C'est Anacapa. La seule des Channel Islands à avoir un nom indien ; toutes les autres ont un nom d'origine hispanique. »

Hunter ne lui en voulut pas d'étaler sa science, pas vraiment ; après tout, Mark était l'autorité dans les parages, l'habitué, le vétéran des écailles, des entrailles froides et mouillées, des yeux démesurés des pauvres créatures écervelées, remontées des profondeurs pour la glorification du machisme, de la camaraderie, de la fraternité du hameçon, du fil de pêche et du plomb. Mais il aurait voulu être ailleurs, son estomac était dans tous ses états et il pourrait bien être le prochain à devoir se précipiter dans les toilettes, comme une femme, comme une fille. Il ironisa donc : « Ne me dis pas que ça signifie... "boîte de soupe" en indien, hein ? Ou bien : "micro-ondes", "four à micro-ondes"...

— Eh, Hunter, tu sais bien que les Indiens ne connaissaient pas ces merdes, à leur époque. » Pour rembobiner son moulinet, Damian avait posé son hamburger mais saisi avec les dents son gobelet en plastique, de sorte qu'on eut du mal à le comprendre. Hunter se moqua de cette mise en garde.

« Anacapa signifie "illusion" », renchérit Mark, tandis que le bateau, changeant soudain de cap, obligeait tout le monde à s'agripper à quelque chose pour garder son équilibre. « Comme dans "mirage", vous comprenez ? À cause du brouillard qui y reste toujours accroché... on n'est jamais certain que l'île est vraiment là.

— Ça ressemble à mon mariage », dit Hunter. Sur quoi, d'un air aussi nonchalant que s'il s'était penché sur la table basse dans son salon pour prendre une revue ou la télécommande, il se pencha par-dessus la rambarde. Soudain, la brise joua avec ses cheveux, les aplatit sur son front. Et il vomit tout à la fois : le hamburger, la bière, le café, le cognac, la Dramamine, et, en dernier, remontant du tréfonds de lui-même, la lie métallique du gin.

Le lieu de pêche suivant, qui, ainsi que Mark l'avait prédit, se trouvait plus près de l'île, n'avait pas l'air très différent du précédent : vagues, oiseaux, les lointaines plates-formes pétrolières offshore, tels des vieillards pataugeant dans l'eau, pantalon remonté jusqu'aux mollets. Dès que le capitaine eut jeté l'ancre, les clients commencèrent à accrocher leurs hameçons et un vent d'excitation souffla parmi eux. L'une après l'autre, les cannes plongèrent, se courbèrent et les poissons se mirent à jaillir par-dessus la rambarde. Dans la confusion, Hunter fit tomber son hamburger sur le pont, tandis que la canne de Damian ployait et que la sienne se mettait à trembler, comme animée par une énergie propre. « Tu en tiens un ! cria Damian, reculant pour s'occuper de sa prise. Vas-y, attrape ton poisson, il faut qu'il s'arrime bien à ton hameçon ! »

Hunter prit sa canne, sentit une résistance à l'extrémité du fil et tira dessus. Et tant pis si, glissant sur son hamburger imbibé de ketchup, avec le morceau de viande qui en sortait comme une langue, il manqua de passer par-dessus bord. C'était pour ça qu'il était venu : ramener un poisson, un poisson accroché à son hameçon ! Mais la bestiole opposa une résistance farouche, se déplaça vers la proue, et Hunter ne suivit le mouvement, se frayant maladroitement un chemin entre ses pairs entassés contre la rambarde, que pour s'apercevoir, finalement, que ce n'était pas un poisson : son fil s'était pris dans celui d'un autre client. C'est à ce moment-là que, derrière trois ou quatre participants, l'homme à l'araignée en vint à la même conclusion.

« Merde, vous pouvez pas faire attention à votre putain de fil ! » aboya-t-il tandis que, chacun de son côté, ils rembobinaient et que l'enchevêtrement de leurs instruments respectifs sortait de l'eau en frémissant. « Merde, vous étiez pas à l'autre bout du bateau, non ! »

Ouais, c'est ça. Mais ce con était aussi à l'autre bout du bateau, non, merde ? Hunter n'était pas le seul responsable. Ce n'était la faute de personne. C'était la faute de la pêche, des fils et de l'océan vert vomi qui aurait dû rester sur le recto d'une carte postale, à la place qui lui revenait de droit. N'empêche, quand il se retrouva face à face avec le gars à l'araignée, il baissa la tête et se contenta de dire : « Je vais sortir mon couteau. »

Il retourna, tout penaud, le long de la cabine vitrée jusqu'au pont arrière, où il plongea la main dans la boîte de pêche de Damian pour en ressortir la lame nue et étincelante d'un couteau suisse, qu'il mesura dans sa main : cette décision, alors que tous les autres à bord pêchaient à tire-larigot, que le pont se transformait en poissonnerie et qu'une vague plus forte que les autres ballottait le bateau comme une patate dans une casserole… oui, cette décision-là fut regrettable. Parce que la voix indignée, excédée, du capitaine encapuchonné sur le pont supérieur, retentit dans toute son ire à travers les haut-parleurs : « Vous, avec le couteau, là… oui, vous ! Vous voulez trucider quelqu'un ? »

Hunter tangua comme un ivrogne. Plissant les yeux face à la réverbération, il les leva vers les fenêtres noires qui enveloppaient la cabine de pilotage telle une énorme paire de lunettes de soleil. Il vit le ciel qui s'y reflétait. Les nuages. Le disque pâle du soleil. « Non, je voulais seulement… », commença-t-il, mais la voix du capitaine le coupa. « Rangez cet instrument sur-le-champ, avant que je descende le jeter à la flotte moi-même ! »

Tous les excursionnistes le regardaient, sans cesser de tirer sur leurs cannes recourbées ou de s'agiter sur le pont, un poisson gigoteur suspendu par les branchies au bout de leur fil ; Hunter aurait voulu se récrier, jouer au méchant, rendre la monnaie de sa pièce au dieu noir dans sa cabine. Et si ça avait été Dark Vador en personne ? Qui sait ? Mais il se retint. Honteux, il retourna en titubant jusqu'à la boîte de pêche et fourra le couteau à l'intérieur, le couteau que Damian avait absolument tenu à apporter car les hommes, les vrais, ceux qui vivaient au grand air, en avaient toujours un sur eux : les couteaux étaient essentiels, pour couper, tailler, planter la lame dans quelque chose pour l'immobiliser. Quand il se retourna, agrippant la rambarde d'une main afin de garder l'équilibre (peine perdue), il se retrouva nez à nez avec Julie. Le vent ébouriffa les cheveux de la jeune femme, noirs aux racines, pointes décolorées par le soleil, et les lui plaqua contre le visage. Elle lui adressa un regard méfiant. « Il y a un problème ? s'enquit-elle.

— Je n'ai rien fait. Je voulais seulement couper des fils emmêlés, c'est tout, et lui… ce gars là-haut, votre précieux capitaine, s'en est pris à moi… » Saisissant la note d'autocommisération de son intonation, il sut qu'il avait tout faux.

« Les couteaux sont interdits sur le pont », répliqua-t-elle, l'air sévère ou, du moins, aussi sévère qu'une femme à demi nue, d'infimes écailles de poissons luisant sur ses mains et ses pieds, pouvait le paraître sur le pont d'un bateau de pêche plein d'excursionnistes à bord.

Il aurait pu exploser, il aurait pu jouer au con mais, au contraire, il sentit la tension se dégonfler en lui. Il sourit à son interlocutrice : un sourire censé être tout à la fois engageant et contrit. « Je suis navré, je suppose que j'aurais dû m'en douter. Je ne suis pas un habitué mais ça, vous le savez déjà, n'est-ce pas… rien qu'à me voir, non ? A dire vrai, je préfère regarder l'océan depuis un tabouret de bar à cet endroit sur le quai… là-bas… Spinnakers… vous connaissez Spinnakers… ? Un cocktail à la main et le poisson servi dans une assiette, et puis… oui, une sauce beurre citron ? De quoi tremper son pain dedans ? Et se lécher les doigts après ? »

En l'entendant prononcer le nom de Spinnakers, Julie fit oui de la tête et sourit. « Il n'y a pas de mal, dit-elle. Laissez-moi vous aider. » Elle l'entraîna par la manche, jusqu'à l'autre extrémité du pont, à l'endroit où l'homme araignée, le visage en guerre avec lui-même, attendait.

Ce qui arriva ensuite demeura un peu flou mais, quoi qu'il en fût, Hunter n'était pas destiné à jouer le méchant, pas cette fois-là, en tout cas. L'homme araignée, avançant pour revendiquer ce rôle, n'eut pas besoin de répéter pour imposer sa métamorphose de simple figurant en menace à part entière. Rapide et efficace, jambes fléchies, poitrine ballottant au rythme du mouvement du bateau, Julie tira à elle l'enchevêtrement de fils et le détacha à l'aide d'un coupe-ongles qu'elle sortit de nulle part comme par magie. L'instant d'après, elle leur tendait à tous deux leurs instruments respectifs. Elle regarda d'abord Hunter : en pleine méditation, concentré sur le coupe-ongles (où diable pouvait-elle l'avoir caché, compte tenu des deux fines bandes d'étoffe qu'elle portait et de la manière dont elles semblaient lui coller à la peau ?) ; elle lui demanda s'il avait besoin d'aide pour lancer son fil. Avant qu'il ait pu répondre par l'affirmative, car il avait vraiment besoin qu'elle lui dévoile comment on parvenait à obliger le plomb à s'éloigner du flotteur au lieu qu'ils s'entortillent tous les deux dès qu'il lançait le fil, et parce qu'il aimait être près d'elle, qu'il aimait la regarder et entendre sa voix dans le désert de ce vestiaire flottant, l'homme à l'araignée prit la parole, ton saccadé, voix grimpant dans les aigus. « Et moi, alors ? C'est ce con qui a empêtré son fil dans le mien et c'est moi qui perds du temps de pêche ! Vous allez me rembourser ? Hein ? Lui, il peut attendre. Il connaît rien à la pêche, de toute façon. »

Le bateau tangua et Hunter agrippa la rambarde pour garder son équilibre. « Allez-y, dit-il, occupez-vous de lui en premier, je m'en moque. Vraiment. Ça m'est égal. »

L'homme à l'araignée détourna le regard et lança un juron. Julie se pencha pour accrocher un nouvel hameçon à son fil. « Et l'appât ! s'exclama-t-il. Ce clown (d'un mouvement du pouce, il indiqua Hunter), il a fichu en l'air mon appât. J'ai besoin d'appât. Un autre appât. »

Elle aurait pu rétorquer qu'il pouvait aller se le chercher lui-même : si son rôle était d'aider les apprentis pêcheurs, de sourire et d'exhiber son anatomie avec l'espoir et dans l'expectative de récolter des pourboires, elle n'était l'esclave de personne et puis…

un gamin de cinq ans aurait pu accrocher un appât à un hameçon. Toutefois, elle se contenta de lui lancer un regard de biais, alla jusqu'à la bassine aux appâts et revint avec un anchois vivant. N'empêche, maintenant que l'homme à l'araignée avait démarré, il fut impossible d'arrêter sa voix rude et fêlée, qui déclina maintes variations : elle lui faisait perdre son temps, et tout ça, ce putain de rafiot, c'était qu'une conspiration, et je veux être remboursé, et j'obtiendrai des compensations, et ils pouvaient tous lui lécher le cul s'ils croyaient qu'il allait supporter ce genre d'arnaque parce que : ouais, c'était que ça, qu'une façon de baiser le client, huit dollars pour un putain de hamburger au goût de merde réchauffée ! Lorsque Julie eut attaché l'anchois à l'hameçon, il lança, tout fort, à la galerie : « Hé, merci pour le dérangement. Mais je suppose que tu tortilles du cul pour récolter des pourboires, hein ? Alors, tiens. » Et, avant qu'elle ait pu réagir, il glissa un billet roulé dans la fente entre ses seins.

L'instant ne fut guère plaisant. Julie n'était pas une faible femme, pas comme Ilta, dont le doux visage endolori apparaissait du néant des chiottes chaque fois qu'un pêcheur tirait sur la porte dans l'espoir d'entrer et de se soulager. Elle était svelte et musclée, mollets et biceps bombés, épaules tendues. D'un seul geste, elle sortit le billet et le lui jeta à la figure sans même le regarder, puis elle le gifla, et ce ne fut pas une gifle anodine mais un véritable coup, paume ouverte, qui envoya valdinguer l'homme à l'araignée contre la rambarde.

L'espace d'un éclair, il sembla qu'il allait lui sauter dessus. Hunter se raidit : il n'était pas question qu'il laisse ce trou du cul attaquer une femme en sa présence, même s'il devait prendre une raclée pour ça : oui, il prendrait une raclée pour les beaux yeux de Julie. Avec plaisir. Mais l'homme à l'araignée, écumant aux commissures des lèvres, se contenta de la fusiller du regard. « D'accord ! hurla-t-il. D'accord, allez vous faire foutre. » Et de tourner sur les talons. Il lança alors la canne de location par-dessus sa tête comme un lasso et la jeta dans l'océan, où la gravité la réclama tout comme si elle n'avait jamais existé. Lorsque le capitaine fut descendu en personne de son perchoir afin de maîtriser l'homme à l'araignée, que l'ordre fut donné de ranger les cannes, que le bateau lancé à plein régime se fut remis à frapper les flots sur le chemin du retour vers le port, Hunter s'assit dans la cabine afin de s'abriter du vent ; pour la première fois depuis la veille, il se sentit plus ou moins serein. Mark et Damian, accoudés au comptoir, sirotaient des bières dans des gobelets en plastique. Ilta s'était allongée sur une banquette à l'autre extrémité de la salle, tournée vers la cloison, une couverture remontée jusqu'aux épaules. Les autres allaient et venaient, l'air satisfait, mangeaient des sandwiches, commandaient des cocktails, se racontaient leurs exploits de la journée en se demandant qui gagnerait le concours, car, apparement, ce n'était pas terminé : lorsqu'il avait expliqué qu'il y avait un problème avec « un passager », le capitaine avait promis de récupérer le temps perdu en organisant une petite séance (une heure ou deux) de pêche au flétan près de la côte, dès qu'ils auraient débarqué l'intéressé. Une heure de plus ! Hunter aurait préféré une heure de moins, mais il ne s'en rendit pas moins au comptoir pour se commander un gin and tonic, en guise de calmant ; cheveux au vent, il l'emporta sur le pont arrière. Penchée sur une planche en bois grêlé, Julie découpait des filets dans les prises du jour.

Derrière elle, tout un escadron de mouettes, au milieu desquelles volaient une demi-douzaine de pélicans, criaillaient au-dessus des rebuts. Julie avait l'air fatigué. Ses épaules et le haut de ses bras étaient criblés de chair de poule. Son maquillage coulait. Elle plongeait mécaniquement la main dans les sacs en toile de jute pour en extraire les poissons, les tapant l'un après l'autre avant de les vider avec un mouvement expert du couteau ; la moitié, encore vivants, remuaient faiblement la queue. Ensuite, elle passait la lame à rebours pour ôter les écailles, et tout un ouragan de disques translucides soudain animés allait danser à la brise, comme dans un tour de prestidigitation ; enfin, elle dégageait les filets et les faisait glisser dans des sacs en plastique, jetant, d'un seul geste du couteau, les rebuts par-dessus bord. Des excursionnistes, debout en cercle autour d'elle, l'observaient. Les moteurs tournaient à pleins gaz, sillon du bateau déroulé à l'arrière comme une bobine infinie ; les oiseaux disparaissaient dans l'écume. Hunter se cala contre la rambarde et porta aux lèvres le gobelet en plastique ; ses doigts empestaient l'appât ; si seulement il avait eu un sac suintant de butin à tendre à la belle ! Hélas, ce n'était pas le cas ou pas encore, du moins. « On dirait que vous avez déjà fait ça ! » s'exclama-t-il.

Elle leva la tête et sourit. « Ouais. Une fois ou deux. » De près, il s'aperçut que sa poitrine luisait de tout un tas de minces hosties d'écailles ; elle avait des écailles partout, collées aux pointes de ses cheveux, prises entre ses seins, sur ses mollets et là où ses cuisses se rejoignaient.

« Est-ce que je peux vous offrir un verre ? » lui demanda-t-il, ajoutant, lorsqu'elle ne répondit pas : « Moi, j'ai pris un gin and tonic. Ça vous dit ? »

Le couteau s'activait comme s'il avait été doué d'une vie propre. Les poissons lâchaient prise, perdaient la tête, les arêtes et la queue ; sur quoi, les filets, blancs et souples, trouvaient place dans des caisses pleines de glace, fin prêts pour le congélateur ou la poêle. Hunter vit le sac de Damian, le n° 12, posé devant Julie telle une offrande : il se rappela l'exultation de son propriétaire parce qu'il avait attrapé une morue-lingue plus lourde de sept cent cinquante grammes que celle de son concurrent le plus sérieux : « Je vais le gagner, ce concours, tu vas voir ça, avait-il clamé avant d'aller s'installer au bar avec Mark. Et je vais donner un pourboire de cent dollars à Julie : je lui demanderai de prendre un verre avec nous plus tard, pour toi, uniquement pour toi, mon pote, crois-moi. » Hunter en eut de nouveau la nausée. « Ouais, dit Julie. J'aime le gin, comme tout le monde. Mais je ne peux pas boire pendant le service… c'est contre les règles. Sans compter que le capitaine…

— Ouais, le capitaine… »

Le bateau retomba sur le roulis avec une secousse, puis rebondit si fort que Hunter dut s'agripper à une barre, mais le couteau ne marqua pas le moindre temps d'arrêt. Après un silence, Hunter osa demander : « Hum, et après, alors, quand on sera rentrés ? Ça vous dirait, de prendre un verre, à ce moment-là ? Ou bien un restau ? Quand vous vous serez changée… ?

— Ça pourrait être sympa. Mais la pêche est loin d'être terminée. Alors, ne brûlons pas les étapes, d'accord… »

Il pencha la tête en arrière et imbiba ses lèvres d'alcool. L'avenir immédiat ne lui avait jamais paru plus limpide : il allait pêcher comme le pêcheur le plus expérimenté du monde, comme Lucky Jim en personne, et il allait attraper un poisson de deux fois la taille de celui de Damian. Cent dollars ? Il laisserait en pourboire la totalité, les trois cents, et Julie le prendrait par le bras alors que l'homme à l'araignée partirait en fulminant à l'assaut d'un autre bateau ; Anacapa s'évaporerait dans le brouillard et Damian rentrerait à l'appartement pour dormir comme une souche sur le canapé. Tel était le scénario, voilà ce qui allait se passer, il en était persuadé. Cela dit, Julie devait avoir une douzaine de propositions de ce genre tous les jours, une fille jolie comme elle, pensez, et qui exerçait ce métier ! D'ailleurs, que ferait-il avec tout ce poisson ? Avait-il même assez de place dans son freezer ? Ou bien resterait-il sur l'étagère du réfrigérateur, changeant de couleur, jusqu'à ce qu'il doive le jeter ?

« D'accord ? demanda Julie. Marché conclu ? »

Avalant une nouvelle gorgée, Hunter sentit les effets du gin dans tout son corps, tandis que son estomac se retournait plusieurs fois. Les mouettes continuaient de pousser leurs cris stridents. La lame du couteau virevoltait et luisait au soleil. Or voilà que le rivage, avec son enchevêtrement de toitures, ses trottoirs et le soleil pris dans les entrelacs des palmes, lui tomba dessus si vite qu'il en fut déstabilisé. « Ouais, ouais, pour sûr. Marché conclu. » Il se tint à la rambarde tandis que le capitaine mettait les gaz et que le bateau semblait s'arquer en une explosion de lumière, puis il porta son gobelet à la bouche et sentit la brûlure de la glace sur ses incisives. « Vous verrez, conclut-il avec un large sourire. Je vais débusquer l'ancêtre de tous les flétans d'ici à Oxnard et retour. »

Bien sûr, compte tenu des vicissitudes de la journée, les choses ne se passèrent pas ainsi. Si l'ancêtre des flétans du coin croisait dans la vase, il jugea bon de ne point le faire savoir. N'empêche, Hunter prit un réel plaisir à observer l'homme à l'araignée, portefeuille allégé du prix de la canne, du moulinet et du gréement qu'il avait lancés à la flotte, descendre furtivement à terre, tête basse, alors que le reste de la compagnie (les sportifs fair play, les obéissants, les oints) eurent droit à leur heure supplémentaire de flottage le long de la côte sur une mer réduite à la plus douce des houles, sous un soleil qui réchauffait tant leur dos que la majorité d'entre eux tomba la chemise. Certains firent de belles prises, dont Damian. Enfin, le capitaine ordonna de ranger les cannes, Damian, grâce à sa morue-lingue, fut déclaré vainqueur du concours du plus gros poisson et l'on prit sa photo, le bras passé autour de la taille de Julie en bikini. Hunter et Damian furent les derniers à quitter le bateau ; à la rambarde, Julie, jouant son rôle, aida les excursionnistes à gravir la passerelle et reçut leur obole. « C'était super, lui dit Damian, emportant dans une main un sac en plastique avec les filets de poissons dedans, et dans l'autre cinq billets de cent en éventail. Vraiment super. C'était la meilleure sortie que j'aie jamais faite. Tu n'es pas d'accord, Hunt ? »

Hunter avait fait oui de la tête, distrait par Julie et la promesse qu'il avait été tellement près de lui extorquer là-bas sur la mer agitée. Il était sur le point de revenir à la charge, il attendait, en fait, que Damian grimpe sur la passerelle pour profiter d'un instant seul avec elle, lorsque son ami, lui lançant un regard de biais, lui coupa l'herbe sous les pieds : « Hé, au fait, nous serions très honorés, Hunter et moi, si vous acceptiez de dîner avec nous. Pour célébrer ça. Au champagne ? Du champagne, ça vous irait ? »

Julia regarda d'abord Hunter puis Damian, avant de se laisser aller à un large sourire. « Parfait. Chez Spinnakers ? Voyons... dans une heure. »

C'est ainsi qu'ils en étaient arrivés au moment présent, à la fin de cette journée de pêche au large, tous trois assis à une table poussée contre le mur du fond en pin décoloré, avec vue sur le bar bondé de touristes, de pêcheurs amateurs et de gens du coin pêle-mêle, et, au-delà, le port et les mâts des bateaux teintés de rosé par le soleil couchant. Julie avait mis une robe de cocktail vert d'eau, jambes longues et nues, trident de Neptune en argent pendant à une chaînette également en argent. Elle était installée entre Damian et Hunter. Après avoir trinqué, ils s'étaient attaqué à un plateau de calamars frits accompagné d'un aïoli. Musique d'ambiance. Des fenêtres ouvertes filtraient les cris de mouettes qui s'installaient pour la nuit.

Peu à peu, sous l'effet du champagne, Hunter s'aperçut que Damian monopolisait la conversation. Ou pire : il se prenait tellement au jeu qu'il en oubliait le but de leur petite sortie. Passant sans cesse d'un sujet à l'autre, quand il se rappelait de laisser la parole à Julie, il était tellement pris par sa propre logorrhée qu'il ne pouvait s'empêcher de la couper tout de suite. « Alors ? c'est comment d'être matelot de pont ? s'enquit-il à un moment donné. Cool comme métier, non ? En pleine mer toute la journée, l'air pur et le reste... La planque, quoi. J'ai tort ? » Elle n'eut pas le temps d'aligner dix mots qu'il l'interrompait déjà : lui aussi aimait la vie au grand air, elle s'en doutait, non ? C'est lui qui avait voulu faire cette excursion : « J'ai presque dû l'amener de force, lui, Hunt. » Et ce n'était pas le hasard qui lui avait fait croiser la route de cette moruelingue, non, mais l'expérience, le désir et une vénération de la nature trop profonde pour être exprimée par des mots.

Hunter tenta bien d'entretenir sa part de conversation en injectant des apartés sarcastiques, en imitant les touristes du bar, en allant jusqu'à chanter la première strophe d'une chanson de marin qu'il inventa pour l'occasion, mais Julie ne fut pas particulièrement réceptive. Deux mecs, une fille. Quel plan !

Damian se colla contre Julie. Ils sifflèrent la seconde bouteille de champagne comme si ça avait été de l'eau minérale. Hunter tapota la chaussure de son ami sous la table par deux fois, avec insistance – mais son compagnon était trop accaparé par sa voisine pour remarquer quoi que ce soit. Au milieu du plat de résistance (voilà que Damian partageait ses crevettes avec Julie, les lui faisait goûter en lui glissant sa fourchette dans la bouche... !), Hunter repoussa sa chaise. « Je dois aller au lavabo, dit-il tout bas. Je reviens. » Julie lui adressa un sourire incertain.

Pour se rendre aux toilettes, il lui fallut sortir sur la terrasse et descendre une volée d'escalier. Toutes les tables de la terrasse étaient prises alors que des tourbillons de brume approchaient et que l'air se rafraîchissait. Coudes sur la table, les convives parlaient trop fort, riaient, portaient leur verre à la bouche. Des bijoux brillaient au cou des femmes, à leurs doigts, à leurs oreilles. Une adolescente assise à la dernière table, à côté de l'escalier, regardait les yeux dans les yeux le garçon avec qui elle était, indifférente au fait qu'ils occupaient la plus mauvaise table du restaurant. Descendant l'escalier d'un pas lourd, Hunter sentit la colère monter en lui. Fils de pute, songea-t-il. Pas question qu'il dorme sur le canapé. *Niet*. Pas ce soir. Ni aucun autre soir, d'ailleurs.

Il poussa violemment la porte des toilettes des hommes et la fit claquer derrière lui. Personne, ni dans les cabines ni devant les lavabos crasseux sous la lumière blafarde du plafonnier grillagé. Il sentit l'eau de Javel, le désodorisant et l'odeur indéniable qu'ils étaient censés masquer. Elle était arrivée là accrochée aux semelles des mocassins de pont, des sandales et des bottes, forte, ammoniaquée, puanteur persistante des lambeaux de protoplasme extraits des flots, destinés à échouer là, sur le carrelage des toilettes des hommes au sous-sol de Spinnakers. Pris au dépourvu par cette odeur, soudain Hunter se sentit flageoler, le sol se mit à tanguer sous ses pieds, mais, plus encore : la pièce sembla brusquement s'embrumer, un suintement de brume passa sous la porte et déboula par la bouche d'aération comme si un nuage avait touché le sol juste à l'extérieur. Le mur du fond s'estompa. La glace se couvrit de buée. Hunter passa dessus la paume de sa main, puis un essuie-mains. Alors, agrippant le lavabo, il contempla fixement son reflet, espérant y découvrir un être palpable.

A un doigt de l'enfer

La neige ne le gênait pas, mais là ce n'était pas de la neige, c'était de la bouillie. Trois centimètres au moins dans les gouttières et collée sur les voitures, les trottoirs réduits à une espèce de pâtée grise, grêlée, mortelle pour les chaussures, pas seulement pour le cirage, pour le cuir aussi. Il songea à l'hiver précédent (ou était-ce l'hiver d'avant encore ?), à une paire de souliers noir et blanc qu'il avait portés sur scène, très élégants : ils avaient été esquintés par une gadoue du même acabit. Il était avec une fille qui l'avait attendu pendant trois sets ce soir-là, il avait oublié son visage, comme son nom, mais elle portait un soutien-gorge galbé, de cela il se souvenait. Quand ils étaient partis, elle était pas mal allumée ; en sortant, se dandinant dans la rue devant la boîte, la tête levée vers le ciel, elle avait roucoulé *Et si on marchait ?* tout fort, comme si elle avait voulu que tout New York l'entende. *C'est magnifique, non ? Tu ne trouves pas ?* Comme il était allumé, lui aussi, au lieu de la prendre par le poignet et de la jeter de force dans un taxi, il l'avait entraînée à travers les rues, un bras passé sur son épaule pour la tenir contre lui et sentir la délicieuse rondeur interrompue de sa hanche contre la sienne. Ils n'avaient pas marché cent mètres que sa cigarette s'était éteinte ; il suait autant que si on l'avait aspergé avec un pistolet à eau ; ils n'avaient pas encore obliqué au coin de la première rue que ses souliers étaient foutus : ni lui-même ni la fille ni le grave *paisano* de la cordonnerie du coin n'aurait pu faire quoi que ce soit pour éliminer du cuir les traces blanchâtres semi-circulaires.

Il évita une flaque, contourna deux vieilles dames aux bras énormes qui admiraient une vitrine de Noël comme si elles venaient tout juste de descendre de l'autocar en provenance d'Oshkosh, puis, après avoir extirpé la dernière bouffée de sa cigarette, il jeta celle-ci dans le caniveau, où elle siffla avant de se noyer. Pendant un moment, contemplant la perspective de Fifth Avenue qui s'évanouissait dans l'obscurité pulsante comme le pire cauchemar d'un Eskimo, il songea à héler un taxi. Mais il n'y en avait pas, pas par un temps pareil ; d'ailleurs, il se rappela avec amertume que la principale raison pour laquelle il devait marcher sur la distance d'environ trois kilomètres jusqu'à son studio, c'était qu'il n'avait pas assez d'argent pour se permettre d'en dépenser pour une chose aussi frivole qu'une course en taxi. Il leva donc délicatement les pieds et, maugréant, affronta la tourmente.

*

Dans l'appartement, il faisait froid (la propriétaire, une sorcière et une avare, aurait refusé d'allumer le chauffage même si on lui avait offert deux billets pour la Floride) : Darlene sentit son corps trembler et se rebeller contre la fraîcheur lorsqu'elle se tint devant la glace, s'épilant les cils après avoir pris une douche à l'eau tiède. Elle ne réussit pas à s'enthousiasmer pour l'enregistrement à venir. Le temps était maussade, les fenêtres étaient de vieilles feuilles grises plaquées aux murs, et elle peinait à s'imaginer s'emmitouflant et sortant dans la tempête. Mais, d'une part, c'était encore plus triste à l'intérieur (papiers peints décollés, deux ampoules manquantes à la table de toilette, et l'odeur persistante et douceâtre du produit que la propriétaire employait contre les cafards), d'autre part, elle ne ratait jamais un rendez-vous, sans compter qu'elle avait besoin de l'argent de ce contrat. Elle était en petite culotte ; elle ne trouvait pas son peignoir mais soupçonnait qu'il était roulé en boule dans les profondeurs du panier à linge, et c'était là un autre obstacle qu'elle n'avait pas encore affronté : la machine à laver, dans la buanderie, ne fonctionnait pas depuis deux semaines. Ses bras étaient piquetés de chair de poule. Près de sa narine gauche, une marque rouge soulignait la pommette. Son œil, au-dessus, qui lui renvoyait son regard comme l'œil gonflé d'un poisson rouge à l'animalerie, était injecté de sang. Injecté de sang. Comment allait-elle pouvoir arranger ça ?

Pour couronner le tout, elle n'était pas guérie. Le gars avec qui elle sortait, Eddie… elle économisait pour passer avec lui la semaine de Noël en Floride…

Eddie, second trompettiste de Mitch Miller, lui avait refilé un truc et sa fesse était encore endolorie là où le médecin avait planté l'aiguille. Elle avait mal à la tête et aux articulations, l'épaule droite, notamment, dans laquelle elle ressentit une douleur cuisante lorsqu'elle positionna la pince au-dessus de l'arc de son sourcil. Y avait-il vraiment de la pénicilline dans l'aiguille ? Et si elle n'avait contenu que de l'eau ? Le docteur rognait-il sur les dépenses ? A moins que la gonorrhée qu'elle avait chopée (qu'Eddie avait attrapée à Detroit, Cleveland ou Buffalo) n'ait pas réagi. Le médecin l'avait prévenue : une nouvelle souche circulait depuis quelque temps. Il avait les mains chaudes : le contact du coton imbibé d'alcool l'avait surprise comme une brise soudaine. *Juste une petite piqûre*, avait-il dit. A croire qu'il s'adressait à une gamine de neuf ans. *Voilà. Ça va mieux, non ?*

Non, aurait-elle voulu répondre, ça ne va pas mieux, ça ne va jamais mieux et ça n'ira jamais mieux parce que le monde fait chier et que la chaude-pisse fait chier, et les aiguilles aussi et puis les infirmières collet monté et les médecins à l'air réprobateur et condescendant, et tout le reste, mais elle avait préféré faire un plus grand sourire encore et répondre *Ouais*.

Les tenues pendues dans sa garde-robe l'insupportaient. Non, plus que ça : elle ne pouvait plus les blairer. Toutes. Les portemanteaux claquèrent comme des wagons de marchandises lorsqu'elle passa la main dessus, une fois, deux fois, transie, en culotte et bas en nylon, pieds gelés sur le lino glacé. *Bordel*, songea-t-elle, *bordel*, *quelle différence ça fait ?* D'un geste hargneux, elle dégagea la robe en crêpe de Chine rouge à décolleté plongeant. Elle ne l'avait pas portée depuis plus d'un an. Elle la passa par la tête et la lissa sur ses hanches, songeant qu'elle aurait eu aussi chaud en maillot de bain. Mais elle n'aurait qu'à boutonner jusqu'au cou son manteau en toile : soit, il était moche, mais elle mettrait son foulard à carreaux rouge et vert que sa mère lui avait tricoté... Ce dont elle avait vraiment besoin, ce qu'elle méritait, ce que Eddie – ou un autre homme – devait lui offrir, et lui offrirait d'ailleurs bientôt, aucun doute là-dessus, c'était une fourrure.

Une bourrasque projeta des boulettes de neige givrée contre la vitre. Pendant un moment, elle s'accrocha à la représentation qu'elle se faisait d'elle-même en fourrure (et pas une simple étole en vison à vulgaires reflets de chintz mais un renard argenté, tête, queue et pattes, la totale !) ; mais la vision s'évanouit bientôt. Une fourrure... Ouais, évidemment. Mieux valait ne pas trop compter dessus.

*

Le vestibule sentait la merde – littéralement : la merde – et, lorsqu'il ôta la gadoue de ses souliers en tapant les talons sur le sol, avant de les essuyer à l'aide des serviettes en papier qu'il avait fauchées dans les toilettes chez Benjie, où il s'était arrêté pour se donner du courage à l'aide de deux whiskys et d'une bière, il se demanda ce que les gens faisaient exactement au rez-de-chaussée quand il n'y avait pas d'enregistrements. Peut-être même quand il y en avait. Neff enregistrant à peu près tout ce que n'importe qui voulait sortir, boogie-woogie, musique noire ou merde rock, Dieu sait combien de junkies et d'accros devaient entrer et sortir de ce bouge, tellement camés qu'ils ne s'embarrassaient même pas d'aller jusqu'aux toilettes... Il ôta son chapeau, le posa sur le radiateur qui avait rendu l'âme et se passa les mains dans les cheveux. Au mur pendait un cadre contenant un éclat de glace brisée, qui lui permit au moins de vérifier son reflet, même brouillé et indistinct, comme s'il était passé de l'autre côté. Tapotant ses cheveux pour les remettre en ordre en sondant les sombres tunnels de ses yeux, il eut pendant un bref instant l'intuition de sa mortalité : à trente-huit ans, il n'était plus jeune, il avait perdu son père dix ans plus tôt et l'état de santé de sa mère déclinait vite ; bientôt, il ne resterait de sa famille que sa sœur et lui, et une vieille tante fantomatique, la tante Marta ; puis il serait vieux à son tour, il porterait des pantalons trop larges et il examinerait les taches de chewing-gum sur les trottoirs. Or, soudain, dans son dos, la porte s'ouvrit : alors il se retourna, vit entrer une fille en manteau de toile et redevint immortel.

« Salut, Johnny », s'exclama-t-elle, lançant un drôle de regard à la porte d'un air intrigué, avant de s'adosser à elle pour la refermer d'un mouvement du dos. « Merde. Ça craint ici. »

Il ne la reconnut pas tout de suite. Depuis un certain temps, ce genre de black-out devenait de plus en plus fréquent et il se dit qu'il ferait bien de réduire sa consommation d'alcool – et de joints : les joints étaient pires, ils vous ramollissaient tellement le cerveau qu'on ne se reconnaissait même plus dans la glace. Par exemple, il entrait quelque part (dans un bar, une boîte, le bureau du patron) : il y avait là quelqu'un à qui il ne s'était pas attendu, quelqu'un transposé d'un autre contexte, eh bien, il lui fallait improviser une formule de salutation et s'accorder une minute ou deux pour remettre son cerveau sur les rails. « Darlene, s'exclama-t-il, Darlene Delmar ! Ça alors ! Ça fait combien de temps qu'on ne s'est pas vus, des années, non ? Des mois, en tout cas ? »

Elle portait des lunettes de soleil alors que, dehors, il faisait si sombre qu'on se serait cru en pleine nuit. Sous le verre gauche, sur la pommette, elle avait une espèce de marque ou de bouton. Elle esquissa un sourire. « Il y a six mois, à Cincinnati. Une radio… W… quelque chose ?

— Ah, ouais. » Il fit mine de se souvenir. « Ouais. C'était bien, hein ? Alors, ça va, toi ? »

Un sourire contrit. Un haussement d'épaules. Il sentit son parfum, une infime bouffée passagère de fleurs des prés sous un soleil qui vous couvre la nuque de billes de transpiration, printemps, été, *la Floride*. L'odeur des rues avoisinantes la chassa bientôt. « Aussi bien qu'on puisse l'espérer, j'imagine. Si je pouvais travailler davantage… et dans un climat plus chaud, tu vois ce que je veux dire ? » Elle secoua ses cheveux, frappa ses semelles par terre pour ôter la gadoue des talons, et il ne put s'empêcher de regarder ses chevilles, ses jambes, la façon dont le manteau s'ouvrait pour révéler la chair.

« C'est dur partout, dit-il, histoire de dire quelque chose.

— Mon manager… j'ai un nouveau manager, au fait, tu sais… Ah, mais non, puisqu'on ne s'est pas vus depuis six mois… ! » Elle laissa traîner sa voix, émit un petit rire, avant de plonger la main dans son sac à la recherche de cigarettes. « Quoi qu'il en soit, il prévoit que ça s'améliorera après le premier janvier, sans faute. Il pense peut-être même me faire aller à L.A. Ou à Vegas. »

Il essaya de se rappeler une histoire qu'on lui avait racontée sur elle : un gars l'avait baisée… elle s'était fait avorter dans de mauvaises conditions et il y avait eu des complications… Ah, non, ce n'était pas elle, c'était la fille qui avait rencontré un gros succès deux ans plus tôt avec une chanson gadget, la blonde… comment s'appelait-elle déjà ? Puis ça lui revint, une image qui lui était restée en tête un certain temps : lors d'une soirée, il allait récupérer son manteau, et elle se tapait deux mecs à la fois : Darlene, Darlene Delmar. « Ouais, fit-il, ouais, ça serait super, L.A… c'est là qu'il faut aller… c'est vrai : les palmiers, le Pacifique… »

Elle ne répondit pas. Elle avait mis les mains en coupe pour allumer sa cigarette, que, d'ailleurs, il aurait dû lui proposer d'allumer lui-même, mais il est vrai que ce n'était pas son genre : il resta planté là, son pardessus trempé, le regard voguant vers la vitre crasseuse de la porte : il vit du mouvement dans la rue, une forme jaune s'étira soudain le long du trottoir. Deux mecs avec des étuis à violon descendaient d'un taxi, la neige fondue s'accrochait comme des confettis sur leurs épaules et leurs chapeaux. Lorsqu'il se retourna vers Darlene, il s'aperçut qu'elle le dévisageait. « Ah, voici les cordes, s'exclama-t-il, dépliant le bras pour l'inviter à sortir dans le couloir. On ferait mieux d'y aller. »

*

Il n'avait pas daigné allumer sa cigarette, il n'avait pas bougé le petit doigt. Il se croyait où ? En Mongolie, où ils n'avaient jamais entendu parler de femmes, de cigarettes ou de galanterie ? De bonnes manières ? Sa mère devait avoir été crasse, une grosse poissonnière moustachue, va-nu-pieds, analphabète. Johnny Bandon, né Giancarlo Abandonado à Flatbush. Encore un chanteur rital : Sinatra, Como, Bennett, Bandon. Dire que, à une époque, elle avait cru qu'il avait du talent, quand elle était mioche : elle avait passé tant d'heures à écouter, seule, la suave autorité de sa voix de ténor, en contemplant son portrait dans les revues, jusqu'à ce que sa mère rentre du snack et la force à faire ses gammes. Elle savait qu'elle devait travailler avec lui aujourd'hui, son manager lui avait au moins indiqué ça, mais, quand elle avait passé la porte, glacée jusqu'aux os, c'est à peine si elle l'avait reconnu. La rumeur voulait qu'il se drogue et elle savait (de première main) combien ça vous amochait, mais elle ne s'était pas attendue à ce regard perdu ou à cette façon que la peau avait de lui tomber du visage. Au lieu de l'homme séduisant (quoique sirupeux) dont elle se souvenait, elle s'était retrouvée face à un gars ravagé, des billes blanches à la place des yeux, les cheveux ébouriffés sur l'arrière du crâne comme les plumes de la queue d'un canard, et gesticulant comme un impresario ou un potentat, oui : un potentat du Siam.

Vestibule, puis studio, une montagne de manteaux, de chapeaux et de foulards dans le bureau de la secrétaire, nulle part où s'asseoir ou même se retourner, et les deux violoneux à leurs trousses... Elle songea : ce n'est qu'un job, fais-le et basta. Elle avait eu l'intention d'être agréable, de profiter de l'occasion (s'amuser, pourquoi pas, quel mal y avait-il à cela ?), mais la rencontre dans le vestibule avait tout gâché d'emblée, comme si le mauvais temps, son mal de dos et son œil injecté de sang n'avaient pas suffi. Elle défit son foulard et, se débarrassant de son manteau, chercha un endroit où le mettre, où personne ne s'assoirait dessus.

Harvey Neff (le propriétaire du studio, il produisait l'album) émergea de la cabine d'enregistrement pour les accueillir. Ça, c'était un gentleman, un vrai : il s'adressa à elle en premier, lui prit la main, l'embrassa sur la joue, lui dit combien il était ravi de travailler à nouveau avec elle, et le tout avant même de jeter un regard à Johnny. Sur quoi, ce dernier et lui s'étreignirent, échangèrent quelques tapes sur le dos et les formules habituelles de bienvenue : *Hé, mec, ça fait un bail*, *Comment ça va ?* et *Super, mec, super*. Pendant ce temps, elle tapota ses cheveux, lissa sa jupe et se demanda si elle devait retirer ses lunettes noires.

« Ecoutez, les gars, dit Harvey en se tournant vers elle, j'espère que vous êtes tous prêts, parce que nous allons boucler cet enregistrement en un rien de temps, une seule session, je me moque du temps que ça prendra mais personne ne part d'ici sans que nous soyons tous satisfaits, d'accord ? C'est un disque de Noël et nous devons le sortir, hein... immédiatement ou sinon ça n'a aucun sens de le faire, vous me comprenez ? »

Elle acquiesça mais Johnny resta planté là à regarder dans le vide (allait-il tenir le choc ?) jusqu'à ce que Fred Silver, l'impresario maison de chez Bluebird, déboule dans la pièce, les mains tendues en signe de bienvenue ; il approuva la harangue de Harvey, sans en avoir entendu un traître mot. « Johnny, dit-il, ignorant totalement Darlene, imagine si on arrive à sortir ce truc et à le faire passer sur les ondes... il entre dans le répertoire et, de Thanksgiving au Jour de l'An, tous les ans, l'oseille coule à flots pour tout le monde, compris ? Dans le genre... *White Christmas* ou *Santa, Baby*. Ou l'autre air... de Burl Ives... comment c'est, déjà ? »

On étouffait dans cette pièce. Elle étudia le profil de Fred Silver (chauve jusqu'aux oreilles, peau marbrée, en nage) et elle se félicita mentalement d'avoir mis sa robe légère. Mais Johnny (peut-être était-il un peu shooté... c'était peut-être ça, oui) se réveilla, assez longtemps, du moins, pour hausser les épaules et leur adresser un regard pince-sans-rire, comme pour signifier : je plane tellement au-dessus de tout ça que vous feriez mieux de vous agenouiller illico et de crier « hosanna ». Après avoir réfléchi un instant, il lâcha : « Ouais, ça, je peux comprendre... Mais, tout de même, Fred, vraiment... *Suzon P'tit Flocon de neige* ? »

*

Ils chantèrent deux fois le morceau et il crut mourir d'ennui, les gars étaient plutôt bons (il connaissait la plupart d'entre eux), la voix de la chanteuse était ample et douce, mais il avait envie qu'ils en finissent en une seule prise, et puis qu'ils sortent prendre un verre ou deux, un steak et une bonne dose de vie, bon Dieu ! Il essaya bien de se rappeler que tout le monde faisait ça, sortait des disques gadgets, des trucs de Noël surtout. Il aurait dû être content de travailler… Merde, Nat King Cole l'avait fait, Sinatra, Dean Martin, tous… Mais, vers le milieu de l'arrangement, il dut reposer la partition et aller aux chiottes pour ne pas exploser. *Suzon P'tit Flocon de neige.* C'était idiot. Crétin. Dégradant. S'il avait jamais eu quelque réputation comme chanteur… ce qui était un fait avéré… ça, c'était son baiser de la mort.

Aux chiottes, il y avait quatre murs, le plafond et le sol. Il tira le verrou, s'aspergea le visage et essaya de se regarder dans la glace assez longtemps pour se lisser les cheveux ; que n'aurait-il pas donné pour avoir des cheveux qui restent en place pendant au moins dix minutes plutôt que cette touffe frisée, crépue, qu'il essayait constamment de rabattre sur le côté de son crâne. Dieu, qu'il se détestait ! Il détestait son regard, ses joues creuses et l'ambition qui le dévorait, qui l'avait guidé toute sa vie, jusqu'à ça, à faire cette imbécillité et à l'appeler de l'art. Il n'était qu'une merde. Il était fini. Mort.

Sans réfléchir, du paquet de Old Golds dans sa poche de veste il tira le mince tube d'un joint et l'alluma, là-dedans, aux chiottes, et il n'était pas le premier à le faire, oh non. Il inspira profondément, laissa la fumée lui masser les poumons, et il sentit s'évaporer sa mauvaise humeur. Une autre bouffée, un regard en direction du plafond, un cafard solitaire là-haut, remuant ses antennes. Il dirigea vers lui un jet de fumée : « Prends du bon temps, monsieur Bestiole, dit-il à haute voix. On ne nous en accorde pas beaucoup dans cette vie ». Puis, sans se rappeler quand il avait commencé, il s'aperçut qu'il fredonnait un air de Cab Calloway, la plus grande blague du monde, *Reefer Man*.

*

Elle devait avoir un air maternel (peut-être était-ce la robe ou, plus spécifiquement, la façon dont elle mettait en valeur sa poitrine ?) car Harvey lui demanda d'aller chercher aux lavabos à l'autre bout du couloir la star de la session et de la materner un peu parce que l'heure passait et que tout le monde, franchement, commençait à goutter sous le col, si elle comprenait ce qu'il voulait dire… « En d'autres termes : Tout le monde en a sa claque, bordel. Sa claque… » Darlene réfléchit un instant, baissa la tête et, par-dessus ses lunettes noires, jeta un regard circulaire sur la pièce. « Pauvre homme, dit-elle de sa voix la plus suave, sa voix de petite fille : il avait l'air un peu perdu, peut-être ne trouve-t-il pas sa braguette. » Tous (elle les connaissait tous, hormis les cordes) éclatèrent de rire à la fois : c'est ça qu'ils auraient dû enregistrer ! George Withers, le trombone, rit tant que l'embouchure de son instrument tomba par terre avec un bruit sourd qui ressembla à un coup de feu, et ils rirent de plus belle.

Dans le couloir était amassé un bric-à-brac informe (pupitres tordus, une moitié de guitare cassée, un gros cendrier sur pied avec le nom Waldorf gravé dans le chrome, plein à ras bord de mégots écrasés) et une odeur persistante de toilettes bouchées. Darlene faillit trébucher mais ne s'arrêta pas pour vérifier sur quoi, puis elle se retrouva aux lavabos et une nouvelle odeur assaillit ses narines : il fumait un joint, le con ! Elle s'était forcée à faire tout ce chemin dans le froid pour faire un boulot, pleine d'espoir, espérant qu'ils enregistreraient un grand succès, or lui, ce junky, tout grand Johnny Bandon qu'il était, se shootait aux chiottes. Elle était furibonde. Sur l'impulsion du moment, elle tapa à la porte comme un car entier de fous furieux. « Johnny ! cria-t-elle. Johnny, on t'attend. » Elle fit tourner la poignée. « Ouvre, veux-tu ? »

Pas de réponse. Mais elle connaissait l'odeur. Tiens, le bruit d'eau qui coule. « Merde, cria-t-elle. Fais pas chier, ouvre ! Je ne sais pas pour toi, mais moi, j'ai vachement besoin que ce disque sorte, tu m'entends ? Hein ? » Elle sentit quelque chose monter en elle comme un geyser qu'elle avait vu un jour dans *Life Magazine*, incandescent, chauffé à blanc. Elle remua encore la poignée.

Elle entendit le déclic métallique du verrou, Johnny ouvrit la porte et, d'une voix posée, lui dit de garder son chemisier ; il lui sourit, lui adressa ce sourire téméraire et plein d'abandon qui dix ans plus tôt avait charmé la moitié des femmes du pays. Darlene s'aperçut que, avec ses talons, elle avait la même taille que lui, et la folle idée qu'il serait le parfait partenaire de danse lui passa par la tête lorsqu'elle se tint à la porte en le regardant entouré par des fumées de marijuana. Or elle fut entièrement désarmée par ce qu'il roucoula alors sur l'air bien connu de la séduction : « Qu'est-ce que c'est, cette histoire de lunettes noires ? Ton mec t'a cognée, ou quoi ? »

Le monde lui sauta à la figure lorsqu'elle fit glisser les lunettes, plus vif de trois teintes, même si le couloir demeura sombre comme une tombe. « C'est mon œil…, répondit-elle, caressant avec le bout de l'auriculaire la pommette sous l'orbite droite. Quand je me suis réveillée, il était injecté de sang. »

De l'autre extrémité du couloir leur parvint le son étouffé du groupe qui répétait les arrangements sans eux : glissement des cordes, *cluck-cluck-knock* d'un glockenspiel, tintement d'un triangle, puis les instruments à vent, aux sons clairs et nerveux, formatés pour Noël tout autant que le jambon en boîte. « Tu es cinglée, dit Johnny. Ton œil n'est pas plus injecté de sang que le mien… » Elle ne put s'empêcher de sourire. « Ah ouais ? Tu t'es regardé dans la glace ? »

Ils éclatèrent de rire. Il la prit par le bras et l'entraîna à l'intérieur. « Tu en veux ? »

*

Un je-ne-sais-quoi dans l'instant, le regard complice qu'elle lui avait lancé, la façon dont elle montrait les dents quand elle riait, l'atmosphère de transgression, comme deux gamins faisant l'école buissonnière pour fumer une cigarette sous un escalier de secours, un je-ne-sais-quoi dans l'instant, donc, fit tilt, comme ça, comme un pétard. Neff pouvait attendre. Ils attendraient tous. Il lui tendit le joint et observa ses yeux s'écarquiller d'envie quand elle inhala et retint la fumée, les yeux brillants – émeraude comme le cul d'une bouteille de chianti. Après un moment, la fumée finit par sortir des narines de la fille de façon sporadique, comme si quelque chose brûlait en elle. Ça lui rappela l'incinérateur dans la cour de l'immeuble où il avait grandi, et son odeur, surtout, de cartons, de journaux mouillés, des restes de bouffe dans les assiettes qu'on faissait glisser dans la poubelle, de litières de chats, d'animaux morts, de rognures d'ongles et, enfin, comme si on lui avait récuré le cerveau avec la même éponge : de l'église. Des cierges. De l'encens. Merde, il planait carrément !

« Quoi, qu'est-ce que tu as ? demanda-t-elle en expulsant la fumée par la bouche. C'est quoi, ce sourire ? »

Il rit ou, plutôt, non, il gloussa. « Il m'est venu cette image… Très étrange. Comme si un feu brûlait en toi… »

Darlene riva sur lui ses yeux verts : un regard franc. Elle sourit. « Moi ? Mon petit moi tout modeste ? En feu ?

— Dis-moi… », commença-t-il, grave, tout à coup. Il était tellement camé qu'il ne pouvait même plus suivre le fil de sa pensée. « Tu allais à l'église quand tu étais petite ? Je veux savoir. Tu es catholique, hein ? »

Le regard de Darlene s'éloigna de lui, monta vers l'endroit du plafond où un cafard très camé lui-même restait accroché par l'opération du Saint-Esprit, puis il redescendit : « Ouais. » Elle baissa la tête. « Difficile à croire mais je faisais partie d'un chœur.

— Ah bon ? Ça, alors ! Moi aussi. Je veux dire… c'est comme ça que… »

Elle posa la main sur son bras comme pour souligner le lien qui existait entre eux. « Je sais exactement ce que tu veux dire… c'est sans doute comme ça que quatre-vingts pour cent des chanteurs ont débuté. Du moins ceux que j'ai rencontrés…

— A l'église.

— A l'église, ouais. » Elle lui sourit, or son sourire fit ressortir ses fossettes et son visage tout entier s'ouvrit à lui, au point qu'il dut reculer d'un pas, de crainte de tomber dedans.

Il aurait voulu marivauder avec elle, dire quelque chose de futé, de charmant, poursuivre la conversation mais, à la place, il demanda simplement : « Tu y retournes de temps en temps ? »

Elle fit non de la tête. « Pas moi. Oh là, non. Ça fait des lustres. » Elle retroussa les lèvres, ses fossettes disparurent. « Et toi ?

— Non. Ça fait un bail. Quand j'étais gamin, tu sais… »

Un moment d'une douloureuse lenteur se révéla dans le silence ambiant. Darlene tendit le joint à Johnny, qui prit une bouffée et le lui rendit. « Je suppose que toi et moi, nous sommes à deux doigts de l'enfer, dit-elle.

— Oh, je ne dirais pas ça… », fit-il, et tout en lui sembla céder pour laisser la place à l'euphorie qu'il ressentait depuis qu'elle était entrée dans les toilettes avec lui : « Je dirais que nous sommes… à *un* doigt de l'enfer… » Une fois encore, ils éclatèrent de rire, harmonie à deux voix.

*

Harvey dut se déplacer lui-même pour venir les chercher et, quand Johnny ouvrit la porte et que la fumée se déversa dans le couloir, Darlene eut honte : elle n'était pas venue pour ça, ce n'était pas professionnel et pas même raisonnable. Bien sûr, Harvey avait déjà tout vu dans sa carrière mais ça ne l'empêcha pas de lancer à Darlene un regard acrimonieux, qui lui donna l'impression d'être une fuyarde ou une délinquante prise en flagrant délit. L'espace d'un éclair, elle se rappela la seule occasion où elle avait été arrêtée, dans une chambre d'hôtel à Kansas City, après une nuit où la musique avait coulé au plus profond d'elle-même, jusqu'à ses cellules : elle s'était sentie invincible, alors… Mais elle interrompit net le flot du souvenir, là, au milieu des rebuts, et agita sa chevelure pour faire bonne figure. Harvey était livide. Il était furieux. Et comment lui donner tort ? Or Johnny choisit de l'ignorer, encore en proie à l'ivresse qu'ils avaient ressentie, et dont le joint n'était pas seul responsable, pas complètement, ou même pas du tout. Il s'exclama : « Hé, Harvey, allons, mec, y a pas de lézard. On est prêts à mettre la gomme, pas vrai, mon cœur ?

— Bien sûr, fit-elle, évidemment. » L'instant d'après, ils étaient de retour dans le studio, sous le feu de regards assassins. Harvey s'installa dans la cabine d'enregistrement avec Fred Silver, et les premières mesures de *Suzon P'tit Flocon de neige*, avec glockenspiel et triangle tintant, résonnèrent dans la pièce.

*

« Non, non, non, non ! cria Johnny, faisant tout à coup de grands signes au milieu de l'intro. Stop, stop, stop ! »

Le visage de Neff resta suspendu derrière la fenêtre de la cabine et sa voix, tonitruante, gigantesque, disproportionnée, retentit, lardée d'exaspération : « Qu'y a-t-il encore ? »

Johnny fut conscient de son corps, de ses épaules contre les épaulettes de sa veste et de l'étoffe lisse de son pantalon qui lui étreignit l'entrejambe lorsqu'il se tourna et fit signe en direction de la cabine, paumes ouvertes en offrande. « C'est simplement que Darlene et moi, on a travaillé quelque chose ensemble là-bas… on s'échauffait, tu comprends ? Je crois qu'on devrait d'abord faire la face B. Qu'est-ce que tu en penses ? »

Personne ne pipa mot. Johnny regarda Darlene, qui lui opposa un regard vide.

De la cabine d'enregistrement parvint un gargouillis. Harvey, la main sur le micro, conférait avec Fred Silver. Les musiciens examinaient les revers de leur pantalon. Quelque chose, quelque part, produisait un son mat, glissant, sifflant (ils déroulaient la bande magnétique). L'appréhension le fit revenir à lui.

« Je crois (la voix de Dieu dans la cabine, *Domine,*

dirige nos...) que nous devrions procéder selon l'ordre que nous avons prévu... sinon, nous allons y passer la nuit. Tu vois ce que je veux dire, Johnny ? » Et puis Silver, la voix tendue, le Saint-Esprit se manifestant en toute chose : « Continue comme ça, Johnny, et je vais prendre mon téléphone. » La main de Neff retourna au micro, un son de frottement de manche sur une sourdine de trompette, et encore des palabres, les deux têtes suspendues de l'autre côté de la vitre comme des diapositives...

Brusquement, il prit peur. Il prit peur, il se sentit seul et vulnérable. « D'accord, répondit-il à la galerie, d'accord, je vous capte cinq sur cinq. » Il s'entendit passer dans un autre mode, compter les temps, et les cordes déversèrent leur sirop depuis les quatre coins de la pièce, on entendit le murmure des balais et les cymbales, puis il se remit à chanter, de sa voix de ténor, pure et inébranlable, la marque de fabrique de Johnny Bandon. Que Harvey aille se faire foutre. Qu'importaient les paroles idiotes de la chanson ! Il chantait, il chantait : rien d'autre ne comptait plus.

*

Dès que Johnny ouvrit la bouche, quelque chose arriva à Darlene, quelque chose qui lui était déjà arrivé, souvent, mais elle ne s'y était pas attendue dans ce contexte. Au moment d'entonner le deuxième couplet *(Suzon P'tit Flocon de neige / Est tombée droit du ciel)*, elle sentit ce fameux déclic en elle, premier pas vers l'inconscience, ce que sa mère appelait l'ouverture de l'âme. *Tu es une chanteuse de soul*, lui répétait sa mère, *tu le sais, petite sœur ? Une vraie chanteuse de soul*. Elle ne put s'en empêcher : elle embraya sur Johnny et prit son essor. Qu'importait que la chanson ait été cucul, le glockenspiel un cliché sorti d'un lieu et d'un temps cotonneux, nostalgiques, dont personne ne pouvait plus se rappeler, qu'importait que l'arrangement ait été de mauvais goût ? Elle fut transportée et Johnny aussi.

S'ensuivit l'autre face, plus chaleureuse, plus douce, agrémentée d'un peu de swing : *Qu'il neige, Qu'il neige, Qu'il neige*. Ils se répondirent, appel, réponse, tac au tac, *Chéri, qu'il fait froid dehors*. Et puis, la voix de Harvey retentit : « C'est bon, les enfants, vous l'avez eue ! » Darlene eut du mal à croire que c'était terminé et, à voir l'air de Johnny, cravate défaite, cheveux tombant sur les yeux, il en allait de même pour lui.

Les musiciens remballaient déjà leurs instruments : les rues et la nuit leur tendaient les bras, la neige fondue qui, au matin, deviendrait une belle neige floconneuse, et le ciel qui tombait de toute part car il n'avait plus rien pour le soutenir… « Johnny… », commença Darlene, tout bas. Ils n'avaient pas encore quitté leur micro, tout deux étaient figés dans l'instant. « C'était, je ne sais comment dire… c'était…

— Ouais, fit-il, baissant la tête, on était en plein dedans, hein ? » A la façon dont il se tourna vers elle, elle fut certaine qu'il allait demander : *On prend un verre ?* ou *Chez toi ou chez moi ?* Mais non. Il ferma les yeux et se mit à chanter, de sa voix pure qui montait si suavement dans les aigus. Personne ne bougea.

Les têtes fantomatiques dans la cabine d'enregistrement pivotèrent vers eux ; les cuivres, concentrés sur leur étui, leur chiffon de feutre et leurs fragiles embouchures, relevèrent la tête. Jusqu'aux cordes (des chevelus de la Brooklyn Academy of Music) qui hésitèrent. A la troisième mesure, Darlene se joignit à Johnny, et leurs voix ne firent plus qu'une : *C'est la nuit / Où naquit Notre Sauveur*.

L'instant se mua en éternité. Ils chantèrent tout le morceau, et le répétèrent. Ensuite, sans s'arrêter, comme s'ils suivaient la même partition, ils passèrent à l'*Ave Maria*, à *Venez, fidèles*, à *Quel enfant est-ce là ?* Le doux rythme des mélodies faisait autant partie d'elle-même que le flot du sang dans ses veines. Elle ignorait l'heure qu'il était, elle ignorait quand Harvey et l'impresario avaient déserté la cabine : rien ne comptait plus que le pouvoir de leurs deux voix entremêlées. Elle ne savait qu'une chose : elle se trouvait dans un lieu clos, murs, sol et plafond. Encore que cela n'eût aucun sens, car on aurait dit qu'il était ouvert au monde, à jamais.

Remerciements

Nous adressons tous nos remerciements aux magazines dans lesquels ces histoires ont déjà paru : *Best Life*, « Bulletproof » (Pare-balles) ; *Harper's*, « Question 62 » (Le point 62) et « Admiral » (Amiral) ; *The Kenyon Review*, « Hands On » (Contact direct) ; *The New Yorker*, « La Conchita », « Sin Dolor », « The Lie » (Le mensonge) et « Ash Monday » (Lundi des Cendres) ; *The Paris Review*, « Balto » ; *Playboy*, « The Unlucky Mother of Aquiles Maldonado » (L'infortune de la mère de Aquiles Maldonado) et « Three Quarters of the Way to Hell » (A un doigt de l'enfer) ; *A Public Space*, « Anacapa ».

« Balto » est également paru dans *The Best American Stories, 2007*, sous la direction de Stephen King (Boston, Houghton Mifflin, 2007), et « Admiral » dans *The Best American Stories, 2008*, sous la direction de Salman Rushdie (Boston, Houghton Mifflin, 2008).

TABLE

Cet ouvrage a été composé par IGS-CP
à L'Isle-d'Espagnac (16)

Cet ouvrage a été imprimé
par CPI Firmin Didot
Mesnil-sur-l'Estrée
pour le compte des Éditions Grasset
en mars 2012

Dépôt légal : mars 2012.
N° d'édition : 17104 – N° d'impression : 109537

Imprimé en France.